FANPRO

Hans Kneifel wurde 1936 in Gleiwitz/Oberschlesien geboren. Der gelernte Konditormeister schloss 1965 sein Studium der Pädagogik mit dem Staatsexamen ab. Heute wohnt der Autor in München.
Kneifel schrieb über 400 Science Fiction-Romane, meist für die PERRY RHODAN- und ATLAN-Serien, und gestaltete nach den Drehbüchern der TV-Kultserie Raumpatrouille die Serie Raumschiff Orion (im späteren Verlauf auch mit anderen Autoren).
Besonders hervorzuheben sind die Atlan-Zeitabenteuer, eine Chronik, die das Exil des Arkoniden in vergangenen Epochen auf der Erde schildert und in der PERRY RHODAN-Taschenbuchreihe für Furore sorgten.
In den letzten Jahren widmete sich Hans Kneifel mit besonderem Interesse historischen Romanen.

Hans Kneifel

Insel der Winde

Zweiter Band des Kreta-Zyklus'

Originalausgabe

FanPro
Band 71020

Umschlagillustrationen: Arndt Drechsler
Karte: Arndt Drechsler

Redaktion: Sabine Kropp
Lektorat: Michael Thiesen
Satz und Layout: Ralf Berszuck
Umschlaggestaltung: Ralf Berszuck
Druck und Bindung: CPI Moravia Books s. r. o., Tschechien

Besuchen Sie unsere Website *http://www.fanpro.com*

http://www.atlan.de

Printed in Czech Republic 2009

ISBN 978-389064-195-9

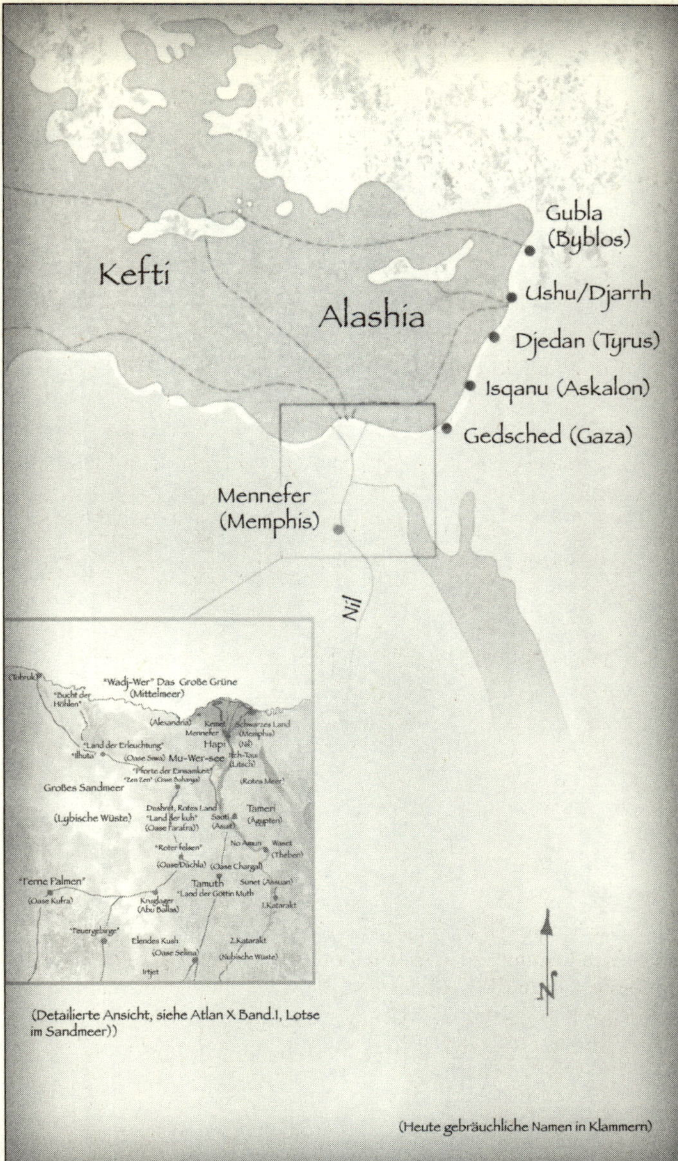
Kefti
Alashia
Gubla
(Byblos)
Ushu/Djarrh
Djedan (Tyrus)
Isqanu (Askalon)
Gedsched (Gaza)
Mennefer
(Memphis)
Nil
(Tobruk)
"Wadj-Wer" Das Große Grüne
(Mittelmeer)
"Bucht der
Höhlen"
(Alexandria)
Kemet
Schwarzes Land
Mennefer
(Memphis)
Hapi
(Nil)
"Land der Erleuchtung"
"Ilhuta"
(Oase Siwa)
Mu-Wer-see
Ich-Taui
(Litsch)
"Pforte der Einsamkeit"
"Zen Zen" (Oase Baharya)
Großes Sandmeer
(Rotes Meer)
Deshret, Rotes Land
"Land der kuh"
(Oase Farafra))
Saoti
(Asiut)
Tameri
(Ägypten)
(Lybische Wüste)
No Amun
Waset
(Theben)
"Roter felsen"
(Oase Dachla)
(Oase Chargal)
"Ferne Palmen"
(Oase Kufra)
Tamuth
"Land der Göttin Muth
Sunet (Assuan)
1.Katarakt
Kruglager
(Abu Ballas)
"Feuergebirge"
Elendes Kush
(Oase Selima)
2.Katarakt
(Nubische Wüste)
Irtjet
N
(Detailierte Ansicht, siehe Atlan X Band.1, Lotse im Sandmeer))
(Heute gebräuchliche Namen in Klammern)

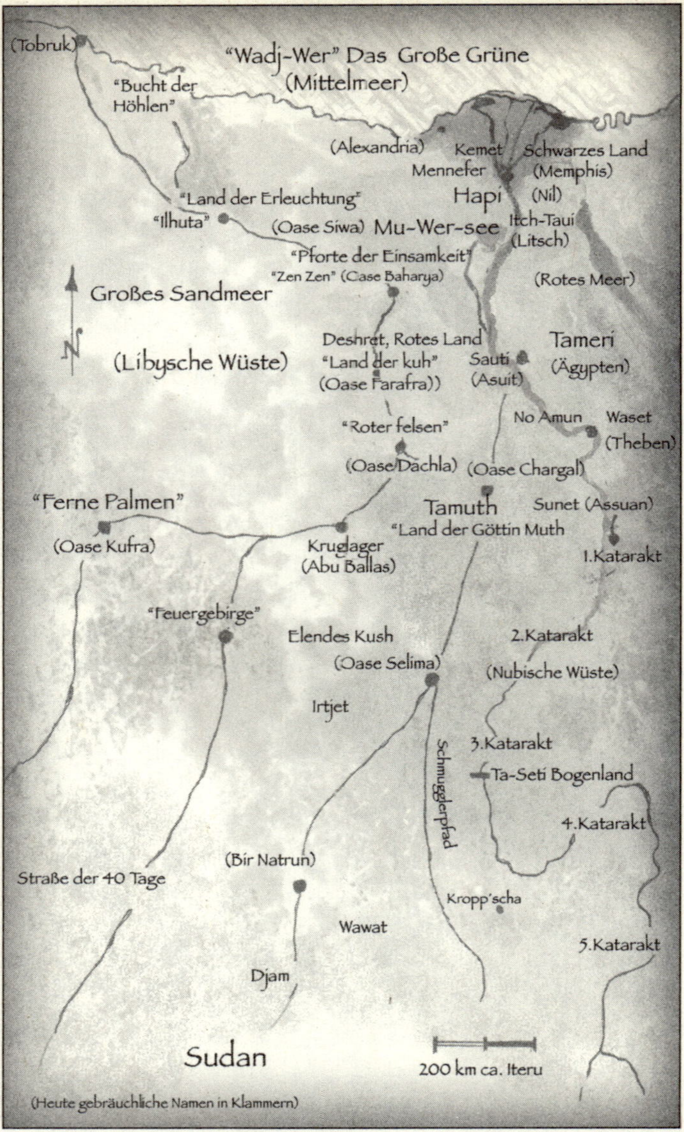

(Tobruk)
"Wadj-Wer" Das Große Grüne
(Mittelmeer)
"Bucht der Höhlen"
(Alexandria)
Kemet
Schwarzes Land
Mennefer
(Memphis)
Hapi
(Nil)
"Land der Erleuchtung"
"Ilhuta"
(Oase Siwa)
Mu-Wer-see
Itch-Taui
(Litsch)
"Pforte der Einsamkeit"
"Zen Zen" (Oase Baharya)
(Rotes Meer)
Großes Sandmeer
N
Deshret, Rotes Land
Tameri
(Libysche Wüste)
"Land der kuh"
(Oase Farafra))
Sauti
(Asuit)
(Ägypten)
No Amun
Waset
(Theben)
"Roter felsen"
(Oase Dachla)
(Oase Chargal)
"Ferne Palmen"
Tamuth
Sunet (Assuan)
"Land der Göttin Muth
(Oase Kufra)
Kruglager
(Abu Ballas)
1.Katarakt
"Feuergebirge"
Elendes Kush
2.Katarakt
(Oase Selima)
(Nubische Wüste)
Irtjet
Schmugglerpfad
3.Katarakt
Ta-Seti Bogenland
4.Katarakt
(Bir Natrun)
Straße der 40 Tage
Kropp'scha
Wawat
5.Katarakt
Djam
Sudan
200 km ca. Iteru
(Heute gebräuchliche Namen in Klammern)

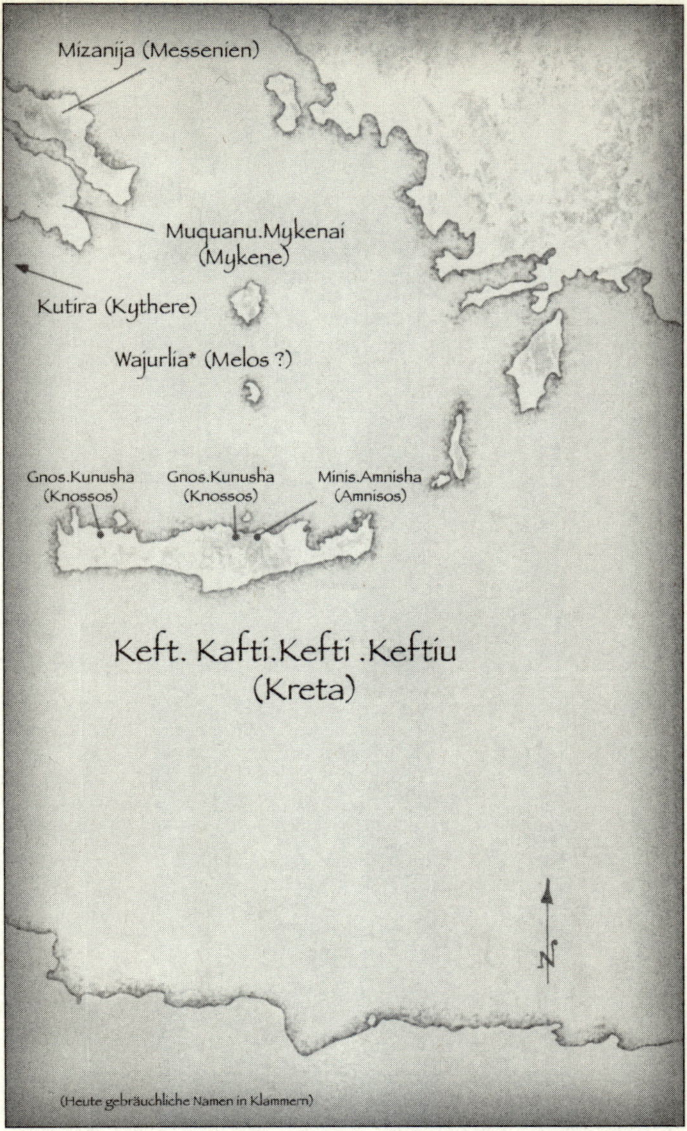
Mizanija (Messenien)
Muquanu.Mykenai
(Mykene)
Kutira (Kythere)
Wajurlia* (Melos ?)
Gnos.Kunusha
(Knossos)
Gnos.Kunusha
(Knossos)
Minis.Amnisha
(Amnisos)
Keft. Kafti.Kefti .Keftiu
(Kreta)
N
(Heute gebräuchliche Namen in Klammern)

1
Die Nacht des Todessturms

Es war Mitternacht oder später, als Kapitän Sa-Renput zu glauben begann, dass er in dieser Nacht sterben würde. Er und knapp drei Dutzend Rômet, seine gesamte Mannschaft. Und die STRAHLEN DES RÂ würde im ersten vagen Licht des Morgengrauens nichts anderes sein als eine Reihe unkenntlicher Trümmer, verteilt über eine weite Fläche des Großen Grünen, des tobenden, schäumenden Meeres zwischen den Hapimündungen und der fernen Insel Keftiu.

Wir sind zwar auf einer Barke, ihr Götter, dachte er in kalter Verzweiflung, *aber die Jenseitsbarke schwebt nur über dem Roten Land nach Sonnenuntergang, ins Amduat. Niemand wird uns in Leinen wickeln und unsere Körper für das nächste Leben vorbereiten. Keine Gebete, keine Grabbeigaben, keine Opfer und keine Blumen. Anubis, der Schakalgott – er schwimmt unter dem Schiff und wird uns alle fressen. Wir müssen elend ersaufen; wir sterben alle vor der Zeit.*

In einen Umhang gehüllt, der von Salzwasser troff und mehr frieren ließ als wärmte, stand er schwankend hinter Paser und Ta-Ptach, den Steuermännern, deren Kräfte sich mit jeder Stunde mehr erschöpft hatten. Mit dem *Skirrh* aus Südost, weder warm noch kalt, peitschte Windgott Schu die RÂ durch die Nacht. Der Bug hob und senkte sich, schlug hart in die Wogen, und die Bugwelle überschüttete das Deck vor dem Mast alle zwei Atemzüge mit Gischt und schwarzem Wasser. Sämtliche Männer trugen breite Ledergurte, hatten dünne Taue durch die Gurte gezogen und sich im Längstau eingeknotet.

Der Skirrh heulte und gurgelte. Es gab kein Licht; auch die Flamme der Schiffslaterne am Mast war längst ertrunken. Kein Mond wie gestern noch, kein Stern, nur Wolken und Sturm. Und die Augen, in denen das Salzwasser biss, sahen nur die Bewegungen heller Schleier in der Schwärze; dreieckige Schaumkronen der Wellen, die das Schiff zu beiden Seiten überholten. Das Dunkel, die tropfendurchsetzte Finsternis, fürchteten die Wajermänner ebenso wenig wie der Kapitän oder die Männer an den Pinnen. Aber sie ahnten, dass das Schiff, an dem sie selbst zum Teil mitgearbeitet hatten, die Belastung nicht aushielt und auseinanderbrach, Planke um Planke, samt des kupfernen Bodens und des schweren Kiels.

Aber noch brach die STRAHLEN DES RÂ nicht. Sie bewegte sich, sie ächzte und knarrte – nur hörte man es im Krachen der Wellen gegen die Bordwand nicht. Die Männer spürten das Beben, das Wiegen und Verkanten, das Heben und Senken des Decks, das Nachlassen der Spannung in den Tauen, und nicht selten dachten sie, dass manche Bewegungen denen einer erfahrenen Frau glichen, die sich in beginnender Leidenschaft räkelte. Das Schiff lag unbegreiflicherweise auf geradem Kurs, schnitt durch die Wellen und bäumte sich nur steil auf, wenn sich aus der Finsternis eine unsichtbare, besonders große Welle den Udjat-Augen entgegenwarf.

Die nasse, schwarze Zeit veränderte sich.

Eine Stunde dauerte länger als ein halber Tag. Die Götter dehnten die Schrecken in unerträglicher Weise aus, in einem Maß, das jeden an Bord erstaunte und bestürzte. Die Ruderer hockten da, klammerten sich an der Bordwand fest, riefen Schu und viele andere Götter an und wagten nicht, sich aufzurichten, wenn sie ihre Blase entleeren mussten. Also blieben sie sitzen und spürten die ätzende, heiße Flüssigkeit unter sich. Die nächste Welle, die über die Bordwand gischtete, spülte alles weg. Nur nicht ihre Scham und ihre Furcht.

»Haltet ihr noch durch? Ein paar Stunden?«, brüllte Sa-Renput zwischen zwei Sturmstößen, bevor die nächste Welle zuschlug. Die nassen Säume seiner Decke schlugen in seine Kniekehlen. Gleichzeitig, aber ohne die Pinnen loszulassen, drehten die Steuermänner sich nach ihm um. Er stand an die Heckreling gelehnt, hatte sich an ihr festgebunden, stemmte seine Sohlen gegen das Deck und klammerte sich an den Handlauf.

»Du bist noch da, Käpten?«, schrie Paser. Wasser mischte sich in seinem Gesicht und auf seinem Hals mit Schweiß. Der Kapitän ahnte es in der Dunkelheit mehr, als dass er es hätte sehen können. Der Wind war nicht kalt, aber das Seewasser wusch die Wärme aus den Körpern.

»Ich bleib länger als ihr. Könnt ihr noch?«

»Wir halten durch. Wie viele Stunden?«

Der Kapitän hatte aufgegeben, die Stunden zählen zu wollen. Aber seine Schätzung konnte nicht allzu ungenau sein.

»Vier Stunden, etwas länger vielleicht.«

»O ihr Götter! Dann löse Ta-Ptach in einer Stunde ab. Er ist ziemlich am Ende.«

»Mach ich, Paser!«

Seit Stunden hatte keiner etwas gegessen oder getrunken. Jeder Versuch, eine Schale Wasser aus dem Schiffsbauch zu holen, war sinnlos; das Gleiche galt für Brotfladen oder Bratenscheiben. Jeder, der es versuchte, hätte sich den Hals und sämtliche Knochen gebrochen. Aber niemand dachte an Trinken, trotz des grauenhaften Geschmacks auf den Lippen und im Rachen. Wieder senkte sich das Heck und kam dem Kamm der Heckwelle gefährlich nahe. Die großen Blätter der Steuerruder furchten das Wasser, das mit aller Macht an ihnen zerrte.

Das Segel, nur eine hellere Fläche in der Schwärze, stand unverändert prall, die Rahen federten die Windstöße ab, die ins Leinen fuhren, die Rahtaue waren straff, als bestünden sie aus Holz. Scheinbar unlösbar waren die Knoten um die Klampen festgezurrt, und jeder, der sie gesehen hätte, wäre sicher gewesen, dass die Taue die Bronzebeschläge aus dem Schiff reißen würden.

Die rasende Fahrt durch die Nacht war vielleicht nicht schlimmer oder angsterzeugender als eine der Sturmfahrten, die Sa-Renput bei den Erprobungen erlebt hatte. Aber sie hatten bei Tageslicht stattgefunden, bei Sonnenlicht. Dazu kam, dass keiner von der Besatzung wusste, wo die PFEIL DER INSEL und die HERRIN DES HAPI segelten, ob sie überhaupt noch segelten oder schon untergegangen waren. Nirgendwo war auch nur das winzigste Licht zu sehen.

Das Meer war beängstigend endlos, uferlos, gnadenlos. Die Wolken rissen nicht auf; auch nicht nach einer Stunde oder zwei Stunden. Mit dem Mut der Verzweiflung und aller Kraft hielten die Steuermänner die RÂ vor dem Skyrrh; der Kapitän löste erst den einen, viel später dann den anderen Steuermann ab. Die Männer verkrochen sich im hintersten Winkel des Hecks und fielen, festgebunden, trotz des Schlingerns und Stampfens in einen Schlaf der Bewusstlosigkeit.

Wieder schleppte sich eine Stunde dahin.

Der Sturm schien schwächer zu werden. Man erkannte es daran, dass weniger Wasser in größeren Abständen auf das Bugdeck krachte, auseinanderfloss und das Deck der Länge nach bis ins Heck mit weißem Schaum wusch. Einmal zuckte der Gedanke durch Sa-Renputs Kopf, dass das Schiff – und, wenn die Götter gnädig waren! – es auch die zwei anderen Schiffe die Insel nach viel kürzerer Zeit am Horizont sehen würden, als sie alle gedacht und erwartet hatten.

Seit der Wind in den vergangenen Stunden aus der anderen Richtung herangetobt war, urplötzlich stärker geworden trotz klaren Himmels, war es Sa-Renput unmöglich gewesen, klar zu denken. Was er tat, wie er handelte – geschah ohne Überlegung und auf eine Weise, als handle etwas neben ihm oder aus seinem Ka heraus, der Seele, die er nicht kannte. Die Gedanken wirbelten in Fetzen hin und her und drehten sich in wirren Wirbeln. Immer wieder prallten sie gegen die schwarzen Mauern der Furcht und wurden zurückgeworfen wie das Echo eines Schreies von einer glatten Granitmauer.

Der Kapitän dachte an den Kiel des Schiffs, der sich wahrscheinlich bog wie ein Bündel Schilfrohre. Gesichter und Körper seiner letzten Gefährtinnen erschienen wie Blitze vor seinem geistigen Auge. Wenn er diese Fahrt überlebte, würde er ... der nächste Brecher riss die Füße unter ihm weg, und er klammerte sich an den Handlauf. Das Schiff gab einen unbeschreiblichen Laut von sich. Das Wasser schäumte in alle Richtungen davon. Er glaubte, jede Schaumflocke sehen zu können, wie sie über die Maserung des Holzes taumelte.

Er hob den Kopf und erblickte vor sich die gekrümmten, wasserübergossenen Körper der Ruderer und der Steuermänner.

Er traute seinen Augen nicht.

Die Götter hatten abermals die Stunden, die Zeit und den Tag in ihren Händen zerpflückt. Der Kapitän begann seine Umgebung wiederzuerkennen. Die Morgendämmerung begann! Seine Blicke glitten vom hellen Segel über das Deck und die vielen Körper nach rechts. Er unterschied einzelne Wellen, die weiße Gischt und am Horizont, jenseits eines schier unendlichen Feldes bewegten schwarzen Wassers und weißer Dreiecke einen schmalen Streifen von unbestimmbarer Farbe.

Die Götter haben nicht gewollt, dass wir die Fahrt ins Jenseitsland antreten. Was ich sehe, kann nur eines bedeuten: Die Nacht ist vorbei. Dort wird sich Re über den Horizont erheben. Re, die Sonne. Jetzt sehen wir unser Elend und können uns ducken, wenn das Große Grüne uns packen und ersäufen will.

»Wir haben's überlebt!«, schrie Sa-Renput und wedelte mit den Armen. »Die Nacht ist vorbei! Schu hat uns nicht gefressen! Haltet durch! Bald ist es vorbei!«

Alle Umrisse wurden deutlicher. Über dem Schiff öffneten sich die Wolken, drei Sterne begannen zu blinken. Als habe das Licht den Sturm besänftigt, hörten die heftigen Böen auf und wichen einem pfeifenden, stetigen Wind. Aber das Segel blieb straff und faltenlos und trieb die RÂ vorwärts, mit weit schäumender Bugwelle durch das zunehmend heller werdende graue Zwielicht.

Paser wandte sich um, seine Armmuskeln zitterten wie im Fieber. Er spuckte aus und rief: »Wer diese Nacht übersteht, den lieben die Götter!«

»Wartet noch ein wenig«, gab der Kapitän ebenso laut zurück. »Wenn's ruhiger geworden ist, und wenn ich mir nicht alle Knochen breche, hol ich Wasser und Wein.«

Der waagrechte Spalt in der Nacht öffnete sich weiter. Aus dem rötlichgelben Grau wurde ein schmutziges Weiß. Der Sonnenaufgang war ganz anders als über dem Roten Land oder dem Wasser des Hapi. Es dauerte vielleicht eine qualvolle Stunde lang, bis sich der Himmel über dem Meer geklärt hatte und die ersten Sonnenstrahlen über die endlose Fläche zuckten. Während dieser Stunde wuchs zugleich mit der Erkenntnis, dass sie alle das Leben geschenkt bekommen und die Furcht langsam verloren hatten, das Bedürfnis, sich zu bewegen; plötzlich spürten sie würgenden Hunger und Durst.

»Die Sonne!«, schrie ein Ruderer mit überkippender Stimme. »Ist es vorbei, Sa-Renput?«

»Bald ist es vorbei«, gab er zurück und riss mit tauben, kalten Fingern an einem der beiden Knoten an seinem Gürtel. Als ihn die Sonnenstrahlen trafen, fühlte er nicht nur ein wenig Wärme, sondern die Erleichterung, die sich in seinen Körper ausbreitete.

Nachdem sich der Kapitän von den kurzen Tauen befreit hatte, tappte er zwischen den Steuermännern hindurch und bückte sich unter den Pinnen. Binnen kurzer Zeit verschwanden mehr und mehr Gischtkronen von den Wellen. Die Wolken zerteilten sich und schienen sich aufzulösen; der letzte Stern unsichtbar wurde. Nur die dünne Mondsichel schob sich hinter der Wolke hervor.

Noch ehe die Seefahrer ihre Umgebung richtig wahrnehmen konnten, war an den Geräuschen deutlich zu erkennen, dass auch das Schiff langsamer geworden war. Über das Meer kroch mit dem Wind die Wärme des neuen Tages heran und versprach viele heiße Stunden.

Wortlos, nach wie vor im Griff des ausgestandenen Schreckens und zitternd vor Kälte und Anspannung, lösten die Wajermänner und die Segelmannschaft die Sicherheitstaue. Der Kapitän stemmte den Lukendeckel hoch und ließ sich in den Schiffsbauch hinunter. Er begann, Wasser und Wein von einem großen Krug in einen kleineren umzufüllen.

Er stemmte den Krug aufs Deck und rief: »Trinkt euch satt. Ein paar von euch sollen mir helfen. Seht nach, ob noch Glut im Krug ist.«

Er verschwand wieder in der Luke, leerte einige Becher und kletterte wieder hinauf. Als er aufstand, die Hand am Mitteltau, sah er, dass zwei Ruderer die Steuermänner ablösten. Rings um ihn begannen sich die Seefahrer zu bewegen, als ob sie in der zunehmenden Wärme alle Schrecken der Nacht überwunden und vergessen hätten.

Als das Schiff eine Stunde danach fast völlig getrocknet und von einer dünnen Schicht Salz überzogen und das Wüten des Schu, »dem aus der Leere«, vergessen waren, herrschten an Deck der RÂ überschaubare Ordnung und Betriebsamkeit. Zwei Ruderer waren auf die untere Rah geklettert und versuchten, die Segel der anderen Schiffe zu finden. Jedes Mal, wenn der Kapitän sie anrief, schüttelten sie die Köpfe. Die Steuermänner lagen, satt gegessen und -getrunken, in leidlich trockene Mäntel eingewickelt, auf einigen leidlich weichen Säcken und schnarchten mit weit offenen Mündern.

Alle Männer hatten sich mit wenig Süßwasser und nassen Tüchern flüchtig gesäubert. Das Schiff fuhr im warmen Ajach nach Sonnenuntergang; die Sonne stand vier Handbreit über dem Horizont. Bis auf wenige kleine Wolken im Nordwest füllte strahlendes Blau den Himmel. Die »Nadel des Nordens« war in einem Ledersäckchen verwahrt. Es lag in einem Holzkästchen, das innerhalb einer kleinen Truhe aus geöltem Flechtwerk festgebunden war. Diese Truhe, mit fingerdicken Kordeln am Mast befestigt, war im Sturm nicht um einen Fingerbreit verrückt worden.

Sa-Renput stand am Mast, dachte schweigend nach und sagte zu den Männern der Segelmannschaft: »Wir haben die Sonne im Rücken und liegen auf richtigem Kurs. Vielleicht brauche ich die Nadel am Abend, ganz gewiss aber in der Nacht.«

Zwei Rômet setzten die Schiffslaterne instand; einen kupfernen Ölbehälter. Ihn umgab ein Holzgestell, das den Rahmen für einen Schirm aus geöltem Leinen bildete. Mit zwei Haken und einigen Schnüren wurde die Laterne am Mast angezurrt. In dieser Nacht hatten die Brecher das Leinen halb zerrissen und die Flamme gelöscht. An der Glut im Tonkrug war ein Ölfeuer angezündet worden, auf dem der halb volle Kessel für den heißen Sud stand. Feuer und Kessel befanden sich in einem großen Holzkasten mit kupferbeschlagenen Innenwänden, der vor dem Mast auf den Planken stand.

Die STRAHLEN DES RÂ glitt ruhig durch die Wellen des Großen Grünen; es war, als habe es diese Nacht nicht gegeben. Aber trotz der Freude, der Erleichterung und des ständigen Juckens des trocknenden Salzwassers auf der Haut, das durch das Schwitzen noch verstärkt wurde, blieb die Befürchtung, dass die PFEIL DER INSEL oder die HERRIN DES HAPI den Sturm nicht überstanden hatten. Oder – die

Vorstellung entsetzte jeden an Bord – dass beide Schiffe verloren waren.

Um Mittag herum schrie einer der Ruderer, der sich an der Rah festhielt: »Ein Segel! Das Segel hinter uns! Ein Schiff, Kapitän!«

Sa-Renput drehte sich herum und beschattete die Augen mit der flachen Hand. Der Ruderer hatte schärfere Augen als er. Schließlich, nach vielleicht fünfzig Atemzügen, sah auch er den winzigen hellen Fleck vor dem Horizont. Es wäre ein Wunder gewesen, wenn dieses Segel nicht zu einem der eigenen Schiffe gehört hätte.

Das Infrarotbild aus den Optiken der hoch fliegenden Spionsonde hatte mir noch in der ersten Nachtstunde drei Objekte in geringer Entfernung voneinander gezeigt. Sie bewegten sich nach Nordwest; ich wusste, dass Kapitän Sa-Renput und die STRAHLEN DES RÂ die Seeschiffe des Pharao-Sohnes Sesostris anführten. Als der starke Wind aus Sonnenaufgang zum Sturm aufgefrischt hatte, als aus Ajach kalter Skyrrh geworden war, wurden die Schiffe stetig auseinandergetrieben. Zwei Stunden danach konnte ich nur noch den Kurs der RÂ auf der Fahrt nach Keftiu verfolgen.

Das Schiff, ein Rahsegler wie alle Schiffe der Barbaren, arbeitete sich vor dem Wind in beachtlicher Geschwindigkeit durch die Wogen und die Gischt des Großen Grünen, des Östlichen Binnenmeeres. Die Schiffe, nach Jahrhunderte lang bewährten Mustern und meinen Verbesserungsvorschlägen gebaut, waren seetüchtige Hapi-Flussschiffe mit geübten Mannschaften; nur Cheper, Kapitän der HERRIN DES HAPI, war allerdings mit mir und der GOLDENEN ZEDER gesegelt und hatte wirkliche Meeres-Erfahrungen. Auch dieses Schiff hatte ich mitten in der Nacht aus Ricos Ortung verloren.

Im behaglich gekühlten Inneren unserer Wohnhöhle litt ich mit den Steuermännern, der Mannschaft und dem Kapitän der RÂ, die den Schrecken einer Sturmnacht ausgeliefert waren. Innerhalb von sechs, höchstens sieben Tagen, konnten die Rômet die Nordseite der Insel erreichen, eine Bucht und eine Flussmündung anlaufen und den ersten geplanten Kontakt herstellen; mit Geschenken, Handelswaren und im Auftrag des Großen Hauses von Itch-Taui. Und mit Waren von Keftiu, möglicherweise auch mit Geschenken, sollten die Kapitäne wieder nach Tameri zurücksegeln.

Ich hatte dem hinfälligen alten Herrscher Amenemhet und seinem Sohn, dem energischen Sesostris, versprochen, dafür zu sorgen, dass die Kulturen und die Zivilisationen Keftius und Tameris zusammengeführt wurden. Um zwischen den Bewohnern Keftius und den Rômet zu vermitteln und schnell und leicht zu übersetzen, war Asyrta-Maraye und mir in einer Oase eine junge Frau übergeben worden: Thot-K'aima, die früher auf einen anderen Namen gehört hatte. Überwältigt von unserer »arkonidischen« Kultur, durch Hypnoschulung und Ricos Beteiligung gründlich vorbereitet, wartete die schöne hochgewachsene Dunkelhäutige in einer Höhle der Insel auf die Schiffe aus ihrer Heimat.

2
Höhlenstille und Felsenquell

Das eigentümliche Wohlgefühl, das Thot-K'aima erfüllte, war erst wenige Tage alt, so alt oder besser so jung wie ihr Erkennen, dass sie »gezeichnet« worden war. Vielmehr: Sie war »ausgezeichnet« worden, denn dieser Nichtmensch Rico zählte zweifellos, da er kein Rômet, also kein »Mensch« war, zu den Göttern. Sicherlich nur zu den minderen Ortsgöttern, aber dennoch – er hatte sie berührt, mit seiner Weisheit und seinen langfingrigen Händen, also war sie bedeutender als zuvor.

Bedeutender? Sie war ein Nichts gewesen! Vom schmutzigen, halb verhungerten Kind aus Kush zur Hüterin der Quelle ... welch ein Weg, von einem göttlichen Wesen bereitet! Sah man es ihr an? Ein leuchtendes Zeichen auf der Stirn? Nein. Ein Hauch unantastbarer Heiligkeit des Körpers? Der große Spiegel, den ihr Maraye geschenkt hatte, gab keine Antwort.

In der behaglichen Einsamkeit ihrer Höhle, umgeben von den vielfältigen Lauten der Vögel, dem Geräusch rinnenden Quellwassers und dem Rascheln, Raunen und Rauschen hoch über ihr in den Eichenwipfeln, hatte sie in vielen einzelnen Schritten zu sich gefunden. Zuerst war sie erschrocken, weil sie keine menschliche Stimme mehr gehört hatte außer der eigenen, wenn sie mit sich selbst redete, um den Klang und die Bedeutung der Wörter nicht zu vergessen.

Aber die Natur um sie herum war voller Leben, voller Stimmen und voll verschwiegener Bedeutungen, die erst nach und nach ihre Geheimnisse verloren, und die Thot-K'aima nur langsam bestimmen und einordnen konnte. Da waren sirrende Mücken, summende Fliegen und Bienen, schwirrende Libellen und kleine, erdfarbene Frösche, die den Raum über dem Spiegel des Teichs, dessen Saum und die darüber ragenden Äste beherrschten. Dazu kamen der Wind, die Blätter und die Äste der Eichen; zu jeder Stunde des Tages flüsterten und zischelten die Blätter, denn zu jedem Abschnitt des Tages und der Nacht herrschte ein anderer Wind: furchtsam, geheimnisvoll wispernd, vollmundig oder machtvoll scharf.

»Und dann meine Vögel«, sagte sie leise. »Tausend verschiedene Vögel. Ich kenne keinen von ihnen, nur ihre Stimmen.«

Kleine Singvögel, deren Nester – es mussten viele Dutzende im Hügelwald sein – sich im Grün versteckten. Schon vor Anbruch der Morgendämmerung fing der Gesang der kleinen Geschöpfe an, schwieg in den heißen Mittagsstunden, wenn die Sonnenstrahlen senkrecht herunterstachen und den Teich in eine spiegelnde Goldfläche verwandelten und die Grillen und Zikaden weckten. Am Nachmittag begann das Zwitschern, Singen und Rascheln aufs Neue, wenn die Vögel über dem Teich nach Insekten jagten. Nachts hörte die junge dunkelhäutige Frau nur bisweilen einen Ruf des Erschreckens aus einem Nest, irgendwoher.

Das Alleinsein gefiel ihr, denn sie dachte über alles nach, was ihr widerfahren war, seit sie das prächtige Oasenhaus der Herrin Chrateanch verlassen und sich in die Welt jener drei Fremden begeben hatte, von denen sie so unendlich vieles gelernt und so viele wunderbare Geschenke erhalten hatte. Thot-K'aima begrübelte die neue Kraft, die sie zusammen mit dem neuen Wissen erworben hatte. Sie wurde sich von Tag zu Tag mehr ihrer Stärke bewusst.

Jeder neue Tag brachte neue Erkenntnisse und vertiefte das vorhandene Wissen. Ein Weg, viele Jahre und unzählige Iteruu lang, lag hinter ihr. Die strohgedeckte Lehmhütte im elenden Kush, im Land der Nehesi, mit der qualmenden Feuerstätte in der Mitte, die Herde magerer Ziegen, der tägliche Gang mit schweren Krügen vom Brunnen, die Arbeit mit den Goldsuchern, das karge Essen und der Händler aus dem fernen Tameri, die lange Wüstenwanderung am Rand des Verdurstens und der Besinnungslosigkeit in einem Meer aus Sand verblassten zur Erinnerung.

Manche Weggefährten waren gestorben; sie hatte überlebt. Die Oase, das kühle Haus voller Kostbarkeiten und die Fürsorge der schönen Nebit; zum ersten Mal hörte das Kind aus dem fernen Süden den Klang von Musikinstrumenten und roch Düfte, Salben, Weihrauch, hatte das Wunder kalten Wassers jeden Tag und alle Nächte um sich herum und aß Speisen, von denen sie zuvor nicht einmal geträumt hatte.

»Dann kamen Nebit Asyrta-Maraye und Fürst Ahiram-Acran«, erinnerte sich Thot-K'aima lächelnd und stand vom Steinblock auf. Sie hob den silbernen Gürtel vom Tisch, schnallte ihn um die Hüften und prüfte den fast unterarmlangen Dolch, der in der ledernen Scheide steckte. Als sie die Höhle verließ und barfuß auf die Steinstufen trat, berührte sie nacheinander zwei leuchtende Steine ihres Armbandes und wusste, dass sie unsichtbar geworden war. Sie machte das Wunder wieder rückgängig und staunte.

Hinter ihr verschloss eine wunderbare Wand, deren Aussehen sich dem Stein des Eingangs anglich, lautlos die Quellhöhle. Begleitet vom Brummen dicker Hummeln lief die Frau leise den Pfad hinunter; manchmal knackten trockene Eicheln unter ihren Sohlen. Seit sie am zweiten Tag ihrer Anwesenheit fast jeden Baum im nahen Umkreis des Teichs erklettert hatte, entdeckte sie jeden Tag bisher unbekannte Pfade, die sich um den Hügel wanden, zwischen den Verwüstungen, die Wildschweine in den Nächten angerichtet hatten, und fand andere Wege, die vom Hügel hinunterführten, sich verzweigten und wieder trafen und schließlich, in erwarteter Entfernung, in verschiedene Richtungen davonführten.

Auf einem dieser Pfade hatte sie sich Knossos genähert, den fertigen Teil des Palasts, die große, leere Fläche und die kleine Stadt bestaunt und, unsichtbar, den vielen Arbeitern zugesehen, die über den kolossalen und tausendeckigen Fundamenten Mauern hochzogen.

»Es wird Zeit, das tägliche Leben der Inselbewohner kennenzulernen«, sagte sich die Unsichtbare und legte die Hand an den Griff des Dolches. Als sie aus dem Zwielicht unter den Baumkronen hervortrat, sah sie ihren kurzen Schatten; die Hitze des Mittags lastete über der Insel. Leichtfüßig, mit weit ausgreifenden Schritten ihrer langen Beine lief sie auf dem sandigen Weg auf die Siedlung zu, die sich auf halbem Weg zwischen Knossos und der Strandbucht der Fischer ausbreitete. Thot verschwand wieder hinter dem gläsernen Schirm.

In den heißesten Stunden des Tages lag alles wie im tiefen Schlaf. Nur ein paar Ziegen fraßen unlustig und meckerten bisweilen. Ein Esel stieß ein Dutzend jämmerlicher Schreie aus und schwieg plötzlich. Einige Falken und ein Geier oder Seeadler kreisten über dem Weiden; sie würde Ahiram fragen müssen, wie der größte Vogel am Inselhimmel hieß.

Zwischen dem Kornfeld und den ersten Ölbäumen des Hains, der sichelförmig das Dorf umgab, kletterte Thot-K'aima auf einen Felsen, hockte sich hin und beobachtete die Siedlung.

Ein nächtliches Erlebnis, es lag drei Nächte zurück, fiel ihr ein. Sie hatte im Quellteich gebadet, sich mit einem der weichen Tücher aus Marayes Vorrat abgetrocknet und die Haut mit dem Balsamöl eingerieben. Danach hatte sie etwas aus ihrem schwindenden Vorrat gegessen, einen Becher Wein getrunken, der in der Quelle gekühlt worden war, und sich auf die unterste Stufe der Treppe gesetzt, unmittelbar am Teichrand, zwischen dem Schilf und den blühenden Rohrkolben. Sie hatte in der kreisförmigen Öffnung zwischen den

Baumkronen die Sterne gesehen und sich in ihren Anblick versenkt.

Ungefähr eine halbe Stunde lang hatte sie versucht herauszufinden, ob die Sterne über Kush und Tameri dieselben wie über Keftiu waren. Es schien so zu sein; sie war nicht sicher gewesen. Plötzlich war die Hälfte der Sterne verschwunden, dann wieder erschienen, und die andere Hälfte war von etwas Großem verdunkelt worden, das sich langsam bewegt hatte. Im Dorf und in Knossos hatten Hunde angefangen zu bellen und zu jaulen.

Thot-K'aima war aufgestanden, ein paar Schritte in den Teich gewatet und hatte den Kopf in den Nacken gelegt. Jetzt hatte sie deutlicher erkannt, dass in der Dunkelheit ein schwarzer Schattenriss vor den Sternen gekreist war, und der nächste Blick hatte ihr den Körper eines Vogels gezeigt.

Ein riesenhafter Vogel mit weit gespreizten Schwingen und gefächertem Schwanz, der einen hellen Körper in den Klauen gehalten hatte.

Der Adler hatte einige Male seine Flügel geschwungen und den Kreis verlassen, hatte sich dem Boden genähert und zugleich dem Hügel des Quellteichs. Thot-K'aima hatte mit angehaltenem Atem das seltsame Tier beobachtet, das ihr viel zu mächtig erschienen war. Sie hatte geglaubt, in der Beute ein großes Schaf erkennen zu können oder ein Kalb mit hellem Fell.

Der Kopf des Riesentieres hatte nicht dem Schädel eines Geiers oder Adlers geglichen, war dem Anschein nach vielmehr ein menschlicher Kopf gewesen, der auf einem ebenso menschlichen Hals gesessen hatte. Als der schwarze Vogel auf den Hügel zugeschwebt war, hatte die Frau deutlich das Rauschen des Gefieders gehört. Das Riesentier war über den Hügel hinweggeflogen, hatte sich in einem Halbkreis auf Knossos zubewegt und war dann mit kraftvollen Flügelschlägen in die Richtung Gebirge verschwunden.

Kurze Zeit, nachdem der schwarze Riesenadler wieder mit der Dunkelheit verschmolzen war, war ein Strom widerlich stinkender Luft durch die Baumkronen geweht, hatte den Hügel eingehüllt und sich zögernd eine Stunde später aufgelöst. Erst als im ersten Licht des Morgengrauens ein Windstoß die Eichenblätter hatte rascheln lassen, war der Geruch völlig geschwunden, und die Vögel hatten mit ihrem morgendliches Zetern und Lärmen begonnen.

Die Unsichtbare dachte so lange an den nächtlichen Vogeldämon, wie der Geier über der Siedlung kreiste. Als die ersten Bauern aus den Häusern kamen, richtete sie ihre Aufmerksamkeit wieder auf das Leben in der Siedlung.

Sie hörte und verstand, was die Bauern miteinander redeten. Es waren alltägliche Dinge, die ihre Arbeit betrafen, die Ernte, die Früchte der Ölbäume und die Schufterei an den Pressen, die Abgaben an den Minos und das Wirken der Götter; sie hörte deren Namen und glaubte zu erkennen, dass die Himmlischen nichts anderes taten als die Sterblichen – sie stritten sich, bildeten Paare, beseelten Felsen, Berge, Höhlen, Gewitter, Flüsse und Quellen, paarten sich mit Sterblichen und brachten Halbgötter in die Welt und seltsame Mischwesen; etwa Menschen mit Pferdekörpern, Nymphen, die sich in Bäume verwandelten oder Vögel, die ihre Federn als tödliche Geschosse verwendeten. Bei ihren Gängen durch die schmalen Gassen und entlang der Felder und Haine hatte Thot-K'aima aber noch keine dieser halbgöttlichen Kreaturen gesehen, dafür aber einige Pferde, kleine Rinderherden und zwei Stiere mit hellem Fell und ausladendem Gehörn.

Zugleich schienen viele Bewohner Keftius eine erstaunliche Gabe zu haben, die Thot-K'aima mit Bewunderung erfüllte. Sie kannten offensichtlich alle Blüten und die Zeit, in der sie sich öffneten, und sammelten große Körbe voll mit Dutzenden verschiedener Kräuter, Wurzeln und Früchte, die sie seltsamen Behandlungen unterzogen. Mit dem Öl der Olivenbäume und oftmals mit Honig oder weißem Fett vermischt, erhitzt, ausgepresst, getrocknet, gemahlen und zerstoßen, mischten sie daraus Würzöle, Salben, Duftwässer und Arzneien und füllten unzählige Tonkrügelchen damit. Nicht einmal im Haus ihrer Herrin Chrateanch hatte die Unsichtbare solcherlei Düfte gerochen wie in den Lehmziegelscheunen der Inselbewohner.

In Tameri würden sich die Frauen schon nach dem ersten Atemzug an den Düften der Keftiu-Pflückerinnen erfreuen, an den Ölen und dem Balsam und den Schminken, und die Ärzte konnten mit den Salben vielerlei Gebrechen heilen. Die Hüterin des Quellteichs sah, dass die Bauern Bronzewerkzeuge benutzten, aber in den beiden Dörfern und in Knossos hatte sie noch keinen Bronzeschmied gefunden. Aber etwas anderes erregte ihre Neugierde, obwohl ihr das Verständnis fehlte.

Das Bauwerk erhob sich auf einem Hügel, der nach Norden, Osten und Süden steil abfiel. An diesen Hügelflanken trat stellenweise nackter Fels zutage, aber die Hänge waren durch Treppen, Umgänge und Terrassen abgefangen. An vielen Stellen wuchsen Bäume und Büsche in steinernen Trögen. Vor einer Terrasse des »Palasts«, auf der ungewöhnlich großen, völlig ebenen Fläche, an deren drei Seiten vor ein, zwei Jahren Eichenschösslinge und große Nussbäume gepflanzt worden waren, legten Handwerker kleine, flache Steinplättchen nebeneinander.

Als Thot-K'aima näher heranging und darauf achtete, dass sie kein Geräusch machte, sah sie, dass die Plättchen unregelmäßig geformt und aus mehr als einem halben Dutzend farblich unterschiedlicher Steinplatten gebrochen worden waren. Auf dem trockenen, festgestampften Lehm waren Linien, Ecken und Winkel ebenso zu erkennen wie Kreise und Teile von Kreisen. Verschiedene Linien oder geschwungene Bänder waren aus Plättchen gleicher Farbe zusammengefügt.

»Ich hab' in der Oase Ihuta Sandbilder gesehen«, murmelte die junge Frau versonnen, »aus weißen, gelben und roten Körnchen und aus Blütenblättern und zerschnittenen grünen Blättern. Alle Farben, Bilder von Göttern ...«

Mit einem grauen, milchartigen Brei wurden die winzigen Fugen zwischen den Steinchen ausgeschmiert, mit breiten Holzschabern und mit Stofffetzen. Die Arbeiter, vielleicht zehn ältere Männer, arbeiteten schnell und riefen sich Scherzworte zu. Wenn die gesamte Fläche vor der breiten Treppe mit diesem vielfarbigen Muster ausgelegt und der Fugenbrei getrocknet und erhärtet waren, würden die Handwerker Tausende und Abertausende jener halb daumengroßen Plättchen aneinandergelegt haben. Es war eine Arbeit, die noch ein oder zwei Monde dauern mochte.

Aber wenn die Fläche ein vollendetes Bild zeigte, war dies ein staunenswerter Anblick. An zwei Stellen erkannte Thot-K'aima das Abbild einer langschäftigen Doppelaxt, an einem dritten Bild fügten die Handwerker gerade die Steinchen zu einer der beiden halbmondartigen Klingen zusammen. Thot-K'aima hatte die Waffe noch nicht in Gebrauch gesehen, kannte aber den Namen: *Labrys.* Sie blickte lange auf das bisher Fertiggestellte und wanderte weiter. König Minos hatte große Bilder vor Augen und großartige Träume und musste über erheblichen Reichtum verfügen.

Die Hüterin des Teichs wandte sich nach Norden und stieg neben einer Palastmauer im Schatten ausgewachsener Zypressen den Hang aufwärts. Sie wollte eine Stelle finden, von der aus sie das Meer sehen konnte.

»Und vielleicht schon unsere Schiffe«, sagte sie in träumerischem Tonfall. Sie bereitete sich auf den nächsten Schritt vor, so, wie es Ahiram und Rico geplant hatten, und achtete auf jede noch so geringfügige Kleinigkeit.

Heute wählte die Hüterin der Quelle einen anderen Pfad. Sie stieg bergauf und lief hügelabwärts, dem unsichtbaren nördlichen Strand zu. Aus dem Pfad wurde ein breiter Waldweg – zwischen Tannen, Eichen, Zypressen, einem Gewirk kleinblättrigen Gebüschs und über eine Lichtung, die sich dem Sonnenlicht darbot. Inmitten eines Mohnfeldes mit roten Blüten stand eine Gruppe unbekannter Bäumchen, schlank und gerade. Von den großen dunklen Zypressen erstickt, waren einige quer über das Rinnsal gestürzt und warfen ihre Schatten auf die Kiesel und den Sand des Grundes, über denen sich zitternd die Sonnenstrahlen brachen.

Die Insulaner nannten den Bach, der durch viele kleine Zuläufe verstärkt und während der Gewitter oder der kurzen, schweren Winterregen angeschwollen und ungefähr in der Inselmitte ins Meer mündete, *Lethai*. Der stechende Geruch schmorenden Holzes strich durch die Stämme; Thot-K'aima wusste, wo der Köhler seinen Meiler aufgeschichtet hatte und wich ihm im weiten Bogen aus. Sie folgte einem Pfad, auf dem Ziegenkot lag, lief aus dem Schatten ins Sonnenlicht, wieder zurück, durch einen Wald hügelaufwärts und blieb plötzlich stehen. Der Anblick ließ sie wohlig erschauern.

Schräg unter ihr lag das Meer und dehnte sich bis zum Horizont aus. Sie sah die Bäume, die das Flussbett ausfüllten, die Mündung des Flusses und den Teil einer weit geschwungenen Bucht. Im Sand lagen einige Boote; Fischerboote wohl, aber von den Fischern zeugte nur eine tief eingetretene Spur im Sand. Thot-K'aimas Blicke suchten die Segel der Rômetschiffe in dieser endlosen Fläche aus Blau und Myriaden Sonnenspiegelungen – vergeblich.

Langsam ging sie weiter, aus dem Wäldchen der windzerzausten Tannen hinaus und auf einen bewachsenen Felsgrat, der weit über den Einschnitt des Flusslaufs vorsprang. Am äußersten Punkt blieb sie stehen und suchte abermals das Meer ab, geblendet vom Licht und von der Schönheit der Windfelder, die das gleichmäßige Bild der Wellen unterbrachen.

»Kein Schiff«, sagte sie traurig und hob die Arme. »Keine Seefahrer aus Tameri, denen ich helfen kann. Aber ...«, sie seufzte tief, »ich habe Zeit. Ich warte weiter.«

Sie verbrachte noch eine halbe Stunde auf dem Felsriff, ohne etwas anderes zu sehen als jagende Vögel, Möwen in der Bucht, leere Fischerboote und das Meer. Sie stand wie eine Statue aus dunklem Stein, fast reglos, und spürte am ganzen Körper den Wind, der vom Strand heraufwehte, den Geruch der Wellen mit sich trug und die Haut kühlte.

Dann zog sie die Schultern hoch, wandte sich um und lief zurück zwischen die Baumstämme. Nach einigen Schritten fühlte sie sich beobachtet. Sie hatte niemanden gesehen, kein Geräusch und keinen Ruf gehört. Aber es war, als hefteten sich die Blicke vieler Augenpaare auf die schlanke Frau, deren dunkler Körper jetzt mit den Schatten verschmolz und, einige Zeit später, völlig verschwand.

Sie kehrte zum Teich zurück, kühlte sich mit einem Bad ab und verschloss dann den Eingang der Höhle mit dem »Schleier«. Mit einem großen Glas Wein in der Hand setzte sie sich vor die gläsernen Augen über dem kleinen Bild, das in der Luft schwebte.

Nach wenigen Atemzügen erschien Ahirams Abbild vor ihr; er lächelte und hob grüßend die Hand. »Ich seh's an deinem Gesicht und in deinen großen Augen, meine Schöne – du hast viele Fragen.«

»Ich hab viel gesehen und gehört, Neb Ahiram. Für vieles in meiner Umgebung wüsste ich gern den Namen. Also ... Nein! Zuerst: Wann kommen die Schiffe? Ich war am Meer im Norden und habe keines gesehen.«

»Wenn ihnen nicht die Fafana in die Gesichter bläst, sollten sie morgen Abend in der Mitte der Nordküste sein ...«

Zwei Stunden lang redeten sie miteinander, bis sich seitlich Maraye ins Bild schob und Ahiram zum Essen bat. Er schloss mit den Antworten auf die zuletzt gestellten Fragen.

»Du sollst dich den Inselbewohnern zeigen. Nicht zu oft; eine Quellnymphe ist ein geheimnisvolles Wesen. Dein Vorhaben heute Nacht und morgen, übermorgen ist klug gewählt. Sorge dafür, dass sich die Inselbewohner entsprechende Gedanken machen! Aber ein Feuer und Rauch, das sind gute Zeichen. Trotzdem: Bleibe vorsichtig!«

»Ich werde tun, was du mir rätst, Neb Ahiram. Grüße den göttlichen Rico. Ich wäre hilflos ohne seine Weisheit und ohne das, was ich von euch und ihm gelernt habe.«

»Er wird es mit Freude hören«, sagte Ahiram. Er und Maraye winkten, bis sich das schwebende Bild auflöste und das Glimmen der Glasaugen erlosch.

Das Alleinsein tat Thot-K'aima gut. Sie hatte in den wenigen Tagen, während derer sie sich in der doppelt fremden Umgebung zurechtfinden musste, ihre Sprödigkeit verloren, was mir ihr zufriedenes Lächeln bewies. Sie bewegte sich geschickt und geschmeidig, so, als wäre die Inselhöhle seit Jahren ihre Heimat. Chrateanch, die schöne, reiche Händlerin der Oase hatte offensichtlich ein untrügliches Gespür für die zuverlässige Qualität der Frau bewiesen – die eigentlich ein junges Mädchen war! –, als sie uns die braunhäutige Nehesi zur Ausbildung überlassen hatte.

Thot-K'aima stahl, geschützt durch den Deflektorschirm und ihre Fähigkeit, sich annähernd lautlos zu bewegen, den Dörflern Öl, Wein, Brot, Holzkohle und Milch, tauchte unvermittelt – sichtbar! –an verschiedenen Stellen auf, verschmolz mit der Natur der Insel und erweckte in den Bauern und Handwerkern die Ahnung, zwischen ihnen sei ein halb »göttliches« oder zumindest ein unbegreifliches Wesen erschienen.

Noch musste sie sich nicht als Vermittlerin und Übersetzerin beweisen; ich hatte erst vor einer Stunde, im roten Licht der untergehenden Sonne, das dritte Segel entdecken können. Das Schiff würde nachts am Ostkap, »Kap Thirr«, auf das Licht der zwei anderen Schiffslampen zusteuern. Alle Rômet hatten die nasse Sturmnacht des Schreckens überstanden.

Selbstverständlich hätte ich selbst die Aufgabe übernehmen können, die uns die Herren des Großen Hauses, Vater Amenemhet und Sohn Sesostris, gestellt hatten. Mit meinen technischen Möglichkeiten wäre es ein Leichtes gewesen, zwischen Tameri und Keftiu kulturellen und zivilisatorischen Schulterschluss herbeizuführen. Aber die Barbaren sollten und konnten sich selbst beweisen, und ich hatte ihnen ohnehin schon mehr geholfen als nötig; sowohl die Kapitäne als auch Thot-K'aima und die Ratgeber König Minos' waren klug genug, um die Vorteile erkennen zu können.

Während die STRAHLEN DES RÂ, die PFEIL DER INSEL und die HERRIN DES HAPI heute Nacht in den Schatten des Südwindes »Ummuz« hinter dem Kap Thirr hineinfuhren, würde die junge Frau abermals einen Beweis ihrer Selbständigkeit antreten. Er würde sie stärker und überzeugender machen, denn sie hatte diesen Einfall weder von ihrem vergötterten Rico noch von mir, dem Bewohner der Höhle im Süden der Sandaleninsel.

Nur diese Erzählung vom Riesenvogel mit der schweren Beute und dem Menschenkopf machte mich nachdenklich; in dem rohen Götterkosmos der Minos-Untertanen existierten Flugwesen, die »Harpyien« genannt wurden. In den verflossenen Jahrtausenden hatte ich auf diesem Planeten keine gigantischen Adler mit Menschenköpfen gesehen. Sie waren so wenig wirklich wie der Vogel Roq.

Oder irrte ich mich? Mich warnte das dumpfe Gefühl einer Mauer in einem Kopf, die nicht einmal der Extrasinn einzureißen vermochte. Aufgeschichtet von ES, dem rätselhaften Geisteswesen?

Ich verschob tiefergehende Überlegungen auf später. In diesem Augenblick saßen wir vor dem Eingang der Sommerhöhle, am weißsandigen Strand, im Licht des Halbmondes und einiger Windlichter, aßen und tranken und redeten über den unsagbar weiten Weg der Karawane von Itch-Taui ins Land der Sumer und Akkader, zu den Städten, die Babyla oder Babyli hießen oder Kish und Nippur.

Der anbrechende Tag und die Hunde eines Schafhirten hatten die Wildschweine aus dem Eichenwald vertrieben, dessen Boden sie auf der Suche nach Eicheln und anderem Fressbaren mit Hauern und Rüsselschnauzen bis zu den Wurzeln aufgewühlt hatten. Als das Rudel zwei Stunden nach Anbruch der Dunkelheit aus der Deckung kam und schmatzend den Waldboden zu durchfurchen begann, saß Thot-K'aima in der Gabel des dicksten Astes der ältesten Eiche, Ahirams Wunderdolch und das ebenso wunderbare Nachtauge bereit. Sie streifte das elastische Band, von dem das Auge gehalten wurde, über die Stirn und zog es bis zu den Ohren, dann setzte sie den weichen Rand der kurzen Röhre auf ihr linkes Auge.

Als sie das andere Auge zukniff, sah sie die Körper der Wildschweine mit plötzlicher Deutlichkeit. Die Tiere erschienen als grünlich-hellgraue Schemen und waren gut voneinander zu unterscheiden. Sie erkannte unschwer einen massigen Keiler, dessen Hauer den Boden aufrissen, eine große Bache, die gierig Eicheln und andere Funde im weichen Boden fraß und kaute, und eine Handvoll junger Frischlinge, die sich zwischen den größeren jungen Schweinen bewegten. Die halb erwachsenen Tiere waren im vergangenen Jahr geworfen worden.

Beim Anblick der borstigen Vierbeiner, die den Boden zwischen den Wurzeln in einen Sturzacker verwandelten, lief ihr der Speichel im Mund zusammen. Sie schluckte und zielte mit der nadelfeinen Spitze des Dolchs auf den Eber, schwenkte langsam herum, betrachtete die größeren Nachkommen und entschied sich für einen Braten mit weniger weichem Fett.

Sie drehte am Knauf des Griffs. Ein winziges Licht glomm zwischen den Zierlinien auf, und ein feines Summen, nur ein bisschen deutlicher als die Erschütterung in ihrer Hand und offensichtlich von den Wildschweinen nicht zu hören, drang an ihr Ohr. Sie zielte sorgfältig und wartete, bis das ausgesuchte Tier richtig stand. Dann drückte sie den Daumen auf den falschen Edelstein. Aus der Dolchspitze zuckte ein langer, dünner Blitz und traf die Beute zwischen Nacken und dem oberen Muskel des Vorderfußes. Der Frischling sprang kreischend und zuckend eine Elle weit schräg in die Höhe und war tot, als er wieder schwer auf den Boden schlug.

Ein zweiter, kürzerer Blitz schlug in die Kruppe des Ebers, der einen seltsamen Schrei ausstieß und geradeaus davonstürmte. Das Rudel folgte ihm quiekend und rannte zwischen den Wurzeln und Eichenstämmen, durch das Gebüsch und weiter, voller Angst und wie blind. Im Dorf begannen die Hunde zu kläffen.

Thot-K'aima drehte den Dolchgriff wieder in die andere Richtung, schob die Waffe in die Scheide und kletterte leise und geschickt auf den Waldboden hinunter. Sie lief zu der Stelle, an der das tote Tier in einer Blutlache lag. Wieder benutzte sie den summenden Dolch und trennte den Kopf und die untersten Stücke der Läufe von der Beute. Sie zog das Messer aus der Scheide und brach das Beutetier auf; zwischen einer jungen Ziege und einem Wildschwein gab es nur wenige Unterschiede.

Thot-K'aima zog dem Tier die Haut ab und schnitt die dicken Knochen und damit die besten und größten Fleischbrocken aus dem Körper, zog das Netz aus dem Gürtel und packte die Keulen und die Stücke aus dem Rücken hinein. Sie bewegte sich, noch immer das federnde Band mit dem Auge im Gesicht, schnell und zielstrebig.

Mit vier Schnüren, die sie an die Enden der Wildschweinhaut knotete, streckte sie das Fell und schlang die anderen Enden um Aststumpen, sodass sich das Fell zwischen zwei Stämmen in der Luft schwebend spannte. Sie spießte den abgetrennten Schädel auf einen abgebrochenen Ast und schnitt zwei Löcher ins Fell. Durch die Löcher schob sie den Ast; der Schädel, der kaum mehr blutete, hing in der Mitte des Fells und begann scheinbar zu nicken, als die Frau das Netz voll blutigen Fleisches aufhob und über den aufgewühlten Waldboden davonging. Auf dem gewohnten Pfad, auf dem sie jeden Schritt kannte, ging sie zur Höhle zurück.

Sie löste den Schleier auf, zündete ein halbes Dutzend Öllämpchen an und setzte sich auf die oberste Stufe. Sorgfältig löste sie im flackernden Licht das Fleisch von den Knochen und ließ die blutigen Brocken in die Schale voller Schafsmilch fallen. Die Knochen schleuderte sie in hohem Bogen in den Wald zurück.

Frisches Fleisch ist zäh und fast ungenießbar, hatte Maraye sie gelehrt. *Lass es zwei oder drei Tage in Milch oder in gewürztem Wein liegen, bevor du es brätst und würzt.*

Thot-K'aima reinigte die Steinstufe mit einem Guss Wasser, legte den Schurz ab und stieg langsam hinunter zum Teich. Sie reinigte sich, tauchte einige Male unter und kehrte in die Höhle zurück. Sie fühlte sich nicht beobachtet, aber wenn die Dörfler sie sahen, so sollte es sein. Sie legte einen frischen Schurz an, löschte einige Flämmchen und breitete ein nasses Tuch über die Milchschale mit dem

Fleisch. In wenigen Tagen würde sie sich zeigen und sich so verhalten, wie es die Inselbewohner von einer Quellnymphe erwarteten.

Trotz des kräftigen Ummuz-Windes schien die Luft über dem Deck zu brennen. Der Kapitän hatte dafür gesorgt, dass jeder Mann einen frischen Schurz bekam und die gebrauchten in einem Korb vor dem Mast verstaut wurden; der salzwassergetränkte Stoff stank und schabte die Haut wund. Das Süßwasser reichte nicht für eine gründliche Reinigung von so vielen Körpern. Nicht ein Seefahrer trug ein Kopftuch oder gar eine Perücke; die Sonne prallte ungehindert auf die Haut. Heißer Sud und ein ergiebiges Essen – die Vorräte waren mehr als ausreichend – schienen die letzten nassen Ängste der Nacht vertrieben zu haben. Der Bug des Schiffs schnitt zischend durch die Wellen; aber Sa-Renput hatte die Segelfläche um ein Drittel verkleinern lassen.

Das Schiff, das ihnen seit der Morgendämmerung folgte, hatte stark aufgeholt. Ungefähr um Mittag konnte Kapitän Sa-Renput sicher sein, dass es die HERRIN DES HAPI war, die unendlich langsam im Kielwasser der STRAHLEN DES RÂ näher kam. Bisher war kein zweites Segel entdeckt worden.

Steuermann Ta-Ptahs Augen waren halb geschlossen. Seine geschwollenen Tränensäcke hingen schwer auf die Wangen. Aber er schien seine Kraft nicht verloren zu haben. Nachdem er von einem Seefahrer der Segelmannschaft abgelöst worden war und ein paar Stunden ungestört und tief geschlafen hatte, handhabte er jetzt beide Pinnen.

»Ahiram hat es gesagt, und Cheper hat es bestätigt«, sagte er krächzend. In seiner Halsgrube sammelte sich der Schweiß und lief in einer breiten Bahn über die Brust. »Siehst du die Wolken vor dem Bug? Wenn du um das Segel herum ...«

»War ich längst«, antwortete Sa-Renput. Er war nicht weniger müde als der Steuermann. »Wir sind nicht mehr weit von Keftiu entfernt. Jeder hat die Wolken gesehen. Den Göttern sei Dank.«

»Sie haben uns gerettet.« Paser deutete mit dem Daumen über seine Schulter. »Und die HAPI-Mannschaft auch.«

Der Kapitän hob die Hand und deutete zum Mast.

»Auch wenn wir die Inselwolken sehen ... ich hol die Nadel hervor und vergewissere mich.«

»Sag einem am Segel, er soll uns zu trinken bringen.«

»Werde ich tun«, antwortete Sa-Renput und ging, die Bewegungen des Schiffes mit den Knien ausbalancierend, an der offenen Luke vorbei, redete kurz mit der Segelmannschaft und öffnete bedächtig den Korb, der am Mast trocknete. Er setzte sich aufs Deck, in den knisternden Salzbelag hinein und holte die »Nadel des Nordens« aus der letzten Verpackung. Als er das hölzerne Schiffchen auf die Planken stellte, schwenkte die Nadel hin und her und kam zitternd zur Ruhe.

»Unser Bug zeigt nach Nordwest! Dorther kommt der Hassarr-Wind« rief er. »Die Nadel zeigt nach Nord, zum Borr. Und jetzt schwankt der Wind im Segel zwischen Skyrrh und Ajach. Alles ist so, wie es uns Ahiram gesagt und aufgezeichnet hat.«

»Wann sind wir endlich an dieser anubisverfluchten Insel?«, rief der Rôme, der den nächsten Krug geöffnet und den Inhalt auf viele Becher verteilt hatte.

»Ich glaube, wir sehen sie heute Abend!«, gab der Kapitän zurück. Er drehte das Schiffchen hin und her, beobachtete die Nadel und erkannte, dass er bisher auf dem richtigen Kurs gesegelt war, selbst in der wüsten Sturmnacht. Er streckte die Hand nach einem Becher aus. »Vielleicht auch ein paar Stunden früher.«

Bisher hatte er seine Unruhe zügeln können; auf ihm ruhten die Augen aller Männer. Die Furcht war vorbei, und in den Stunden der ruhigen Fahrt stieg die Erwartung. Immer wieder hielten die Männer Ausschau nach dem dritten Segel, nach Kapitän Sobek-Djaa und der PFEIL DER INSEL. Niemand sprach darüber, aber viele dachten, dass das Schiff verloren war. Nachdenklich versenkte der Kapitän das Nadel-Schiffchen wieder in seiner Verpackung und schob es behutsam in den Schilfbehälter zurück. Die Wolken über dem Horizont hatten sich halb aufgelöst, aber die Insel war noch immer nicht zu sehen. Der Kapitän leerte den Becher mit gemischtem Wein und kehrte an seinen Platz im Heck zurück.

Vielleicht drei Stunden später war die HERRIN so nahe herangekommen, dass sich die Männer von Bord zu Bord erkannten. Mit gebrüllten Fragen, die drei-, viermal wiederholt wurden, und ebenso schlecht verständlichen Antworten verständigten sich die Mannschaften. Die HERRIN hatte die gleiche Schreckensfahrt hinter sich, und ihre Mannschaft dachte keinen Atemzug lang an das Zusammentreffen mit den Inselbewohnern und an die Hüterin der Quelle, die ihnen helfen würde. Sa-Renput ließ das Segel wieder hochziehen und stellte sich in den Bug.

Seine Blicke suchten den Horizont ab. Er erwartete inzwischen, das Gebirge über den Wellen sehen zu können. Die Sonne bewegte sich über den klaren Himmel dem Horizont entgegen, und die Farbe ihres Lichts begann sich zu ändern. Ein rötlicher Schimmer legte sich über die Wellen und nahm den harten Glanz von den Planken und aus den Segeln. Nach vielleicht einer Stunde segelten die Schiffe einen guten Pfeilschuss nebeneinander.

Jeder Mann an Bord beider Schiffe suchte das Meer ab. Das Große Grüne hatte wieder die Farbe geändert und erschien jetzt schwarzblau. Die Strahlen der Sonne, die als rote Scheibe eine Handbreit über dem Horizont schwebte, trafen die

Unterseite der Wolken und ließen sie aufleuchten. Die Hitze des Tages hatte nachgelassen, aber die Stärke des Windes war unverändert. Als die Sonne zur Hälfte untergegangen war, fingen auf beiden Schiffen die Steuermänner und die Männer der Segelmannschaft zu schreien an und zeigten nach Osten.

Sa-Renput schrak auf, drehte suchend den Kopf und blickte in die Richtung, in die alle ausgestreckten Arme deuteten.

»Ein rotes Segel! Ein Rahsegel!«

Als winziges rotes Viereck tanzte im Osten ein Bild auf dem Horizont, das erschien, untertauchte, sich wieder zeigte, nicht deutlicher wurde, aber auch nicht wieder verschwand.

Sa-Renput rief: »Unser Schiffslicht muss die ganze Nacht brennen! Und das auf dem anderen Schiff auch!«

»Wir zünden es gerade an!«, schrie jemand aus der Luke.

Inzwischen hatte die Erregung die Besatzungen beider Schiffe ergriffen. Das rote Segel im Osten schien ein wenig größer geworden zu sein, aber dies war sicherlich eine Täuschung. Alle Männer starrten den winzigen Punkt an, während die Sonne ein letztes Mal aufflammte und alles in feuriges Glutlicht tauchte. Der Kapitän holte tief Luft und hoffte zum zweiten Mal, dass sie nicht das Segel eines fremden Schiffes anstarrten, sondern das der HERRIN DES HAPI. Als er in die Sonne blinzelte, schob sich ein einzigartiges Bild vor seine Augen.

Aus dem dunklen Meer ragte ein spitzkegeliger Berg. Die Sonne hatte sich mit ihrem winzigen Rest hinter den Berg geschoben, sodass sich hinter ihm die rote Helligkeit ausbreitete. Über dem Berg loderte sie an der Unterseite einer langgestreckten Wolke.

Kapitän Sa-Renput vermochte nicht abzuschätzen, wie weit sein Schiff von diesem Berg entfernt war. Aber je mehr das Licht schwand, und je mehr Sterne erschienen, desto sicherer war er, dass dieser dunkle Koloss den Namen Keftiu trug, dass er nicht die Insel in ihrer gesamten Breite vor sich sah, sondern nur das weit vorgeschobene Ostkap. Jenes Kap, das Ahiram-Arcran »Kap Thirr« genannt hatte.

Er beherrschte seine freudige Erregung, stellte sich hinter die Steuermänner und befahl: »Steuert die RÂ nach Steuerbord. Diesen Felsen müssen wir an Backbord zurücklassen. Und dann weit hinaus; wir haben die Untiefen, viele Riffe und unsichtbare Felsen zu fürchten.«

»Dieser Felsen«, sagte Paser, nickte Ta-Ptach zu und schob die Pinne zwei Handbreit nach vorn. »Ist das diese Insel, von der wir seit hundert Tagen träumen?«

»Das ist Keftiu. Ich zweifle nicht daran.« Der Kapitän lachte, während Ta-Ptach die Pinne des Steuerbordruders an sich zog. Der Bug der RÂ wanderte langsam nach rechts. Das letzte Glühen des Tages wurde von der Nacht geschluckt, die kurze Dämmerung war vorbei. Noch mehr Sterne zeigten sich. Das Licht am Mast brannte hell, sodass die Besatzung das gesamte Deck sehen konnte. Auch das Schiffslicht der PFEIL DER INSEL leuchtete mit gleichmäßiger Helligkeit.

»Ihr Götter! Kap Thirr!«, rief der Kapitän. »Wir haben die Insel erreicht. Wenn der Wind bleibt, sehen wir morgen weiße Strände und Flussmündungen!«

Die RÂ schob sich in der Dunkelheit am Kap vorbei. Am Fuß des Felsens brach sich weiß schäumend die Brandung. Der zischende Anprall der kleinen Wellen und der weitaus größeren der Dünung war von allen Rômet an Bord deutlich zu hören, und der Gischtschaum zeichnete sich deutlich ab; allein das Licht der Sterne reichte, um ihn erkennen zu können. Die Schiffe ließen das Kap hinter sich und fuhren in gehörigem Abstand von der Felswand ins Dunkel hinein. Das Sternenlicht zeigte ihnen die Felswände und den mächtigen Schattenriss des östlichen Teils der Insel.

Als Sa-Renput sicher war, dass der Abstand genügte, schirmte er seine Augen mit beiden Händen ab und suchte dort, wo er zuletzt das sonnengerötete Segel gesehen hatte, nach einem Licht, und sei es noch so winzig. Nach einiger Suche fand er es. Die Götter liebten die Seefahrer; sie schienen alle die Maat gewahrt zu haben und die richtigen Gebete und Anrufungen an Re, die Göttinnen Hathor und selbst an Anubis gerichtet zu haben. Dieses Licht gehörte – er war überzeugt davon! – zu der HERRIN DES HAPI und Kapitän Cheper.

»Freunde!«, rief er. »Brecht die Siegel von zwei, drei Krügen Wein. Teilt Becher aus! Wir haben alle überlebt, und morgen haben wir festes Land unter den Sohlen.« Er sah sich an Deck um, so wie er alle hundert Atemzüge alles prüfte, was seine Augen zu erkennen vermochten. Je weiter sich der Kapitän, das Schiff und die Mannschaft von Tameri entfernten, desto wichtiger war es, keine Schwäche zu zeigen und keine Unordnung durchgehen zu lassen.

Jetzt, da das Ziel in greifbarer Nähe lag, konnte er ein wenig Durcheinander und eine Spur Trunkenheit zulassen; die Mannschaft musste belohnt werden. Mit schrägem Grinsen sah er zu, wie ungemischter, warm gewordener Wein ausgeschenkt und die Becher weitergereicht wurden. Aus dem schwarzen Horizont hob sich, übergroß und saftig gelb, der Mond. Paser reichte dem Kapitän einen vollen Becher.

»Wir haben es erhofft. Manche waren sicher, andere schütteln noch jetzt den Kopf, Käpten«, sagte er und sah zu, wie sich Sa-Renput auf das Kissen setzte, das aus dem vierfach zusammengefalteten Mantel bestand. Der Kapitän nahm zuerst einen tiefen Schluck, spürte dem Geschmack des starken Ireps mit Zunge und Gaumen nach und wartete darauf, dass Paser seine Frage beendete. »Warst du sicher, dass wir in insgesamt fünf Tagen unser Ziel erreichen können ... konnten?«

Sa-Renput hatte die Frage erwartete, und er hatte sie sich jeden Tag zehnmal selbst gestellt. Er nickte und antwortete mit sicherer Stimme: »Letzten Endes habe ich es erwartet. Wenn Kapitän Cheper es mit Ahiram und der GOLDENEN ZEDER erreicht hat, dieses und andere Ziele, dann schaffen wir es auch. Ohne diesen verdammten Sturm wäre es eine ruhige Fahrt gewesen.«

»So wurde es eine wüste Segelei«, glaubte Ta-Ptach sagen zu müssen, »die uns gezeigt hat, dass einfache Hapischiffer auch die grausigste Nacht überleben können, die anderen Männern den Tod gebracht hätte.«

»Mit Schiffen, die wir nach den Befehlen und mit der Hilfe eines Fremden gebaut haben«, knurrte der Kapitän, leerte den Becher und warf ihn einem Wajermann zu. »Ich will jetzt ein paar Stunden schlafen. Bringt das Schiff – die drei Schiffe – in weitem Bogen zur Mitte der Insel. Denkt daran: Wir werden von einer Freundin Neb Ahirams erwartet!«

Obwohl er nur ein Fladenbrot, ein Stück Käse und eine Scheibe Gazellenbraten gegessen hatte, vergaß er bewusst seinen Hunger. Er leerte noch zwei Becher, schlief tief und ungestört und erwachte erst drei Stunden nach Sonnenaufgang; jemand hatte ein Tuch über seinem Kopf ausgebreitet.

Während er den warmen, fetten Brei aus seiner Schale löffelte, irrten seine Blicke immer wieder ab. Kurz nach dem Vorbeisegeln am Kap hatten die Rômet an Steuerbord zwei Inselchen entdeckt, die unbewohnt waren, denn niemand sah ein Feuer oder ein Licht, nur das Rauschen der Brandung und die weißen Gischtstreifen waren schwach zu hören und zu sehen. Kurz darauf verloren sich auch die Echos der Felswand. Im Mondlicht öffnete sich eine große Bucht. Und zur Erleichterung aller schien das dritte Schiffslicht näher zu kommen.

Nun sahen der Kapitän und die Wajermänner die zerklüftete Nordküste der Insel. Die RÂ segelte, das Segel straff und gefüllt, mit gutem Messes auf das nächste Kap zu, das die zweite, weitaus größere Bucht abschloss. Die Inselchen waren nur noch Pünktchen weit hinter dem Heck. Ruhig blieb Sa-Renput sitzen und dachte an die friedvolle Nacht, die hinter ihnen lag.

Es erstaunte ihn, wie souverän die Steuermänner und die Mannschaft nicht nur den Sturm, sondern auch das Segeln im guten Wind überstanden hatten. Bisher hatten sie nur den stetigen Blick auf Ufer, Sand, Flusswasser und Palmen gekannt. Das Gefühl, ausgesetzt auf einer riesigen Fläche ohne Ufer und feste Punkte zu sein, am Tag und in nächtlicher Finsternis, in einem Schiff, das wild umhergeschleudert wurde, musste viele Männer gemartert haben. Davon war jetzt nichts mehr zu sehen und zu spüren: Aufgeregt beobachteten die Rômet das menschenleere Felsenufer, das an Backbord langsam an ihnen vorbeizog. Der Kapitän wischte den Napf mit dem letzten Brotstück aus und stand auf.

»Ich sehe, euch allen geht es gut«, rief er und gab den Napf zurück. »Unser Schiff hat ebenso viel ausgehalten wie die Mannschaft. Irgendwo dort vorn, hinter dem Kap, werden wir an Land gehen und in einem Fluss baden.«

»Wenn der Wind sich nicht dreht«, warf Paser ein und stützte sich schwer auf die Pinne. Sie war, wie jede Handbreit des Schiffs bis auf wenige Flecken, mit Salz überkrustet. »Bisher scheint die Insel menschenleer zu sein, Kapitän.«

»Sie halten nicht gerade nach uns Ausschau«, gab Sa-Renput zu. »Aber wir sollten bald Fischerboote sehen.«

»Warten wir's ab«, meinte Ta-Ptah und sah sich nach der HERRIN DES HAPI um. Sie war wieder etwas näher herangekommen. Die Wolken über der Insel wuchsen, wurden zahlreicher und drifteten nach Osten. Ungeduldig warteten die Rômet auf den ersten Inselbewohner, der ihnen winkte und Rufe in unbekannter Sprache ausstieß.

3
Der Palast und die fremden Schiffe

Die Schatten der Säulen, der schlanken, weißen aus Stein und der wuchtigeren schwarzbraunen aus geschnitzten Eichenstämmen, teilten die Wände und die Bilder darauf in viele Abschnitte. Stimmen, Gelächter und Lärm drangen aus allen Teilen des Palasts. Von den Feuerstellen stieg Rauch auf und brodelte durch die Öffnungen im Dach. Nackte Kinder spielten auf den Stufen und liefen auf den glänzenden Fliesen aus gebranntem Ton, die in den meisten Zimmern und Sälen des Palasts den Boden bedeckten, zwischen den Beinen der Erwachsenen umher. Es roch nach den Feuern und dem Sud in den Kesseln, nach frischem Kalk-Glattstrich und den Farben der Maler.

Obwohl erst seit zwei Stunden die Sonnenstrahlen durch Fenster, Torbögen und Maueröffnungen leuchteten, waren die Geräusche vieler Meißel und Hämmer zu hören; die Männer arbeiteten an mehreren Stellen des Bauwerks. Nur im obersten Stockwerk des fertig gebauten Teils des Palasts hatte sich eine ungewisse Stille ausgebreitet. Selbst die Hunde bewegten sich, die Schwänze zwischen den Hinterbeinen, leise jaulend und mit deutlicher Unruhe.

Der Minos verließ seinen Schlafraum und hielt sich eine halbe Stunde lang im Badezimmer auf. Die Mägde und Diener hörten, wie Tongefäße dumpf zerschellten und wie der Minos ungeheuerliche Flüche ausstieß. Kurz darauf riss er den Vorhang zur Seite und stapfte in den Vorraum des Saales.

»Sarmos!«, brüllte er und blieb zwischen zwei Säulen stehen. Die breiten Kupferbänder glänzten, als bestünden sie aus Gold. »Ich will nach Mallia. Ich muss nach Mallia! Den Wagen!«

Am anderen Ende der Halle, deren schweres Balkendach von vier Reihen Säulen gestützt wurde, schob ein untersetzter, bärtiger Mann die Schnüre eines Perlenvorhangs auseinander. Einige Mägde duckten sich entlang der kalkweißen Seitenwände und huschten durch Nebeneingänge.

Sarmos verbeugte sich und sagte laut: »Ich hab es mir gedacht, Minos.« Er starrte den Herrscher furchtlos mit dunklen Augen an. »Der Wagen ist bereit, die Pferde sind angeschirrt.«

»Dann lasst uns fahren.« Der Minos lief behände die Stufen bis zum Hallenboden hinunter. »Worauf wartest du noch?«

»Auf den Minos, den zukünftigen Beherrscher des Meeres, der seinen nächtlichen Grimm auf der Fahrt mindern möge.«Ein mürrisches Brummen und eine verächtliche Handbewegung waren die Antworten. Mit langen Schritten durchmaß der Minos die Halle. Seine ledernen Sandalen klatschten auf den Fliesen, der Schmuck und die Axt im Gürtel klirrten leise. Rasselnd und klingelnd schloss sich der Vorhang aus Holzperlen, Tonkugeln und Kupferplättchen hinter dem Herrscher. Die Hunde wagten sich aus dem Schatten hervor, und hinter den Ecken und Säulen begannen die Mägde wieder laut zu reden.

Sarmos und der Minos gingen durch einen breiten Korridor, dessen Wände aus gleichmäßig behauenen Steinen bestanden. An hölzernen und bronzenen Haken waren Schilde, Helme und Schwerter ausgestellt, die in ledernen Scheiden steckten und an breiten, nietenbesetzten Gurten hingen. Der Korridor war leer, obwohl im Palast viel mehr als hundert Untergebene wohnten und arbeiteten. Nur das ständige Klirren und Klingeln der Steinmetze und die Echos, die von Mauern und Wänden zurückgeworfen wurden, waren unverändert zu hören.

In einem Hof, zu dem schmale Treppen hinunterführten, stand ein zweirädriger Wagen mit bronzebeschlagenen Felgen. Zwei Knechte hielten die Pferde des Gespanns am Halfter, die Zügel hingen zwischen den Trensen und dem Handlauf des Wagens bis zum Sandboden hinunter. Mit einem Sprung war der Minos auf dem offenen Wagen, der aus einer Platte und drei Wänden aus Flechtwerk bestand. Die wuchtigen Räder reichten den Männern bis über die Knie.

Sarmos schwang sich neben dem Minos auf den Wagen, packte die Zügel und die Peitsche, die in einem Rohr der Wagenfront steckte. Als er die Zügel straff zog, ließen die Knechte die Halfter los und sprangen zurück. Die Pferde galoppierten aus dem Stand los; ihre Hufe schleuderten Sandfahnen gegen die Mauern und den Wagen. Er schoss aus dem Gewölbehof in die blendende Helligkeit der Sonnenscheibe, rasselte über die Palaststraße aus flachen Flusskieseln und vorbei an den riesigen Tonkrügen und gemauerten Speichern, die entlang der Mauer standen und halb in die Wand eingelassen waren. Unter dem Torbogen aus Findlingssteinen hämmerten die Hufe und knirschten die Felgen auf die sandige, schattenlose Straße hinaus.

Unzählige Pfade, meist nicht breiter als eine Elle, durchzogen kreuz und quer die Insel. Es gab nur zwei schlangengleich gewundene Wege, auf denen das Gespann des Minos fahren konnte; einer zwischen Knossos und Mallia entlang der Nordküste und, beschwerlich und lang, ein zweiter Weg zwischen Knossos und Feistos, der Stadt am Westufer der Südküste.

Die beiden Hengste, die seit Tagen im dunklen Stall gestanden hatten, tobten ihre angestaute Kraft aus und galoppierten, ohne dass Sarmos die Peitsche anwenden musste, die Hügelstraße hinunter. Die Felgen der Räder mahlten über Sand und Steine, der Wagen wurde durchgerüttelt und sprang bei jedem Hindernis eine oder zwei Ellen in die Luft. Der Minos klammerte sich am Handlauf fest, der Wagenlenker fand mühsam Halt an den langen Zügeln.

Der Minos, dessen gewaltige Träume einen Teil des Insellebens bestimmten, wollte mit Macht und Tatkraft durchsetzen, dass diese Träume wahr würden. Der Palast und die Stadt, die ihn umgab, die Haine der Mandelbäume und die Weinberge sollten seinen Reichtum zeigen und die Kammern und Riesenkrüge den Überfluss der Ernten speichern. Fischerboote waren ihm zu wenig.

Er wollte Schiffe bauen und mit mutigen Seefahrern bemannen, und auch mit fähigen Händlern; die bewaffneten Schiffe Keftius sollten die Inseln und das Meer beherrschen, noch zu seiner Zeit. Und er wollte den Göttinnen große, wohlgefällige Opfer darbringen, damit sie sein Glück bewahrten; der Muttergöttin und der Göttin der Erde, Ariadne, der Mondgöttin Kar, der Asteriё, der Schlangengöttin und der Schildgöttin, die in heiligen Höhlen wohnten und den Menschen beim Leben zusahen. Um große Schiffe bauen zu können, fehlten dem Minos Handwerker und Zimmerleute, aber am Strand Mallias hatte er von Daidaloos ein Dorf der Schiffbauer gründen lassen.

Selbst wenn erst das siebente Schiff, das er erbaute, meerestüchtig war – in dem Dorf westlich von Mallia würde es gebaut und zu Wasser gelassen werden. Den Entschluss, den Ort aufzusuchen und nachzusehen, hatte er während der letzten Atemzüge vor dem endgültigen Aufwachen getroffen. Erst nach mehr als einer halben Stunde, wieder in leidlich ebenem Land, ließen die Kräfte der schweißbedeckten Zugtiere nach, und die Hengste fielen prustend und keuchend in Trab. Trotzdem holperten und sprangen die Räder durch die Vertiefungen der Straße.

Der Minos stieß Sarmos an und rief: »Schneller! Sie sollen rennen!«

Sarmos' Zähne schlugen aufeinander. Er nickte, wirbelte die Peitsche über seinem Kopf und ließ die Lederschnüre auf die Rücken und Flanken der Pferde hinunterzucken. Die Tiere hoben mit grellem Wiehern die Köpfe, und ihre Hufe trommelten schneller auf den festgebackenen Sand der Straße. Der Schaum aus ihren Mäulern bedeckte in Flocken ihre Hälse und Schenkel und schlug den Männern im Wagen zugleich mit dem strengen Geruch des Schweißes in die Gesichter.

Inzwischen hatten uns die Spionsonden des unermüdlichen Roboters fast mehr Bilder geliefert, als wir betrachten und richtig deuten konnten. Beruhigt und begeistert sahen wir, dass keines der Schiffe aus Tameri ernsthaft beschädigt war, und dass augenscheinlich alle Rômet überlebt hatten. Die drei Schiffe segelten auf die Mündung des Lethai oder des Kataraktes zu und würden am Nachmittag ihre Kiele im Flusswasser baden. Thot-K'aima war unterwegs, um die rômetischen Seefahrer dort zu erwarten; mit großer Zuverlässigkeit und ein wenig Glück hatten alle Teile meines Plans ineinandergegriffen.

Asyrta-Maraye und ich kannten den handwerklichen Wert der Schiffe und wussten jetzt auch, dass die Kapitäne und Steuermänner stolze Vertreter aller rômetischen Tugenden waren, und wir waren ebenso sicher, dass Thot-K'aima, unser hochgewachsener, dunkler Schützling, auch die nächste ihrer Aufgaben zuverlässig erledigen würde. Rätsel und Verwunderung aber kennzeichnete die Bilder und die akustischen Aufnahmen, die uns von Knossos und dem Minos erreicht hatten.

»Ein Barbar, wie du mir immer wieder einen barbarischen Herrscher geschildert hast, Liebster«, urteilte Maraye nach einigen Stunden konzentrierter Bildbetrachtung. »Ein Mann wie ein Gewitter.«

»Wie eine Geröllawine«, schränkte ich ein. »Sein Wort ist Befehl. Launisch und herrschsüchtig. Niemand widerspricht ihm. Und sein Palast, das Leben darin, die Größe – das alles hat albtraumhafte Züge. Aber das Bauwerk ist auf seine Art bemerkenswert!«

Der Logiksektor bemerkte in belehrender Betonung: *Das sind die Paläste, die Totenmale und die Tempel im Hapiland auch, Arkonide! Und – sie sind viel älter als der Palast!*

Mit geringem Nachdenken sagte ich mir, dass ich mich mitten in der Morgendämmerung der barbarischen Zivilisation und Kultur umsah. Vor undenkbar weit zurückliegender Zeit hatten auch wir Arkoniden eine solche Frühphase durchlaufen. Mit Maraye, trotz aller Erfahrung selbst eine »Barbarin«, konnte ich nur einen Teil der Problematik diskutieren; unvollkommen und nur den bodenständigen Teil. Uns beiden war indessen klar, dass Stadt und Palast zu Knossos nicht von dem gegenwärtigen Minos gegründet worden waren; er hatte wohl eine unbekannte Zahl Vorgänger, die ebenso wie er Macht und Größe erstrebt hatten.

Der Bau des Palastes und einiger Kuppelgräber in der Mesara-Ebene ging einher mit dem Entstehen eines Götterhimmels. Offenbar war die Ariadne, die Erd- und Muttergöttin, die »mächtigste« Göttin des anbetungswürdigen Kosmos der Keftiu-Leute. Mitten in einem Hain alter Eichen, vom Großen Hof in der Mitte des Palasts durch eine lange Treppe und einige Plattformen zu erreichen, hatte die Sonde ein Standbild der Göttin auf einem steinernen Sockel gefunden. Es war aus Holz geschnitzt und mit einer gipsartigen, bunt bemalten Masse überzogen. Die Ariadne trug einen goldenen Stirnreif und einen bodenlangen, gebauschten Rock. Bis auf einen Halsschmuck, der an einen rômetischen Wesech erinnerte, war ihr Oberkörper nackt. In den Händen der ausgestreckten Arme trug sie eine Schlange und eine Labrys. Die doppelköpfige Axt, wie der zu- und abnehmende Mond geformt, die Rücken der Schneiden gegeneinander gestellt, schien das Zeichen des Minos und seiner Vorgänger-Könige zu sein; in Mauerzinnen, im Mosaik des Pflasters und vielen anderen Stellen wiederholt.

Der fliegenumsummte Altar der Göttin war mit Zweigen, Blumen und Blüten geschmückt, mit Krügen und anderen Opfergaben. Rabenvögel pickten und zerrten zwischen einigen Rinderschädeln, die man mit Öl, Honig und Blut übergossen hatte. Wahrscheinlich würden wir auf andere Altäre stoßen, die der Kar, der Latona, der Persis oder der Itone. Da der Minos und die Könige vor ihm sich als die Nachkommen des Zeus und der Europa bezeichneten, lag es nahe, dass es auf Keftiu auch ein Zeus-Heiligtum gab. Auch die Götter dieser Insel – und vielleicht auch anderer, nördlich gelegenere Inseln – räkelten sich, wie die Quell- und Flussnymphen, noch im Nebel der geschichtlichen Morgendämmerung.

»Wenn die Götter der Rômet auf Keftius Götter treffen«, sagte ich nachdenklich, »und das wird heute oder morgen geschehen, beginnt sicherlich ein großes Verwundern.«

»Besser Verwundern und Austausch von Geschenken«, antwortete Maraye bedächtig, »als dass die Leute des Minos unsere Seefahrer als Eindringlinge und Küstenräuber bekämpfen.«

»Der Glanz des Goldes aus dem Großen Haus wird die Krieger des Minos blenden. Überdies vertraue ich der klugen Vermittlung unserer Quellnymphe.«

Maraye seufzte, lächelte dann zuversichtlich und sagte leise: »Bisher hat sie sich so klug verhalten, als wäre sie so alt wie ich.«

Ich wandte mich von den Bildern der Hologramme ab, küsste ihre Fingerspitzen und murmelte: »Von uns beiden ist nur einer wirklich alt. Und ob mich das Alter weise hat werden lassen, wissen nur die Götter und die Sterne.«

»Sie wissen es«, Marayes Lächeln wurde schmerzlich, »aber sie sagen es uns nicht. Sie lösen keine Rätsel.«

Die Götter schwiegen und sahen, so wie wir, einen Teil des Zusammentreffens zwischen Keftiu-Bewohnern und Rômet. Die Segel der Schiffe wurden hochgezogen, die langen Riemen ausgebracht. Nacheinander ruderten die Schiffe auf die dunkle Flussmündung zu.

Gestalt und Aussehen des Minos ließen keinen Zweifel daran, dass er der Herrscher des Landes zwischen der Mesara-Ebene und dem nördlichen Ufer war. Er überragte fast alle Erwachsenen im Palast und in der Stadt Knossos um vier Fingerbreit oder eine Handbreit. Schwarzes, gelocktes Haar fiel bis auf die Schultern, der volle Bart war ebenso schwarz wie die buschigen Brauen und die unruhigen Augen darunter. Am stämmigen Hals und auf der Brust, die ein dichtes Haargekräusel bedeckte, trug der Minos an einer Goldkette eine mehr als handtellergroße Scheibe aus Gold; das Zeichen, dass er die Paarung mit der Mondpriesterin vollzogen hatte und sich »Mondwesen« nennen durfte. Um die Oberarme schmiegten sich, über den wulstigen Muskeln, breite Goldbänder, mit dünnen Lederstreifen geschnürt, und an jeder Hand trug der Herrscher zwei Ringe, die er als Rundsiegel benutzte. Seinem Aussehen entsprach seine laute, raue Stimme, die von seinem Schlafraum bis zu den ersten Häusern der Stadt deutlich zu hören war.

Die Pferde waren erschöpft, als der Minos und Sarmos zwischen den Hütten des namenlosen Dörfchens nahe Mallia hervor auf die Gerüste und Holzstapel zufuhren. Das Kreischen der langen Bronzesägen und das hackende Dauergeräusch der Dächsel waren schon zwischen den ersten Hütten zu hören gewesen. Die Pferdehufe und die Felgen bewegten sich leise auf dürrem Gras, zwischen Büschen verblühter Margeriten, auf Sägemehl und Hobelspänen, sodass die Arbeiter, vielleicht zwei Dutzend, das Gespann erst im letzten Augenblick sahen.

Sarmos hielt die Pferde an, der Minos sprang aus dem Wagen und ging auf das hölzerne Bauwerk in der Mitte der kreisrunden Sandfläche zu. Schweigend musterte er die halbrunden Spanten und den Kiel, die langen Bretter und die Körbe voller Bronzenägel. Der Lärm der Werkzeuge riss ab. Die Schiffbauer umstanden ihr Werk und warteten unsicher auf Lob oder Vorwürfe ihres Herrn. Seine kehlige Stimme hallte über den Bauplatz.

»Ihr wisst noch immer nicht, ob es nur ein großes Fischerboot wird oder ein richtiges Schiff?«

»Nein, o Minos.« Der Älteste zeigte in Richtung Meer. »Aber wir haben heute richtige Schiffe gesehen. Mit großen Segeln, Herr.«

Sarmos holte sich zwei Holzeimer voll Wasser aus dem Bottich und begann die Pferde zu tränken und den Schweiß aus dem Fell zu waschen. Mit halbem Ohr hörte er zu, worüber der Minos und die Schiffbauer redeten.

»Schiffe? Habt ihr geträumt?«, rief der Schwarzhaarige.

»Nein, o Minos. Wir alle haben sie gesehen. Sie kamen von Sonnenaufgang, vom Kap Thirr, und fuhren zum Lethai. Große Segel, Herr! Es war guter Ajach, und sie sind schnell gesegelt, sehr schnell.«

»Du sagst, sie wollen zum Lethai und dort anlegen?«

»Das glauben wir, Minos – wohin sollten sie sonst segeln wollen?«

»Ein weiteres Rätsel.« Der Minos stapfte einmal um den angefangenen Rumpf und die Gerüste herum, rüttelte an den Stützen und prüfte die Seile, die sich eng um einzelne Teile wanden. Er starrte die sandige Bahn und die beiden Spuren aus glatten Balken an, die hundert Schritte weit bis zum Kiesstrand hinunterführten, dann zog er die Schultern hoch.

»Braucht ihr Holz oder Kupfer oder mehr Wein? Ich will, dass das Schiff fertig wird. Vor den Winterstürmen!«

»Wir haben alles«, sagte ein Zimmermann. »Nur wie wir ein großes Schiff bauen sollen, wissen wir nicht.«

»Aber ihr habt Dutzende Fischerboote gebaut!« Der Minos hob wütend die Arme und schüttelte die Fäuste.

»Herr! das Schiff soll dreimal, viermal so groß werden! Mit Mast und Segel und zwei Rudern!«

»Versucht es weiter. Bei Zeus! Sonst trifft euch mein Zorn!«

»Wir sägen und hämmern von Sonnenaufgang bis Sonnenuntergang, o Minos!«

»Weil ich es will, werdet ihr ein gutes, großes Schiff bauen. Daidaloos wird es euch zeigen! Wenn die Fremden bei mir landen, dann ...«

Er zuckte mit den Schultern und ging mit schweren Schritten zum Wagen. Er setzte sich auf den Wagenboden und wartete, bis ihm die Zimmerleute Wein, Fladenbrot und Käse gebracht hatten. Sarmos hatte die Pferde halbwegs trockengerieben und ließ den Striegel zu Boden fallen, als ihn der Minos herbeiwinkte.

»Hier!« Er hielt dem Gespannlenker einen gefüllten Becher hin. »Soll ich die Bootszimmerer auspeitschen oder von Zeus verfluchen lassen? Warum können sie's nicht?«

»Frag die Götter, o Minos«, antwortete Sarmos schulterzuckend und trank gierig. »Sie tun's zum ersten Mal. Gib ihnen mehr Zeit.« Dann lachte er und leerte den Becher. Er wusste, und der Minos wusste es wahrscheinlich besser als er, dass die Götter einst befohlen hatten, Keftiu in Fischerbooten zu besiedeln – in grauer Vorzeit, als die Insel noch keinen Namen hatte. Wie groß waren diese Boote wirklich gewesen? »Vielleicht lernen sie's von den Fremden.«

»Wenn die Fremden Schiffe bauen können, müssen sie's mir zeigen!«, rief der Minos und sprang auf. Er zog Sarmos in die Höhe und zeigte nach Westen. »Wir fahren nach Knossos. Die Fremden ... sie können schon im Lethai sein. Oder im Kataraktes. Dort treffen wir sie.«

»Die Pferde sind müde. Nicht im Galopp, Minos.«

»So schnell wie möglich.« Der Minos warf die Becher und den leeren Krug in den Sand und zerrte Sarmos in den Wagenkasten. Der Lenker wickelte sich die Zügel um die Handgelenke, klatschte die Riemen auf die Rücken der Hengste und lenkte sie scharf nach rechts. Dann zogen die Pferde an und trabten los. Wieder blendete die Sonne den Minos und den Lenker, als sie vom Bauplatz und aus dem Dörfchen hinaus nach Westen fuhren, in den sinkenden Nachmittag hinein.

Am späten Nachmittag zog Peschef, der Lotse im Bug der PFEIL DER INSEL, seinen Peilstab aus dem Wasser und rief zum Heck: »Bei Sachmets Schnurrhaaren! Fünf Ellen tief, Kapitän!«

»Langsam weiter«, ordnete Sobek-Djaa mit hallender Stimme an. »Mehr nach Steuerbord. Bis der Kiel aufsitzt!«

Die Wajermänner zogen kraftvoll die Riemenschäfte durch. Sie zeigten wenig Aufregung; offensichtlich glaubten sie noch nicht an das vorläufige Ende der Fahrt. Es war der fünfte Tag, seit sie die Hapimündung verlassen hatten. Sehr langsam glitt das vorderste Schiff tiefer in die Flussmündung. Das Wasser war so klar wie die Luft über dem Mast; spähte man über Bord, sah man deutlich kleine Felsbrocken und Kiesel in jeder Größe am Boden. Fische zuckten vor dem Bug hin und her und schienen sich vor den salzverkrusteten Udjat-Augen zu fürchten.

»Vier Ellen, Kapitän!« Der Uferwald schluckte den Ruf.

»Weiter. Achtet auf die Riemen an Steuerbord!«

Das linke Ufer war schroff und felsig. Ein breiter Streifen Schilf erstreckte sich bis tief hinein in das spitze Dreieck der

Flussmündung. Der Kapitän dachte flüchtig daran, sich zu bewaffnen, zuckte dann aber mit den Schultern und sagte sich, dass später noch Zeit dafür war. Auf der bewaldeten Steuerbordseite fiel der Hang flach ab und ging in ein Stück Ufer über, das vielleicht eine Elle höher lag als der Wasserspiegel. Noch mischte sich Süßwasser mit Meerwasser; es roch brackig und nach nassen Pflanzen. Dicht hintereinander krochen die drei Schiffe weiter flussaufwärts, langsam und mit winziger Bugwelle gegen die geringen Strömung und durch die Stille des frühen Abends.

»Drei Ellen, Sobek, und sandiger Grund.«

»Noch weiter, bis zu den Felssäulen zwischen den Bäumen«, ordnete Sobek-Djaa an. Er freute sich auf den Augenblick, in dem er sich des schweißklebrigen Schurzes entledigen und ins Wasser springen konnte.

Die Schiffe wurden nicht schnell gerudert. Sie erreichten kaum die Geschwindigkeit eines wandernden Mannes. Je tiefer sie in die Mündung hineinfuhren, desto schmaler wurde das Fahrwasser. Schon jetzt war an ein Wenden des Schiffes nicht mehr zu denken. Dicke Äste unbekannter Bäume mit gezackten Blättern bildeten über dem Wasser ein unregelmäßiges Schattendach. Einige Atemzüge später sahen die Rômet ein Rudel Ziegen durch das Gebüsch flüchten. Vögel schnappten nach Fliegen und Libellen, die über dem Wasserspiegel hin und her summten und zuckten. Die Rômet schienen an einer friedlichen Insel angekommen zu sein.

Als der Grund nur noch eine halbe Elle unter dem Kiel lag, ließ Sobek-Djaa anhalten und fast alle Riemen einziehen. Mit den übrig gebliebenen Schäften stakten die Ruderer das Schiff seitwärts, bis die Planken rumpelnd an das grasüberwucherte Ufer stießen.

»Macht die PFEIL mit den Haltetauen an den Bäumen und den Felssäulen fest.« Einige Männer sprangen an Land, taumelten erschrocken eine Weile und hielten sich an den dicken Tauen fest. Die Planke wurde vom Deck losgebunden und zwischen Bordwand und Ufer ausgebracht.

Sobek-Djaa drehte sich um, gab Cheper Handzeichen, und zuletzt fand auch die HERRIN DES HAPI einen Liegeplatz längs des Ufers.

»Unsere Fahrt ist zu Ende«, rief Cheper. »Aber noch nicht die Arbeit. Die Haltetaue um die Bäume und Felsen schlingen! Macht euch bereit – dann Baden im Fluss, Waschen vieler Tücher und Schurze, Feuer für heißen Sud und guten Brei!«

»Eine Mannschaft nach der anderen«, bestimmte Sobek. »Zuerst die Steuermänner und die Ruderer.«

Unvermittelt brach auf allen drei Schiffen hektische, laute Betriebsamkeit aus. Tauwerk wurde ausgespannt, ein Teil der Ruderer balancierte über die Planke an Land, ein anderer sprang über die Bordwand ins Wasser, das den Männern bis zum Nabel reichte. Sie tauchten unter, stießen begeisterte Schreie aus und grunzten wohlig, bespritzten sich gegenseitig, rissen die Schurze herunter oder ließen sich einfach im Wasser treiben.

Die Männer, die an Land gesprungen waren, glaubten eine Weile lang, dass die Erde unter ihren Sohlen bebte. Sie hielten sich erschrocken aneinander fest oder fassten nach den Baumstämmen; einige stolperten und ließen sich zu Boden fallen. Entsetzensschreie mischten sich in das Johlen der Badenden. Dann war das Beben vorbei, und die Männer wateten in den Fluss.

Die Mannschaft, die für den Proviant eingeteilt war, schleppte die Feuerstelle an Land, sammelte trockenes Holz und schöpfte weiter flussaufwärts Wasser in Krüge und Kupferkessel. Andere trugen volle Krüge, Mehl und Becher an Land und räumten kreisförmige Flächen frei von Gestrüpp, alten Ästen und Laub. Bald waren aus Steinen aus dem Fluss drei Feuerkreise gelegt und geschichtet, und am Ufer begannen die Feuer zu brennen und zu rauchen.

Einige Männer wuschen Tücher und Schurze und spülten leere Krüge aus, breiteten die triefenden Tücher über Büsche und kippten eimerweise Flusswasser auf die Planken. Weniger aufgeregt gingen die Kapitäne und Steuermänner ins Wasser und schenkten dem Lärm und dem fröhlichen Geschrei der Männer keine Aufmerksamkeit. Strickleitern rollten über die Bordwände und klatschten ins Wasser, das durch die durstigen und schmutzigen Rômet trübe geworden war und sich durch die Strömung in langsamen Wirbeln selbst reinigte.

Cheper setzte sich ächzend zu den Steuermännern am Ufer, grinste breit und ließ seinen Becher vollschenken. Der Wein aus diesem Krug war im Schiffsbauch warm geworden und stieg schnell zu Kopf. Auf dem Rost tropfte das Fett von den schmorenden Enten- und Gänseschenkeln aus dem Proviant.

»Wir haben heute alles genauso gemacht wie damals.« Sein Arm beschrieb eine umfassende Geste. »Wie damals auf der GOLDENEN ZEDER, auf der Ahiram Kapitän war. Jetzt nur noch gutes Essen und bewaffnete Nachtwachen.«

Überall am Ufer trockneten sich die Rômet ab, über jedem Busch und an rasch ausgespannten Seilen hingen tropfende Stoffstücke und trocknende Sandalen. Die Feuer brannten mit ruhigen Flammen, Fett verrauchte in der Glut.

Sa-Renput mischte kaltes Flusswasser in seinen Wein und seufzte: »Und endlich ein langer Schlaf. Der Sturm ist nur noch eine Erinnerung. Ich bin stolz auf uns alle. Keiner ist ernsthaft verwundet, kein Mann in die Wellen gerissen und ertrunken.«

Sobek-Djaa nickte schwer und nahm den Henket-Saughalm aus dem Mund. »Das war der erste Teil. In der Nacht können die meisten von uns ruhig schlafen. Morgen suchen wir nach den Keftiu-Leuten.«

»Wahrscheinlich suchen sie schon jetzt nach uns«, murmelte Steuermann Paser und kratzte über seine grauen Bartstoppeln. »Sie müssen uns längst gesehen haben. Vom Felsufer aus.«

»Aber hierher, an diese Stelle an der Mündung, kommen nur selten oder nie Fischer oder Jäger. Ob wir die ersten Besucher in richtigen Schiffen sind?«

Sie hatten keinen Pfad gefunden, keine Reste von Feuern und nur modernde Äste und viel Laub gesehen, die vom Hochwasser zusammengeschoben und ineinander verfilzt worden waren.

»Nicht einmal Ahiram wusste es.«

Die Zubereitung des Essens, das Bier und der Wein, der heiße Sud, Schlafmangel und Erschöpfung erzeugten während der nächsten zwei Stunden jene wohltuende Müdigkeit, die alle Rômet fünf Tage und Nächte vermisst hatten. Die Mückenschwärme und Falter, die in den Flammen verbrannten, störten die schlafbedürftigen Männer nicht mehr.

Einer nach dem anderen verkroch sich im Dunkeln oder streckte sich satt und gähnend an Deck aus, das vom ruhig brennenden Schiffslicht beleuchtet wurde. Die Kapitäne und Steuermänner sprachen sich ab, brachten Schilde, Bogen und volle Köcher an Deck und losten die Nachtwachen aus. Die Feuer brannten herunter, die weiße Glut verblich zu Dunkelrot und Schwarz, und entlang der Schiffe schwelten nur noch einige Fackeln.

Cheper hatte einen großen Teil der Planken im Bug der HAPI noch bei Tageslicht vom Salz befreit. Das gemaserte Holz war längst getrocknet. Er faltete Decken und Mäntel als Unterlage zusammen, sah sich um und lauschte ins Dunkel. Die Schiffe lagen fast bewegungslos im Wasser. Seine Erfahrung sagte ihm, dass die Rômet eine ruhige Nacht vor sich hatten, aber er dachte auch daran, dass die Bevölkerung der Insel sicherlich seit langer Zeit von fremden Schiffen, kleinen und großen, besucht wurde. Auf Ahirams Karte hatte er gesehen, dass im Norden andere, kleinere Inseln nicht fern waren.

Vom Schiff aus hatte er die Fruchtbarkeit Keftius erkennen können, die vielen Buchten und Strände, die kreisenden großen Vögel und manche strandnahen Hügel, auf denen Schafherden weideten. Und Bäume, so viele, dass sie nicht mehr zu zählen waren; große Wälder bedeckten die meisten Teile des Landes, die von Bord aus zu sehen waren.

Er vergewisserte sich, dass Schild und Waffen griffbereit waren, streckte sich aus und schloss die Augen. Er fühlte sich versetzt in die Heimat am Hapi, in ein Nebenwasser des Flusses, umgeben von Schilffeldern und unter dem ebenso leuchtenden Nachthimmel. Aber dieser Mündungstrichter an Keftius Strand schien anders zu sein, geheimnisvoller und mystischer. Eine andere Art nächtlichen Lebens umgab Cheper, seine Kameraden und die Schiffe. Selbst die Stille ließ Unterschiede zu Tameri erkennen. Er schüttelte den Kopf, beruhigte sich mühsam und zwang sich, gleichmäßig zu atmen.

Zuletzt sah er die wenigen Lichter und Wachen auf den anderen Schiffen. Das schwere Atmen, viele schnarchende Männer, undeutliche Laute aus dem Wald und leises Plätschern begleiteten ihn in einen tiefen, traumlosen Schlaf.

Cheper wusste nicht, ob er noch träumte oder ob die leichte Bewegung des Schiffes schon zur Wirklichkeit gehörte. Ihm schien es, als wache er auf.

Es war tiefe Nacht.

Zwischen den Baumkronen und über dem Fluss spannte sich der funkelnde Sternhimmel; die größten Sterne spiegelten sich im Fluss. Das Schiff schwankte noch immer, ganz leicht, als ob ein Einzelner auf der Planke vom Land aus die HERRIN DES HAPI betreten hätte. Cheper richtete sich auf den Ellbogen auf und fühlte, dass sich ihm jemand näherte. Aber er sah nichts, niemanden, nicht einmal einen Schatten. Er holte tief Luft, schmeckte einen fremden Geruch und merkte, dass er sich nicht mehr in einem Traum befand.

Er hörte Schritte; langsam und ganz leicht. Er drehte den Kopf und erkannte, dass außer ihm niemand diesen unsichtbaren Besucher spürte oder auf eine Unregelmäßigkeit aufmerksam geworden war. Die Schritte hörten dicht vor ihm auf. Jetzt war der Geruch eines Körpers, dessen Haut nach einem Balsam aus Blüten roch, ungleich stärker geworden. Das Licht der Schiffslampe nahm plötzlich einen gelblichen Schimmer an, wechselte einen Augenblick später wieder die Farbe. Cheper setzte sich auf und glaubte an die Gegenwart eines Gottes.

Aus dem Nichts, aus der Luft über ihm, drang eine leise, dunkle Stimme.

»Willkommen auf Keftiu, Kapitän.«

Plötzlich flirrte vor Cheper die Luft. Aus dem lautlosen Gebrodel des Lichtflimmerns entstand ein dunkler Umriss, eine menschliche Gestalt. »Die Quellnymphe begrüßt die Helden der Schiffe aus Tameri.«

Cheper sank erschreckt zurück, stemmte sich wieder hoch und kam auf die Knie. Vor ihm stand, weiter entfernt als sein ausgestreckter Arm reichte, eine ungewöhnlich groß gewachsene, dunkelhäutige Frau, in ein weißes, ärmelloses Hemd gekleidet, das über den Knien endete. An den Füßen trug sie Strohsandalen mit gekreuzten Wadenbändern.

»Wer ... wer bist du? Eine Göttin?«, stammelte er. Erst jetzt fiel ihm auf, dass die Erscheinung mit dem kurzen Haar und den großen dunklen Augen rômetisch gesprochen hatte. »Ich bin Kapitän ...«

»Cheper, ich weiß. Ich habe auf euch gewartet. Ahiram hat mich die Sprache Keftius gelehrt, denn ich soll für euch übersetzen. Man nennt mich Thot-K'aima.«

Er griff nach einem Tau, zog sich hoch und blieb vor ihr stehen. Sie war mehr als einen Kopf größer als er. Vor den großen Brüsten trug sie einen Wesech, dessen Bestandteile fremdartig aussahen, ebenso wie die breiten Armbänder.

Thot-K'aimas braune Haut verströmte jenen schmelzenden Balsamduft.

»Er hat uns einen Sprachkundigen versprochen«, erinnerte sich Cheper. Bisher war nur Sa-Renput vom Bug der RÂ auf die Besucherin und ihn aufmerksam geworden. Es war ein geheimnisvoller Augenblick, ein mehr als seltsames Zusammentreffen. »Von einer braunen Göttin hat er nichts gesagt.«

»Ich bin keine Göttin. Ich wohne in einer Höhle über einer Quelle. Morgen sollt ihr durch den Wald hinaufsteigen, bis ihr auf einen Pfad stoßt. Wahrscheinlich trefft ihr dort zusammen – die Inselbewohner und ihr. Sie sind Untertanen des Minos.«

»Mit unseren Geschenken und den Handelswaren?«, erkundigte er sich. »Wirst du übersetzen?«

»Solange es nötig ist. Und kommt mit Waffen, zwei Stunden nach Sonnenaufgang. Der Minos, ihr König also, soll erst gar nicht daran denken, übermütig zu werden.«

Die große Dunkelhäutige, eine schöne junge Frau, beachtete weder die Schiffe noch die Schläfer. Sie schien alles längst gesehen und begutachtet zu haben, denn sie redete mit großer Sicherheit. Cheper musste an Kapitän Ahiram-Acran und die gemeinsamen Erlebnisse denken. Auch dieses Zusammentreffen war ein Beweis dafür, dass der Weißhaarige und dessen schöne Geliebte einen lückenlosen und wunderbaren Plan entwickelt und für dessen Ausführung gesorgt hatten. Trotz der Beklemmung, die diese junge, vor Selbstsicherheit glühende Frau in ihm erzeugte, musste er innerlich schmunzeln. Dieses Abenteuer würde einen guten Schluss haben!

»Unsere Männer können nicht nur rudern«, versicherte Cheper, »sondern auch kämpfen. Aber Kampf ist nicht unsere Aufgabe.«

»Das sagte auch Fürst Ahiram, der Weise, und sein Halbbruder Rico hat es bestätigt«, antwortete Thot-K'aima bereitwillig. Ihre Augen funkelten; beim Lächeln glänzten ihre Zähne auffällig. »Ihr sollt auch darüber nachdenken, dass die Fahrt, der Aufenthalt und das Reden und Verhandeln mit dem Minos lange dauern und sehr schwierig sein werden.«

»Wir haben in Tameri darüber gesprochen«, erwiderte Cheper und führte eine unbestimmte Geste aus, »auf der Fahrt war keine Zeit, und jetzt müssen wir schlafen. Morgen rufe ich die Kapitäne und Steuermänner zusammen – dann werden wir alles bereden.«

»Ich werde euch zusehen«, versprach Thot-K'aima leise. »Die Inselbewohner verehren die Mondgöttin, den Minos und die Quellnymphen. Also werden sie mich verehren. Bald.«

Sie nickte Cheper zu und ging langsam zum Mast. Nach wenigen Schritten verschwand sie, als habe es sie nie gegeben. Als das Schiff wieder leicht schwankte, wusste Cheper, dass die Quellnymphe das Deck verlassen hatte. Er blieb eine Weile lang auf seinen Decken sitzen und ahnte, dass er von ihr träumen würde.

4 Sobekpanefers Erinnerungen

Nach dem Überfall hatte der Wind das ausgeplünderte Schiff weit nach Sonnenuntergang getrieben, scheinbar hinein in die rote Scheibe des sinkenden Himmelslichts. Die Angreifer waren längst hinter dem Horizont verschwunden. Als einer der letzten, die wie tot dagelegen waren, wachte Sobekpanefer auf. Zuerst konnte er sehen und hören und sich schwach an einen kurzen, seltsamen Kampf erinnern, dann gehorchten ihm wieder die Finger und die Armgelenke, zuletzt alle Gliedmaßen. Er richtete sich auf und sah sich im roten Halbdunkel der Dämmerung um. Hay Thweat, einer der Steuermänner, kam schwankend mit einem tropfenden Becher auf den Schiffsherrn zu.

»Trink, Neb Sobekpanefer«, forderte er ihn auf. »Es hilft. Niemand ist tot. Aber sie haben uns alles weggenommen.«

Er stützte Sobekpanefer, während der Besitzer der SILBERNEN TRUHE mit gierigen Schlucken trank. Dann half er ihm auf die Beine. Die untergehende Sonne schien über dem Horizont nach Steuerbord zu gleiten.

»Warum wendet ihr das Schiff?«, fragte Sobekpanefer krächzend. Er atmete schwer, sein Herz schlug schneller und hart, vor seinen Augen verschwamm die Welt, und auch seine Stimme gehorchte ihm nicht wie sonst. »Der Wind ...?«

»Ich habe gedacht, dass wir zur Wasserschlucht segeln oder rudern. Noch ist der Wind nicht günstig.« Hay warf den leeren Becher einem Ruderer zu und zupfte an seinem Kinnbart. Er sah sich misstrauisch auf dem Meer um, als fürchte er den nächsten Überfall. »Falsch? Wir haben keine Vorräte und kein Wasser für eine lange Fahrt, Neb Schiffsherr.«

»Macht weiter so. Lass mich das alles begrübeln«, antwortete Sobekpanefer mürrisch und hustete seine Kehle frei. »Noch einen Becher!«

Er setzte sich auf die Heckkiste, trank und versuchte sich zurechtzufinden.

Die Bucht und die Quelle, sein bisheriger Landeplatz und die Sicherheit, frisches Wasser zu besitzen, waren demnach in der Hand des Mannes, dessen Schiff ihn angegriffen hatte. Der Strand, an dem die Waren aus Wawat, Kush und Jam gestapelt worden waren, wo sich die Seefahrer mit den »Kennern der langen Pfade« regelmäßig getroffen hatten, mit den Karawanen aus dem Süden Tameris, war nun für Sobekpanefer verbotenes Land. Die Waren – für ihn verloren.

Dies hielt er für ganz gewiss, und eine Welle heißer Wut überlief ihn. Er sah, dass zwei Steuermänner das Schiff in einem weiten Halbkreis herumschwangen, sah und hörte, dass das Segel hochgezogen wurde und dass sich zwei Drittel der Mannschaft erholt hatten. Sie banden die Ruderriemen los, schoben die Schäfte durch die Schlingen und warteten auf Befehle. Einige Männer torkelten noch umher, als wären sie betrunken.

»Für euch, also uns, und jedes andere Schiff ist die Karge Küste verboten, hat der Große auf dem anderen Schiff gerufen«, klärte ihn Hay unaufgefordert auf. Sobekpanefer erinnerte sich: Er hatte, als er dem Fremden ins Gesicht blickte, einen Fluch ausgestoßen und seinen Stock nach ihm geworfen. Wo war der Stock, mit den goldenen Ringen und dem Elfenbeingriff? Auf dem Schiff des Verfluchten! Etwas wie der Hieb einer riesigen, unsichtbaren Faust hatte ihn an der Brust getroffen. Ab diesem Augenblick erinnerte sich Sobekpanefer an nichts mehr.

»Die Karge Küste ist lang«, sagte Sobekpanefer. »Muss ich ins Schiff hinunterklettern und nachsehen?«

»Sie haben uns Krüge mit Wasser, Irep und Henket gegeben und alles mitgenommen, was von Wert ist, Neb Sobek.«

»Bist du sicher?«

»Als du wie tot dagelegen hast, haben wir nachgesehen. Alles ist fort, bis auf die Ware aus Ton. Das Nub, die Bronze, die Barren.«

»Wir sind ... ich bin also ein armer Mann.«

»Wir sind reicher und lebendiger als verwundete und tote Seeleute, Herr!«

Hay zuckte schicksalsergeben mit den Schultern und raufte Salzkristalle aus seinem Bart.

»Und deshalb segeln wir mit dem Nachtwind zur Wasserschlucht. Gepriesen sei mein Misstrauen! Heute Nacht und ...«

»... morgen und noch eine Nacht.«

»Dann bring mir etwas zu essen und einen Krug Wein. Ich muss vergessen, sonst frisst mich die Wut entzwei«, knurrte Sobekpanefer und merkte, dass seine Stimme halbwegs zurückgekehrt war.

Er holte tief Luft, schüttelte sich und rief: »Rudert! Bis der Wind einsetzt! Wir segeln zur Wasserschlucht. Dort haben wir, was wir brauchen. Dann geht es zurück – dorthin, wo wir hergekommen sind.«

Hay und die Steuermänner antworteten kurz. Sobekpanefer trank aus dem Krug. Augenblicklich gesellte sich zu seiner Wut ein Hauch der Verzweiflung. Der Irep, den die Fremden auf sein Schiff gebracht hatten, war besser als jeder andere, den er je getrunken hatte. Wut, Verzweiflung, Enttäuschung! Wieder nahm er einen tiefen Schluck und versuchte, die Nebel der nächsten Stunden und Tage zu durchdringen, und den Qualm der Geschehnisse, die sich darin verbargen.

Dem Schiff war nichts geschehen. Seine Männer lebten; sie waren ihm treu ergeben und gehorchten ihm. Ein kleiner Teil dessen, was sie in der Wasserschlucht sorgsam versteckt hatten, gehörte ihnen; auch vom Proviant, der zwar eintöniges Essen auf dem Großen Grünen versprach, ihnen aber bis in ihre zweite Heimat reichen würde. Aber was den Handel und zukünftigen Reichtum anging, mussten sie von Neuem anfangen.

»Zuerst zur Schlucht«, murmelte er zwischen zwei kräftigen Schlucken. In seinem Herzen wuchs der Groll gegenüber dem Fremden und dessen Schiffsmannschaften – ihnen gehörte jetzt die Bucht der Wunder. Ihre Schiffe waren verschwunden; irgendwo am Horizont, wo sich die Küstenlinie schwach abzeichnete. »Dann, mit guter Ummuz, in unseren Hafen. Dort werde ich wissen, wie ich mich an dem Fremden rächen kann.«

Niemand hörte ihm zu, nicht einmal Hay. Er hoffte, dass Iti-Hor, der Wächter des Verstecks, zuverlässig geblieben war. Die SILBERNE TRUHE hatte schon lange nicht mehr dort angelegt. Er nahm wie im Traum wahr, wie das Schiff im Halbkreis und danach nach Osten gerudert wurde, bis eine Stunde nach Sonnenuntergang der Wind umsprang. Fafana blies aus dem Westen und trieb die TRUHE langsam zurück an die Karge Küste, weit im Osten, weit entfernt von der Quelle und dem Umkehrpunkt der Karawanen des Sandmeeres. Sobekpanefer hob den Krug mit beiden Händen und trank. Wein lief aus den Mundwinkeln und tropfte auf seine Knie.

Er sah die Sterne nicht und blinzelte in den Mond, der hoch über dem Meer seine Bahn zog. Seine Trunkenheit spürte er nicht. Die Wut wurde zum Hass, das Eingestehen des Verlusts erzeugte tief in ihm eine Enttäuschung, die ihn lähmte. Auch sein herrlicher Besitz in der Oase war verloren! Aber noch gluckerte Wein im Krug. Hay kam und wollte mit ihm reden, aber ein gelallter Fluch jagte ihn zurück ins Dunkel. Das Mondlicht zeichnete eine breite Bahn aus unzählbar vielen silbernen Sicheln auf die Wellen, der das Schiff scheinbar gehorsam folgte. Schließlich sackte Sobekpanefer zusammen, glitt vom Sitz und ließ den Krug fallen. Er rollte einige Schritte weit über die Planken und hinterließ eine tiefrote Spur, die im Mondlicht schwarz glänzte.

Steuermann Hay Thweat brachte die SILBERNE TRUHE, zuverlässig wie immer seit vielen Jahren, zur Wasserschlucht. Sie waren unbeobachtet, auch an Land stiegen keine Rauchfäden auf. Die Landmarken, zwei fingerähnliche weiße Felsen über einer dunklen, schrundigen Wand, an deren Fuß die niedrige Brandung gischtete, glitten an Steuerbord vorbei. Dann wurde das Segel hochgezogen. Sobekpanefer wachte aus der Benommenheit nach der Nacht voller Trunkenheit auf.

»Niemand hat uns gesehen. Wir haben niemanden entdeckt. Wir sind allein hier, Neb Sobekpanefer!«, sagte Hay und gab Befehl, das Schiff aus dem Wind zu nehmen.

»Ob Iti-Hor in seinem Loch kauert und auf uns wartet?«, wollte der Schiffsherr wissen.

»Er hat uns noch kein Zeichen gegeben.«

Die Riemen wurden ausgeschoben, sobald das Segel an der federnden Rah in die Höhe gezerrt worden war. Nach einigem Klappern und aufgeregten Rufen begannen die Ruderer im Takt zu arbeiten. Langsam glitt die TRUHE in einen breiten Spalt in der dunklen Felswand. Plötzlich erzeugte jedes Geräusch ein scharfes Echo. Sobekpanefer dankte im Stillen den Göttern seiner zweiten Heimat, dass er an der Kargen Küste ein Ausweichversteck angelegt hatte – nach langem Zögern.

Sobekpanefer war der Sohn eines ehemaligen Nehesi-Gefangenen, der es in Mennefer bis zur Stadtwache gebracht hatte. Seine Mutter, Gehilfin bei einem Handwerker, der mit Gold,

Bronze, Holz und Gips gearbeitet hatte, hatte ihn schon in frühen Jahren gelehrt, Wertvolles von Herkömmlichem zu unterscheiden. Er hatte in der Tempelschule schreiben und lesen lernen dürfen und sich dabei klug angestellt. Er hatte beobachtet, wie aus der Heimat seines Vaters teure Waren und Metalle nach Tameri gebracht wurden, und mit den Begleitern der Karawanen geredet.

Da er mit seiner nicht allzu braunen Haut, den hellen Augen und dem schwarzen Kräuselhaar bald das Vertrauen der Männer erworben hatte, mussten erst fünf Jahre vergehen, bis er mit einer Karawane, von Kriegern des Großen Hauses begleitet und geschützt, hapiaufwärts nach Kush, Wawar, Irtjet und Jam hatte ziehen dürfen. Zwischen den Stammesangehörigen seines Vaters hatte er dort an der »Straße der vierzig Tage« eine Schmugglergruppe gegründet; zuerst waren es nur fünf junge Männer gewesen, die reich und unabhängig werden wollten.

Ein Jahrzehnt später, nach zahlreichen Versuchen, Erfolgen, Rückschlägen und Niederlagen, hatte er fast alle Schmugglerpfade durch das Sandmeer gekannt. Er hatte als Ruderer auf einem Schiff geschuftet, das nach Gubla segelte. Dort war es ihm gelungen, das Vertrauen eines fremden Kapitäns zu gewinnen, der nicht einmal seine Sprache richtig verstanden hatte. Sie waren zur versteckten Bucht an der Kargen Küste gesegelt, dem Endpunkt einer Karawane, die Sobekpanefers junge Nehesi-Freunde – inzwischen durch viele Abenteuer abgehärtet und um zehn Jahre Wüstenwanderung erfahrener – unter großen Opfern ans Ufer des Großen Grünen geführt hatten.

Kapitän Sarantas, der Besitzer der MORGENBUCHT, hatte die Waren gemustert und sie gegen Edelsteine, Bronzewaffen, Öl und eine große Menge »Krüglein aus Keftiu« eingetauscht, die kostbare Salben enthielten. Beide Seiten waren zufrieden gewesen. Die MORGENBUCHT war mit

Sobekpanefer nach Gubla gesegelt, daraufhin nach Alashia und von dort nach Norden, in ein gänzlich fremdes Land, die Heimat Sarantas' und der Hälfte seiner kleinen Mannschaft.

Auf einem Hügel über der »Bucht des Morgens« – daher stammte der Name des Schiffe – hatte Sarantas Sobekpanefer ein Stück Land überlassen.

Abermals waren sieben Jahre vergangen.

Zahlreiche Fahrten. Die erste Wanderung von der Bucht zur Oase. Das Haus in der Oase. Der Bau des Hauses über der Bucht auf der Argolis. Mehr Reichtum. Der Bau des eigenen Schiffes, schlank wie ein Rômetschiff, dauerhaft und mit Kiel wie Sarantas' verwittertes, unzerstörbares Schiff. Die ersten Fahrten mit der SILBERNEN TRUHE.

Jetzt zählte Sobekpanefer mehr als dreißig Sommer und besaß nur noch sein Schiff und sein Haus auf der Insel nahe der Burg von Mykenai. Und die Vorräte, die Iti-Hor bewachen sollte. Aber statt des alten Iti-Hor stand ein anderer, jüngerer Mann auf dem Felsvorsprung und rief das Schiff an.

»Bist du Sobekpanefer?«

»Ja. Und wer bist du?«

»Si-Ptah, der zweite Sohn des Iti-Hor. Ich bin allein.«

»Wir legen an!«

Hay Thweat befahl, das Schiff zu wenden und rückwärts auf den winzigen Sandstrand am Ende des Felseinschnitts zu steuern. Sobekpanefer schwor sich, auch dieses scheinbar sichere Versteck so bald wie möglich zu verlassen und nach Mykenai zurückzusegeln.

5 Der Herr des Palastes und die Geschenke

Beim ersten Lichtstrahl fingen die Rômet ohne jede Aufforderung, ohne Befehl, ausgeschlafen und tatendurstig, zu arbeiten an. Zuerst wurden die Geschenke, ein Teil der Kleidung und der Waffen und allerlei Werkzeug aus den Schiffen geholt und an Land gebracht. Andere Gruppen begannen Sud zu kochen und verteilten Proviant, die Mannschaften säuberten das heruntergelassene Segel und das übrige Schiff von dem grausilbernen Salzbelag.

Eine erste Gruppe, die Peschef anführte, verließ das Ufer und suchte einen Weg aus dem Flusstal hinauf zum Hügel. Die Männer hackten mühsam Zweige und Büsche auseinander und schoben sie zur Seite. Cheper überlegte, ob er sein nächtliches Geheimnis mit den Kapitänen teilen oder zunächst schweigen sollte; er entschied sich, noch nichts zu berichten. Sie hätten es womöglich für einen Traum gehalten und ihn ausgelacht.

Die Wajermänner wuchteten weitere Taubündel unter dem Deck hervor und belegten die Schiffe mit zusätzlichen Tauen an Bäumen und den größten Felsbrocken, die sich, von Moos und Ranken überwuchert, neben dem Ufer tief in den Boden gegraben hatten. Neugierde, frische Kräfte und auffordernde Zurufe sowie viel Gelächter ließen die Männer so schnell und gewissenhaft arbeiten wie beim Bau der Schiffe und bei der Fahrt der vergangenen Tage. Eine zweite Gruppe, ebenso ausgerüstet wie die erste, verließ das Ufer. Sie wurde von Paser und Ta-Ptah angeführt und trug einen Teil der Geschenke aus dem Großen Haus.

Als Cheper mit zwei Steuermännern, Wen-Amûn und Iti-Hor, auf dem freigeschlagenen Pfad in Schlangenlinien in die Höhe kletterte, warf er auf halber Höhe einen langen Blick auf das stille Flusswasser und die Schiffe. Das Bild beruhigte ihn auf seltsame Weise. Die knapp hundert Männer schienen verstanden zu haben, mehr oder weniger deutlich, dass sie das Große Haus und die Beiden Lande vertraten, mit allem, was sie taten.

Zwei ältere Wajermänner blieben auf jedem Schiff zurück; sie hatten sich, aus welchem Grund auch immer, freiwillig dafür entschieden. Sa-Renput war ebenso wie Cheper davon überzeugt, dass sie die kostbaren Schiffe nur kurze Zeit bewachen mussten.

Der Wald lichtete sich, je höher der Pfad führte; der Anblick und die Art, wie die Bäume gewachsen waren, deren Namen und Nutzen die Rômet erst erfahren mussten, verwunderte die Männer vom Hapi. Schließlich, nach ungefähr einer Stunde, hatten sich die Seefahrer auf einer steinigen, von wenigen Bäumen bestandenen Hochfläche versammelt. Von hier aus war das Flusstal gut zu sehen, nicht aber das Meer und die Schiffe. Ein breiter Weg führte ins Innere der Insel, scheinbar genau in die Sonnenscheibe hinein.

Hinter einem Baumstamm trat eine große Gestalt hervor. Sa-Renput sah sie zuerst, stieß Paser und Sobek-Djaa an und deutete mit dem Schaft der Kampfkeule darauf.

»Ist die Insel von dunkelhäutigen Riesen bewohnt?«, rief Ta-Ptach.

»Riesinnen! Oder ... ?«

Cheper drängte sich zwischen den Männern nach vorn, hob den Arm und rief: »Kapitän Fürst Ahiram hat uns einen Sprachkundigen versprochen. Er hat eine sprachkundige, schöne Nehesi geschickt, die uns hilft. Sie kennt den Weg nach Knossos und zum Herrscher, dem Minos. Sie ist eine Quellnymphe, also eine Göttertochter, die in einer geheimnisvollen Höhle wohnt. Wer mit ihr spricht, redet – auf seltsame Weise – mit dem Fürst, der die Pfade im Sandmeer beschritten hat.«

»Hört auf Kapitän Cheper«, rief die junge Frau. »Nennt mich Thot-K'aima. Geht langsam weiter – der Minos ist mit seinen Männern auf dem Weg zu uns.«

Die Rômet staunten die auffällige Erscheinung an und schienen gleichermaßen erschrocken und erleichtert darüber zu sein, die eigene Sprache zu hören. Als Thot-K'aima auf dem Pfad näher kam, schien ihre Gestalt von einer dünnen Schicht aus Wasser oder einer Blase oder flirrendem Licht umgeben zu sein; die Rômet fanden weder ein Wort noch eine Erklärung dafür. Sie sahen die auffällige Schönheit, den Schmuck und das kurze weiße Kleid aus feinstem Stoff, die glatte, nusssahnige Haut und die großen Augen der Frau sowie die handgroße Gürtelschnalle, die wie das Meisterwerk eines Goldschmieds aussah.

»Ich habe gesehen, wie ihr auf dem Meer die Segel hochgezogen habt und in die Mündung des Lethai hineingerudert seid.« Die Stimme, dunkel und klar, erregte die Rômet in einem Maß, als stünden sie im Per-Ao, dem Großen Haus, vor dem Thron des Gottkönigs Amenemhet. Sie erschauerten und hörten ehrfurchtsvoll zu. »Ich habe den Palast zu Knossos gesehen, die Bronzeschmiede und die Erbauer von Mauern und roten Pfeilern. Wenn ihr genau hinhört, vernehmt ihr den Lärm, den der Pferdewagen des Minos macht. Er ist auf dem Weg hierher.«

Sie deutete vage nach Süden. Ein überraschtes Murmeln ging durch die Gruppen der Wartenden. Die Kühle des Morgens war der Wärme des kommenden Mittags gewichen, aber hier auf der kleinen Hochfläche wehte ein frischer Wind, der den Geruch der frühen Feuer mit sich führte. Die Blätter in den schütteren Baumkronen und das trockene, kniehohe Gras raschelten und bewegten sich zitternd.

»Wählt die klügsten Männer von euch als Sprecher«, forderte Thot-K'aima die Rômet auf. Aus dem Chor ertönten Rufe; einzelne Namen wurden genannt.

»Die Kapitäne.«

»Cheper und Sobek-Djaa!«

»Peschef!«

»Überhaupt, die Steuermänner!«

Die Nehesi mit der hellbraunen Haut und dem kurzen Haar, das wie eine schwarz glänzende Kappe um ihren Kopf lag, hob beide Hände in Schulterhöhe. Ihr aufforderndes Lächeln traf nacheinander die Männer, die vorgetreten waren.

»Genug Sprecher. Der Minos ist laut, mächtig und bestimmend. Erschreckt nicht. Ich denke, er wird euch in den Palast einladen. Geht bis dorthin«, Thot-K'aima zeigte auf einen sandigen Kreis, einen Pfeilschuss weiter im Land, »und breitet die Geschenke aus. Und denkt immer daran«, ihre Stimme erhob sich und nahm einen bronzenen Klang an, »ich spreche nicht nur beide Sprachen, sondern ich spreche für Tameri, für das Große Haus, für Amenemhet und ... für euch. Nichts anderes.«

»O ihr Götter«, sagte Cheper mit belegter Stimme. »Heute ist wahrlich ein großer Tag.«

Die Kapitäne winkten, und alle Seefahrer setzten sich in Bewegung. Vor den drei Männern ging die Quellnymphe mit großen Schritten ihrer langen Beine, und noch immer schien es, als umhülle sie eine Art wässriger Glanz, der bisweilen in den Farben des Regenbogens aufschimmerte. So wie Thot-K'aima sich bewegte, schien sie zu den wandelnden Wesen zu gehören, denen die Tempel gehörten und die davon lebten, dass sie Weihrauch atmeten.

Phinais blieb liegen, nachdem sich der Minos von ihr heruntergewälzt hatte. Schweigend und erschöpft sah sie ihm mit schläfrigen Augen nach, wie er einen Kelch kalten Sud leerte, wortlos ein Tuch mit Goldstickerei in den Säumen an sich riss und um die Hüften knotete. Hinter den Vorhängen aus Wolle, hinter den bunten Mustern, lauerte die erste Helligkeit des Tages. Als der Minos aus Phinais' Schlafgemach tappte, schwankten und zitterten die Flämmchen der Öllampen.

Nach und nach beruhigte sich der Herzschlag der Frau, langsam trocknete der Schweiß in ihrem Haar und auf ihrem zitternden Körper. Phinais spürte, trotz ihres Keuchens, des Stöhnens und der Lustschreie, die lauter gewesen waren als die des unersättlichen Minos, tief im Inneren ihres heißen Schoßes, dass der Minos auch heute keinen Sohn gezeugt hatte, dass sie weiterhin unfruchtbar blieb, bis er sie wieder begehrte und nahm, mit dem gleichen Ungestüm, als sei er einer der unersättlichen Götter. Sie war nicht die Einzige, bei der er lag; ihre Schönheit und ihre Leidenschaft bedeuteten ihm nicht mehr als die anderer Frauen in seiner Nähe, im Palast und in der Stadt.

Nur wenn sie ihm einen Sohn schenkte, einen zu den vielen, die mit ihren Müttern im Palast hausten, oder wenn sie ihm, beispielsweise, eine Lagerstätte des Kupfers zeigte oder wie man ein meerestüchtiges Schiff baute, würde sie in der Halle neben ihm sitzen dürfen. Und erst dann durfte sie sich »Königin« nennen lassen.

»O Phinais«, flüsterte sie und richtete sich mit schmerzenden Schultern auf. »So viel zu bedenken. So schwer die Schritte zum Thron. Was kann ich tun?«

In der Vorzeit, sagen sie, haben wir Frauen geherrscht, über unsere Söhne, über Familien und über große Stämme. Jeder Mensch ist das Kind einer Frau, auch der Minos. Warum dürfen nur Männer herrschen? Nur weil sie stärker sind als wir? Was ist ein Schwert gegen einen Becher Gift? Aber was kann ich tun? Ich kann mir weiterhin jedes noch so kleine Gerücht, jedes Wort, das zwischen den Wänden des Palasts geflüstert wird, merken. Ich muss aus jedem Blick und jedem Gesang der Vögel einen Ziegel formen – für die Stufen zum Turm meiner Bedeutung für den Minos. Genügt ihm die Lust nicht, die ich ihm bereite, zu jeder Stunde?

Viele Dutzend kleiner Beobachtungen hatte Phinais gesammelt. Dinge, Regungen, Launen und Bemerkungen des Minos, seiner Ratgeber und Waffenschmiede; die Augenblicke, in denen er erkennen ließ, dass seine Ziele ebenso riesenhaft und nur für Halbgötter erreichbar waren wie der Palast, an dessen verwirrender Größe seit Jahren gebaut wurde. Beobachtungen und Gerüchte aus der Stadt. Gesehenes und Erahntes, das ihr Dienerinnen und Knechte, Jäger, Hirten und Handwerker zuflüsterten. Zeichnungen auf Tonscherben, Erzählungen von Erscheinungen, die den Fischern begegnet waren. Nächtliche Gesichte, Albträume und die vielfältigen Zeichen der Göttinnen und Götter.

Der kalte Geruch von Feuern, die niemand brennen gesehen hatte, mitten im Sommer und in den Wäldern. Seltsame Diebstähle, die nie aufgeklärt wurden: volle Weinkrüge, Korn, Mehl und Öl, Holzkohle, Milch und Käse. Das halb verbrannte Fell eines Keilers. Schritte in den Gassen und Wohlgerüche, die zwischen Palastmauern und in Räumen zurückblieben. Blitzende Augen in der Luft. Die Klänge seltsamer Musik an Orten, wo niemand lebte und wohin sich kein Musiker verirrte. Man hatte Schiffe mit ockerfarbenen Segeln gesehen. Die seltsamen Opfergaben am Altar der Erdgöttin. Der Schrecken der Dienerinnen, die an vielen Stellen im Palast eine schwarze Riesin gesehen hatten; war es die Göttin, deren Kraft den Minos beseelte? Diktynna? Oder Persis?

Phinais richtete sich auf und strich ihr Haar aus dem Gesicht und von den Schultern. Die Spitzen kitzelten sie tief im Rücken. Sie ging nackt zum Fenster, zog die Vorhänge auseinander und blickte auf die Dächer, Treppen, Terrassen, Brüstungen, Mauern und Wände hinunter, auf die Bilder von Tänzerinnen, Delfinen, farbigem Blumengerank, Meereswellen und Fischen, von Vögeln mit weit gespreizten Schwingen, auf Türen, an die Eulen genagelt worden waren, auf vertrocknende Blütengirlanden und die riesigen Tonkrüge, in denen der Minos Vorräte aufbewahrte.

In einem prächtigen Teil, dort drüben, neben der Terrasse am Hang, lebte der einzige Freund des Minos. Daidaloos, der Mann, der alles konnte und aus allem, was er auf Kreta fand, etwas herstellte, das den Minos ergötzte und das er zu brauchen schien. Phinais hasste ihn und vermied, seine Werkstatt zu betreten. Daidaloos' allzu junge Gefährtin Perseïs wagte nicht einmal, der Minos anzurühren. Jetzt erklangen aus der Werkstatt die hellen, schmerzenden Geräusche einer Säge und kleiner Hämmer – über das alles wollte sie gebieten. Bald. Es würde ihr gehören, wenn es ihr gelang ...

Sie zuckte mit den Schultern und rief die Dienerinnen, die sie baden, schminken, schmücken und anziehen sollten. Für einen weiteren Tag im verwirrenden Mauernkoloss von Knossos. Sie musste mit Perdix reden, ihrer gleichaltrigen Vertrauten. Als sie sich umwandte, sah sie aus dem Augenwinkel ein Etwas, das einer schwebenden Kugel glich, vom Fenster verschwinden. Eine Kugel, ein Ball oder ein – Auge? Die unsichtbaren Götter waren überall.

Aus dem Dunkel des Waldes am Fuß des niedrigen Hügels kamen hintereinander drei Gespanne ins Sonnenlicht. Zwei Wagen waren schmucklose, kantige Kästen aus Holz, Geflecht und Bronze, mit schweren Rädern und funkelnden, breiten Felgen. Das dritte Gespann, von zwei Rappen gezogen, trug bronzene und goldene Verzierungen. Auf einer Stange vorn am Wagenkorb, die eine Mannslänge höher in einer Doppelaxt endete, war der weiße Knochenschädel eines Stieres angebracht, dessen Hornenden golden schimmerten.

Farbige Bänder und Schnüre flatterten im Wind; in jedem Wagen standen zwei Männer, die glänzende Metallhelme trugen.

»Der Minos und seine Krieger«, kommentierte Sobek-Djaa ruhig. »Denke an die leichten Gespanne in Itch-Taui! Diese Wagen dort sind wie zu schwer; die Pferde werden viel früher müde.«

»Zudem geht's hier immer hügelauf und hügelab«, fügte Sa-Renput hinzu. »Schwierige Straßen hier. Aber die Keftiu-Leute haben immerhin kräftige Pferde.«

»Und Rinder, nicht nur Schafe und Ziegen«, sagte Cheper. »Ganz ruhig, Freunde. Der Minos kommt nicht mit seinen Heeren.«

Vielleicht zwei Dutzend Männer rannten hinter den Gespannen auf die Hochfläche zu. Der Pfad, schwerlich als »Straße« zu bezeichnen, führte in drei Windungen herauf. Wieder musste Cheper grinsen; die »Hüterin der Höhlenquelle« hatte den Treffpunkt gut gewählt. Ahirams Schule!

In einer Art Halbkreis standen die Rômet im dürren Gras, der Wind zerrte an ihren weißen Schurzen, die Mehrzahl trug Helme aus hartem Leder, und in den Gürteln, die mit Kupferschuppen besetzt waren, steckten Streitkolben. Aber hinter den Kapitänen waren die vielen Geschenke abgesetzt worden; Truhen, Säckchen, Krüge und andere Gebinde. An der Stelle, wo der Pfad aufhörte, stand hoch aufgerichtet Thot-K'aima. Die rasselnden Gespanne und die schwitzenden Krieger des Minos kamen näher, die Pferde keuchten und hatten weißen Schaum vor den Mäulern.

Sa-Renput, Sobek-Djaa und Cheper ließen die Köcher und die gespannten Bogen auf ihren Rücken. Ihre Blicke hefteten sich auf den schwarzhaarigen Mann mit dem wilden Bart im dritten Gespann, der sie ebenso aufgeregt und neugierig anstarrte. Auf einem Zapfen des Wagenkastens war sein Helm befestigt, im Gürtel trug er eine Doppelaxt aus polierter Bronze.

Einige Dutzend Atemzüge zügelten die Lenker die Pferde mit aller Kraft und brachten die Gespanne nebeneinander zum Stehen. Die Muskeln der Tiere zitterten, Schweiß sickerte in langen Bahnen durch ihr Fell. Thot-K'aima hob den Arm und redete den Minos in dessen Sprache an.

Der Minos legte die Fingerspitzen an sein breites, goldenes Stirnband. Er musste zu Thot-K'aima aufsehen, und er staunte sie an, als sähe er die Ariadne leibhaftig vor sich. Aber selbst wenn er sich fürchtete, zeigte er es nicht. Er hörte schweigend zu, bis sie geendet hatte.

Cheper und die andern verstanden nur wenige Worte. »Wadj-Wer, Tameri, Hapi, Per-Ao, Amenemhet, Sesostris, Nub« und die Schiffsnamen. Die Krieger des Minos, der den Reif abnahm und den Helm über seinen Schädel stülpte, stellten sich in einer Reihe hinter den Gespannen auf. Daraufhin stieg der Minos, der kaum größer war als jeder Rômet, aber mehr als einen Kopf kleiner als die Nehesi, vom Wagen, blieb vor ihr stehen und begann mit der Antwortrede.

Die Quellnymphe wartete ruhig, bis er geendet hatte, wandte sich dann halb um und sagte so laut, dass es alle verstehen konnten: »Ich habe dem Minos berichtet, woher ihr kommt und was der Sinn eurer tödlich gefährlichen Reise ist.« Sie wechselte für zwei, drei Sätze in die Keftiu-Sprache. »Er sagt, dass er euren Mut bewundert. Er lässt Schiffe bauen und will, dass diejenigen von euch, die davon etwas verstehen, seinen Handwerkern helfen. Das solltet ihr tun, die Herren Kapitäne. Sein Willkommen scheint ehrlich zu sein, und er lädt euch nach Knossos ein. Er will so schnell wie möglich eure Schiffe sehen.«

Wieder übersetzte sie für die Keftiu-Männer. »Ich habe ihm die Größe, Pracht und Bedeutung Tameris und des Gottkönigs gezeigt und gesagt, dass Amenemhet viele Geschenke geschickt hat und solche Waren, die unsere Länder tauschen können. Wir nennen die Insel Keftiu; sie selbst haben dafür den Namen ›Kreta‹ gefunden. Zeigt sie ihm; ich erklär's, so gut ich es kann.«

Die Steuermänner und einige Mann der Besatzung hoben die Geschenke auf, öffneten die Truhen, und wieder schilderte Thot-K'aima, welche Botschaften des Gottherrschers mit dem Inhalt verbunden waren. Die Säckchen wurden auf Tücher ausgeleert, die Statuen, kleine wie große, glänzten in der Sonne. Felle und Straußenfedern riefen Verwunderung hervor. Die kostbar verzierten Waffen wurden den Kriegern des Minos gezeigt; sie betrachteten sie mit geradezu ehrfürchtigem Staunen. Der Minos ging schweigend von einer Kostbarkeit zur anderen, hob die Ballen der Shafadu-Blätter auf, stemmte die Fäuste in die Seiten und nickte schwer. Er redete mit der Nehesi, sie antwortete wortreich und wandte sich dann an die Rômet.

»Der Minos ist erfreut über die Geschenke, die überaus schön und wertvoll und eines Königs würdig sind. Er wird vom Besten, über das die Insel Kreta verfügt, eurem Herrscher ebenso feine Geschenke senden. Aber zunächst bittet er euch alle, ihm in den Palast und in seine Stadt zu folgen. Dort sollt ihr wohnen und bedient werden, wie es euch gebührt, den Freunden des Minos. Er will über alles mit euch reden; über Schiffe, über das Land Tameri und dessen Schätze, über den Handel zwischen den Völkern und den Königen.«

Die Kapitäne nickten einander zu; Cheper antwortete für sie alle: »Wir sind einverstanden. Wir werden versuchen, die Sprache ... Keftius zu lernen, die kretische Sprache.«

Die Quellnymphe übersetzte und zeigte auf die Stelle des Waldes am Fuß des Hügels, aus der die Gespanne hervorgekommen waren.

»Folgt dem Minos. Zwei Stunden Weg bis nach Knossos.«

»Wirst du dort für uns reden?«, erkundigte sich Sa-Renput.

»Ich werde da sein, wenn es nötig ist.«

Der Minos wartete, bis jeder seiner Krieger und ein Teil der Schiffsmannschaft sich eines der Geschenke aufgeladen hatte, und stieg in den Wagen. Seinem Gesichtsausdruck zwischen den Rändern des Bronzehelms war keine Regung zu entnehmen; Bart und Brauen überwucherten schier die Augen und die Gesichtshaut. Die Gespanne wendeten und holperten den Hügel hinunter, langsamer gefolgt von Thot-K'aima, den Rômet und den Kriegern. Es dauerte länger als zwei Stunden, bis sie den Palast, die Stadt, die Felder und die Haine der Fruchtbäume vor sich hatten.

Wie ein großer Rundschild breitete sich Knossos über die Hochfläche und den Hang aus. An zwei Stellen sah man den nackten Felsen eines steilen Abbruchs. Eine vierfache Baumreihe, in deren Schatten eine breite Straße lag, führte auf ein Tor zu, hinter dem Treppen und weiße Mauern zu erkennen waren. Es wimmelte von Menschen, die zusammenströmten und die Ankommenden neugierig und mit Rufen des Erstaunens anstarrten. Als sich Cheper kurz vor dem Tor umdrehte, einem Doppelturm aus riesigen Steinen, war Thot-K'aima verschwunden; nur ihm schien es aufgefallen zu sein.

Die Rômet betraten den Ausschnitt einer Welt, die ihnen fremd war. Jeder hatte andere Bilder, andere Gerüche, andere Stimmen erwartet. Zuerst hatten sie die vielen Bäume, die ausgedehnten Wälder gesehen und dabei wenig über die Menge, die Größe und den Umfang mancher Baumstämme nachgedacht; besonders verwundert starrten sie die knotigen, zerrissen erscheinenden, in sich selbst zurückgedrehten Stämme der vielen Ölbäume an. Aber spätestens auf dem Weg zum Palast erkannten die Männer andere, wichtige Einzelheiten und Unterschiede zu ihrer Heimat. So viele verschiedene Bäume gab es im Land Tameri nicht!

Fünf oder mehr unterschiedliche Baumarten wuchsen hier in ausgedehnten Wäldern, wild und nicht von Menschenhand in Reihen gepflanzt wie an den Ufern des Hapi!

Die Beiden Lande waren arm an gutem Holz, aus dem man Schiffe, Häuser, Paläste und Tempel hätte bauen können. Im Deshret, dem Roten Land, der Wüste aus Sand und Felsen, war ein einzelner Baum so selten, dass die Priester sie zu Wohnorten von guten Göttern erklärten. Das Holz selbst der höchsten und dicksten Palmen war viel zu weich zum Bau von Häusern und Schiffen.

Keftius augenscheinlicher Reichtum bestand aus Holz. Als die Rômet am Rand von Knossos anhielten, wussten sie, dass ihre Schiffe auf der Rückfahrt mit Holz beladen sein würden. Aber wie und womit handelte man »billiges« Holz gegen, zum Beispiel, »teure« Shafadu-Schreibblätter ein?

Auf der Hälfte der Treppe angelangt, drehte sich der Minos um und hob beide Arme. Seine Ansprache war laut und kurz. Die dunkle, heisere Stimme hallte bis hinaus und hinunter zur Stadt. Sofort gehorchten seine Krieger. Sie forderten gestenreich jene Rômet auf, in deren Armen sie Geschenke aus Tameri sahen, mit ihnen zu kommen.

Durch Korridore, Rampen und über Treppen gingen sie alle hinunter in die Halle und stellten die Geschenke hinter einer Reihe weißer und dunkelroter Holzsäulen, die mit breiten kupfernen Bändern verziert waren, in mehreren Reihen auf dem Podium auf, rechts und links neben dem steinernen Thronsitz, unter den vielen blitzenden Helmen und Waffen an der Stirnwand.

Staunend erkannten die Fremden, dass alle Waffen – sie reichten für drei oder vier Dutzend Krieger – in bestem Zustand waren; man konnte sie von den Bronzehaken nehmen, anlegen und war kampfbereit.

Mägde und Knechte, Diener und Dienerinnen nahmen die übrigen Rômet an der Hand und zogen sie lächelnd mit sich, redeten auf sie ein und brachten sie in kleine und große Zimmer, die neben-, über- und untereinander lagen und von deren Fensterchen aus ein großer Hof zu sehen war. Den Boden bedeckte heller Sand, der aussah, als habe man ihn von einem Strand geholt.

In vielen Räumen, die einfach, aber sauber eingerichtet waren, lagen noch Habseligkeiten der Bewohner. Man brachte den Gästen Wein, frisches Brot, Braten und Käse, Salz, ein golden schimmerndes Würzöl und grüne und schwarze, kugelige Früchte, die säuerlich und fremdartig schmeckten und kleine Kerne enthielten. Im Palast schien es stundenlang zu wimmeln wie in einem Ameisennest; die Mauern waren erfüllt von zahllosen Geräuschen, Bewegungen und Gerüchen. Von den Kretern des Minos, sagten sich die Rômet, waren sie wie geehrte Gäste willkommen geheißen worden.

Für die Bewohner Keftius war das Aussehen der Rômet eine größere Überraschung als die Parusati für die Ruderer und Kapitäne. Die Parusati sahen schlanke, schmalschultrige Männer mit bräunlicher Haut und zumeist braunen Augen, und einige von ihnen waren dunkelbraun, fast schwarz. Ausnahmslos waren alle Rômet bartlos, manche hatten ihre Köpfe geschoren, und das nachgewachsene Haar war dunkel und nicht länger als ein Fingerbreit.

Die Parusati hingegen wiesen eine Haut auf, die trotz aller Sonnenbräune ins Rötliche spielte. Fast jeder im Mannesalter trug langes Haar und Oberlippen-, Kinn oder Gesichtsbart, die bei den Männern bis zu einem bestimmten Alter rußschwarz waren, aber bei den Älteren graue und weiße Strähnen zeigten oder gänzlich grau oder weiß geworden waren.

Und erst die Mädchen und Frauen! Meist schwarzhaarig, mit langem, glattem oder kunstvoll geringeltem Haar, grünen, blauen und schwarzen Augen, breiten Hüften, darüber eine schlanke Körpermitte und herrliche große Brüste mit dunklen Spitzen, die verheißungsvoll aus den Miedern mancher Schönen quollen, aufs Feinste bewegter als die der meisten Rômetfrauen. Parusati und Rômet warfen einander lange Blicke zu und zeigten unverhohlene Neugierde auf den jeweils anderen.

Bis zum Abend kannten die Rômet einen großen Teil des Palasts und viele Häuser der kleinen Stadt. Knossos – die Kreter sprachen den Namen »Knosos« aus – und die Stadt waren im Wachsen begriffen. Der Palast schien aus tausend Räumen zu bestehen; ein wirres Durcheinander aus Mauern, Säulen und Terrassen, die sich über Gewölben, offenen und überdachten Höfen und Sälen türmten. Ein Bauwerk, in dem sich bald einige Rômet verirrt hatten. Und die Kreter bauten am Palast und an der Stadt weiter.

Die Kapitäne und die sechs Steuermänner wurden in einen anderen Teil des Palasts gebracht. Sie wohnten in einer Art Turm, in dessen Zinnen sich die Klingenform der Labrys wiederholte. Die glatten und die aus groben Steinen aufgetürmten Mauern verschmolzen mit denen des großen, alten Bauwerks.

Noch vor der Abenddämmerung wurden im großen Hof Bänke und Holzplatten auf Böcken aufgestellt, und längst zogen die Gerüche von Gekochtem, Gebratenen und Gebackenem durch die Korridore. Als Hunderte Öllampen und Kerzen überall innerhalb und außerhalb des Palasts brannten und die Stimme des Minos immer häufiger zu hören war, wussten die Rômet, dass Palastbewohner und Gäste miteinander essen und, womöglich, reden sollten.

Der Minos hatte den Kretern im Palast befohlen, sich für das Gastmahl zu schmücken und die fremden Gebräuche der Besucher zu achten, auch wenn man einander nicht verstehen konnte.

Perdix' Schönheit, dachte Phaidra neidisch, wurde durch ihren Schmuck und das lange Kleid hervorgehoben, als die Frauen die Treppen zum Hof hinuntergingen. Obwohl – bisher hatte der Minos seine Nächte und manche Stunden des heißen Nachmittags, mit ihr geteilt, der Leidenschaftlichsten von allen. Waren ihr Keuchen und ihre Lustschreie verschwendete Rufe ans Schicksal?

Die Frauen trugen Mieder mit halblangen Ärmeln und aufgestelltem Kragen. Die Säume des Ausschnitts schoben die Fülle der Brust zusammen und hoben sie gleichzeitig; auch die Fruchtbarkeitsgöttin trug dieses Gewand. Der Minos kannte nahezu jede Frau im Palast, aber heute würde sich sein dunkler Blick sicherlich auf Perdix' bloße Brüste heften und auf die Muscheln, Bronzetropfen, Edelsteine und Schnitzereien aus Eberzähnen des Halsschmucks und die schweren goldenen Mondscheiben des Ohrgehänges.

Trotz dieses innerlichen Stichs sagte Phaidra leise: »Ich glaube, beim Auge der Ariadne, dass sich bald vieles auf Kreta ändern wird.«

Perdix blieb stehen und blickte Phaidra verständnislos an. Die Monde an ihren Ohrläppchen schaukelten einige Male.

»Ändern? Was, glaubst du, ändert sich?«

»Der Minos hat aufregende Träume von Macht und Größe. Bisher waren es nur Träume. Jetzt sind die Fremden da, mit ihren Schiffen.« Phaidras Stimme war leise, aber schneidend wie eine geschärfte Klinge. »Er wird Schiffe bauen und andere Inseln überfallen.«

»Ich habe gehört, dass er mit dem Land der Fremden regen Handel treiben will.« Perdix hob die gebräunten Schultern. Sie verströmte den Duft eines Balsams, den Phaidra nicht kannte. »Bis sein Schiff fertig ist, wird's wohl noch Jahre dauern.«

»In ein paar Jahren sind wir alt und hässlich«, erwiderte Phaidra und ging weiter, Stufe um Stufe. Perdix folgte ihr zögernd. »Wenn wir ihm keine Söhne schenken, macht er uns zu nutzlosen grauen Mägden.«

»Bist du noch immer nicht schwanger? Trotz der vielen Nächte ...?«

Phaidra schüttelte den Kopf und hob die Brüste mit beiden Händen. »Der Sitz neben ihm in der Halle – ich will dort sitzen. Ich will bestimmen, was sich ändert. Ich werde dir sagen, was ich tue, aber zuerst muss ich die Geschenke sehen.«

Zwischen den Flämmchen der Öllampen, die an beiden Seiten einer jeden Stufe leuchteten, setzten die Frauen ihre Füße. Leise knirschten die Sohlen auf dem Stein.

»Willst du den Schwarzbart mit deinem Schmuck erwürgen?«, fragte Perdix in unüberhörbarem Spott.

Phaidra legte die Hand an ihre eigene Kehle über den goldenen Ketten der winzigen geschnitzten Zahnbeinfiguren und flüsterte: »Vielleicht erschlägt ihn eine der Gestalten aus Holz und Bronze, die Daidaloos bauen lässt.«

»Oder eines der Kräuter, die du in deinen Liebessud mischt, ist giftig?«

»Daran hab ich noch nicht gedacht«, antwortete Phaidra lächelnd und senkte ihren Blick in Perdix' graugrüne Augen. »Vielleicht wäre der neue Minos schlimmer als der alte.«

»Wenn du nicht dafür sorgst, dass es der Richtige wird?«

»Wie sollte ich das fertigbringen? Und wann?« Die Frauen hatten die unterste Stufe betreten und wandten sich jetzt zur Rampe, die in den Hof hinunterführte. Bewundernde Blicke einiger Fremder, die aus einem Seitengang kamen und jäh stehen blieben, trafen Perdix und Phaidra. Die Flügel der Tore, mit Tafeln aus polierter Bronze beschlagen, standen weit offen.

»In einer eurer lauten und langen Nächte, o Phaidra«, sagte Perdix mit abgründigem Lächeln.

»Ich werde es mir überlegen, o Perdix, beim heiligen Stier.« Sie redeten, als teilten sie ein lustiges Geheimnis. Aber gleichzeitig wussten sie, wie viel Ernst hinter den Worten lauerte. Je mehr der Minos wusste, desto gefährlicher wurde sein Wahn, desto weniger würde er gewillt sein, die Macht abzugeben oder sich von Phaidra beraten zu lassen. Phaidra streichelte die Wange der anderen Frau und seufzte. »Heute

Nacht sollten wir uns an der Unerfahrenheit der Fremden erfreuen und nur die Ariadne weiß, ob du heute Nacht nicht bei einem Kapitän der Fremden liegst.«

Sie hatten das Tor zum Hof erreicht und blieben wieder stehen. Vor ihnen erstreckten sich vielleicht hundert Tische, mit hellen Tüchern belegt, auf denen Kerzen und Lampen standen; zwölf Dutzend Flammen, die im Abendwind flackerten und den gesamten Hof beleuchteten. Plötzlich legten sich kräftige Arme um die Schultern der Frauen und schoben sie vorwärts.

»Ihr werdet heute bei mir sitzen, ihr Schönen!«, polterte der Minos und stapfte auf den längsten Tisch zu. »Mit dem Gold der Rômet – so nennen sie sich – und den Edelsteinen ihrer Geschenke können wir jede Nacht ein Fest für ganz Knosos feiern!«

Sie ließen sich von ihm in die Mitte des Hofes zerren. Dort ließ er sie stehen. Sie sahen, dass er sein Haar und seinen Bart gewaschen, frisch gefärbt und um einen Fingerbreit gestutzt hatte; sein erhitzter Körper roch nach den Kräutern seines Bades und nach herbem Balsam. Die Ankunft der Fremden war für ihn augenscheinlich wie eine Neugeburt seiner Herrschaft. Diener führten die drei Kapitäne und die sechs Steuermänner herein. Auch diese Männer, deren Gepäck gering sein mochte, hatten sich mit Sandalen, Gurten, weißen Schurzen, goldenen Armbändern und prächtigem Brustschmuck für diesen Abend gerüstet.

Nach einer Weile, in der Perdix sich umgesehen, ihren Platz gefunden und sich gesetzt hatte, beugte sie sich über den Tisch und sagte zu Phaidra: »Unter uns, Schwester, beim bäumenden Stier, die fremden Kapitäne ... sie scheinen feiner zu sein als die groben Krieger und Kupferschürfer des Minos. Wenn wir sie nicht mit Worten ergötzen können«, sie richtete sich gerade auf und strich über ihre Brust, »dann mit unserer Schönheit, nicht wahr?«

In den Ecken des Hofes begannen Musiker zu spielen. Die Klänge kleiner Harfen, Flöten, Trommeln, bronzener Rasseln und langer *Aulos*-Doppelrohre brachen sich an den Mauern. Phaidra sah dem Minos zu, der den Fremden die Handgelenke schüttelte, ihnen lachend auf die Schultern klopfte, sie halb umarmte und sich zu setzen nötigte, inmitten von Dienerscharen, die frisches Brot, gefüllte Würzölschalen, Salznäpfe und schwere Krüge auf die Tische stellten.

Dann antwortete sie im Summen und Lärmen zahlreicher Gespräche und schrillen Lachens: »Unsere Schönheit ist gewiss groß. Wenn die Kapitäne begehrenswert sind – wie aufregend wären dann erst die Frauen im Land, aus dem sie kommen? Das wird sich der Minos auch fragen.«

Daidaloos kam mit seiner Gefährtin Perseïs und setzte sich. Plötzlich bildete sich ein Wirbel aus Aufmerksamkeit, Bewegung und Staunen. Um eine einzelne Gestalt bildete sich ein kreisförmiger freier Raum. Perdix und Phaidra standen auf, um besser sehen zu können.

»Wer ist das?« Überrascht murmelten die Umstehenden.

»Woher, bei der Mondgöttin, kommt diese ... Fremde?«

Die Aufregung setzte sich fort. Worte und Sätze in der Sprache der Fremden hallten über die Tische. Inmitten eines Kreises staunender Kreter und Rômet überragte eine dunkelhäutige junge Frau in einem leuchtend weißen Kleid, das von den Schultern bis zu den Knöcheln reichte und an den Seiten geschlitzt war, sodass lange, aufreizend geformte Beine sichtbar wurden, alle Gäste dieses späten Abends um drei oder mehr Handbreit.

Ein schmales Stirnband aus Gold, ebenso leuchtende Goldspangen an den schlanken Oberarmen, handbreite Armbänder, große schwarze Augen, ein Dolch mit edelsteinfunkelndem Griff in schwarzer Scheide, gekreuzte Bänder an den Waden und silberne Sandalen, einige Ringe, die funkelnde Blitze warfen und der Ausdruck siegesgewisser Überlegenheit in einem ebenmäßig runden Gesicht ... die Stimme des Minos' dröhnte durch das Murmeln der Überraschung. Er hatte sich blitzschnell gefasst und breitete gebieterisch die Arme aus.

»Die Quellnymphe. Sie heißt Thot-K'aima, sagen die Männer aus Tameri. Sie spricht die Sprache der Rômet ebenso wie unsere. Willkommen, Göttin der Höhle! Nimm Platz an meinem Tisch!«

Ein Raunen der Überraschung, des Unglaubens, des Zweifels und der Erleichterung ging durch die Versammlung, die ungefähr zweihundert Kreter und Rômet umfassen mochte. Perdix und Phaidra dachten das Gleiche: Die Nymphe mit der Haut der Farbe halbgereifter Brombeeren war die schönste Frau der Nacht, die auffallendste, diejenige mit dem stärksten Selbstbewusstsein. Verlockender als Phaidra und Perdix.

Die Quellnymphe antwortete mit dunkler, aber durchdringender Stimme: »Der Tameri-Herrscher und der Minos Kretas reden miteinander, auf dem Weg der Zungen und Sprachen ihrer Abgesandten. Ich bin hier und spreche für euch und euch«, sie vollführte weit schwingende Gesten, »auf dass keine Missverständnisse und kein Unfrieden entstehen können. Setzt euch, esst und trinkt – und wenn mich, die Hüterin der Quelle, der Minos mit einem Becher tiefrotem Kreta-Wein ehrt, so bin ich's zufrieden.«

»Hierher. Zu meinem Tisch, braune Nymphe!«, rief der Minos. Er war sichtlich aufgeregt: Redete er mit einer ungewöhnlichen Frau, oder mischten sich Halbgötter unter die Menschen? »Setze dich neben mich, damit du mit deiner göttlichen Größe niemanden erschreckst!«

Er durchbrach den Kreis, nahm die Hand der großen Frau und zog sie zwanzig Schritte weit über die drei Stufen der Plattform bis zu dem Tisch, an dessen Kopf er zu sitzen gedachte; die Fremden hämmerten mit den Knäufen ihrer Dolche und den Händen auf die Tischplatten und riefen wild durcheinander Worte der Begeisterung, die im allgemeinen Lärmen untergingen.

6
Atlan und die Werkstatt des Daidaloos

Ich glaubte vorübergehend, ich hätte genug gesehen und gehört. Aber was ich erfassen konnte, war nie genug. Darüber, dass alle Rômet sich im Palast des Minos zu Knosos-Knossos auf Keftiu als willkommene Gäste wohlfühlten, empfand ich große, ungeteilte Freude und Genugtuung. Aber jede – fast jede wichtige – Beobachtung hatte zusätzliche Fragen aufgeworfen.

Mit einer Betonung, die ich nur als »vorsätzlich hämisch« definieren konnte und die mit der ARK SUMMIA nur andeutungsweise etwas zu tun hatte, akzentuierte der Extrasinn meine noch verschwommenen Bedenken und Befürchtungen: *So weit, so gut, Arkonide! Seine Favoritin will ihn vergiften. Ihre Freundin Perdix will einen der Kapitäne – oder nacheinander alle drei? – verführen; schwerlich wird sich einer von ihnen darob grämen. Phaidra hasst Daidalos, der vieles vermag, aber noch kein Schiff bauen kann. Der Minos bewundert die kostbaren Geschenke deines nahezu defunkten Freundes Amenemhet und ist machtgeil wie kein Zweiter. Auf Thot-K'aimas zugegebenermaßen schönen Schultern lastet die gesamte Wucht der Verantwortung.*

Um es kurz zu machen: Solltest du nicht besser deine containergestützte Höhle verlassen und dich selbst um deine Barbaren kümmern? Denn der Minos ist im wahrsten Wortsinn ein Larsaf-Drei-Barbar; jung, von bestürzender Pragmatik und ähnlich rücksichtslos wie ein arkonidischer Flottenadmiral!

Ich griff, mehr aus Verlegenheit als aus Genuss, nach dem halbvollen Weinglas und überdachte die eindringliche Suada des Extrasinns. Fast ununterbrochen hatten Maraye und ich die

Bilder und Tonaufnahmen von Ricos Spionsonden betrachtet und versucht, daraus die richtigen Schlüsse zu ziehen.

»Vielleicht, wahrscheinlich, ist das Gerede der beiden Freundinnen nicht so ernst gemeint. Andererseits – Herrscher sind schon wegen anderer Kleinigkeiten schmählich umgebracht worden«, sagte Maraye leise und knabberte an meinem Ohrläppchen. Sie lehnte an meiner Schulter und betrachtete durchaus beeindruckt, ebenso wie ich, das Gastmahl im Großen Hof von Knossos.

»Langeweile – obwohl an deiner Seite unvorstellbar – ist der jähe Winter so mancher freigebiger Sommer«, antwortete ich bedächtig. »Meine innere Stimme hat mir gerade ein schlechtes Gewissen zu verursachen versucht.«

»Erfolgreich? Ein Kreta-Keftiu-Tameri-Schlechtgewissen?«

Mitunter praktizierten selbst schöne Barbarinnen bruchstückhaft arkonidische Ironie. Ich nickte begeistert.

»Sozusagen. Aber: Im Ernst. Ich habe dem alten Amenemhet, für den ich erklärtermaßen eine Schwäche habe, mein Wort gegeben. Die Fahrten und der Handel nach und mit Keftiu gehören zu seinen noch unerfüllten Träumen. Ich habe schmerzhaft lernen müssen, dass derlei aufrührerische Reden«, ich deutete auf das große Hologramm, in dem »unsere« Thot-K'aima und die zechende und schmausende Tischgesellschaft zu sehen waren, »einen durchaus gefährlichen Hintergrund haben. Herrscher sterben oft, schnell und qualvoll. Der Minos, der klare Absichten geäußert hat, ist Bestandteil meines Planes ... und der letzten Träume Amenemhets. Und ich, als freiwillig definierter Paladin der barbarischen Menschheit, will mich nicht als passiv Beobachtender erschöpfen.«

»Dann also, Kapitän der Sterne, Inseln und Träume, fliege nach Keftiu und sieh selbst nach dem Rechten!«

Ich legte meinen Arm um Marayes Schultern und murmelte: »Nicht ohne dich, Liebste.«

»Gerne. Wann? Gleich?«

»Bald, aber nicht sofort. Ich habe nur aus den Gesprächen erfahren, dass der Minos einen Weisen, einen handwerklich geschickten Gast, Freund oder was auch immer hat, der im Palast wirkt: *Daidaloos.* Eben habe ich ihn zum ersten Mal gesehen. Morgen, bei Sonnenlicht, sehe ich mich in seiner Werkstatt um.«

»Mit Ricos Hilfe?«

Ich nickte langsam. Ich wusste noch nicht genug. Woher hatte der Minos das Kupfer? Es gab »Zinnbergwerke« auf Kreta-Keftiu. Die Arbeiten vieler Werkstätten kannte ich noch nicht. Kupferschmelzen? Bronzeguss?

Jene Ölbäume und deren Früchte ... würden sie auch in Tameri wachsen und gedeihen? Existierten riesige Adler oder ähnliche Flugwesen auf Kreta? Andererseits: Thot-K'aimas wohlausgestattete Höhle war sicher.

Welche Absichten verfolgte der Minos wirklich, wenn er je meerestüchtige Schiffe bauen konnte? Würde er meinen rômetischen Freunden die Schiffe wegnehmen? Oder benutzte er sie nur als Modelle für seine eigenen Schiffe? Lebte er überhaupt noch, wenn wir mit dem schweren Gleiter die Insel erreicht und einen sicheren Unterschlupf gefunden hatten? Wer war eigentlich Daidaloos? Sollte ich ihn mit Ricos Hilfe unterstützen – und sollte ich dem greisen Amenemhet, der an der Schwelle des Todes stand, vom Erfolg der Seefahrt »unserer« Schiffe berichten?

Wieder hielt es der Extrasinn für unerlässlich, mich zu ermahnen: *Vergiss nicht, dass die Schiffe noch vor den Winterstürmen nach Tameri zurücksegeln müssen!*

»Es wird schwierig werden. Fragen über Fragen«, murmelte ich und sah zu, wie meine schöne Geliebte, mit der ich zuvor eine Stunde lang vor dem Strand geschwommen und in der Sonne gelegen hatte, ölglänzend und in kreatürlichem Wohlbefinden die Hitze in unseren Körpern einsickern gefühlt hatte, gemischten Wein in die Gläser füllte.

Daraufhin senkte sie den Zeigefinger auf den Knopf, der die Verbindung mit Rico neu aktivierte. »Wir haben alle Pfade im Sandmeer beschritten, wir haben die Schiffe und etwa hundert Männer meerestüchtig gemacht, haben zugesehen, wie Cheper und sein salzverkrustetes Seglervolk an Land gegangen sind – was sollte uns daran hindern, das diffuse Götterbild der Kreter um einige Seltsamkeiten zu bereichern?«

Und dabei scheinst du eine diebische Freude zu empfinden, Atlan. Der Zweck heiligt viele Mittel – heiligt er alle?, fragte der Logiksektor. Ich grinste innerlich.

»Das kommt auf den Standpunkt an!«, meinte ich halblaut.

»Sagtest du etwas?«, erkundigte sich Maraye und schüttelte ihr Haar in den Nacken.

Ich blickte zur dunklen Höhlendecke und antwortete nach flüchtiger Überlegung: »Ich glaube, wir sollten unsere Freundin mit der dunkel-honigfarbenen Haut besuchen und in Knossos nach dem Rechten sehen. Ob wir zuvor in Itch-Taui, im Palast, Amenemhets Träume bereichern ... darüber denke ich nach.« Ich nahm einen tiefen Schluck. »Einige Stunden lang will ich schlafen. Danach, von arkonidischen Traumgeistern umschwirrt, werde ich mich entscheiden.«

Mit jenem verinnerlichten Lächeln, von dem sie wusste, wie sehr ich es liebte, zeigte Asyrta-Maraye auf das breite Lager. »Erschrick nicht, wenn du aufwachst und dich in meinen Armen wiederfindest, Liebster.«

Mir fiel keine passende Antwort ein. Eine Handvoll Stunden später, nachdem ich Ricos positronische Analyse abgerufen hatte, waren wir uns einig. Zunächst entwickelte ich eine lange Liste der benötigten Ausrüstung, die Rico uns über die Transmitterverbindung schicken würde.

Durch das Deflektorfeld geschützt, schwebte die Spionsonde zwischen den Balken des Dachgestühls. Im Schilf über den Bohlen nisteten Spinnen in ihren Netzen und allerlei Milben und andere kleine, käferartige Geschöpfe. Die Werkstatt des Daidaloos war groß und hell, voller Arbeitstische, Hocker, einer kleinen Esse mit Amboss und anderen Arbeitsgeräten. An den Wänden hingen hölzerne Winkel, Schablonen und Dreiecke in unterschiedlichen Größen. Auf einem Arbeitstisch sah ich einige Shafadublätter; Daidaloos hatte bisher mit Kohle auf gescheuerten und gekalkten Holztafeln gezeichnet. Die Zeichnungen ließen beachtliches Talent erkennen.

Als die Sonde die Objektive schwenkte und eine andere Vergrößerung wählte, konnte ich durch eine große Öffnung in einen anderen Raum hineinsehen.

Teile eines menschlichen Skeletts und ungefähr ein Dutzend Tierschädel, nur weiße Knochen und Gehörn, waren an eine andere Wand geheftet. Auf einem breiten Lager, dessen Kopfteil aus einer geschnitzten Holzplatte mit bronzenen Verzierungen bestand, schliefen ein Mann und eine Frau. Der Mann, etwa dreißig Jahre alt, vielleicht älter, weißhaarig und mit kurzem, weißem Vollbart, hatte ein schmales Gesicht und lange Hände mit sehnigen Fingern. Er schien nicht zum Volk der Kreter zu gehören; er entsprach einem anderen, hellerhäutigen Typ. Vielleicht war Daidaloos vom Festland oder einer anderer Insel eingewandert, von einer der vielen Hundert Inseln im Norden Kretas. Die Frau war sehr jung und hatte ihre hellbraune Haarflut über die Kissen und die Decke ausgebreitet.

Ich sah eine menschengroße Puppe mit lederner Haut, die mit Teilen einer bronzenen Panzerung behängt war, einige unvollständige Bootsmodelle, Zeichnungen und hölzerne Modelle von Häusern, einen aus rissig getrocknetem Lehm modellierten Stier mit angriffslustig gesenktem Kopf und eine Anzahl verschiedener Vogelflügel, die ausgespreizt auf Bretter genagelt waren.

»Ein Handwerker, der viele Fähigkeiten zeigt?«, fragte ich mich. »Als Erfinder würde ich ihn nicht gerade bezeichnen. Oder doch?«

Ein zweites Arbeitszimmer zeigte mir Hunderte Schalen voller Pulver, zerstoßenen Stein, Kräuter, lange Tische, viele Wandfächer, eine große Kochstelle ... hier schien Daidaloos eine frühe Art chemische Arbeitsstelle zu betreiben. Bei längerer Betrachtung erkannte ich, dass er Nüsse, Wurzeln und Pflanzenteile, Muscheln und bunte Steine anscheinend aus allen Teilen der Insel zusammengetragen und teilweise bis zur Pulverform zerkleinert hatte.

Der Logiksektor bemerkte: *Immerhin beschäftigt er sich mit Bootsmodellen!*

Zumindest in Knossos schienen sich der Minos und sein Oberster Handwerker mit der Zukunft zu befassen. Wahrscheinlich bestand einer der nächsten Schritte des Herrschers darin, zusammen mit seinen Bootsbauern und Daidaloos zu den Schiffen der Rômet zu fahren und dort ganz genau zu prüfen, wie sie konstruiert worden waren. Allerdings, sagte ich mir, waren die kretischen Fischerboote und das unfertige Schiff in Mallia in Planken-Bauweise gedacht. Gebogene Planken, die an Spanten genagelt wurden, Schmalseite gegen Schmalseite; nicht durchlöchert und mit dünnen Seilen zusammengebunden. Eine zusätzliche Schwierigkeit für die Kreter.

Als die Sonde weiterschwebte, gelangte sie in einen weiteren Raum, dessen große Maueröffnung mich einen mächtigen Ofen sehen ließ. Er stand außerhalb der Mauern auf einer Terrasse aus Bruchstein. Auf dicken Brettern erblickte ich Krüge und Schalen aus Ton, Kannen mit Schnäbeln und Bügeln. Fast alle Tonwaren wiesen dunkle Glasuren auf. Man hatte man rote und weiße Ornamente eingeritzt oder aufgetragen.

Ich sah ein hölzernes Becken, über das nasse Tücher gebreitet waren, vermutlich feuchter Ton, und zwei seltsame Geräte; spindelförmig mit breiten runden Platten in Hüfthöhe und breiten kreisringförmigen Holzflächen dicht über dem Boden. Ich brauchte einige Sekunden, bis ich den Zweck der Geräte erriet. Es waren Töpferscheiben! In Tameri hatte ich keine solchen Werkzeuge vorgefunden.

Ein weiteres Modell zeigte mir einen Wagen, der von zwei Ochsen gezogen wurde, mit mächtigen Scheibenrädern. Dazu hatte – wahrscheinlich! – Daidaloos einige andere Räder geschaffen; dünnere, Scheiben mit Löchern, Zapfen, Speichen und verschieden breiten Felgen. Der junge Weißbärtige war vielleicht kein Erfinder, aber er betrieb eine Art technischer Evolution.

Ich ließ die Sonde vorübergehend an ihrem Platz und widmete mich wieder unseren Vorbereitungen. Zwei Stunden später rief ich Thot-K'aima. Sie hatte in der Höhle geschlafen und meldete sich einige Atemzüge nach dem Kontaktzeichen.

»Es dauert nicht lange, Quellnymphe«, sagte ich und lächelte, als ich in ihr verschlafenes Gesicht sah. »Dann kannst du weiterschlafen. Berichte mir von der vergangenen Nacht.«

Das Innere der Höhle glänzte vor Sauberkeit. Ihr Eingang war von dem als Fels getarnten Schutzschirm verschlossen.

Thot-K'aima gähnte, trank einen Schluck Wasser und antwortete: »Die Gastfreundschaft der Kreter ist großartig und ehrlich. Alle Diener, Knechte, Mägde und all die anderen – ich bin so gut wie sicher, dass sie keine Sklaven halten – freuen sich über die seefahrenden Rômet. Jeder kann inzwischen ein paar Worte der anderen Sprache ...«

»... und der Rest behilft sich mit Händen, Grinsen, Gesten und ausgestrecktem Zeigefinger, nicht wahr?«

Sie nickte und gähnte wieder.

»Auch, noch zögerlich, mit anderen Körperteilen. Es gab gutes und reichliches Essen, die Musik ist nicht so wohlklingend wie in Tameri, ich habe mir die Zunge wundgeredet und stundenlang übersetzt. Als es am lautesten war, bin ich verschwunden und habe mich in der Nähe des Minos verborgen.«

»Dieser Minos – weißt du, was er wirklich will?«

»Er will Schiffe bauen. Starke und große Schiffe. Mit diesen Schiffen behauptet er Handel treiben zu wollen, rings um Kreta-Keftiu. Aber das glaube ich ihm nicht.«

»Weiter ...«

Vielleicht ergänzten sich ihre Beobachtungen, meine und ihre Vermutungen und unser gemeinsames Misstrauen. Ich wartete geduldig und rief mir die Bilder aus dem Gedächtnis zurück, aus denen ich bestimmte Aussagen herausgelesen hatte.

»Seine derzeitige Geliebte Phaidra will unbedingt, dass er sie zur Königin macht. Dies geschieht nur, wenn sie ihm einen Sohn gebärt. Also frühestens in einem Jahr. Viel Zeit, Fürst Ahiram.«

»Zu viel Zeit«, murmelte ihn. »Glaubst du, sie meint es ernst, wenn sie von Gift oder Dolch spricht?«

»Schon allein, dass sie daran denkt«, lautete die Antwort, »macht mich unruhig. Ihre Freundin Perdix hat Kapitän Sobek-Djaa verführt. Sie hatte es nicht schwer. Ich glaube, dass der Minos über die anderen Inseln und vielleicht über Häfen auf dem Festland herrschen will. Also Krieger, Waffen, Gewalt und Raub, aber kein Handel.«

»Ich habe dem Herrscher Amenemhet versprochen, für Handel zu sorgen, aber nicht Kampf und Krieg anzuzetteln. Die Erfahrung sagt mir aber, dass sich ein Minos, der sich entschlossen hat, nicht aufhalten lässt.« Ich zuckte mit den Schultern. Kreta war augenscheinlich eine dicht bevölkerte Insel. Der Minos würde viele Männer für seine Schiffe finden.

»Außer durch seinen eigenen Tod.«

»Was redet man denn im Palast über Daidaloos?«, wollte ich wissen.

»Dies und das. Die Bronzegießer und Schmiede loben ihn, weil er ihnen viel Neues beigebracht hat. Die Waffen werden von Jahr zu Jahr besser. Manche neiden ihm seine Gefährtin, die angeblich viel zu junge Perseïs. Vielleicht hast du sie am Tisch des Minos gesehen – sie ist zauberhaft. Der Minos will, dass Daidaloos gute Schiffe baut.«

Um einige Dutzend Schiffe zu bauen, die Mannschaften auszubilden, verschiedene Ziele anzulaufen und eine Art Kreta-Seemacht aufzubauen, würde der Minos auch unter besten Voraussetzungen etliche Jahre, wenn nicht Jahrzehnte oder länger brauchen. Es war also nicht nötig, binnen weniger Tage einzugreifen. Ich hielt es für angebracht, der Nehesi einen Vorschlag zu machen, in eine Bitte gekleidet.

»Willst du die Kapitäne, Daidaloos und den Minos zusammenbringen? In deiner Höhle? Du könntest sie mit einigen wunderbaren Ereignissen überraschen und herausfinden, womit die Kreter handeln können. Was sagt der Minos über die Geschenke?«

»Ich habe einen Berg feines Wildschweinfleisch und könnte sie am Quellteich bewirten«, antwortete die dunkle Nymphe bereitwillig. »Die Geschenke haben ihn nachdenklich gemacht. So schön, so wertvoll, so viel Gold. Und erst die Shafadublätter. Es wird, glaube ich, nicht viel geschrieben im Palast. Aber die Geschenke haben auch seinen Neid auf Tameri geweckt. Überall gibt es mehr Reichtum als auf Kreta, sagt er.«

»Das war zu befürchten«, erwiderte ich. »Wenn Maraye und ich nach Kreta kämen, um dir zu helfen – was sagst du dazu?«

»Es wäre die reine Freude für mich, Fürst Ahiram.«

»Es wird wohl noch einige Zeit dauern, Schönste«, sagte ich. »Deine Aufgabe wird sein, Daidaloos, den Minos und die

Kapitäne zu den Schiffen zu begleiten. Es ist grundsätzlich nichts dagegen zu sagen, dass der Minos gute Schiffe baut. Bis er an die Herrschaft über Inseln und Häfen denkt, dauert es viele Jahre.«

»Oder er wird vorher von seinem Nachfolger auf wenig schöne Weise beseitigt«, erklärte Thot-K'aima und zog ihre Stirn kraus. »Ich erinnere mich, dass du gesagt hast, die Schiffe müssten noch vor dem Herbst zurücksegeln.«

»Dieser Umstand zwingt uns zu schnellem Handeln. Ich habe vor, dem Herrscher am Hapi in seinen letzten Lebensjahren das Geschenk des Erfolges zu machen. Oder ihm auch nur zu helfen zu erkennen, dass sein Traum wahr geworden ist.«

Maraye saß neben mir. Thot-K'aimas Blicke gingen hin und her. Inzwischen war sie völlig wach geworden.

»Die Gewissheit, dass der Handel mit Keftiu seinen guten und richtigen Weg geht, dass jedes Schiff und jeder Händler das Beste des anderen Landes ins eigene bringt.« Ich nickte langsam. »Keftiu oder später das Land der Sumer.«

»Du willst, bevor du kommst, nach Itch-Taui fliegen?«

»Noch zögere ich«, antwortete ich. »Aber ich entscheide mich innerhalb der nächsten Stunden. Du wirst nach dem nächtlichen Fest am Quellteich den Minos und seinen Ratgeber zu den Schiffen führen.«

»Wenn mir Fürstin Maraye einige Ratschläge für den Braten gibt, werden der Minos und die anderen heute Nacht hier sitzen, viel reden und trinken.«

Ich rückte zur Seite und sagte: »Ich habe sie wenig lehren können über Wildschweinbraten, aber sie wird dir alles sagen, was sie weiß. Redet miteinander, ihr Freundinnen des Glutrostes und des Handels im Großen Grünen.«

Während ich darüber nachdachte, welche Risiken ich bewusst eingehen konnte und ob meine Vorhaben bestimmte Schutzmaßnahmen erforderten, hörte ich Maraye etwas über

»Honig und dunkles Henket, Salz und Sternanis« erklären. Wenn wir nach Keftiu flogen und uns ähnlich verhielten wie Thot-K'aima, war es für einige Zeit vorbei mit Strand und Schwimmen im Meer; Sonnenhitze indes gab es auf der Insel ebenso viel wie vor der Höhle unseres Sommerverstecks.

Rico kontrollierte den Autopiloten, dessen Speicher seit langem die Daten des Fluges zwischen dem Süden der Sandaleninsel und Itch-Taui enthielt. Der Gleiter flog in großer Geschwindigkeit, noch nicht im Sichtschutz des Deflektorfeldes, auf Kemet zu, das fruchtbare Dreieck des Hapilandes. Die Sonne stand fast senkrecht über mir; niemand würde mehr sehen als einen winzigen blitzenden Punkt, wie einen Tagesstern.

Mein Aufenthalt im Großen Haus würde nicht lange dauern, und mir war durchaus bewusst, dass meine persönliche Anteilnahme am geistigen und auch körperlichen Wohlergehen Amenemhets mit der technischen und kulturellen Beratung der Barbaren so gut wie nichts zu tun hatte. Es war eine ehrlich gemeinte Geste einem klugen, kranken, alten Mann gegenüber.

Seine letzten Gedanken, bevor er die Jenseitsbarke bestieg, sollten ihn erfreuen. Ich ignorierte einen ironischen Kommentar des Extrahirns und gestattete mir, mehr und intensiver für ein Problem einer kleinen Gruppe Barbaren verantwortlich zu sein, als ich es selbst von einem hochrangigen Arkoniden erwartet hätte.

Ich betrachtete die gewaltigen Sommerwolken über mir und das Muster des Meeres unter dem Gleiter. Die winzigen Schaumkronen sahen unbedeutend aus, und erwartungsgemäß entdeckte ich während des ganzen langen Fluges nicht ein einziges Schiff. Die Flughöhe war zu groß, als dass ich Delfine oder, seltener, Wale hätte sehen können. Ich war –

Rico hatte alles mit positronischer Gründlichkeit berechnet und kontrolliert – perfekt ausgerüstet, ausgeruht, tatendurstig und in der Maske eines Rôme; sicherlich war ich, abgesehen von Thot-K'aima, der größte Rôme im ganzen Land. Li-Meret und Sokar-Nachtmin, die Gefährten aus der »Bucht der Wunder«, würden sich über meinen kurzen Besuch freuen.

Während des Flugs, von leiser Musik der Harfenistinnen begleitet, versuchte ich alle Einzelheiten, Beobachtungen und Tatsachen, die ich von Keftiu-Kreta kannte, in ein Gedankenmodell einzugliedern, das wir verstehen und, multipliziert mit Unwägbarheiten, bewältigen konnten. Für Maraye und mich würde sich, wenn wir scheiterten, nichts ändern, aber Tausende, wenn nicht Millionen Barbaren würden darunter leiden.

»Eine kleine Arkon-Kriegsflotte! Ein paar Tausend Robots. Ach was – ein einzelnes Schiff würde reichen!«, ächzte ich. »ES hat sich galaxienweit von Larsaf Drei entfernt. Du bleibst allein, Atlan Gonozal, als allmächtiger Hüter des Planeten ohne Allmacht.«

Als ich das Land unter mir wiedererkannte, desaktivierte ich den Autopiloten und steuerte den Gleiter, der langsam tiefer sank und sich hinter der flirrenden Energie des Deflektorschirms verbarg, über der Grenze zwischen Fruchtland und Wüste nach Südosten. Die Mündungsarme des Flusses und, südlich von Mennefer, der breite Hauptstrom, waren voller Boote und Schiffe.

Dank meines fotografischen Gedächtnisses brauchte ich nicht nachzudenken, über welchen Landmarken ich nach Itch-Taui steuern musste. Es dauerte kaum eine Stunde, bis ich über dem Rand der wachsenden Stadt kreiste und nach kurzer Suche das Häuschen meiner Freunde fand.

Ich landete den unsichtbaren Gleiter an der gleichen Stelle wie bei den Besuchen zuvor und wuchtete Ricos unzerbrechliche Krüge von der Ladefläche. Einer enthielt Bier, *Henket*, der andere *Irep*, Wein; beide Getränke waren von Rico verbessert und haltbar gemacht worden.

Li-Meret hatte im Garten Geräusche gehört und kam aus dem Haus. Sie erkannte mich, umarmte mich vorsichtig, und ich registrierte lächelnd, dass sie schwanger war.

»Endlich, liebste Freundin«, sagte ich leise. »Ihr habt es euch schon so lange gewünscht. Darf ich eure Gastfreundschaft erbitten?«

»Wir wollen ihn nach dir nennen, Ahiram«, rief sie und zog mich ins Haus. Zwei Katzen mit falbem Fell stolzierten in den Schatten der Dattelpalme. »Oder nach Asyrta-Maraye, wenn's ein Mädchen wird.«

»Schier zu viel der Ehre«, murmelte ich verlegen und stellte die Krüge ab. »Ein zweiter Ahiram in Itch-Taui? Ich glaube nicht, dass die Stadt zwei Ahirams verträgt. Wo ist Sokar?«

»Ich bin für eine Handvoll Tage allein. Er steuert ein Schiff hapiabwärts, zu irgendeinem Dorf, dessen Namen ich vergessen habe.«

»Der alte Herrscher ... lebt er noch?«

»Ja. Aber man sagt, dass ihn sein Ka und Ba bald verlassen werden. Sein Sohn schafft mit seinem Heer Ordnung am ersten Katarakt.«

Ich half Li-Meret, Henket in einen kleineren Krug umzufüllen. Wir setzten uns auf eine gemauerte Bank an den Rand des Teichs in den Schatten und tauschten Neuigkeiten aus. Sie freute sich mit mir, als ich berichtete, dass alle Männer und die drei Schiffe Keftiu sicher erreicht hatten. Als es, nach einem kargen Essen, Zeit geworden war, verließ ich sie. Außerhalb des Gartens aktivierte ich meinen Körper-Deflektor und ging durch schmale Gassen, zwischen Alleen aus Tamarisken, Palmen und Akazien zum Palast. Die Abenddämmerung übergoss alle Gebäude mit dem Glutrot der Sonne; der Rauch unzähliger Feuer stieg von den Feuerstellen auf und mischte sich mit dem Geruch des Brackwassers der Kanäle.

Auch der Palast war größer und an einigen Stellen prächtiger geworden. Als ich den ersten Hof überquerte, ohne Schatten zu werfen, begannen die Diener an Hunderten Stellen, die Öllampen zu entzünden. Wieder überfielen mich die Erinnerungen an meine ersten Jahre in Tameri, in denen mich die Schönheit des Landes und die Liebenswürdigkeit der Rômet gefangen genommen hatten. Ich gedachte der Tage und Nächte mit den schönen, leidenschaftlichen Töchtern des Landes und der Abenteuer mit meinen männlichen Freunden. Viele hatten schon die Jenseitsbarke bestiegen und ruhten mumifiziert, von salbenduftenden Binden umhüllt, in ihren unterirdischen Gräbern. Ich lächelte schmerzlich in mich hinein.

Ich betrat durch ein Tor, dessen Bilderschmuck trotz des schwindenden Tageslichts in frischen Farben leuchtete, den alten Teil des Palasts. Ich sah mich um. Auch hier gab es neue Öffnungen, einige neugepflanzte Gewächse und größere Sonnensegel. Nach einiger Zeit folgte ich einer Gruppe Diener, die Essen und Krüge ins Innere brachten.

Ich betrat ungesehen hinter ihnen einen hellen, kühlen Raum mit hoher Decke, in dem es nicht nach Krankheit und Verfall roch, nicht einmal nach den vielen Öllampen, die das Innere erhellten. Der Herrscher, von einem Schwarm junger Dienerinnen umgeben, saß in einem großen Sessel, der mit frischen Tüchern ausgeschlagen war. Als ich näher herangging und darauf achtete, dass niemand über mich stolperte, sah ich bestürzt, wie es um Amenemhet stand.

Behutsam erklärte der Logiksektor: *Er ist dem Tod näher als je zuvor. Aber er hält sich aufrecht; stolz und würdevoll.*

Ich nickte und blieb neben ihm stehen. Amenemhet atmete schwer. Er drehte den Kopf hin und her, seine Blicke aus müden Augen streiften die Dienerinnen, hefteten sich auf die Tischchen, auf denen das Essen angerichtet war. Viel zu viel für einen Greis mit abgenutzten Zähnen, dachte ich.

Amenemhet streckte die Hand aus und ließ sich einen halb gefüllten Napf und einen Löffel geben. Seine Finger zitterten nicht.

»Lasst mich allein«, bat er leise. Nacheinander glitten die Mädchen hinaus. Schließlich gingen auch die Diener, nachdem sie verschiedene Säfte und Getränke in Becher gefüllt hatten. Ich war allein mit dem Gottherrscher und wartete eine Zeit lang, bevor ich einen Teil der Ölflämmchen löschte. Amenemhet schien es nicht zu merken, aber als ich wieder zu seinem Sitz zurückkam, leerte er zwei Becher und versuchte aufzustehen.

Dreimal versuchte er es, wie mir schien, mit äußerster Willenskraft. Aber jedes Mal sank er kraftlos wieder zurück. Er starrte sein Bett an, als sei es hundert Schritt weit entfernt.

Aus dem Schutz meiner Unsichtbarkeit heraus sagte ich leise: »Der Freund aus deinen Träumen ist hier, o Ameni. Willst du schlafen?«

Er nickte. Ich handelte völlig spontan, ging zu ihm und schob meine Arme unter seinen Körper. Amenemhet wog nicht viel mehr als ein Kind, als ich ihn hochhob und die wenigen Schritte bis zum Lager mit den vergoldeten Streben und Verzierungen zurücklegte. Amenemhet legte einen dünnen Arm um meinen Hals und hielt sich fest – wie eben ein Kind.

Etwas rührte mich, tief in meinem Inneren, als ich den alten Mann auf die weißen Tücher und die Kissen bettete und eine dünne Decke über ihn zog. Sein Schädel war völlig haarlos, das Gesicht voller Falten, die Nase stach spitz hervor, über dünnen, blutleeren Lippen. Aber seine Stimme war so fest wie der Blick seiner dunklen Augen, als er zu reden begann.

»Ich erkenne dich wieder, mein Freund, obwohl ich dich nicht sehe, sondern nur an mir fühle.« Er holte pfeifend tief Atem, sein eingefallener Brustkorb hob sich. »Also musst du mein Traumfreund sein. Ahiram-Acran, den sie auch Atlan nennen.«

Ich sah mich um. Wir waren allein; niemand lugte durch einen Türspalt oder hinter einer Säule hervor. Mit einem Schalterdruck desaktivierte ich den Schirm und setzte mich neben das Bett.

»Ich bin gekommen, um dir vom vorläufigen Ende einer aufregenden Geschichte zu berichten.« Er sah mich bewundernd, aber nicht verwundert an; ich schien Teil seines Wachtraums zu sein. Ich öffnete in meinem Nacken den Verschluss meines Wesech. In den halbmondförmigen Brustschmuck war stets, wenn ich mich den Rômet zeigte, der Zellaktivator eingearbeitet.

Das Geschenk jenes Überwesens ES übertrug seine lebenserhaltende Wirkung völlig unvorhersehbar auf andere Individuen: Manchmal wirkte der Aktivator, meistens nicht, es schien reiner Zufall zu sein, und ich hatte überhaupt keinen Einfluss darauf. Aber auf absolut rätselhaften kosmischen Umwegen hatte der Aktivator schon einmal erkennbar dem greisen Amenemhet geholfen, und ich hoffte inbrünstig, er würde es jetzt auch wieder tun.

»Ja, du bist es. Mein Traumfreund«, murmelte der Herrscher und beugte sich ein wenig vor, sodass ich den Wesech um seinen Hals legen konnte. Ich half Amenemhet, als er sich zurücksinken ließ, und er schloss ausatmend die Augen. Der mächtigste Mann der Beiden Lande, als Gott verehrt, war nie menschlicher gewesen als jetzt, da er den Einfluss der Leben fördernden Strahlen und Vibrationen zu spüren begann. »Ah! Diese seltsame Wärme ... ist es doch kein Traum? Was willst du mir sagen?«

»Ich werde dir berichten von der Fahrt der STRAHLEN DES RÂ, der PFEIL DER INSEL und der HERRIN DES HAPI mit ihren mutigen Kapitänen, von einem ruhigen Segeln am Tag in eine grausige Sturmnacht hinein, während der alle Wajermänner, die Steuermänner und die Kapitäne erlebten, dass die Schiffe knarrten, sich verformten, das Segel beinahe riss, mehr Wasser an Deck gischtete als unter dem Kiel schäumte«, erzählte ich und hoffte, dass er jedes Wort verstünde, »und davon, dass nicht ein Mann verloren ging, sich nicht einer auch nur den Arm brach.«

Ich redete weiter, und wenn ich gedacht hatte, Amenemhet würde während meiner Erzählung einschlafen, so hatte ich mich gründlich geirrt. Er sog jedes Wort förmlich in sich auf, seine Augen leuchteten, er atmete schneller und ohne jedes krankhafte Geräusch. Mir wurde klar, wie wichtig ihm die Zusammenkunft der Rômet mit den Keftiu-Leuten war; sein Traum wurde wahr. Also schilderte ich ihm die nächtliche Passage am Kap Thirr, das Segeln mit bestem Ajach an Keftius Nordküste, die tiefe, kreatürliche Ruhe, die das ruhige Meer auf die Seeleute ausstrahlte, den Sog der Flussmündung und das Zusammentreffen mit Thot-K'aima und dem Minos.

»Willst du mir sagen, meine tapferen Seefahrer haben auf Keftiu eine riesenhafte Höhlengöttin getroffen, die unsere Sprache spricht?«

»Und die Sprache Keftius. Sie selbst nennen die Insel ›Kreta‹, und K'aima hütet eine Quelle und einen Quellteich. Bald wird ihre Höhle ein Heiligtum der Kreter geworden sein.«

»Unglaublich, unfassbar ... wunderbar. Welch ein Erfolg! Ich habe stets die Maat gewahrt. Die Götter haben mich dafür belohnt.«

Nun ja, dachte ich; ein wenig hat auch ein einsamer Arkonide dazu getan. Ich schilderte ihm den Palast von Knossos, die Freude der Bewohner über ihre Gäste und dass die Schiffe noch vor der Winterpause mit bestem, abgelagertem Holz und vielen wertvollen Geschenken des Minos zurückkehren würden.

Jetzt ließ Amenemhet zum ersten Mal abgrundtiefe Müdigkeit erkennen. Ich schwieg, und binnen einer kurzen Wartezeit schlief er reglos und mit ruhigen Atemzügen. Bis Mitternacht, dachte ich, würde ich ausharren, denn dann sollte der Zellaktivator sein einzigartiges Werk verrichtet haben.

Also wartete ich.

Ich riskierte sogar, den Herrscher allein zu lassen, schaltete den Deflektor ein und machte einen langsamen Rundgang durch den Palast. An dessen Ende, vielleicht fünf Stunden später, verspürte ich Hunger und Durst. Die vielen Dutzend Szenen, die ich in den Räumen, den Gärten und auf den Terrassen des Großen Hauses aus nächster Nähe miterlebte, glaubte ich wiederzuerkennen – durch etliche Jahrtausende und stellare Abstände von dem Palast zu Arkon getrennt; es war nicht dasselbe, aber weitestgehend das Gleiche.

Inzwischen waren eine Handvoll Lämpchen im Schlafgemach Amenemhets erloschen, und niemand hatte meinen Wesech angerührt. Ich setzte mich an die Tischchen mit dem Essen, das der Herrscher nicht angerührt hatte, und leerte Schalen, Becher, Holzbrettchen und Körbchen mit gutem Appetit. Die Dienerinnen würden über Amenemhets Hunger mehr als verblüfft – und ein neues Gerücht rasch geboren sein.

Weit nach Mitternacht befestigte ich meinen Wesech wieder in meinem Nacken und verließ, unsichtbar wie ein Gedanke, den Palast. Li-Meret hatte auf mich gewartet. Wir leerten noch einige Becher kühles Henket, dann streckte ich mich auf Sokar-Nachtmins hartem Lager aus. Kurz nach Sonnenaufgang startete ich den Gleiter und schaltete hoch über der Wüste den Autopiloten ein.

Mit Râ am »Horizont des Morgens«, der aufsteigenden Sonne an Steuerbord, raste ich zurück zur Sandaleninsel.

7
Die Weisheit der Quellnymphe

Das Essen sollte für fünf Männer und sie selbst reichen, für die ganze Nacht. Obwohl sie bei den Vorbereitungen immer wieder kleine Bissen geschluckt hatte, war sie noch immer hungrig. Auch der Vorrat an Wein war groß genug, und für jeden stand ein großer Becher bestes Henket aus Tameri bereit. Fladen aus Sauerteig-Brot, Honigdatteln mit gerösteten kretischen Mandeln, Küchlein aus weißem Mehl, mit getrockneten Weinbeeren und zerstoßenen Wachteleiern und Honig, süßes Beerenmus und eine große Platte Wildschweinbraten in Stücken, mit Honig und schwarzem Bier abgeglänzt und geschickt gewürzt – Marayes Ratschläge waren hilfreich und gut gewesen.

Jetzt lagen die prallen Kissen am Höhleneingang, vor der Glutschale, über der Thot-K'aima den Braten warm hielt. Vielleicht, dachte sie, während sie sich Hände und Arme wusch und mit dem dunkelroten Balsam aus einem der Häuser Knossos' einrieb, brachten der Minos oder Daidaloos ihre Gefährtinnen mit. Auch dann würde genug Essen vorhanden sein.

Die letzten zweihundert Schritte des gewundenen Pfades, der zur Höhle führte, waren durch Ricos wundersam glimmende Stäbe markiert. Die Höhle selbst, in der die Nymphe alle von Ricos Wunder-Arbeitern gebauten Geheimnisse verborgen hatte, wurden schon jetzt, vor der Abenddämmerung, von fünfzig Flämmchen beleuchtet.

Thot-K'aima biss ein großes Stück vom warmen Fladenbrot ab und verschwand hinter dem Wandschirm. Sie hatte nicht mehr viel Zeit und zog das Gewand an, das sie ebenso bereitgelegt hatte wie den Schmuck und die kleinen Dinge, die sie brauchte, um zu verschwinden, und die sie geschickt benutzte, aber nicht völlig verstand. Als sie den ersten Schmuckstein ihres Armbands eindrückte, strahlte ihre Haut silbern auf, und das bodenlange Kleid begann in blauen Wellen zu leuchten. Sie betrachtete sich im Spiegel, lächelte sich verwundert zu und trat langsam vor die beleuchtete Höhle.

Aus dem Wald hörte sie Männerstimmen und kurzes Gelächter. Am rauen Klang der kretischer Worte erkannte sie den Minos.

»Die Gäste kommen«, flüsterte sie. »Jetzt musst du zeigen, Hüterin der Grotte, was du von Ahiram und Maraye gelernt hast. Und von Herrin Chrateanch.«

Sie füllte einen der unzerbrechlichen »gläsernen« Pokale mit Wein, setzte sich vor die Glutschale und nippte erwartungsvoll an dem tiefroten Trunk. Ihre Aufgabe war, zumindest den Minos und Daidaloos davon zu überzeugen, von einer Quellnymphe empfangen zu werden. Sie musste ein Rätselwesen zwischen Naturgöttern und Kretern sein und bleiben. Die Stimmen wurden lauter, jetzt hörte sie einzelne Schritte, und als Erster betrat Kapitän Cheper die Treppe zur Höhle. Je näher er dem Eingang kam, desto größer wurde der Ausdruck des Staunens in seinem Gesicht.

Fürst Ahiram hatte es ihr erklärt: Die Menschen in jedem Land schufen sich die Götter selbst, allein dadurch, dass sie an Râ, Hathor, Ariadne oder Osiris glaubten, ihnen opferten oder zu ihnen beteten. Ohne Menschen gäbe es keine Götter.

Da Thot-K'aima nichts Göttliches an sich hatte, mussten ihre Handlungen und ihre Werkzeuge ein solch hohes Maß an Unverständlichem ausstrahlen, dass die Menschen glaubten, ein Wesen aus der Götterwelt, der Welt der Wunder, vor sich zu haben. Die Fähigkeit, unsichtbar zu werden, zählte dazu. Die Nacht am Quellteich sollte im Minos und den anderen die Gewissheit hervorrufen, dass die Nymphe über Fähigkeiten verfügte, die keinem Menschen gegeben waren.

Mit erhobenem Pokal grüßte Thot-K'aima den Kapitän. Ihm folgten der Minos und Sobek-Djaa, dann näherten sich Daidaloos und Sa-Renput. Daidaloos trug einige frische Fackeln unter dem Arm.

»Willkommen an der Quelle, die ich hüte«, grüßte die Frau und stand auf. Die Männer starrten wie gebannt ihre leuchtende Erscheinung an. »Willkommen, o Minos, Herr von Knossos, willkommen, weiser Daidaloos.« Sie wechselte in die andere Sprache. »Nehmt Platz in meiner Quellhöhle, ihr Kapitäne.«

Sie reichte jedem Ankömmling einen Pokal, lud sie ein, sich auf die Kissen zu setzen. Die Männer gehorchten sichtlich verwirrt, schnupperten am Essen, tranken Wein und sahen sich in der Höhle um. Immer wieder kehrten ihre Blicke zu der auffallenden Gestalt der Nymphe zurück. Sie erklärte ihnen, dass sie geladen waren, weil es leichter war, für so wenige Männer zu übersetzen und weil sie niemand stören würde.

»Ich glaube, der Minos will, dass er und Daidaloos unsere Schiffe prüfen, um danach ebenso gute Schiffe bauen zu können«, sagte Cheper und nickte dem schweigenden Minos zu. »Er hat's verstanden, denke ich.«

»Morgen werden wir uns bei den Schiffen treffen«, versprach Thot-K'aima zuverlässig, nachdem sie übersetzt hatte. »Ich habe Speisen mit göttlichem Geschmack zubereitet. Ich will, dass ihr satt werdet.«

Sowohl die Form als auch die unbegreifbare Eigenschaft des Bratens verwunderten Daidaloos am meisten – er wandte er sich an K'aima: »Sage dem grauhaarigen Kapitän, bitte, dass ich ihn und seine Freunde bewundere. Sie sind von weither gekommen, zu Schiff. Der Minos will, dass wir Kreter ebensolche Schiffe bauen können. Ich hab schon vieles versucht ...«

Die Männer ließen sich vom Appetit Daidaloos' und K'aimas anstecken, griffen nach den Leckerbissen, und die Nymphe schenkte zum zweiten Mal die Gläser voll und übersetzte. Der Minos, der bisher wenig gesprochen hatte, starrte immer wieder die leuchtende Erscheinung und die Bewegungen der Quellnymphe an und schien die Überzeugung gewonnen zu haben, die Gegenwart eines göttlichen Wesens zu erleben. Schließlich begann er zu reden.

Er schilderte, mehrere Male von Daidaloos unterbrochen, was die Insel als Handelswaren anbieten konnte, und dass die goldgefassten Straußeneier der Geschenke zu einem riesigen Vogel gehören mussten; einem solchen Fluggetier, wie es zwischen den Göttern und den Menschen durch die Nächte flog.

Die Männer redeten über Hapiwasser und Meereswasser, über Götter und Tempel, Felsengräber und Kuppelgräber, wie sie für tote Könige in der Mesara-Ebene errichtet wurden, und Daidaloos stellte viele Fragen über die Schrift, die Medu-Neter, die »Götterworte«, die für jede Silbe eine Zeichnung verwendeten ... die Kapitäne versprachen, Daidaloos im Palast die Schrift Tameris zu erklären.

Dann redeten sie über die Tiere, von denen die Felle stammten, die aus dem Schatzhaus Itch-Tauis kamen und die den Kretern unbekannt waren: Leoparden, Löwen, Krokodile, Strauße, Flusspferde, Gazellen und die vielen unterschiedlichen Vögel. Vom Minos erfuhren die Kapitäne alles über Kupferbergwerke, Zinnfunde, heißen Bronzeguss und -schmiede, und dann redeten sie nur noch über Schiffe, Segel, Wellen, die »Nadel des Nordens«, und Thot-K'aima übersetzte, bis sie heiser war und alle Körbe, Platten und der Gitterrost leer gegessen waren.

Die Stunden der Nacht vergingen viel zu schnell. Die Nymphe fragte den Minos vorsichtig darüber aus, ob er seine Herrschaft auf andere Inseln und Orte auf dem Festland ausdehnen wollte, aber er lachte nur und antwortete, dass längst nicht alle Bewohner der Insel seine Untertanen seien und dass, wenn er gegen Holz, geschmiedete Bronze und all die anderen Waren das Gold Tameris und die Edelsteine eintauschen könne, der Reichtum Kretas von Jahr zu Jahr zunehmen würde. Daidaloos versprach, die Kunst zu entwickeln, ein Schiff zu bauen, das so gut war wie die Fahrzeuge der Rômet.

Als der letzte Krug geleert war, versicherte Thot-K'aima zum zweiten Mal, dass sie beim Treffen in der Flussmündung, so gut sie es als Hüterin des Quellteichs vermochte, dem Daidaloos und dem Minos jeden Knoten an Bord der Schiffe erklären würde.

Dann ging sie langsam die Stufen zum Teichrand hinunter. Auf der letzten Stufe wurde sie unsichtbar.

Weil sie schließlich keinen Wein mehr fanden und eine geraume Weile vergeblich nach der Quellnymphe gesucht hatten, zündeten die Männer an der Glut unter dem leeren Rost drei Fackeln an und machten sich auf den stundenlangen Weg nach Knossos.

Eine Schlange schwer bepackter Männer, ein Dutzend Ochsengespanne, der Minos mit zwei weiteren Pferdegespannen, eine Handvoll Rômet und vielleicht zwei Dutzend Frauen, die Tücher und Proviant trugen, sowie etliche Esel und ein Dutzend Maulesel bewegten sich zwischen Knossos und der Mündung des Lethai. Im zweiten Gespann stand Daidaloos und versuchte, seine Ungeduld zu zügeln. Noch waren die Schatten lang und die Morgenluft über den Feldern und im Wald kühl. Der Minos und Daidaloos hatten ihr Versprechen gehalten und fuhren zu den Schiffen der Rômet.

Der langsame Trott der Ochsen bestimmte die Geschwindigkeit der Träger. Auf den zweirädrigen Wagen, deren Scheibenräder durch den Sand und über flache Steine walzten, lagen Balken und Bretter, mannslang, doppelt mannslang, mit rauen und geschliffenen Flächen. Einige schlanke, gerade Stämme waren über den schweren Lasten festgebunden. Der Minos hatte befohlen, dass lange gelagertes Holz von Eichen, Eschen, Mandelbäumen und alten Ölbäumen noch in der Morgendämmerung auf die Wagen geladen werden sollten. Die Bretter und Balken hatten ursprünglich im Palast verbaut werden sollen; über den Fundamenten mussten Wände, Dächer und Mauern so errichtet werden, dass sie standhielten, wenn die Götter beschlossen hatten, die Erde beben zu lassen.

Zwischen Daidaloos und dem Lenker stand Cheper im zweiten Wagen. Er glaubte, sich genügend Wörter gemerkt zu haben, um eine Frage an den Ratgeber richten zu können, die dieser verstand.

»Der Minos hat sein Wort gehalten. Für uns Rômet ist so viel altes, gutes Holz ein königliches Geschenk.«

Daidaloos brauchte einige Zeit, um zu verstehen, was Cheper meinte. Er überlegte eine Weile und antwortete in einer Mischung aus Kretisch und der Rômetsprache: »Der Minos ist unser König. Er hält immer Wort. Hast du am Schiff mitgebaut?«

»Ja. Ich bin auch zuvor einige Jahre lang auf dem Meer gesegelt.«

Sie unterstrichen ihre Rede mit entsprechenden Gesten, mussten sich immer wieder unterbrechen, um sich festzuhalten. Langsam folgte der Zug dem gewundenen Pfad. Große Taubenschwärme kreisten über den Weiden und Feldern, ein Falke jagte hoch über ihnen, die Räder der Wagen kreischten auf den Achsen. Nach Stunden gelangten die Gespanne ans Ende des Weges auf dem Hügel; von hier führte nur der Pfad, den die Rômet freigeschlagen und getreten hatten, durch den Uferwald zu den Schiffen. Der Minos stieg aus dem Wagen, hob den Arm und gab eine Reihe Befehle.

Seine Krieger und Knechte begannen, mit Äxten und Hacken den Pfad zu verbreitern, setzten dort einige Stufen, wo unter der Laubschicht Felsen zutage traten und bewegten sich schrittweise tiefer. Die Rômet halfen den Frauen, ihre Lasten nach unten zu bringen und gingen voraus. Durch den Lärm und die Rufe aufmerksam geworden, kamen die sechs Schiffswachen ans Ufer und begrüßten ihre Kameraden.

»Wir sind gekommen, weil wir euch ablösen«, riefen die Männer. »Mit Tüchern, Wein und viel gutem Essen.«

»Wir haben noch ein paar Krüge Henket«, antworteten die Wachen. »Die Schiffe sind sauber ... aus Langeweile haben wir gewaschen und geputzt. Kommt an Bord.«

Aufgeregt tauschten sie die Neuigkeiten aus und halfen den Kreterinnen über die Planken an Deck. Die eine Gruppe berichtete über den Aufenthalt im Palast und über die kretische Gastfreundschaft, die anderen zählten auf, an welchen Stellen die Schiffe eine Erneuerung oder Verbesserung bekommen mussten, ehe sie sich wieder aufs offene Meer hinauswagten. Die Träger und Knechte näherten sich auf dem verbreiterten Pfad dem Ufer, und schließlich fanden sich auch Cheper, Sa-Renput und Sobek-Djaa ein. Sie brachten zwei Männer mit, die zunächst schweigend die Schiffe musterten, an ihnen prüfend und misstrauisch entlanggingen und dann an Bord der INSEL balancierten, an deren Deck die Kapitäne standen.

»Der Schwarzbärtige ist der Minos«, erklärte Cheper leise den Wachen, »der König der Insel. Der andere, der mit dem weißen Haar und dem kleinen Schopf im Nacken sein Berater. Er heißt Daidaloos und scheint von jedem Handwerk mehr zu verstehen als jeder andere Keftianer.«

Als er auf ihn deutete, sah er im Heck des nächsten Schiffes etwas, das seine Aufmerksamkeit erregte. Er trat zwei Schritte zur Seite, um genauer sehen zu können.

»Die Hüterin der Quelle!«, sagte er. »Sie kommt, ohne dass man sie hört und sieht ... also doch eine Göttin?«

Thot-K'aima war heute keine strahlende, leuchtende Erscheinung mehr, aber sie blieb eine Frau von auffallendem Aussehen. Wenige Augenblicke, nachdem sie plötzlich für alle Augen zu sehen gewesen war, bildete sich um sie eine Gruppe.

Daidaloos und der Minos gingen, zusammen mit Cheper und Sa-Renput, langsam vom Heck zum Bug. Sie bestaunten die Ruder und die Ausleger, an denen sie drehbar befestigt waren, ebenso wie die bronzenen Beschläge, das Tauwerk und jede andere Kleinigkeit. Die Quellnymphe übersetzte ständig lachend und aufgeregt Fragen und Antworten. Daidaloos kletterte in den Bauch des Schiffes und blieb eine halbe Stunde verschwunden; man hörte ihn murmeln und gegen die Spanten und Planken klopfen.

Inzwischen breiteten sich die Lasten, die aus dem Palast geschleppt worden waren, am Ufer aus. Die Kreter begannen die Wagen abzuladen und trugen die Holzteile Stück um Stück den Hügelpfad hinunter und stapelten sie neben den Schiffen wieder auf. Die Frauen verteilten Essen, Wein und Saft aus gepressten Früchten und Beeren. Die Kapitäne ließen den Minos und Daidaloos das Henket kosten, das in Krügen im Flusswasser kühl gehalten worden war; die Kreter kannten kein Bier und nickten anerkennend, nachdem sie einen oder zwei Becher geleert hatten.

»Je mehr ich euch zuhöre, ihr Kapitäne«, sagte Thot-K'aima, als die Sonnenstrahlen senkrecht zwischen den Ufern auf Schiffe und Wasser trafen, »und je mehr ich von euch erfahre, o Minos, desto größer wird die Zahl kleiner Unterschiede zwischen Rômet und Kretern. Und doch seid ihr alle sterbliche Menschen, die gesund, friedlich und in Reichtum leben wollen.«

»So ist es«, antwortete der Minos und wühlte mit den ringgeschmückten Fingern in seinem Bart, »aber jeder will mehr vom anderen erfahren. Ein fernes Land, eine Insel, keine gemeinsame Sprache. Rätsel der Götter!«

»Die Götter wollen, dass die Sterblichen schwitzen«, versuchte die Nymphe zu erklären. »Nicht nur auf dem Feld und im Steinbruch, sondern auch auf der Schreibtafel. Damit der Kapitän den Minos versteht und der Kreter den Rôme – zu diesem Zweck schicken die Götter jene Frauen, die in Höhlen wohnen und die heiligen Quellen schützen.«

»Und die göttliche Kost bereiten und den trefflichen Wein aus wundersamen Kelchen trinken«, fügte Daidaloos mit feinem Lächeln hinzu.

»So ist es«, bestätigte Thot-K'aima und nickte bedeutungsvoll.

Abermals eine Stunde später beschlossen der Minos und Daidaloos, die Handwerker, die bisher erfolglos in dem Dorf westlich Mallias das Schiff zu bauen versuchten, hierher zu rufen. Zusammen mit den Rômet und unter der Aufsicht der Kapitäne oder der Steuermänner sollten sie alle Schäden der Rômetschiffe ausbessern; mit ihren Werkzeugen und von Daidaloos' Wissen unterstützt. Noch vor der Abfahrt der Schiffe sollten sie jenes Schiff zimmern können, dessen Modell Daidaloos nach den Träumen und Wünschen des Minos geschaffen hatte.

»Das ist ein Befehl von großer Klugheit, o Minos«, schloss Thot-K'aima und setzte sich auf den Handlauf im Heck der HAPI. »Die Götter werden lächeln, wenn sie dein Schiff schwimmen und segeln sehen.«

Später, als sich der Rauch großer Feuer über dem Boden und Zwischen dem Schilf und den Sträuchern ausbreitete, verließ sie das Schiff über die Planke, suchte die Stelle auf, an der die graubraunen Nebel die Sicht verminderten, und verschwand.

Unser Plan sah größere Überlegungen und umfangreichere Logistik vor als das Verweilen in der Sandaleninsel-Höhle.

Asyrta-Maraye hatte mich eindringlich gebeten, nicht wieder in einer Höhle hausen zu müssen, obwohl es auf Kreta Tausende Höhlen gab, verteilt über die gesamte Insel. Aus diesem Grund steuerte Rico eine Spionsonde über das Gebiet, in dem Knossos, Thot-K'aimas Quellteich und die Bucht des Lethai die Eckpunkte eines unregelmäßigen Dreiecks darstellten.

Wir hatten beschlossen, an Ort und Stelle zu sein, wenn Schwierigkeiten auftraten, denn ich ahnte, aus langer Erfahrung, dass es Probleme geben würde – welcher Art sie sein würden, wusste nicht einmal ES, wenn ES tatsächlich seine Aufmerksamkeit auf mich richten sollte.

»Ein Platz unter freiem Himmel, Atlan«, seufzte Maraye träumerisch. »Wo ich die Sterne sehen kann, wenn ich schlafe. Und wo mich früh singende Vögel wecken.«

»Wenn du schläfst, o Geliebte«, antwortete ich lächelnd, »vermagst du keine Sterne zu sehen.«

»Aber ich weiß, dass sie da sind, wenn ich träume.«

Ich nickte grinsend; es gibt Antworten, die nicht einmal der Extrasinn kommentieren sollte. Wir verpackten weiterhin Teile unserer Ausrüstung, die wir auf Keftiu-Kreta brauchen würden. Ich demontierte den Kleintransmitter und belud den Gleiter. Zwischendurch, denn es gab keine Eile, betrachteten wir die Bilderfolgen, die wir von den Schiffen, aus Knossos und der Quellnymphen-Höhle erhielten.

Ich wies Maraye darauf hin, dass Cheper und Steuermann Peschef in Daidaloos' Palastwerkstatt saßen und Tameri-Schriftzeichen malten und versuchten, die Entsprechung in der kretischen Schrift zu finden. Die Zeichen, die Daidaloos verwendete, waren einfache grafische Elemente; mir gefielen sie nicht, denn sie waren ohne jene Schönheit, die einzelne Barbaren begeistert dazu brachte, zu schreiben und zu lesen. Aber diese Versuche stellten nur einen ersten, unsicheren Schritt dar.

»Wir finden einen Platz, an dem du dich wohlfühlen wirst«, versprach ich und überlegte, ob ich mich ins Geschehen einmischen sollte und in welcher Maske ich auftreten konnte. Der Extrasinn meldete sich und warnte: *Nicht als zürnender Pseudo-Zeus, der den Barbaren seine arkonidischen Gesetze diktiert!*

Dies würde wohl nicht nötig werden. Als Rätselwesen hatten wir Thot-K'aima, die sich über unsere Ankunft sicherlich freuen würde. Bisher war sie mit ihrer Einsamkeit ausgezeichnet fertig geworden; schließlich war sie fast ununterbrochen damit beschäftigt, unerwartet zu erscheinen, zu übersetzen und zu verschwinden. Bisher hatte sie, dachte ich anerkennend, keinen einzigen Fehler gemacht. »Es sind nur wenige Monate bis zum Herbst, und Kreta ist nicht so unbarmherzig heiß wie Tameri.«

»Aber wir werden wohl nicht einen einsamen Strand vor unseren Füßen haben?«

Ich zuckte mit den Schultern. »Noch haben wir den richtigen Platz nicht gefunden. Nahe genug am Geschehen und weit genug von einer zufälligen Entdeckung durch die Barbaren.«

Wir packten weiter. Ricos Subrobots, die uns geholfen hatten, als wir die Pfade im Sandmeer erkundeten, und die unsere gegenwärtige Wohnhöhle ausgestattet und verschönert hatten, befanden sich in Ricos Obhut und würden zu arbeiten anfangen, wenn ich den Transmitter wieder zusammengebaut hatte.

Ich trug einen vollen Krug Henket zum Gleiter und ließ mich in einen Sessel aus rômetischem Schilf-Flechtwerk fallen. »Keine Eile, Maraye. Lasst uns die Bilder von Ricos fliegenden Augen ansehen. Eigentlich wissen wir viel zu wenig über die Insel.«

»Du hast zweifellos recht. Aber sie ist schön. Über und über voller Wald.«

Ich nickte und widmete mich dem Bild, das die Schiffe zeigte und einen eigentümlichen, unerwarteten Umstand: Der Fluss führte jetzt, im Frühsommer, von Tag zu Tag weniger Wasser, sodass die kupferbeschlagenen Kiele stellenweise aufsaßen und die Unterwasser-Planken sichtbar wurden. Die Handwerker konnten also, wenn sie von der »Werft« des Minos zu den Schiffen gewandert waren, mehr Schäden erkennen und beseitigen – falls es tatsächlich Zerstörungen an der Kupferbeplankung gab. Darum, sagte ich mir, brauchte ich mich nicht zu kümmern.

Einen Tag danach watete ich aus der niedrigen Brandung, stellte mich unter die Dusche und öffnete die Spange, die mein langes Haar im Nacken zusammenhing, als mich Marayes aufgeregter Ruf erreichte.

»Ahiram! Atlan! Wir haben es gefunden!«

»Es« konnte nur eines bedeuten: Maraye hatte inmitten der Natur Kretas einen Ort gesehen, der ihren Vorstellungen entsprach. Ich trocknete mich ab, näherte mich dem leuchtenden Bildschirm und nahm einen Schluck kühles Henket, ehe ich mich in die Bildsequenz vertiefte.

»Ein Idyll!«

Die Sonde kreiste langsam um einen dicht bewaldeten Berg, der schätzungsweise 1300 große Schritte, also 2600 oder mehr Ellen hoch war. An einigen Stellen durchstießen Felsen den dichten Bewuchs.

Das Bild erstarrte über einer annähernd runden Felskanzel knapp unterhalb des Gipfels. Umgeben von Felszacken, oberhalb der Baumkronen, vom Gipfel durch Bäume und Sträucher getrennt, war eine Lichtung entstanden, die einen Durchmesser von ungefähr dreißig, vierzig Metern aufwies, bedeckt mit Laub, vergilbtem Ginster, Gestein und einer dichten Schicht abgestorbenen und abgefallenen Astwerks, aus der unzählige Ranken voller roter und schwarzer Beeren wucherten.

»Ein Idyll mit einer einzigartigen Aussicht«, bestätigte ich und schaltete mich in die Steuerung der Sonde und ihrer Optiken ein. »An welcher Stelle ... wo ist Knossos?«

Eine Vergrößerung des Höhenfotos zeigte uns, dass Palast und Stadt Knossos etwa 24.000 große Schritte in Ostnordost lagen, die Bucht der Schiffe ungefähr ebenso weit. Wir würden im Südosten die Mesara-Ebene überblicken und sahen auch das nördliche Meer.

»Genügt der Platz deinen Ansprüchen?«, fragte Maraye argwöhnisch.

Ich legte meinen Arm um ihre Schultern und antwortete: »Wenn nicht in der Nähe ein Höhlenheiligtum, ein Tempel oder ein anderer Treffpunkt zu finden ist, sind wir dort sicher. Suchen wir nach Pfaden, Feuern oder Wohnhäusern.«

Wir überprüften zwei Stunden lang die Umgebung und besonders den Fuß des Berges und der umliegenden Hügel und fanden nichts anderes als unbewohntes Land, nicht einmal einen See oder die Spur eines ausgetrockneten Flusses.

Ich aktivierte die Verbindung zu Rico und instruierte ihn, was wir benötigten, sobald wir die Lichtung erreicht hatten und ich den Transmitter montieren konnte.

»Ich habe alles bereit, wenn das Signal eintrifft«, antwortete er. »Ich werde deinen Flug kontrollieren und das Ziel für den Autopiloten programmieren. Ist es überflüssig, dich auf den Umfang des Wagnisses hinzuweisen, Gebie... Atlan?«

Ich kannte seine positronischen Bedenken, schüttelte den Kopf und akzeptierte die Warnung.

»Keineswegs. Ich kenne das Risiko und werde entsprechend vorsichtig sein. Von dir erwarte ich eine Ferndiagnose aller Gleiterfunktionen und des Energievorrats.«

»Sie wird gerade durchgeführt.«

»Hast du die Werkzeuge, die sogenannten Göttergeschenke, hergestellt und bereit?«

»Bis auf 4,9 Prozent sind sämtliche deiner Wünsche und Forderungen erfüllt. Die Meißel und alles übrige Werkzeug sind verpackt, desgleichen die umfangreiche Ausrüstung, die ihr braucht.«

»Wir können also nach Kreta fliegen, wenn wir fertig sind?«

»Sollte ich während der Untersuchungen den kleinsten Fehler finden, warne ich im nächsten Sekundenbruchteil.«

Ich blickte in das fast menschlich gestaltete Gesicht des Robots und wusste, dass ich mich auf ihn verlassen konnte. Von seiner technischen Warte in der unterseeischen Schutzkuppel aus vermochte er erstaunlich vieles zu kontrollieren, aber längst nicht alles. Die gewaltige Oberfläche des Planeten, Meer und Festland – und Inseln! – entzog sich dem Versuch einer lückenlosen Beobachtung.

Ich hatte die Flüge nach Tameri ohne die geringste Störung durchgeführt; es gab keinen Grund, der arkonidischen Technik zu misstrauen.

»Ich rufe dich, wenn wir starten. Dann wirst du die Höhle technisch versiegeln.«

»Ich warte auf deine Anordnung.«

Ich nickte ihm zu und schaltete den Ton ab. Maraye sah sich schweigend in der Höhle um, die halb leer geräumt und keineswegs mehr wohnlich war.

Schließlich hob sie die Schultern, schenkte mir ein Lächeln von fragwürdigem Unbehagen und sagte in einem Tonfall, aus dem ich Missbilligung herauszuhören glaubte: »Und das alles tun wir, nur um einem alten Herrscher seine letzten Träume freudiger zu gestalten?«

»Und auch deshalb, weil ich ihm mein Wort gegeben habe«, entgegnete ich und unterdrückte meine Selbstzweifel, »und weil ich mir geschworen habe, den Bewohnern dieser Welt zu helfen. Barbaren, Unwissende, Göttergläubige – ja. Aber eines fernen Tages werden sie die Sterne erobern, unter denen du so gern träumst.«

»Der Weg zu den Sternen, Liebster, ist unendlich fern ... und weit.«

»Ich weiß. Aber auch der längste Weg fängt mit den ersten Schritten an. Alter arkonidischer Sinnspruch. So simpel wie richtig.«

»Du hast recht, Kapitän der Sterne,« flüsterte sie und küsste mich ausdauernd.

Der Flug mit dem schwer beladenen Gleiter verlief ohne die geringsten Schwierigkeiten. Nach einem weiten Halbkreis über der Mesara-Ebene, wo viele Kreter an einem seltsamen Kuppelbauwerk arbeiteten, führte uns Ricos System zu der Lichtung des namenlosen Berges. Die Hänge waren von Zedern bewachsen, von Kastanien und, in größerer Höhe, von Kiefern. Ich desaktivierte den Autopiloten und landete den Gleiter vorsichtig am Rand der Lichtung, sah mich einige Atemzüge lang um, die Hand am getarnten Strahlerdolch, und stieg aus. Meine Stiefel versanken in der dicken Schicht vermoderter Pflanzenabfälle.

Vogelgezwitscher, Insektengesumm, das Rauschen des Windes in den Baumwipfeln und um die Felsen, kein Geruch nach kaltem Rauch und das Geräusch meiner Schritte im Laub und ausgetrocknetem Holz – wir waren allein.

Ich half Maraye aus dem Kopilotensitz und sagte: »Wir sind allein, und wir werden unser Bergnest gebührend einrichten. Hilf mir, dieses famose Fern-Transportgerät zusammenzubauen.«

Wir scharrten einige Quadratellen Boden frei, hoben die Einzelteile des Transmitters aus dem Gleiter heraus und setzten das Gerät mit gewohnter Gewissenhaftigkeit zusammen. Ich schloss den Sockel an die Energiezellen an, aktivierte die Funktionen und führte den positronischen Check durch.

Dann hob ich mein Mehrzweckarmband an die Lippen: »Der Transmitter ist empfangsbereit, Rico. Schick zuerst die Subroboter hindurch.«

»Verstanden. Ich leite den Transport ein.«

Ich zog Maraye zur Seite. Bis zur Dunkelheit blieben uns noch fünf, sechs Stunden. Mit den gewohnten Geräuschen und Effekten erschienen nacheinander drei Maschinen auf der Empfangsplatte, schwebten herunter und begannen augenblicklich mit der Arbeit. Ich fing an, einzelne Gepäckstücke von der Ladefläche zu heben und sah zu, wie die Roboter aus den pflanzlichen Rückständen vieler Jahrzehnte eine dicke Bodenplatte in der Mitte der Lichtung herstellten; sämtliches Material wurde in kleine Bestandteile zermahlen und mit Hitze und einer harzartigen Flüssigkeit vermischt. Sie roch intensiv, weil irgendwelche Bindemittel schnell verdunsteten und dabei alle Fliegen und Mücken vertrieben.

Rico schickte weiteres Material durch den Transmitter. Ein Sonnensegel, verschiedene Projektoren, Kabel und Lampen, aufklappbare Sessel und einen Tisch, unsere große Liege und eine Anzahl Truhen. Die Maschinen arbeiteten mit beängstigender Geschwindigkeit und errichteten eine Konstruktion. Sie glich einem Iglu, dem die obere Hälfte fehlte. Wir programmierten eine Fläche, von der wir starten und auf der wir den Gleiter wieder absetzen konnten.

Nacheinander entstand eine Wohnoase von ungefähr dreißig Ellen Durchmesser mit verschiedenen Ausschnitten für die Fenster und den Eingang. Darüber spannte sich das energetische Segel, und davor wurden die Pfähle mit den gestaffelten Projektoren für die Schutz-, Tarn- und Abwehrschirme in den Boden gerammt.

»Ich schieße im Wald ein paar wilde Bergziegen«, malte ich vergnügt aus, »du brichst sie auf und brätst uns die besten Stücke für heute Nacht.«

»Ich mag kein Ziegenfleisch«, antwortete Maraya ernsthaft. »Du könntest zum Meer fliegen und ein paar große Fische fangen.«

Ich schleppte die erste Proviantkiste ins Innere der unfertigen Behausung und befahl einem Robot, die Krüge zu holen und an einer bestimmten Stelle zu deponieren. Wir begannen uns einzurichten, ohne Ziegenbraten und Fische, prüften die Schirme und legten Aussichtspunkte an. Jetzt brauchten wir noch eine Quelle oder eine Wasserstelle in der Nähe. Ich wies Rico an, mit einer Sonde danach zu suchen.

»Hier sind wir«, erklärte ich zufrieden und zeigte auf Knossos. Mit bloßem Auge waren nur einige Rauchsäulen zu erkennen. »Wollen wir heute noch Thot-K'aima besuchen? Sie weiß noch nicht, dass wir hier sind.«

Maraye stimmte sofort zu. »Vielleicht hat sie einige Fische für uns gebraten. Wenn wir den Rauch der Feuer von Knossos sehen können, dann könnten die Kreter auch unser Feuer und den Rauch sehen.«

»Gegen Feuer und Licht haben wir den Schirm«, widersprach ich. »Ich denke, wir werden hier zwischen so vielen Bäumen keine Feuer anzünden.«

Ich aktivierte einen Positionssender, mit dessen Hilfe wir von jedem Punkt aus unser Bergnest finden würden, und programmierte den Autopiloten. Noch bevor die Dämmerung hereinbrach, hatten wir den Gleiter entladen und uns wohnlich eingerichtet. Ein Robot lud einige große, leere Kanister auf; wir wollten sie an Thot-K'aimas Quelle mit frischem Quellwasser füllen. Wir aßen etwas von unserem reichen Vorrat, suchten einen Krug rômetischen Irep aus – von Rico lagerfähig gemacht – und ließen eine Verbindung zur Quellhöhle schalten.

Fünfzig Atemzüge später sah sich die »Quellnymphe« uns beiden gegenüber, hob beide Hände und rief lachend: »Fürst Ahiram! Liebste Freundin! Ich habe geschlafen; den ganzen

Tag musste ich übersetzen und göttliche Reden von mir geben. Was willst du mich fragen, Fürst?«

Ich grinste und antwortete: »Ob du heute mit uns guten Irep trinken willst, in deiner Höhle, gegen das Geschenk von vielen Krügen guten Wassers aus deiner Quelle.«

»Dann – seid ihr ... es darf nicht wahr sein! Seid ihr wirklich auf der Insel?«

»Nicht weit von dir entfernt. Zu weit, um zu Fuß zu gehen, aber wir fliegen mit dem Horus-Falken-Wolkenboot, oder wie immer du es genannt hast. In einer halben Stunde?«

»Ich bin aufgeregt. Ich hab euch so viel zu erzählen, Fürst. Und deine Ratschläge, Maraye – der Minos glaubt, er hätte göttliches Essen gegessen.«

»Lasst uns später darüber sprechen«, unterbrach ich ihren begeisterten Redefluss. »Wir landen den Gleiter dort, wo wir ihn beim ersten Mal abgesetzt haben. Sorge dafür, dass uns niemand sehen kann.«

»Ich warte. Welche Freude ... es muss wichtig sein, dass ihr gekommen seid.«

»Später, o Nymphe«, sagte ich, hob grüßend die Hand und nahm Maraye am Arm. Am Pult neben dem Eingang führte ich die Schutzschirmschaltungen aus, wir bestiegen den Gleiter und schlugen den Kurs zur Höhle ein. Wir benötigten weniger als eine halbe Stunde, und ich senkte im letzten Tageslicht den Gleiter neben dem Quellrinnsal ab.

Der Subrobot fing sofort an, die Kanister zu füllen und auf der Ladefläche zu befestigen, und wir, den schweren Weinkrug an den Henkeln tragend, stiegen die Stufen zum Höhleneingang hinauf. Die Höhle war hell ausgeleuchtet, und hinter dem Eingang stand die junge Frau im kurzen weißen Gewand und hatte die Arme ausgebreitet.

Thot-K'aima und Maraye umarmten sich in schwesterlicher Freude, kaum dass wir den Krug abgesetzt hatten. Die große Dunkelhäutige zögerte einen Atemzug lang, dann verbeugte sie sich vor mir, richtete sich auf und schlang die Arme um mich. Ich fühlte für einen langen Augenblick den straffen, starken Körper und empfand einen Hauch jener Magie, die K'aima auf die Kreter ausstrahlte. Für uns strahlte sie vor Freude, zog uns ins Innere der Höhle und deutete zu Boden und auf ihr Lager. Wir sahen große, in herrlichen Farben und Mustern gewebte Stoffe aus dünnen Wollfäden.

Sie sagte lächelnd: »Geschenke vom Minos und Daidaloos. Setzt euch – einen kühlen Schluck? Es gibt viel, viel zu erzählen, Fürst!«

»Wir trinken, hören zu und stellen Fragen, schönste Quellnymphe«, versicherte ich lachend.

Was Maraye und ich seit der ersten Beobachtung des Minos' und seines Palasts gesehen hatten, war nur die Hälfte der Wirklichkeit. Die andere Hälfte – und dazu eigene Beobachtungen, Vermutungen und aufgefangene Gerüchte – erfuhren wir von Thot-K'aima.

Wahrscheinlich weniger als die Hälfte, aber nach einer Stunde legte Maraye die Hand auf mein Handgelenk und streichelte meine Finger. »Unser Entschluss war richtig, Liebster. Aus der Nähe betrachtet ändert so vieles seine Bedeutung.«

»Wir haben einige Monate Zeit, dieses Viele herauszufinden und so zu beeinflussen, dass unsere Mühe nicht vergeblich war.«

Zuerst die drei Schiffe der Rômet: Kapitäne und Steuermänner und diejenigen Besatzungsmitglieder, die in Itch-Taui an den Schiffen mitgebaut hatten, prüften jede Elle des geschenkten Holzes. Der Minos hatte lang abgelagertes und sorgfältig zerteiltes Holz, dick und lang genug, zu den Schiffen schleppen lassen. Sein Geschenk würde die Holzhandwerker, denen das Große Haus Aufträge erteilte, zu Jubelgeschrei veranlassen. Selbst Zedernholz, selten und begehrt und sonst nur in Gubal einzutauschen, war inzwischen in den Schiffsbäuchen festgezurrt.

In wenigen Tagen würden die Schiffs-Handwerker des Minos in der Flussmündung eintreffen und zusammen mit den Rômet, angeführt von Daidaloos, die wenigen Reparaturen an den Schiffen durchführen. Aber wichtiger war, dass sie lernten, welche Maße und welche Stärken der Schiffsbau verlangte, wie Teile aneinandergefügt und Fugen abgedichtet werden mussten. Vom Wickeln und Drehen unterschiedlich dicken Tauwerks verstanden die Kreter ebenfalls wenig bis nichts. Aber binnen einiger Monde konnte vieles gelernt werden.

»Sie sind sehr geschickt, die Handwerker«, sagte Thot-K'aima und nickte. »Daidaloos kommt von einer Insel im Norden. Er lehrt die Handwerker, jene Dinge, die sie herstellen, besser und schneller zu erzeugen. Er ist sehr klug. In der Nacht, in der sie hier saßen und tranken, hab ich viel erfahren.«

Maraye schwenkte vorsichtig den Wein im durchsichtigen Plastalkelch und fragte: »Ist das Leben des Minos wirklich bedroht? Er scheint keine Königin erwählt zu haben und ist, glaube ich, seiner Gefährtin ständig untreu? Was hast du in der Stadt und im Palast hören können?«

Thot-K'aima lehnte sich zurück und umspannte ihr Knie mit den verschränkten Händen. Ihr Blick bekam etwas Rätselvolles.

»Der Palast ist voller Dienerinnen, Diener, Knechte und Mägde. Die Unterschiede zwischen ihnen sind gering. Der König ist grob und rücksichtslos, aber kein schlechter Kerl. Seine Krieger bildet er aus, weil er fürchtet, dass seine Insel vom Festland aus angegriffen und ihrer Schätze beraubt wird. Die Rômet sind seine geachteten Gäste; in ihnen sieht er keine Gefahr. Aber ... er liegt bei jeder Frau, die er begehrt. Er begehrt viele, Fürst.«

»Begehren ist eines«, stellte Maraye ungerührt fest. »Die Frauen scheinen nicht vor ihm flüchten zu wollen, oder?«

»Jede glaubt, dass er sie zur Königin macht und gibt sich ihm willig hin. Ganz besonders in der Hoffnung, ihm einen Sohn zu gebären.«

»Also wachsen im Palast etliche seiner Kinder auf?«

»Nicht nur im Palast. Auch in Mallia und anderen Städten.«

Seit jeher war der Stier das barbarische Zeichen männlicher Wildheit und Zeugungskraft; dies galt auch für Tameri, ebenso wie für die Städte des Zweiströmelandes. Die bäuerliche Kultur Kretas würde wohl auch einen Stierkult entwickeln; ich beschloss, auf entsprechende Zeichen zu achten. Der Erfolg des Minos bei den Frauen erzeugte sicherlich Neid und, bei den Liebhabern oder Gatten jener Frauen, auch Wut und Hass. Diese Empfindungen konnten das Leben eines Königs durchaus gefährden und sein jähes Ende herbeiführen.

Der Logiksektor griff meine Überlegungen auf und sagte: *Die Folgerung daraus: Sorge dafür, dass der Minos bis zum Ende deiner Bemühungen am Leben bleibt, gleichgültig, wie lange sie dauern!*

Ich stellte eine weitere Frage, und wir hörten Thot-K'aimas Erklärungen zu; ihr Verstand arbeitete vorzüglich. Eigentlich herrschte der Minos über die gesamte fruchtbare Insel. Seine Macht nahm jedoch ab, je weiter die Siedlungen von Knossos entfernt waren. Manche Bewohner, sagte man im Palast, würden nicht einmal die wachsenden Städte kennen, die nicht über die gesamte Insel verteilt waren, sondern nur den Mittelteil beherrschten. Nur wenige Straßen – nicht besser, aber breiter als Karrenwege – führten von Stadt zu Stadt. Zu entlegenen Gegenden gab es höchstens Ziegenpfade.

Die Legenden Kretas sprachen davon, dass die Insel vor Urzeiten besiedelt worden war und dass man die Boote und Flöße an tausend verschiedenen Stellen auf die Strände gezogen hatte, an denen schon Menschen mit unverständlicher

Sprache, ungewöhnlichem Aussehen, abstoßenden Bräuchen und finsterem Götterglauben wohnten. Mit diesen »Ersten Menschen« vermischten sich die frühen Parusati und zeugten mit ihnen Kinder, in denen sich die besten Eigenschaften beider Stämme vereinigten. Damals, in grauer Urzeit ...

Knossos, Mallia, Feistos, Archanes und Zakros, fünf Paläste und Städte, dazwischen viel leeres Land aus Wäldern und Bergen. Wir würden unsere Aufmerksamkeit nur auf Knossos beschränken können. Wir erfuhren, dass die Ankunft der Rômetschiffe den Minos dazu angeregt hatte, einen Hafen für Knossos zu bauen. Er wollte einen Plan von Daidaloos, der binnen einiger Jahre auszuführen war. Dies bedeutete, dass er regen Handel wünschte und dessen Vorteile erkannt hatte. Ich würde ihn in dieser Einsicht bestärken.

Die Kapitäne versuchten gegenwärtig, mit Daidaloos zusammen eine bessere, einfacher und schneller zu schreibende Schrift zu entwickeln. Welche Entwicklungen konnten beschleunigt werden, wenn wir in den Masken göttlicher Wesen auftraten? Plötzlich gab es für mich viel Nachdenkenswertes. Ich sollte mich vielleicht für einige Zeit im Palast einnisten, alles beobachten und gut zuhören.

Spät nachts begleitete uns Thot-K'aima zum Gleiter, dessen Ladefläche mit Wasserkanistern beladen war. Die Vorhaben der nächsten Tage hatten wir geplant. Über unsere Mehrzweckarmbänder waren wir untereinander und mit Rico verbunden. Maraye war todmüde; sie würde heute zum ersten Mal unter dem Sternenhimmel schlafen und ohne das Rauschen der Brandung aufwachen.

Wir hatten vergangene Nacht schlecht geschlafen. Die Brandung auf dem Sandstrand, die uns seit vielen Monden beruhigt und in den Schlaf begleitet hatte, fehlte uns. Maraye hatte Albträume und schreckte auf, als vor dem Morgengrauen die Vögel mit ihrem Getriller und Gezwitscher anfingen; es gab unzählige Vögel rund um unser Bergnest. Ich brauchte dank des Aktivators wenig Schlaf, vermisste ebenfalls die gewohnte akustische Umgebung und beschäftigte mich mit dem Inhalt von K'aimas Berichten. Jetzt lag ich mit geschlossenen Augen da und dachte über meine Erkenntnisse der Nachtstunden nach.

Die Möglichkeiten des Handels und, in weit geringerem Maß, des Austauschs oder besser der Übertragung der Kultur von Tameri nach Keftiu waren herbeigeführt worden. Die RÂ, die PFEIL und die HAPI würden zurücksegeln und, als Gegengabe des Minos' für das Geschenk Amenemhets, viele unterschiedliche Waren an den Hapi bringen: Holz, herrliche Stoffe aus Wolle statt des rômetischen Leinens, ausgesucht schöne, glasierte Tonwaren, Schwerter und Dolche aus geschmiedeter Bronze, mit schönen Mustern und Edelsteinen geschmückt, das goldgelbe Öl der Ölbaumfrüchte, tiefroter Wein und all die Tränke, Düfte, Blütenöle, Salben, Pasten und Balsame, wohl das Wertvollste, das aus der reichen Natur der Insel kam.

Ich kannte das Bedürfnis der Rômetfrauen und Mädchen, sich zu schminken, Salbkegel auf den Stirnen schmelzen zu lassen und Wohlgerüche zu verströmen und war sicher, dass der Minos damit viel Gold einnehmen würde. Selbst für die Binden der Toten würden die Blütensammler Keftius ihre Öle und Salben in die Beiden Lande schicken.

Mit diesem Teil unseres Vorhabens brauchte ich mich nicht mehr ernsthaft zu beschäftigen. Die Kreter und das Große Haus würden selbst für regen Handelsverkehr über das Meer sorgen, und eines Tages gab es Händler, die ihnen diese Mühe abnahmen und dabei reich wurden.

»So weit, so gut, Zivilisationsspezialist Atlan!«, flüsterte ich ins Halbdunkel. Maraye bewegte sich unruhig, atmete schwer und lag wieder still.

Ich sollte dafür sorgen, dass der gegenwärtige Minos lange genug am Leben blieb – während seiner Herrschaft würde die Entwicklung wie gewünscht und geplant weitergehen. Ein Nachfolger, der wahrscheinlich ganz andere Absichten hatte, würde es kaum besser machen.

Der Extrasinn erklärte schläfrig: *Dann weißt du also, Arkonide, was zu tun ist. Mitten hinein in die Mysterien von Knossos!*

Einen Tag lang genossen wir die Ausblicke, die Ruhe, die Vogelschwärme und die treibenden Wolken. Dann beschlossen wir, Knossos zu erkunden und begannen damit am frühen Morgen. Maraye hatte mich mit dem Gleiter am Fuß einer der Treppen abgesetzt, die neben dem Felssturz vom unfertigen labyrinthischen Mosaik zu einem Palasteingang führte. Auch Thot-K'aima würde, unsichtbar wie ich, durch den Palast und später durch die Stadt geistern.

Wir hatten einen gemeinsamen Treffpunkt verabredet. Ich beobachtete eine Weile lang die Steinhandwerker, die das Mosaik schufen. Die verwirrenden Linien, so hatte die Nehesi vom Minos erfahren, dienten bei rituellen Tänzen als Wegweiser für die Schritte der Tänzer; etwas mehr als die Hälfte der Fläche war von fertig gestelltem Mosaik bedeckt. Ein ernsthaftes Zeichen einer Entwicklung, die in vielen Jahrzehnten, wenn nicht Jahrhunderten, zu einer Hochkultur führen konnte.

Langsam stieg ich Stufe um Stufe höher, betrachtete die Dächer der Häuser, die Weiden, Felder, Äcker, die Weinberge und das viele Vieh zwischen den Dornenhecken. Je mehr Stufen – sehr exakt aus Kalkstein herausgemeißelt – ich hinter mir ließ, desto stärker wurde das Gefühl, dass ich bisher die Gefahren des Unternehmens drastisch unterschätzt hatte. Näherte ich mich dem Mittelpunkt der Gefahr? Aber es gab keine Warnung des Logiksektors, der stets ein verlässlicher Ratgeber war.

Als ich unter den massigen Steinen des Tores hindurchgegangen war, traf ich nach jedem zweiten Schritt auf eine größere Zahl Kreter, die meinen Weg kreuzten, aus Korridoren hervorkamen, über Treppen stiegen, Gegenstände trugen und miteinander redeten.

Weitere zwei Dutzend Schritte weiter: Der Palast barst schier vor Leben. Und er war eine asymmetrische, gewaltige Ansammlung von Räumen aller Art und Größe. Ich wich unentwegt Frauen und Männern aus, hörte genau zu und drang tiefer in das Gebäude ein.

Kinder in jedem Alter wieselten kreischend und lachend umher, an vielen Stellen arbeiteten Handwerker. Hier wurde das Gebälk eines Daches gezimmert, dort eine Wand gekalkt, an einer anderen Wand entstand ein farbenfrohes Gemälde. Es waren einfache, kindliche Darstellungen, die jede Feinheit vermissen ließen; selbst die Farbwahl war unbeholfen.

Ich kam in die Halle und sah die Geschenke Amenemhets auf dem Podest. Neben ihnen hatten die Kreter einen Teil ihrer Geschenke an Tameris Herrscher ausgebreitet. Ich sah meine Überlegungen bestätigt und ging ungehindert und unsichtbar weiter.

In einer Werkstatt, die an den großen Innenhof grenzte, beobachtete ich einige Bronzegießer. Sie modellierten auf ihren Arbeitsplatten aus Wachs gleichmäßige Doppeläxte mit Spitzen und Tüllen für die Schäftung und umhüllten sie mit Lehm, dem Gesteinsstaub oder ähnliches beigemengt war. An einer anderen Stelle erkannte ich Messer, Dolche und Schwerter aus Wachs, mit ausgewogen erscheinenden Klingen und feinen Verzierungen. Im Gegensatz zu den unbeholfenen Wandbildern überzeugten mich die stilvollen Arbeiten. In der Sonne trockneten einige Dutzend fertige Formen, aber ich sah in der Nähe der Werkstatt keinen Schmelzofen.

Die Bewohner des Palasts glichen in der Größe den Rômet, ihre Haut war heller, besonders die der Frauen, und sie schienen breiter gebaut als die zierlichen Töchter und Söhne des Hapi. Auf meiner Wanderung durch Korridore und über Terrassen sah ich einige Frauen von erstaunlicher Schönheit, mit dunklen Augen und braunem oder schwarzem Haar, das sie in Zöpfen, Schöpfen, hochgesteckt, zu Locken geringelt oder offen trugen. Sie schienen das Haar mit Balsam oder Öl zu pflegen, denn es hing schwer und glänzte auffallend.

Die Gewänder, die ausnahmslos aus Wolle gewebt zu sein schienen, waren ebenso freizügig wie die dünne Leinenkleidung aus Tameri. Sie redeten über alltägliche Dinge, und ich sagte mir, dass sich niemand am hellen Tag laut über eine Verschwörung gegen den Minos unterhalten würde.

Nach einem kurzen Irrweg, der mich an einer Kochstelle und einigen Reihen großer Vorratsbehälter vorbei auf eine schmale Terrasse führte, konnte ich in die Werkstatt des Daidaloos hineinsehen. Er befand sich nicht in seinen lichtdurchfluteten Räumen, aber zwei ältere Frauen und eine junge, schmalhüftige Schönheit putzten und räumten den geräumigen Wohnbezirk auf.

Ich ging an den Werkbänken und Sockeln vorbei und prüfte die Modelle, die vielen angefangenen Arbeiten und die bronzenen und kupfernen Werkzeuge. Aus der schweren Umhängetasche holte ich einige Stücke aus Ricos mechanischen Werkstätten und legte sie neben Daidaloos' Ausführungen: eine kleine, doppelt gezähnte Säge, einen Zirkel und einige Sätze Meißel aus gehärtetem Arkonstahl. Säge und Meißel würden jahrzehntelang scharf bleiben, und der Handwerksmeister würde an göttliche Einwirkung glauben müssen.

Ich sah einige angefangene Zeichnungen, drei davon auf Shafadublättern, also den Geschenken Amenemhets, grinste in mich hinein und vollendete sie mit einem meiner Allzweck-Griffel. Dann lehnte ich mich an ein Stück Wand, an der keine Werkstücke hingen, und betrachtete in Ruhe die Gefährtin des Meisters. Perseïs schien nicht von dieser Insel zu stammen.

Sie trug ihr hellbraunes Haar in einem langen Zopf, war hellhäutig, etwas größer als der Durchschnitt der Kreter, mit langen Beinen und schmalen Hüften. Sie bewegte sich graziös, lächelte oft, redete leise mit den Kreterinnen, und als sie in meiner Nähe vorbeikam, auf Strohsandalen mit dicken Sohlen, sah ich in ihre blauen Augen in einem schmalen Gesicht.

Ihr Alter war schwer zu schätzen. Sie schien kaum älter als fünfzehn, siebzehn Jahre. Ich fragte mich, wo sie der etwa knapp vierzigjährige, weißhaarige Daidaloos getroffen hatte. Thot-K'aima hatte Perseïs zutreffend als »bezaubernd« bezeichnet. Ich schloss mich ihrer Beurteilung an, warf einen letzten Blick auf die menschenleere Werkstatt und schlich hinaus. Über eine lange Treppe erreichte ich den großen Hof.

Die Stimme des Minos' war nicht zu hören. Offensichtlich war er, wie Daidaloos, nicht in seinem Palast. Ich durchquerte den Hof, beobachtete weiter die Kreter und fand nichts anderes als fleißige Frauen und Männer, die ihrer Arbeit nachgingen.

Neben dem Hoftor, das weit offen stand, entdeckte ich einen schmalen Eingang und dahinter Treppenstufen. Zwei Halbwüchsige reinigten und furchten den Sand des Hofes mit breiten Rechen. Ich legte die Hand auf den Lähmstrahlerdolch und lief schnell die Treppe aufwärts. Sie war, zwischen Bruchsteinwänden, zu schmal; wenn jemand herunterkam, würden wir zusammenprallen. Aber ich gelangte ungestört auf einen Korridor und auf eine zweite, breitere Treppe.

Sie führte zu einem Raum mit großen Fenstern, die von Schlagläden mit Schlitzen verschlossen waren, sodass Dämmerlicht herrschte. Mir gegenüber entdeckte ich eine schwarze Tür mit großen Bronzebeschlägen. In Augenhöhe war der

Knochenschädel eines Rindes befestigt, wahrscheinlich eines Stiers mit ausladendem, weißem Gehörn.

Dahinter liegen höchstwahrscheinlich die Räume des Minos!, mutmaßte der Extrasinn. Ich trat vorsichtig näher, sah mich um und legte die Hand an den Türgriff. Er war einer Doppelaxt nachgebildet. Die erste Tür, die ich im Palast entdeckt hatte. Sonst waren die Eingänge durch unterschiedliche Vorhänge verschlossen: dicke Wollstoffe mit Ledereinsätzen, Schnurvorhänge aus Hunderten kugeliger Knochen-, Holz-, und Tonkügelchen mit Glasur, aus Muscheln und getrockneten Früchten sowie schwere Bahnen aus speckigem Leder. Ich zog die Tür auf, die sich in Bronzeangeln drehte, und war mit einigen Schritten in einem ungewöhnlich großen Raum.

Es war, als beträte ich eine andere Welt.

Obwohl der Raum, ungefähr zehn auf zehn große Schritte groß, mehrere Fensteröffnungen aufwies, wirkte er düster. Zwei Wände waren in dunklem Rot bemalt, den Boden aus Steinfliesen und einem runden Mosaik bedeckten Teppiche aus drei Fingerbreit dickem Strohgeflecht, vor den Fenstern hingen blaue Stoffbahnen bis zum Boden. Vor den Wänden standen Sockel aus gemeißeltem Stein, und darauf erkannte ich farbige, glänzende Figuren, sicherlich Götter und Göttinnen, eineinhalb Ellen hoch und aus Holz und Bronze gefertigt. Ich ging weiter in den Raum hinein und stellte mich an eine Wand, sodass ich alles genau überblicken konnte.

Das Bett war augenscheinlich aus dicken Ästen von Ölbäumen und schenkeldicken Bohlen gezimmert. Die bizarr verschlungenen, rissigen Holzteile mit tiefen Spalten, zum Teil beschnitzt, wirkten wie Gliedmaßen schwarzer Fantasietiere. Die Decken über der Liegefläche bestanden aus dem gleichen stark gemusterten Stoff wie die Vorhänge. Auf einem Sockel erhob sich die Ariadne mit den Schlangen und der Labrys in den Händen der ausgestreckten Arme, mit bloßen Brüsten und aufgetürmtem Haar. Die Schlange war erschreckend lebensecht und züngelte mit aufgerissenem Rachen und weißen Fangzähnen.

Neben ihr wuchs ein zwei Ellen hoher Baum, anscheinend eine Eiche, aus einem niedrigeren Sockel. Der Baum war aus schierer, glänzender Bronze gefertigt; vielleicht hatte man Stamm, Äste und Blätter vergoldet. Eine herrliche Handwerksarbeit! Hunderte daumengroßer Blätter hingen an fingerdünnen Ästen, die sich zu einem armdicken Stamm vereinigten. Die Wurzeln verschwanden im Steinsockel und krochen über dessen Kanten. Für mich war das Kunstwerk ein Beweis, dass der Minos und wahrscheinlich alle Kreter auch einzelne Bäume anbeteten oder früher angebetet hatten.

»Der Minos, sagen sie«, murmelte ich im Selbstgespräch, »vereinigt sich mit der Mondpriesterin, um sich in der Herrschaft bestätigen zu lassen. Oder mit der Mondgöttin?«

Der Körper der Kar, der Mondgöttin, beanspruchte den nächsten Sockel. Ihr rundes Gesicht war in eine dunkle und eine helle Hälfte geteilt. Das Auge der hellen Hälfte war geschlossen, das der anderen Hälfte weit offen. Kar und die Ariadne trugen strenge, bittere Gesichtszüge. In ihrer Gegenwart fühlte ich mich unruhig und einer düsteren Betrachtungsweise des Lebens ausgeliefert, aber Kars »Mantel« versöhnte mich ein wenig mit der bedrohlichen Umgebung.

Aus ihrem Halbmond-Kopf und den Schultern entsprossen Fäden, die bis zu den Füßen reichten und eine Art Umhang darstellen sollten. In kurzen Abständen waren in die Fäden kleine Sterne eingeknüpft, nicht größer als ein Augapfel, mit kurzen »Strahlen«. Es waren Hunderte, die an Kars Körper herunterreichten. Sie hatte die Arme vor der Brust gekreuzt und hielt, ähnlich einer rômetischen Herrscher-Darstellung, eine silberne Mondscheibe in den Händen, wie einen Spiegel.

Ich ging zur Mondgöttin und blies gegen die Sternenfäden, die sogleich zu beben und zu schwingen begannen. Es entstand ein Eindruck, als ob milder Nachtwind um die Statue einen stellaren Mantel bewegte, der noch mit leichtem Klingeln pendelte, als ich vor dem nächsten Sockel stand.

Eine mit Ornamenten reich beschnitzte Holzsäule, mit Kupferringen, in mehreren Farben, die ein knapp handgroßes Figürchen trug.

»Eine goldene Sachmet. Aus den Geschenken des Amenemhet«, flüsterte ich. Die Göttin mit dem Frauenkörper und dem Löwenkopf blickte mich winzigen Karneolaugen an und schien mit sattem Raubtiergrinsen sagen zu wollen: *Sieh, wie ich in meiner goldenen Schönheit über die düsteren Göttinnen der Keftiu-Menschen triumphiere.*

Einige Truhen aus Holz, mit steinernen Füßen und Deckeln aus anderem Stein, standen im Raum, ein Tisch mit bronzenen Stierfüßen, auf dem ich Schalen und Krüge sah, Becher und glasierte Tonkrügelchen mit kretischen »Schriftzeichen«, und wieder einige Schritte weiter erschrak ich wirklich.

Von den schenkeldicken Balken des Dachgestühls hingen an vier Stellen dicke Schnüre. An ihnen waren menschliche Schädel aufgereiht; die Schnüre führten durch Löcher der Schädeldecke. Die Totenköpfe stammten, der geringen Größe nach zu urteilen, von Kindern oder sehr jungen Erwachsenen. Als ich dicht vor einer dieser Schädelschnüre stand, konnte ich erkennen, dass jeder zweite Schädel aus gebranntem Ton nachgebildet war, mit schwarzer Glasur und weißen Mehrfachlinien, die als Spiralen und Halbkreise ausgeführt waren.

Langsam drehte ich mich um. Ein mächtiger Stierschädel krönte das Kopfteil des herrscherlichen Lagers. Bis hierher war keine Spionsonde vorgedrungen. Wäre ich eine Frau, die Leidenschaft für den Minos empfand und hier mit ihm eine Liebesnacht verbringen wollte – was dank unbekannter Götter nicht der Fall war –, wäre ich schreiend davongelaufen.

Aber vielleicht galten für machthungrige Kreterinnen andere Maßstäbe.

Kopfschüttelnd verließ ich das Gemach des Minos. Ich war nachdenklich geworden, weil ich die Bedeutung der meisten Zeichen nicht verstand. Ich brauchte noch mehr Zeit und einen Kreter, den ich befragen konnte, ohne mich ihm zu zeigen. Dies schien unmöglich, aber es mochte sich eine abenteuerliche Situation ergeben. Ich beabsichtigte nicht, allzu viel Zeit mit den Nachforschungen zu verbringen, aber wenn der Verstand des Minos in dieser makabren Umgebung litt, und wenn er daraufhin durch seinen Nachfolger ersetzt werden würde, war meine bisherige Mühe vergeblich gewesen.

Es wird dir nicht schwerfallen, ließ sich der Extrasinn fast vorwurfsvoll vernehmen, *als Kosmokolonisations-Infrastrukturplaner, gerüstet mit sämtlichen Dagor-Tugenden, die perfekte Lösung zu finden!*

Ich bewegte mich noch eine Zeit lang im Palast, um mich später zurechtfinden zu können, dann stieg ich eine andere Treppe hinunter zur Stadt, zu den Schmelzöfen, den Stoffwebereien und den Werkstätten, in denen Frauen aus Blüten und Wurzeln Salben und Balsam gewannen.

Ich betrat eine Ansammlung verschieden großer Häuser, von denen die meisten auf steinernen Fundamenten gebaut waren, aus Balken und Lehmziegeln, mit Stroh oder Binsen gedeckt. Im Zickzack ging ich zwischen den einfachen Gebäuden hindurch, sah dem bäuerlichen Leben zu, roch den Rauch der Feuer unter den Brennöfen und der Bronzeschmelze, sah pickende Sperlinge, gurrende Tauben auf den Dächern, einige Brunnen, Ziegen und Rinder auf den Weiden und all das, was zu einer solchen Siedlung gehörte.

Auf der Agora, dem Dorfplatz, im Schatten einer großen Zeder, erblickte ich eine Gruppe Kreter, die auf den ersten Blick nicht zur Stadt gehörten.

Also kamen sie aus dem Palast. Zwei jüngere Männer und zwei auffallend gut aussehende Frauen, kaum älter als ihre Gefährten. Sie redeten leise miteinander, alle vier gleichzeitig und hatten etwas unverkennbar Verschwörerisches. Die Frauen waren in die aufreizenden Palastgewänder gekleidet; bunte Stufenröcke und die weit offenen Mieder mit den starren Säumen. Ich ging quer über den Platz, sah hoch in der Luft einige Geier oder Seeadler kreisen und blieb eine Armeslänge neben den vieren stehen.

Ich erkannte die Frauen von den Hologrammen der Sonde wieder. Phaidra und Perdix. Die Männer hatten gestutzte Vollbärte und kurzes, gepflegtes Haar und trugen knielange, ärmellose Hemden aus gebleichter Wolle. Breite goldene oder schimmernd bronzene Armreife, schmale Gurte sowie Dolche in geschnitzten Scheiden und mit wertvollen Steinen in den Knäufen zeigten mir, dass sie weder Knechte noch Bauern oder Handwerker waren. Ein warmer Windstoß blies mir den aufdringlichen Duft von Ölen oder Schminke entgegen, und als ich meinen Standort veränderte, merkte ich, dass er von den Männern kam.

Ich blieb im Schatten, setzte mich auf ein Mäuerchen, hinter dem sich ein Garten voller Asphodelen ausbreitete, und hörte gespannt zu. Nach einigen Sätzen war mir klar, dass die Männer nicht zu den Palastangehörigen zählten.

»Fürst Miron«, hörte ich Perdix sagen, »du wirst also in der Nacht der Mondgöttin zusammen mit uns tanzen.«

»Auch Fürst Boran aus Feistos tanzt.« Miron deutete auf den anderen Mann. Die Männer betrachteten die Frauen mit gierigen Blicken. »Er ist so jung und kräftig wie ich.«

Beide Frauen zeigten deutlich, dass sie die Begehrlichkeit der Männer herauszufordern suchten. Phaidra legte ihren Arm um Mirons Schulter und sah hinauf zum Palast.

»Ihr sollt nicht glauben, dass der Minos alt und schwach ist. Wer wüsste es besser als ich.« Sie seufzte und lehnte sich an Miron. »Seine Zeit, sagt er, ist noch lange nicht vorbei. Unterschätze ihn nicht.«

»Wir haben uns vorbereitet«, antwortete Boran und lachte selbstsicher. »Die Priesterin der Kar kennt jeden Augenblick des langen Tanzes.«

»Kennt sie auch das Muster der Schritte und Kreise? Auf der neuen Tanzfläche dort hinten, bei den Bäumen?«, wollte Perdix wissen. Beide Frauen verhielten sich, als wären sie der Preis für den Sieger eines Tanzes. Ihre Körper und jede Bewegung lockten die Männer, die zu zögern schienen. Ich stellte mir vor, dass sie Verwalter, Vertraute oder Stellvertreter des Minos' in den Städten Feistos und Mallia waren. Warum waren sie hier? War ihnen bekannt, dass sich der Minos bei den Schiffen aufhielt?

»Sie wissen alles, die Priesterinnen«, erklärte Boran und drehte sich, mit den Füßen im Takt auf der Stelle tretend, einige Male im Kreis. »Sie werden in der Nacht mit uns tanzen. Es mag sein, dass die Quellnymphe, von der alle reden, sich auch uns zum ersten Mal zeigt.«

»Wir werden euch helfen, so gut wir können. Aber jedermann im Palast sieht uns zu.« Perdix strich mit gezierten Bewegungen ihr geringeltes Haar über die Schultern. »Wohin führt euch euer Weg heute?«

»Zu mir. Nach Feistos«, antwortete Fürst Boran. »Miron kennt den Weg nicht gut genug. Deswegen habe ich ihn abgeholt.«

Die Frauen ließen bereitwillig zu, dass die Fürsten sie um die Hüften fassten und mit sich zogen. Mir war längst bewusst, dass sie daran dachten, dem Minos die Herrschaft zu entreißen.

»Dort drüben sind die Gespanne«, hörte ich Phaidra sagen. Ihre Stimme gurrte. »Vielleicht fahren wir in einigen Monden mit euch.«

Ich sah ihnen nach und war um eine bedeutungsvolle Ahnung reicher. Zumindest die beiden »Fürsten« hatten wohl nicht vor, den Minos umzubringen, doch der Ehrgeiz und das Drängen zur Macht kennzeichneten die jüngeren Männer. Aber auch alte Männer – und Frauen! – waren skrupellos, wenn sie sich ein entsprechendes Ziel gesetzt hatten. Ich wartete, bis ich das Lachen der Frauen, das Zügelklatschen und das Poltern der Hufe hörte, und ging langsam in Richtung unseres Treffpunktes.

Thot-K'aimas geheimnisvolle Anwesenheit war also bekannt; mich erstaunte es, mit welcher Selbstverständlichkeit die Kreter Götter oder Halbgötter als Teil ihres Lebens einstuften. Denn wenn Phaidra und Perdix über die Nymphe redeten, dann redeten auch alle anderen Bewohner Knossos' über die Heilige Höhle, den Heiligen Quell und den Heiligen Quellteich. Thot-K'aima war also im Bewusstsein der Menschen schon eine feste Größe. Aber – was erwarteten sie von unserem Schützling?

Wieder erreichte eine lange Karawane kretischer Arbeiter und Krieger, angeführt vom Minos und Daidaloos, die Schiffe. Die Männer schleppten Werkzeuge, Proviant, verschiedene Hölzer und alles, was sie für ein Lager brauchten. Zwei, drei Dutzend Rômet erwarteten die Kreter, die Kapitäne und die Steuermänner hausten auf den Schiffen und hatten Feuerstellen am Ufer aufgeschichtet. Daidaloos kletterte auf dem Pfad hinunter, der Minos und sein Gespannlenker wateten durch den Fluss aufs andere Ufer und schlängelten sich stolpernd hinter dem Schilf zwischen Felsen und Bäumen zur Mündung.

Inzwischen hatten die Wajermänner die Schiffe fast leergeräumt. Da sie wenig zu tun hatten und auf die Männer des Minos' warteten, war damit begonnen worden, die Schäfte und Blätter der Ruderriemen zu prüfen, das Holz mit Steinen glatt zu schaben und sie mit Wachs zu polieren. Einige dünne

Bäume wurden gefällt, mit Dächseln entastet und zu Riemen geschnitzt; eine mühselige Arbeit, die langsam vor sich ging.

Jetzt begrüßten die Kapitäne und die übrigen Rômet die Männer des Minos und Daidaloos, der ihnen verdeutlichte, dass er zum Arbeiten und zugleich zum Lernen gekommen war – wie seine Handwerker.

Cheper breitete die Arme aus und sagte in gebrochenem Kretisch: »Es gibt wenig zu arbeiten, o Meister des Palasts, und beim Lernen werden wir dir helfen.«

»Dann komm mit mir in den Bauch deines schönen Schiffes und zeige mir alles.«

Es dauerte nicht lange, bis Rômet und Kreter miteinander redeten und versuchten, jene Stellen instand zu setzen, die während der Sturmfahrt Schäden erlitten hatten. Cheper wartete auf die Quellnymphe, denn viele Worte und deren Bedeutungen der fremden Sprache kannten weder er noch die übrigen Seefahrer. Daidaloos erklärte ihm gestenreich, dass der Minos daran dachte, einen Hafen für Knossos zu bauen und dass er wusste, dass es eine langwierige und schwierige Arbeit sein würde.

Als ich außerhalb der Stadt und zwei Pfeilschüsse vom Palast entfernt im raschelnden Laub unter einer Gruppe ausgewachsener Eschenbäume stand, lehnte ich mich gegen einen Stamm und blickte in Richtung des Sonnenunterganges. Gegen den Himmel zeichneten sich Hügel und Berge ab; links der höchste Berg der Insel, den sie »Ida« nannten, und rechts von diesem Gipfel, der ungefähr zweitausendfünfhundert große Schritte aufragte, ein weniger hoher. Beide waren in Wolken gehüllt, die von der Fafana, dem Westwind, um die Gipfel nach Osten getrieben wurden.

Dort, hatte ich gehört, hauste an der Grenze zwischen Inselerde und Himmel der Oberste Gott Zeus, der im Zorn seine Dolche schleuderte; die Blitze der Gewitter. Zeus hatten sich die Kreter als Vater aller Götter erdacht, und Zeus war für sie in allen Dingen, in belebter und unbelebter Natur, allgegenwärtig und der Herrscher der Welt.

»Dem das Schicksal des Minos und anderer Fürsten ebenso gleichgültig ist wie das aller Kreter und Festlandbewohner«, murmelte ich, stieß mich vom Stamm ab, betätigte schulterzuckend den Rufknopf und sprach ins Mikrofon: »Maraye! Hol mich ab. Ich bin bei den Eschen, neben dem Brunnen. Wenn du in der Nähe bist, melde dich, dann schalte ich den Deflektor ab.«

»Ich bin auf dem Weg, Liebster«, antwortete sie sofort. »Ich halte zwischen dem Brunnen und den Bäumen.«

»Ist die Nymphe bei dir?«

»Nein. Ich habe sie zu den Schiffen geflogen. Sie hilft Daidaloos und den Rômet.«

»Auch gut. Dann können wir sie später dort abholen.«

Einige Atemzüge später blickte ich um mich. Ich war allein und unbeobachtet und desaktivierte den Schirm. Plötzlich hielt der Gleiter, voll sichtbar, neben mir an, vier Handbreit über dem Gras. Ich stieg ein, schloss die Tür und drehte die Klimaanlage höher. Dann wandte ich mich an Maraye, die den Deflektorschirm wieder einschaltete.

»Ich habe viel zu erzählen. In Knossos bin ich auf seltsame, wenn nicht gefährliche Dinge und obskure Vorbereitungen gestoßen. Schalte den Autopilot ein – wir fliegen zum Bergnest.« Ich lehnte mich zurück und wünschte, dass die Entwicklung einen anderen Verlauf nehmen würde. »Wir sollten auch bald mit Thot-K'aima reden. Sie muss es auch erfahren.«

»Sie erfährt alles, was ich weiß, noch heute Nacht. Sie soll uns im Bergnest besuchen.«

»Darüber, glaube ich, wird sie sich freuen.« Maraye hob ihr linkes Handgelenk, betätigte einen getarnten Edelstein-Schalter im Armband und rief die Quellnymphe.

Daidaloos hatte mit den Kapitänen geredet, während mehr als vierzig Männer an ebenso vielen Stellen die Schiffe ausbesserten. Der Fluss führte noch weniger Wasser als vor wenigen Tagen. Die Kiele der drei Schiffe, die hintereinander am Ufer festgemacht waren, saßen auf den Kieseln des Grundes.

»Im Sommer, Kapitän Cheper und Sobek-Djaa, versiegen viele Quellen«, radebrechte Daidaloos und unterstrich seine Rede mit allerlei Gesten. »Also haben die Bäche wenig Wasser, und der Fluss hier wird von Bächen gespeist. In einem Mond, wenn nicht schon früher, kippen eure feinen Schiffe um.«

Cheper grinste und antwortete, die Schultern hochgezogen und nach einem Blick aufs Wasser: »Das müssen wir verhindern, o kluger Daidaloos. In Tameri sperren wir, wenn es zu wenig Wasser gibt, einen Kanal ab.«

»Hier gibt's keine Kanäle, Cheper«, warf Sobek ein, »weil wir nicht in Tameri sind.«

»Aber wir können den Fluss absperren«, schlug Daidaloos vor. »Freilich artet der Versuch in reichliche Arbeit aus. Ich werde mit dem Minos reden.«

Cheper deutete auf die Felsen am Ufer und die großen Kiesel, die beide Ufer säumten.

»Und wir fangen damit an, euren Fluss abzusperren. Die Schiffe werden nicht umkippen, Daidaloos.«

»Ich habe erwartet, dass du so antworten wirst, Kapitän«

In zwanzig, fünfundzwanzig Tagen, damit war auch der Minos einverstanden, wollten die Rômet mit den Geschenken und Handelswaren der Kreter die Insel verlassen und nach Tameri zurücksegeln. Die Arbeiten an den Schiffen waren fast beendet; am Ufer hatten Kreter und Rômet ein Lager aufgeschlagen, in dem für alles und alle gesorgt wurde.

Immer wieder war plötzlich die Quellnymphe erschienen, hatte übersetzt und geholfen, die Seefahrer aufgemuntert, lange mit Daidaloos geredet und war ebenso plötzlich verschwunden. Eine Stunde nach dem Gespräch zwischen ihm und den Kapitänen begannen Kreter und Rômet, von beiden Ufern aus Dämme aus Steinen zu errichten; Kiesel um Kiesel, nebeneinander und übereinander geschichtet, es würde viele Tage dauern, bis zwischen beiden Dämmen im aufgestauten Wasser ein Schiff nach dem anderen frei schwimmen und ins Meerwasser gezogen werden konnte.

Jene Wasserkanister, die innerhalb der Umrandung und geschützt gestapelt waren, lieferten kühles Wasser. Die andere Hälfte hatten wir Sonnenstrahlung ausgesetzt; ihr Wasser war erwärmt und gestattete genussvolles Duschen. Eine einfache Pumpe, einige Schläuche und drei Hähne vervollständigten die Anlage. Wir hatten in der Nähe unseres Bergnests keine Quelle gefunden und würden weiterhin unser Wasser bei Thot-K'aimas Höhle schöpfen und mit dem Gleiter transportieren.

Während Maraye duschte und Körperpflege betrieb, studierte ich die Holobilder, die Ricos Sonden aufgefangen hatten. Der unermüdliche Robot hatte unwichtige und langweilige Abschnitte gelöscht und spielte das Wichtigste ab. Seine Programmierung gestattete ihm selbständiges Suchen und Auswerten; ich entdeckte in den langen Sequenzen nur Vorgänge, die ich noch nicht kannte.

Zwei Dutzend Schritte vom Rand des großen Mosaiks entfernt – es war der Fertigstellung viel näher gekommen, als ich geschätzt hatte – hatte der unermüdliche Robot eine befremdliche Anordnung von liegenden Steinsäulen und -balken gefunden. Ich zählte fünfzehn lange Steine. Sie standen, wie mir schien, in einem Halbkreis angeordnet auf Tontöpfen, die im Boden vergraben waren. Die Sonde hatte entweder so lange gewartet, oder sie hatte in Abständen immer wieder ihre Mikrofone und Optiken darauf gerichtet, bis ein Kreter gekommen war und das Geheimnis enthüllte.

Ein »Musikinstrument« in barbarischer Bauweise!

Der überraschend junge Mann stellte sich nach Mittag, als die Arbeiter nach der Pause wieder ihre mehrfarbigen Steinchen verlegten, zwischen die Steine und schwang einen kupfern glänzenden Hammer. Er schien scheinbar unwillkürlich auf die Steine zu schlagen, aber schon nach sieben, acht Schlägen wurde deutlich, dass er, in beachtlicher Schnelligkeit, eine einfache Melodie schlug.

Die Steine klangen, wie Steine eben klingen, wenn man gegen sie schlug, aber der Ton setzte sich im Boden fort und erreichte die Arbeiter, die ihre Köpfe wandten, die Arbeit unterbrachen und dem Steinspieler freudig zuwinkten. Ich hörte dem »Gesang der Steinsäulen« eine Zeit lang zu und verlor dann das Interesse. Wahrscheinlich würden während des Tanzes auf den Linien des labyrinthischen Mosaiks jene Klänge, zusammen mit denen anderer Instrumente, die Tänzer anfeuern.

Eine andere, längere Sequenz zeigte den Eingang in ein Bergwerk. Von dicken Balken abgestützt, führte ein Stollen irgendwo im Gebirge in einen steilen Hang hinein. Die Umgebung des Lochs war übersät mit Trümmern, Schutt und Felsbrocken. In der Nähe standen windschiefe Hütten, und ein langer Zug Frauen schleppte aus einem Bach Wasser in großen Krügen auf den Köpfen und Schultern zum Dörfchen.

An vielen Orten des Planeten wurde Kupfer gewonnen. Auch hier beförderten die Bergleute kupferhaltiges Gestein aus dem Stollen, zerkleinerten es und fuhren die Brocken zu den Schmelzöfen, wo das Metall aus dem Stein herausgeglüht wurde. Ich sah die schweren Ochsengespanne, die sich auf einem breiten Karrenweg dahinquälten, sah am Ende einer Schlucht, durch die der Wind pfiff, die Öfen und rundherum den Boden abgeholzter Waldstücke. Andere Gespanne brachten die Kupferbarren, die flachen, wie Tierhäute geformten Fladen glichen, auf den Weg nach Knossos oder einer anderen Stadt.

Die Kreter, die im Berg arbeiteten, schienen zu zwei Gruppen zu gehören – eine verwilderte, schmutzige Menge, die von Zeit zu Zeit von ausgeruhten, kräftigen Männern abgelöst wurde und zu ihren Familien zurückkehrte, in Mallia, Feistos oder Knossos. Die Behausungen dienten, so wie sie aussahen, nur einem vorübergehenden Aufenthalt.

Rico führte mir auch eine Fundstätte für Zinn vor, die dem Kupferbergwerk glich, aber viel kleiner war. Irgendwo auf Kreta fand man auch dieses Metall, aber ich zuckte schließlich mit den Schultern.

Kupfer, Zinn, Bronze – Metall für die Kreter, zugleich begehrte Handelswaren, wichtig für späteren Reichtum ... ich musste nicht wissen, wo sie es schürften. Dieses Wissen hatte nichts mit meinem selbstgewählten Auftrag zu tun; die Kreter bearbeiteten es ohne meine Ratschläge so gut, wie es eben möglich war. Hoffentlich zerstörten sie durch den Holzhunger ihrer Öfen und durch den Verbiss durch die noch hungrigeren Ziegen nicht ihre eigenen Wälder.

Ich befahl Rico, mit der Übermittlung vorläufig aufzuhören, alles andere Wichtige zu speichern, und dann wandte ich mich Maraye und unserer abendlichen Besucherin zu. Gerade, als Maraye den Krug vom Tisch hob, erschraken wir gleichzeitig, sprangen auf und blickten einander ratlos an. Nur einen Augenblick lang.

Um uns, im Boden und in der Luft, war plötzlich ein tiefes, dröhnendes Poltern. Der Boden bebte; wir drei und alle Gegenstände begannen zu zittern. Mit durchdringendem Rauschen bewegten sich die Bäume. Aus allen Baumkronen stoben kreischende Vögel auf. Wir versuchten uns aneinander festzuhalten, Gegenstände fielen von Wandbrettern, das Dröhnen hielt an.

Zweimal ging eine lang anhaltende Bewegung durch den Berg, auf dem wir hausten, ließ uns taumeln, warf Thot-K'aima um, und dann hörten die Angst erregenden Geräusche aus der Tiefe der Insel auf. Die Baumkronen schwankten und raschelten nicht mehr.

»Ihr Götter!«, stieß die Dunkelhäutige hervor und starrte mich ratlos an. »Die Erde bebt. Geht jetzt die Insel unter, Ahiram?«

Noch einmal bäumte sich der Boden Kretas auf, dann breiteten sich Stille und Bewegungslosigkeit aus.

Leise meldete sich der Logiksektor mit einer zufriedenstellenden Erklärung: *Weil Inselbeben offensichtlich nicht selten sind, bauen die Kreter mit Balken und Lehmziegeln in dieser Fachwerk-Weise!*

Ich half Thot-K'aima auf, setzte mich, nahm Maraye in den Arm und antwortete: »Die Insel geht nicht unter, Nymphe. Der Boden hat gebebt; die Götter haben damit nichts zu tun. Vielleicht erleben wir ein zweites oder noch mehr Beben. Es war nur ein schwaches Zittern der Eingeweide der Welt.«

Langsam beruhigten sich die beiden. Aber auch ich musste erkennen, dass wir noch längst nicht alle Seltsamkeiten dieser Inselwelt kannten. Musste ich mit noch mehr Eigentümlichkeiten rechnen? Ich nahm einen tiefen Schluck und sah zu, wie die Vögel wieder in ihre Nester zurückkehrten.

8
Neb Sobekpanefers furchtbarer Racheschwur

Mit vereinten Kräften schaufelten die Männer der SILBERNEN TRUHE rund um den Felsblock den Sand an der höchsten Stelle des Strandes weg. Dann stemmten sie sich gegen den Block und wälzten ihn um fünf Schritte zur Seite. Darunter, teilweise von Sand verschüttet, kamen Gruben aus Steinen und Treibholz zum Vorschein. Säcke, Truhen, große Krüge und sorgfältig geschnürte Bündel lagen in trockenem Sand innerhalb der rauen Steinwälle.

Sobekpanefer wischte den Sand von Händen und Unterarmen und sagte schwer atmend: »Schafft den Vorrat ins Schiff. Lasst euch nicht zu viel Zeit.«

»Ich hole Wasser«, erklärte Hay und hob einen leeren Krug auf. »Es wird eine lange Fahrt, Neb Sobek.«

»Tu das. Si-Ptah! Hierher!«, rief der Schiffsherr.

Der junge Mann kam zwischen den Felsen hervor und trug einen Sack Datteln auf der Schulter. »Hier bin ich, Neb.«

»Du hast erzählt, dass du weißt, wie es zu unserem Unglück gekommen ist. Dieser Fremde mit den Schiffen, der die Bucht überfallen hat, wer ist das?«

Si-Ptah erschrak vor der Wut in den Augen des massigen Mannes.

»Ich weiß es von einem, der die Nachrichten aus dem Palast hat.« Si-Ptah lief mit dem Sack zum Schiffsheck, warf ihn auf die Planken und kam wieder zurück. Sobekpanefer hatte sich in den Sand fallen gelassen und winkte den jungen Mann neben sich. Seine Stimme war tief und heiser, verzerrt von Niedergeschlagenheit.

»Erzähl mir alles, was du erfahren hast. Ich will jedes Wort, jede Kleinigkeit wissen.«

»Also. Jemand muss eine Karawane im Sandmeer beobachtet haben, zwischen den Wachet, den Oasen.« Si-Ptah holte tief Luft und sprach hastig weiter. »Er redete in Itch-Taui darüber. Dann hat der Herr im Großen Haus, der die Schmuggler hasst, lange suchen lassen und einen Fürsten, einen erfahrenen Kapitän im Großen Grünen gefunden. Ihm trug er auf, die Wege der Karawanen zu finden, den Männern die Waren abzunehmen, damit sie ins Schatzhaus des Herrschers gebracht werden können.«

»Kennst du diesen ... Kapitän?«

»Ich kenne seinen Namen. Fürst Ahiram-Acran. Er hat eine schöne Geliebte, die immer bei ihm ist. Man sagt, dass er kommt, jahrelang verschwindet und wiederkommt; mit ihm redet der Gottherrscher wie mit seinem Sohn. Er wird es gewesen sein, der dich angegriffen hat.«

Sobekpanefer stieß einen gezischten Fluch aus.

»Wo ist er jetzt? Weißt du es? Wer weiß es?«

Die schweigende Schiffsbesatzung bildete eine Kette und leerte, Stück um Stück, die Gruben aus. Die Männer schwitzten und wagten nicht, laut zu reden. Während er dem jungen Rôme zuhörte, zählte Sobekpanefer still die einzelnen Stücke. Hay schleppte Krug um Krug frisches Wasser zum Schiff.

»Wo er lebt? Niemand weiß es. Er kommt und geht wie ein Dämon. Aber er lässt in Itch-Taui drei Schiffe für das Große Grüne bauen. Amenemhet hat's befohlen.«

»Drei Schiffe? Was er damit will, ahne ich – aber wohin? Warum?«

»Man sagt, sie sollen nach Keftiu segeln, vielleicht auch nach Alashia und Gubal. Amenemhet und Sesostris wollen, dass sich zwischen Keftiu, den Parusati also, und unserem Land, reger Handel entwickelt.«

Sobekpanefer nickte schwer und spuckte in den Sand.

»Sie sollen also mit Handelswaren nach Keftiu segeln. Ist es das?«

»Und mit Geschenken Amenemhets. So erzählt man sich, Neb Sobek.«

»Wann sollen die Schiffe den Hapi verlassen?«

Si-Ptah zuckte mit den Schultern. Er blickte Sobekpanefer ratlos an. Der Gesichtsausdruck des Schiffsherrn verhieß nichts Gutes; er atmete schwer und spielte mit seinen Fingern.

»Wenn sie fertig gebaut sind, sagt man, und wenn die Mannschaften und die Kapitäne auf dem Wadj-Wer segeln können. Nächstes Jahr, sagen sie.«

»Nächstes Jahr nach Keftiu also. Zum Minos, wahrscheinlich nach Kunusa. Oder Knosos, wie die Parusati ihre Burgstadt nennen.«

In Sobekpanefers Erinnerung standen einige Bilder unverrückbar, wie die Gemälde an einer Tempelwand. Die Gestalt und das Gesicht dieses Fürsten Ahiram, seine schlanke, aufrecht-kräftige Gestalt, die gelassene Überlegenheit, die er während des kurzen Kampfes gezeigt hatte, und das Aussehen des Schiffes, das er befehligte. Es war ein Hapi-Schiff, irgendwie verändert; so umgebaut und verstärkt wie die SILBERNE TRUHE.

Nichts davon würde er je vergessen. *Niemals!* Wenn er irgendwo – in Gubla, auf Keftiu, auf dem Meer, an einer Küste, auf einer anderen Insel – dieses Gesicht wiedererkannte, würde er Fürst Ahiram töten.

»Ich bin sicher, ich finde ihn, und wenn ich ihn finde, stirbt er qualvoll«, murmelte er. Si-Ptah hob den Kopf.

»Was hast du gesagt?«

Sobekpanefer stand ächzend auf. Sein Stock fehlte ihm. Er sah sich um, starrte lange das Schiff und die Landschaft aus Fels, Wasser und Sand an und sagte dann knarrend: »Du wirst dieses Versteck verlassen. Geh zu deinem Vater; ich geb' euch genügend Gold für die nächsten Jahre. Diese Küste sehen wir niemals wieder – oder erst dann, wenn Fürst Ahiram ... wenn ich meine Rache genommen habe.«

»Ich gehe zurück nach Itch-Taui?«

»In ein, zwei Stunden legen wir ab. Vergiss dieses Versteck. Wir laden den Proviant, noch mehr Wasser, und die Götter sollen uns und dir helfen.«

Sobekpanefer stützte sich schwer auf die Schulter des Jüngeren, stapfte durch den feuchten Sand zum Schiff und wartete, bis die gesamte Ladung verstaut und gesichert war. Si-Ptah packte Proviant zusammen und schlug ihn in ein Tuch zusammen. Während die Mannschaft das Schiff zum Ablegen bereit machte, verabschiedete er sich von jedem Mann und zuletzt vom Schiffsherrn. Sobekpanefer nahm aus dem Beutel, den er am Gürtel trug, zwei fingergroße, dünne Goldstäbchen und drückte sie Si-Ptah in die Hand.

»Ich danke deinem Vater und dir. Nur die Götter wissen, ob ich jemals wieder diese Bucht anlaufe. Mögen sie ihre Hände über euch halten. Mir haben sie nicht helfen wollen.«

Er wandte sich um und kletterte auf der Strickleiter an Deck. Mit den langen Ruderriemen stakten die Wajermänner die SILBERNE TRUHE in tieferes Wasser. Si-Ptah sah stumm dem Schiff nach, das zwischen den schrundigen Felswänden hinausgerudert wurde. Als das Segel fiel und die TRUHE um die Felsecke bog und verschwand, drehte er sich um und begann mit dem langen Weg zurück nach Itch-Taui.

9
Nach dem Beben und vor dem Abschied

Einige Tage lang beobachteten wir – Maraye, Thot-K'aima und ich – mit den Spionsonden die Parusati in und um Knossos, die Flussmündung und so viel wie möglich von der Umgebung der Stadt. Das plötzliche Inselbeben hatte in Knossos nur geringe Schäden hervorgerufen, aber die Kreter und die Rômet, wir eingeschlossen, waren zu Tode erschreckt worden. Schmelzöfen und Stollen der Kupferverarbeitung waren eingestürzt und hatten einige Männer erschlagen.

Die Rômet, die an der Flussmündung »siedelten«, im Palast und in der Stadt wohnten, waren von den Inselbewohnern mühsam beruhigt worden; ihr Schrecken saß viel tiefer als derjenige der Parusati, denn in Tameri hatte es, so viel Rico und mir bekannt war, seit Menschengedenken keine Erdbeben gegeben. Durch das Beben waren die Kreter abermals nachdrücklich daran erinnert worden, dass alles in der Natur den Göttern gehörte, dass jedes Ding »von Zeus durchtränkt und Zeus in allen Dingen war«.

Ich blieb unschlüssig. Auch Maraye und Thot-K'aima, selbst der Roboter, vermochten mir nicht zu helfen. Eigentlich konnten die drei Rômetschiffe binnen wenigen Tagen ablegen. Aber der Minos hatte sich nach dem Beben Rat bei der Mondpriesterin geholt und war unentschlossen. Auch Sobek-Djaa zögerte, weil er seine Nächte mit der schönen Perdix verbrachte.

Daidaloos wollte die Kapitäne noch länger bei sich behalten, obwohl die Schiffe längst ausgebessert worden waren und man sie schon mit großem Aufwand nacheinander durch die Öffnung des Dammes in sicheres, tieferes Wasser gezogen hatte.

Daidaloos hatte sich die Rômetsprache schnell und ziemlich gut angeeignet. Er versuchte die Silbenschrift mit der annähernd gleichartigen Schrift der Kreter zu verbinden, wobei ihm Cheper und die Steuermänner so gut halfen, wie sie konnten. Die neun Rômet, Daidaloos und dessen Zimmerleute bauten im Palast an einem großen Schiffsmodell; ähnlich und dennoch anders als eines der schlanken Schiffe.

Maraye, die mit mir zusammen die Bilderfolgen betrachtete, fragte nach einer Weile: »Glaubst du, dass der Minos sein Schiff oder einige Schiffe auf diese Weise bauen kann?«

»Er wird in kurzer Zeit ein solches Schiff besitzen. Bis er und seine Männer das Meer beherrschen, dauert es einige Zeit«, antwortete ich abwägend. »Hundert verschiedene kleine ›Erfindungen‹ ergeben erst ein brauchbares Schiff. Und dann hat der Minos nur seine Fischer, aber keine Seeleute, noch lange keine guten Kapitäne.«

»Das verstehe ich. Sie müssen üben, durch Versuche, Irrtümer und Erfolge. Aber an anderen Küsten, auf anderen Inseln ... vielleicht sind dort die Barbaren schneller gewesen?«

»Das ist durchaus möglich«, räumte ich ein. »Aber das Meer ist groß. Viele Schiffe gehen in Stürmen unter oder zerbrechen an Riffen und Felsenküsten. Und selbst gute Kapitäne ertrinken.«

»Es ist also ein langer Weg, bis ein Minos oder ein anderer Herrscher eine – wie sagst du? – Flotte besitzt und befehligt?«

Maraye zog die Schultern hoch. Ich nickte widerwillig.

»Ein weiter, mühseliger Weg. Erinnere dich, wie lange wir für den Bau der drei Schiffe gebraucht haben.« Aber wir kannten nur einen kleinen Ausschnitt des Planeten. »Ein anderer Herrscher kann durchaus eine Flotte besitzen, ohne dass ich es weiß und Ricos fliegende Augen sie sehen können.«

»Die Welt ist groß«, bestätigte Maraye. »Welchen Rat hat sich der Minos bei der Priesterin geholt?«

»Ich weiß es nicht. Ich kenne nicht einmal die Priesterin ... was heißt ›kennen‹? Ich habe sie nicht einmal gesehen. Wo lebt sie? Versteckt sie sich im Gewölbe des Palasts oder in einer anderen Höhle?«

»Hat Thot-K'aima sie gesehen?«

Ich lachte. »Kaum. Sie hätte es uns berichtet. Von Göttin zu Göttin, oder Nymphe zu Nymphe? Wir sollten die Hüterin des Quellteichs beauftragen, das alles herauszufinden.«

Ich war nicht nur unschlüssig, sondern verwirrt. Möglicherweise hatte das Beben etliche Ereignisse vorbereitet oder Vorgänge beschleunigt, von denen ich nichts wusste und die ich nicht beeinflussen konnte. Und da war auch noch jener seltsame Tanz, für den das Labyrinth-Mosaik vorbereitet wurde. Wann sollte er stattfinden, und warum? Über die Mikrofone der Spionsonde hatten wir keine zuverlässigen Aussagen auffangen können. Ich entschloss mich, zuerst mit Thot-K'aima zu reden oder mich notfalls sogar Daidaloos zu zeigen. Er wäre, dachte ich, am wenigsten durch diese Art Überraschung zu verwirren.

Also rief ich über die Verbindung meines Mehrzweckarmbands die Quellnymphe und verabredete mich mit ihr für die folgende Nacht.

Wir mussten mehr erfahren, und wir mussten bewirken, dass die Rômetschiffe möglichst bald ablegten und zum Hapi zurücksegelten, mit den Geschenken des Minos' und den Handelswaren. Wenn Amenemhet es wollte, konnte er jederzeit wieder den Befehl geben, nach Keftiu zu segeln, mit einem einzelnen oder mehreren Schiffen; er verfügte jetzt über genügend Mannschaften, Kapitäne und das Wissen, Schiffe für das Große Grüne zu bauen oder für Fahrten nach Punt, was auf das Gleiche hinauslief. Diese Kenntnisse hatte ich den Rômet vermittelt, und ich empfand nicht wenig Genugtuung darüber.

Keftiu-Kreta und die Parusati des Minos waren und blieben rätselhafter, als ich es hatte ahnen können. Waren die Rätsel so wichtig, dass ich weiterhin das Geschehen in und um Knossos beobachten musste?

Der Minos? Die Mondpriesterin? Der Tanz auf der Fläche des Labyrinths? Die geplante Entmachtung des herrschenden Minos? Andere Seltsamkeiten, von denen wir nichts ahnten? War ich nachlässig geworden in der langen Zeit, in der ich mit Maraye in der Sonne gelegen hatte? Im Augenblick war ich tatsächlich verwirrt und unschlüssig. Konnte Rico mir mit der hochtechnischen Ausrüstung unseres Überlebensbunkers helfen?

»Du weißt nicht genug, Lordadmiral!«, sagte ich zu mir. »Bring die Schiffe auf Kurs und hör auf. Oder mach weiter. Wenn du dich für die Parusati einsetzt, dann gründlich. Oder gar nicht. Denke in arkonidischen Kategorien.«

Der Extrasinn schwieg. Maraye wusste nichts von meinen Zweifeln, spürte aber meinen Zustand. Also: Zuerst die Schiffe! Dazu brauchte ich Thot-K'aimas Hilfe. Hektische Betriebsamkeit war nicht gefordert, und ich verbrachte den restlichen Tag damit, einen Plan mit einigen Variationen zu entwickeln; mit Hilfe einiger Becher kretischen Weines bearbeitete ich die einzelnen Fragwürdigkeiten und war am frühen Abend sicher, der Nymphe und Rico die richtigen Anweisungen erteilen und alle Probleme ohne unangemessenen Aufwand erledigen zu können. Nun denn: Zuerst die Schiffe!

Thot-K'aima hatte sich am frühen Morgen, nach dem langen Gespräch mit Fürst Ahiram, im Quellteich erfrischt, hatte gegessen, verdünntes Beerenmus getrunken und versucht zu erkennen, was sie bis zum Einbruch der Nacht tun sollte. Inzwischen kannte sie jeden Pfad, jedes Feld, die gesamte Umgebung Knossos' bis hinunter zur Flussmündung, den Strand der Fischer und die Steinhaufen, aus denen in nicht allzu ferner Zukunft der Hafen entstehen sollte. Jetzt, als sie sich anzog und die Wunder erzeugenden Schmuckstücke anlegte, wusste sie, was sie noch kennenzulernen hatte. Ihr erstes Ziel mussten die Schiffe sein!

Sie verschloss die Höhle, lief leichtfüßig den Pfad hinunter und fragte sich, wie viele Rômet – Kapitäne und Steuermänner – sie antreffen würde. Es hatte sich ergeben, abermals, was Ahiram und Maraye vorausgesehen hatten. Die Kreter und die Rômet, im Lager an der Mündung, im Palast und in der Stadt, hatten Gefallen aneinander gefunden. Fast alle. Die Kapitäne und die Steuermänner waren von den Frauen im Palast längst verführt worden und priesen die Leidenschaft und Schönheit der weiblichen Parusati. Für die Frauen bot die Fremdheit der Rômet übergenug Anreize, sich ihnen, in Duftwolken gehüllt und mit salbenglatter Haut, hüftlangem Haar und lüsternem Lächeln hinzugeben, obwohl jede von ihnen wusste, dass die Männer nach Tameri zurücksegelten.

Bevor Thot-K'aima den letzten Teil des ausgetretenen Pfades betrat, in dem inzwischen einfache Stufen eingerichtet waren, machte sie sich unsichtbar. Sie wich Dutzende Male einzelnen schwer beladenen Rômet und Kretern aus, wanderte langsam entlang der Schiffe und sah durch das klare Wasser, dass die Kupferbleche leuchtend rot schimmerten; sie waren mit saurem Wein und Salz gereinigt worden, als die Schiffe noch halb im Trockenen saßen.

Ich habe Glück, sagte sich die Nymphe. *Ich sehe drei Kapitäne! Warum sind sie so früh nicht mehr in den Betten der Kreterinnen?*

Sie wartete geduldig, an einen Baumstamm gelehnt, bis Kapitän Cheper sein Schiff verließ. An Deck lagen große

Stapel sauber gefaltete Decken und Kleidungsstücke, die von kretischen Webstühlen stammten. Aus den Reden der Umstehenden hörte sie heraus, dass der Minos den Seefahrern, jedem einzelnen, die schönen gewebten Stücke geschenkt hatte. Aus der gefärbten Wolle von Schafen gewebt, mit Ziegenhaar und ledernen Säumen, für die kalten Nächte auf dem Meer, wie er sagte. Thot-K'aima nickte anerkennend; der Minos wollte, dass die Schiffe wiederkamen.

Sie folgte Cheper, der zum Bug der HERRIN DES HAPI ging. Der Kapitän trug rômetische Sandalen, ebensolchen Schmuck und Schurz, aber sein Dolch steckte an einem breiten kretischen Ledergürtel, in aufwendiger Handarbeit bestickt. Cheper roch nach einem herben Salböl; sein Kinn und der Kopf waren frisch geschoren.

Nach einem Dutzend Schritte packte die Quellnymphe ihn am Oberarm und flüsterte: »Komm mit mir, Kapitän. Wir müssen miteinander reden.«

Er schien im Gehen von der vergangenen Nacht geträumt zu haben. Bei ihrer Berührung war er zusammengezuckt. Er starrte aufgeregt um sich und verstand endlich, dass ihn die Hüterin der Quelle mit sich zog. Auf einem sandigen Fleck zwischen dem Meeresufer und dem der Flussmündung blieben sie stehen, und die Nymphe ließ ihn los. Einen Augenblick später rieselte das Sonnenlicht an ihr herunter, und sie stand vier Schritte vor ihm, in ihrer ganzen dunklen Schönheit. Er kämpfte gegen den Drang an, auf die Knie zu sinken, und beließ es bei einer tiefen Verneigung.

»Schönste Thot-K'aima«, sprach er leise, noch immer tief verwundert. »Ich vermag dich zu sehen. Es ist abermals wunderbar. Was wollen uns deine Götter sagen, durch deinen Mund?«

Die Quellnymphe neigte den Kopf und lächelte ihn an.

»Die Götter haben auch mit Fürst Ahiram-Acran geredet, auf ihre geheimnisvolle Weise. Sie wollen, dass die Schiffe bald nach Tameri zurückkehren – jetzt, da alle Schäden auf das Vorzüglichste beseitigt sind. Habt ihr die Ölbaumschösslinge schon an Bord?«

»Ich vergesse niemals etwas, worum mich Fürst Ahiram gebeten hat«, versicherte Cheper stolz und klatschte die rechte Hand gegen seine Brust. »Sieben Töpfe voll Keftiu-Erde, in einem feinen Kasten aus Rohrgeflecht, mit dem Wasser dieses Flusses begossen, in jedem Schiff, und darin schlummern grünende Reiser, so lang wie mein Unterarm, der kurzen Fahrt und dem langen Reifen in Tameris Erde entgegen.«

»Der Fürst wird es dir danken, Kapitän Cheper. Du hast die Maat gewahrt!«

»Das will ich meinen, o Nymphe der Unsichtbarkeit.«

Sie nickte, schien eine scharfe Antwort herunterzuschlucken und entgegnete: »Die Parusati wissen nun, wie sie ihre Schiffe bauen müssen. Es wird Zeit für euch Meeres-Rômet, volle Krüge und Proviant an Bord zu bringen und die gastfreundlichen Betten der oftmals leidenschaftlichen Kreterinnen zu verlassen.«

Cheper verzog das Gesicht; sein Lachen, als er in die dunklen Augen der Nymphe sah, klang verlegen.

»Es wird schwerfallen, o Hüterin der Quelle«, erwiderte er leise. »Sie haben uns in ihre Häuser und auf ihre weichen Lager gezogen und bekommen nicht genug davon. Aber ...«

»Aber ihr sollt, ohne allzu große Hastigkeit, dem Befehl des Großen Hauses gehorchen. Bevor die Insel abermals bebt. Bevor die Götter abermals zürnen.«

»Auch der Minos will uns noch nicht ablegen lassen.«

»Er wird euch nicht nur reich beschenken, sondern euch gehen lassen, mit Anrufungen an Zeus, euch mit feinen Winden zu verwöhnen!«, sagte Thot-K'aima und deutete aufs Meer. »Denn ich werde ihm den Willen der Götter offenbaren.«

Cheper verbeugte sich ehrfürchtig und nickte mehrere Male, mit ernstem Gesicht und ohne auf ihren leichten Spott einzugehen.

»Was soll ich also tun?«

»Rufe die Kapitäne und die Steuermänner zusammen, sorge für genügend Proviant, Wasser und Wein und hole die Mannschaften an Bord.« Thots Hand und Arm beschrieben über ihrem Kopf eine falkengleich kreisende Bewegung. »Verlasst euch auf mich. Ich rede mit dem Minos und mit Daidaloos.«

»Ich gehorche gern, Nebit Thot-K'aima«, antwortete Cheper.

Sie legte ihm beide Hände auf die Schultern, sah ihm drängend in die Augen und murmelte: »Ihr alle habt euch dem Befehl eures Herrschers unterworfen. Aber ihr habt auch die Sturm-Abenteuer überstanden wie wirkliche Helden. Das Zusammentreffen mit den Parusati ist schnell zur Freundschaft geraten. Den Götter hat es gefallen, dass die Handwerker und Daidaloos so gründlich und so viel von euch gelernt haben.«

»Das ist wahr, o Nymphe. Wir haben's gern gemacht.«

»Dann werdet ihr auch gern Abschied nehmen können von den nächtlichen Freuden«, gab sie zurück. »Fünf Tage und Nächte, höchsten einen Zehntag, und ihr seid wieder in Itch-Taui.«

»Und dort«, bestätigte Cheper und breitete grinsend die Arme aus, »wird uns der Herrscher – die Götter sollen ihm ewiges Leben schenken! – mit Lob, goldenen Fliegen und Ehrentiteln belohnen.«

»Er und sein Tatji werden jedes einzelne Geschenk in die Hände nehmen, darüber staunen und den Wert bestimmen. Und wenn die Götter ihnen Klugheit verleihen, werdet ihr zwischen Knossos und Itch-Taui oder Mennefer in jedem Sommer nichts anderes tun als segeln. Hin und zurück! Von den leidenschaftlichen Frauen der Insel zu den zärtlichen Harfenistinnen am Hapi.«

»Dieses Wissen«, rief Cheper laut und voller Überzeugung, »wird die Steuermänner und die Wajermänner an Bord treiben. Schon morgen.«

»In einigen Tagen!«, schränkte Thot-K'aima ein. »Nun ist es an mir, Daidaloos und den Minos von eurem Entschluss zu berichten. Lebe wohl, Kapitän Cheper.«

Sie nickte ihm lächelnd zu, entfernte sich einige Schritte weit, und dann war wieder dieses Lichtgerinnsel um sie wie eine Säule aus perlenden Wassertropfen, und sie verschwand. Cheper lauschte ihren schnellen, leichten Schritten und ging zu den Schiffen zurück.

Ich hatte den Gleiter am Rand einer abgefressenen, von Rinderkot übersäten Weide geparkt und den Deflektorschirm nicht desaktiviert. Auf meinem Flug und der bisher zu Fuß zurückgelegten Strecke hatte ich nur wenige Zerstörungen entdeckt, die dem Inselbeben zuzuschreiben waren: Einige halb morsche Bäume waren umgebrochen, Trockenmauern eingestürzt, einige Dächer eingesackt, und ich erkannte außerhalb der ersten Häuser der Stadt frische Erdhügel, mit Steinen bedeckt; sie konnten nichts anderes als Gräber sein.

Der Palast schien unversehrt zu sein. Langsam ging ich näher an den felsigen Stadtberg heran. Ich war fest entschlossen, die Mondpriesterin zu finden – und vielleicht andere Geheimnisse aufzustöbern. Die Stadtbevölkerung arbeitete in den Häusern und auf den Feldern, in den Ställen, bei den Herden und in den Ölbaumwäldchen, wie an jedem Morgen, kurz nach Sonnenaufgang. Ochsengespanne knarrten träge auf den Wegen, die vielfältigen Laute und Geräusche bildeten den gewohnten, beruhigenden Hintergrund für den Klang von Hämmern, Meißeln, Sägen und Hacken. Ich brauchte niemandem auszuweichen; auf meinem Weg zu einer der Palasttreppen war ich allein. Nur ein Hund hob den Kopf, zog den Schwanz zwischen die Hinterläufe und trollte sich knurrend.

Das große Mosaik auf der angeblichen Tanzfläche war nahezu fertig. Die Bilder und Muster aus mehrfarbigen Steinchen schimmerten in den flach auftreffenden Sonnenstrahlen. Sechs oder sieben Männer setzten neue Steinplättchen ein und schienen es eilig zu haben. Der Logiksektor kommentierte halb erklärend: *Der Tanz auf dieser Fläche ist offensichtlich wichtig für den Palast und die Kreter insgesamt und wird wohl bald stattfinden.*

Langsam ging ich auf einem Pfad, der stellenweise gepflastert war, dicht am Fuß des Hügels entlang. Zwischen den ersten Mauern der Häuser, dem Felsen und den Treppen sah ich einen Zwischenraum unterschiedlicher Breite, mit Gras und kleinen Büschen bewachsen. Sicherlich gab es auch im Palast Treppen oder Rampen, die zu den Gewölben führten. Sie lagen hinter den Mauern aus klobigen Quadern, an denen ich mich nach einer Anzahl Schritte entlangbewegte und die leise Echos aus dem Gewirr der Gassen und Häuser zurückwarfen. Ich vertraute der Wirkung meines Deflektorschirms, trotzdem blickte ich ständig um mich.

Dieser Bezirk am Fuß des Bauwerks war zu dieser Stunde leer, bis auf hungrige Ziegen und pickende Vögel. Nachdem ich ungefähr ein Drittel des Hügels umrundet hatte, entdeckte ich, wonach ich suchte. Im Norden des Palasts, abseits der Treppen und der begrünten Hangflächen, sah ich die Eingänge mehrerer Höhlen.

Drei Öffnungen lagen zu hoch und waren zu klein, um einen Menschen hindurchzulassen, zu zwei anderen führten deutlich sichtbare Pfade mit schiefen Stufen aus flachen Steinen. Grüne Ranken, von Ziegen abgenagte Büsche und ein paar kümmerliche kleine Palmen umgaben die Eingänge. Die Umgebung machte einen ungepflegten Eindruck. Ich kletterte jenen Pfad hoch, der mehr benutzt wirkte als der andere und blieb einige Schritte vor dem Durchbruch stehen.

Aus der Öffnung, durch die ich nur gebückt eintreten könnte, kam ein undefinierbarer Geruch. Ich sah mich um: niemand. Die Höhle schien bewohnt zu sein; im Schutz meiner Unsichtbarkeit wagte ich mich Schritt um Schritt ins stinkende Innere und gewöhnte meine Augen an das Halbdunkel.

Dies war nicht die helle und freundliche Grotte Thot-K'aimas, sondern eine größere Vertiefung im Fels Knossos', die einer Art düsterer, halb von Unrat gefüllten Tropfsteinhöhle glich. Auf Felsvorsprüngen, heruntergebrochenen Deckenteilen, Säulenfragmenten und roh gezimmerten Truhen, Tischen und hölzernen Figuren, die einen unfertigen, kindlichen Eindruck machten, standen brennende Öllämpchen, vielleicht drei Dutzend. Sie schufen eine einzigartige Halbhelligkeit.

Der Unrat des ersten Blicks entpuppte sich als Sammlung bizarrer Gegenstände, die rituelle Bedeutung haben mochten. Fliegen summten durchdringend, bleiche Käfer krochen an vielen Stellen umher. Im Hintergrund registrierte ich vor einer grünlich leuchtenden, fleckigen Nische undeutliche Bewegungen und blieb starr stehen. Jetzt merkte ich, dass die Felswände, die dicken Rußspuren, die seltsamen Skulpturen und die dunklen Stofffetzen auf dem Boden, an den Ästen eines kleinen, entrindeten Baums und an grünspanigen Nägeln im Fels den muffigen Geruch absonderten.

Wieder eine Bewegung. Ich blickte genauer hin. Neben einer Feuerstelle, von deren winzigem Glutkern ein Rauchfaden aufstieg und irgendwo durch ein Loch in der Decke abzog, hockte ein menschliches Wesen. Auf Zehenspitzen ging ich näher heran und konnte erkennen, dass es sich um eine Frau mit langem, strähnigem Haar handelte, die auf einem Lager aus Holz, Fellen und Decken saß und ihren Blick starr auf die spitzen Flammen einer Gruppe tönerner Lampen richtete. Die Flammen spiegelten sich in ihren hellen Augen und beleuchteten ein schmales, unnatürlich weißes Gesicht. Die Hände hatte die Frau in den weiten Ärmeln verborgen.

Ich fragte mich halb verzweifelt, warum eine Priesterin freiwillig Lumpen trug und inmitten dieses Unrats hauste. Waren Bedürfnislosigkeit und mangelnde körperliche Sauberkeit etwa Indizien für eingebildete übernatürliche Kräfte? O diese Barbaren!

Seltsame Zeichen auf Holzbrettern, Scheiben aus stumpfer Bronze an der Wand, schmutzige Schaffelle auf dem Boden und glimmende Kohlen unter einem Kessel über der Feuerstelle waren weitere Bestandteile der verwahrlosten Umgebung. An einer Kette hing von der Höhlendecke ein übergroßer Schädel, zusammengesetzt aus Stein, Holz und Kupfer; eine Hälfte kalkweiß, die andere rußschwarz, also ein Symbol des Mondes, der Mondin. Nach einigem Nachdenken drehte ich mich halb herum und hielt die Hände wie einen Trichter an die Lippen.

»Zeus will nicht, dass du in der Höhle dahindämmerst, Priesterin der Mondin oder des Mondes«, behauptete ich leise, mit verstellter, tiefer Stimme. Die Frau zuckte zusammen und erwachte aus ihrer Starre. »Zeus hat dir eingegeben, mit dem Minos zu reden, nachdem er den Boden erschüttert hat. Jetzt sollst du mit mir reden, über Göttin Kar und vieles andere.«

Der Fels und die Höhlung verzerrten zusätzlich meine unnatürliche Stimme und machten sie lauter und durchdringend. Ich versuchte, die abwegige Umgebung zu vergessen und blickte die Frau an. Sie hatte meine Worte gehört und wohl auch verstanden und suchte nach dem Sprecher. Sie war verwirrt, stand auf und streckte die Arme aus. Ich sah schlanke Handgelenke und lange Finger, die so schmutzig waren wie das Gesicht und der Halsansatz.

»Ich sehe niemanden«, sagte die Mondpriesterin mit dunkler, wohlklingender Stimme. »Mit wem soll ich reden? Worüber, Unsichtbarer?«

»Über das Leben und die Herrschaft des Minos'. Über den Tanz. Darüber, wann die Götter, wann die Mondgöttin Kar wollen, dass der Minos tanzt.«

Ich drehte den seltsamen Kopf der Kar und stieß ihn an. Er pendelte, sich hin und her drehend, in der Mitte der Höhle. Die Mondpriesterin sah mit grün leuchtenden Augen entsetzt dieser Bewegung zu.

»Seit es Götter gibt, Unsichtbarer, fängt der Große Tanz in der Nacht des Vollmondes an. Am Morgen nach dieser Nacht vermählt sich der Minos mit mir.«

»Ich bin die Götterstimme«, sagte ich abermals auf verzerrte Weise, »unsichtbar und allgegenwärtig. Die Götter nennen mich Arion; ich bin von Thrakien.«

»Ich heiße Deione. Niemand kennt Arion von Thrakien. Seltsam, dass die Götter nichts über den Tanz wissen.« Die nackten Füße der Frau tappten über die Streu aus Pflanzenteilen, als sie ihre Arme ausstreckte und in der Höhle nach mir, dem Unsichtbaren, suchend umhertastete. Dabei murmelte sie unaufhörlich.

Mit einiger Mühe verstand ich: »Karya, die Geliebte des Meeresgottes, ist zu Karyai gestorben und wurde in einen Walnussbaum verwandelt. Sein Stamm war schön wie ihr Körper und wurde zur Karyatide. Deshalb schwingen die Tänzer die Zweige des Nussbaumes. Und das sollen die Götter nicht wissen?«

»Nicht alle Götter sind mit Weisheit geschlagen«, erwiderte ich. »Sie wissen nicht, warum so viele Männer und Frauen tanzen müssen und in welcher der zwölf oder dreizehn Vollmondnächte des Jahres.«

Ich wich bis zur Wand zurück, als Deione an mir vorbei zum Ausgang stolperte. Sie bückte sich unter dem Fels über der Öffnung und blieb dicht davor stehen. Ich blickte sie von der Seite an; sie blinzelte, ihre Augen, die von einem durchdringenden Grün waren, wurden feucht, und ich sah, dass ihr dunkelbraunes Haar von langen grauen und weißen Strähnen durchsetzt war. Deione roch stechend nach kaltem Schweiß und ranzigem Öl.

»Es ist immer der siebente Vollmond, an dem der König sterben muss.«

»Der Minos muss sterben?«, erschallte es laut und hallend aus der Höhle. Ich war verblüfft und konnte nicht glauben, dass während des Tanzes unterhalb des wuchtigen Palasts oder danach der Minos erschlagen oder erdolcht wurde.

»Er stirbt und wird wiedergeboren. Er oder ein anderer. Sag' das den Göttern, Arion von Thrakien.« Ich schob mich, ohne gegen ihre Hüften zu stoßen, aus der Höhle hinaus und blieb in einigem Abstand von der Frau stehen. Sie richtete den Blick auf die Fläche des Mosaiks und stieß einige Worte in einer fremden Sprache aus. Noch wusste ich nicht, wie viele Male in diesem Jahr der Vollmond zwischen den Sternen geschwebt war, ebenso wenig kannte ich den Tag, an dem die Kreter das Jahr beginnen ließen. Also musste ich Rico fragen – oder einem Kreter meine Fragen stellen.

Der Tanz, der in kurzer Zeit, im Sommer der Insel, stattfinden würde, war ein entscheidendes Ereignis, von dessen Verlauf und Ende die Herrschaft des Minos über die Insel entschieden wurde.

»Die Priesterin der Mondgöttin wird zusammen mit dem Minos tanzen?«, erkundigte ich mich undeutlich. Deione stand unbeweglich vor dem Höhleneingang und betrachtete die Dächer und die arbeitenden Stadtbewohner.

Sie wandte sich nicht um und antwortete ruhig, nach einem wispernden Lachen: »Die Priesterin der Kar leitet den Tanz. Sie führt die Tanzenden an. Sie bestimmt die Regeln in dieser Nacht.«

»Arion von Thrakien wird die Götter bitten, die Regeln des Tanzes zu ändern«, versprach ich in drohendem Tonfall. »Der König wird nicht sterben, beim weißen Stier!«

»Wenn gegen Kars Gebote verstoßen wird«, beschied die Priesterin, »wird sie furchtbare Rache nehmen an jedem Ungehorsamen.«

»Du kennst die Götter nicht, Priesterin. Ihre Beschlüsse sind oft unverständlich«, schloss ich, tänzelte auf Zehenspitzen an ihr vorbei und folgte dem Pfad bis zum Fuß des Palasthügels. Als ich zwischen den Mauern der Häuser weiter dem Weg um den Palast folgte, breitete sich das Gefühl kommenden Unheils in mir aus.

Je mehr ich mich der Westseite des Palasthügels näherte, desto lauter und durchdringender wurden die Geräusche von Meißeln und Hämmern auf splitterndem Stein. Ich umrundete eine Baumgruppe und stand am Rand einer sandigen Fläche, die sich unterhalb einer Felswand von ungefähr dreifacher Mannshöhe ausbreitete. Mehr als ein Dutzend Männer arbeiteten an Steinfragmenten. Der Logiksektor sagte knapp: *Sie arbeiten mit deinen Meißeln, Arkonide!*

Auf Holzbohlen standen und lagen Blöcke aus dem Steinbruch; manche steckten tief im Boden. An der Felswand zu meiner Linken glaubte ich uralte Felsritzungen und mühsam eingravierte Zeichnungen zu erkennen, von der Witterung und Wasserspuren halb unkenntlich gemacht und an einigen Stellen von farbigem Moos überwuchert. Sie zeigten Jäger und Beutetiere, Fabelwesen und immer wieder den Abdruck von Händen.

Am unteren Rand, etwa in Schulterhöhe, sah ich eine Anzahl stilisierter Schiffe, aus denen bewaffnete Männer mit Schilden und Speeren an Land wateten und in eine Siedlung eindrangen, in der Erschlagene lagen und Häuser brannten. Diese Darstellungen waren viel jünger als diejenigen hoch über meinem Kopf. Das Sonnenlicht fiel fast senkrecht und modellierte mit den schwachen Schatten jedes einzelne Relief mit großer Schärfe aus der schrundigen Wand. Ich nahm die Bilder tief in mich auf und rätselte über ihre Bedeutung nach, als ich weiterging und, noch immer unsichtbar, in die Helligkeit trat.

»Entweder fürchten sie den Zorn des Minos'«, sagte ich mir, »oder die Kreter sind allesamt von herausragendem Fleiß.«

Deutlich war indes, dass sie ihr Handwerk verstanden. Nach der Mühe mit ständig neu zu schleifenden Bronzemeißeln schienen die Werkzeuge aus Arkonstahl ihre Freude an der Arbeit verdoppelt zu haben. Ich sah halb fertige Statuen, Quader mit Zierbändern, Türsturze mit handgroßen Abbildungen und Stierköpfe in unterschiedlichen Größen, aus dunklem Stein und mit eingesetzten weißen Augen.

Die Lichtung war erfüllt vom Klirren der Werkzeuge, dem Surren der Splitterchen und dem weißen, grauen und schwarzen Staub, den der Mittagswind träge bewegte. Vorsichtig ging ich von einem Werkstück zum anderen, versuchte die Rufe und Reden der Steinmetze zu verstehen, blickte in ihre schweißüberströmten Gesichter und wich den Jungen aus, die mit Wassereimern und Tüchern herumliefen.

Die Statuen waren weitaus weniger kunstvoll als die Götterbilder des Hapilandes, aber sie entstammten einer gänzlich anderen Kultur, die sich im Norden der tausend Inseln und auf dem östlichen Festland aus dem düsteren Dunst der früheren barbarischen Zivilisation herausgehoben hatte; überall dort, wo die Planetarier nicht Tag und Nacht um ihr Überleben kämpfen mussten.

Die Geschenke der Herrscher im Per-Ao mochten den Handwerkern als Vergleich dienen. Sie würden, je nachdrücklicher die Verbindung zwischen Keftiu und Tameri gestaltet wurde, von einem anderen Schönheitsbegriff geprägt sein. Ebenso, wie die Seefahrer-Rômet ihre Spuren in den Häusern der Parusati und im Palast hinterlassen hatten – und ich dachte nicht an die Kinder, die dabei gezeugt worden waren –, würde ihre Anwesenheit vieles auf der Insel verändern. Eine oder mehrere Stufen auf dem schier endlos langen Weg zu den Sternen!

Ich sah einigen alten Männern zu, die im Schatten saßen und aus handgroßem, weicherem Stein kleine Gefäße meißelten, kerbten, aushöhlten und schliffen: Vasen, Dosen mit Steindeckeln, henkellose Becher mit verblüffend dünner Wandung und ähnliches. Sie waren auf dem besten Weg, kleine Kostbarkeiten zu erschaffen, an denen andere Barbaren ihre Freude hatten.

Immerhin, dachte ich, und meine grimmige Stimmung besserte sich ein wenig, hatte ich ihnen dabei entscheidend geholfen. Ich ging weiter und stolperte über eine halb versunkene Steinschwelle.

Die dunklen Geheimnisse der Kreter – noch kannten wir erst einen kleinen Teil davon. Ich hoffte, dass Thot-K'aima die Kapitäne dazu gebracht hatte, schon bald die Segel hochzuziehen und die Insel zu verlassen.

Wenige Schritte, bevor ich im Schirm des Gleiters eine Strukturlücke schalten wollte, den Finger auf dem Kontaktknopf, traf mich das nächste Beben. Der Extrasinn rief aufgeregt: *Ein Nachbeben! Vermutlich eines von mehreren, die noch folgen!*

Gleichzeitig mit dem Stoß, der den Boden ruckartig zur Seite schob oder riss, aufwölbte und einen Herzschlag später wieder zurückstieß, kamen aus dem Palast und der Stadt unzählige Schreckensschreie, die sich mit dem unterirdischen Dröhnen und Poltern und den Geräuschen zusammenbrechender Mauern zu einem schrecklichen Lärm verbanden. Drei, vier Atemzüge lang – länger dauerte es nicht, bis die Bäume und der Boden wieder zu schwanken aufhörten.

Ich war von den Beinen gerissen worden, hatte meinen Sturz im letzten Augenblick abgefangen und versuchte nun, die Erschütterung mit den Knien abzufedern. Die Arme weit ausgebreitet, schwankte ich hin und her und kam schließlich zur Ruhe.

»Mit Nachbeben hätten wir rechnen müssen«, murmelte ich, holte tief Luft und schlüpfte durch die Strukturlücke. »Dieses Beben war also nicht das letzte.«

Das Geschrei und das infernalische Lärmen hatten aufgehört. Die Schäden im Palast und in der Stadt schienen viel kleiner zu sein als beim ersten Beben. An zwei Stellen waren Brände ausgebrochen; jetzt wallten Dampfwolken auf, denn die Eingeborenen schienen die Flammen schnell gelöscht zu haben. Plötzlich waren überall hastende, winkende und schreiende Kreter zu sehen, die den Bebenopfern halfen. Wieder war die Luft über der Stadt voller kreischender Vogelschwärme. Ich ließ den Gleiter in die Höhe schweben, steuerte ihn nach Norden und flog in Richtung der Schiffsbucht.

In einem weiten Bogen steuerte ich, den Gebäudewirrwarr des Palasts im Rücken, aufs Meer hinaus und zurück zur Flussmündung. Ich hielt den Gleiter in größter Nähe der Schiffe an und sah den Männern aus Tameri beim Arbeiten zu. Sie wendeten an, was sie gelernt hatten, und sie bewiesen mir, dass jeder ihrer Handgriffe saß.

Kreter und Rômet trugen einzelne Krüge, Säcke und Ballen über die Planken an Deck und verstauten sie ruhig und sicher im Schiffsbauch. Sämtliche Ruderriemen waren instandgesetzt und glänzten wie neu, die Segel waren makellos geflickt; Krug um Krug wurde in der Strohbettung verzurrt. Die Steuermänner und die Kapitäne huschten hin und her und begutachteten die Arbeiten.

»Unsere Nymphe hat die Rômet aus den Betten der Kreterinnen gescheucht«, sagte ich mir. »In wenigen Tagen sind die Schiffe auf dem Meer.«

Ich sah eine Zeit lang zu und war am Ende davon überzeugt, dass es ihnen mit dem Ablegen Ernst war. Von Thot-K'aima hatte ich erfahren, dass die Kapitäne auf eine ausdrückliche Verabschiedung durch den Minos warteten, die ähnlich feierlich sein sollte wie der Empfang.

Ich aktivierte die Kommunikationseinheit: »Mir ist während des Nachbebens nichts geschehen, Maraye. Ich bin bei den Schiffen und fliege jetzt zurück zum Bergnest.«

»Das Beben hat auch hier die Erde zittern lassen«, antwortete sie mit ruhiger Stimme. »Geht es der Quellnymphe gut?«

»Das werde ich in einer halben Stunde erfahren haben.«

Ich rief Thot-K'aima, während ich den Gleiter zu ihrer Höhle steuerte. Ihr war nichts geschehen, die Höhle war unbeschädigt geblieben. Die junge Frau erwartete mich auf den Stufen ihrer aufgeräumten Behausung, bot mir einen Becher Wein an und schenkte mir ihr strahlendes Lächeln.

»Ich habe im Palast vieles Neue erfahren, Fürst«, sagte sie aufgeregt. »Der Minos, Daidaloos, der Tanz und die Mondpriesterin, die Beben und der Vollmond, dazu die Fürsten der anderen Städte ... ein Wirrwarr! Offensichtlich muss der Minos um seine Herrschaft zittern. Aber ob sie endet, entscheidet sich in der Nacht des Tanzes.«

»Das bedeutet, dass viele Fürsten oder Stadtherren für diese Nacht in Knossos zusammenkommen, nicht wahr?«

»So habe ich es gehört. Es sollen Nächte voller Gewalt, Trunkenheit und Furcht sein. Furcht vor den Göttern, vor Fremden, vor plötzlichem Tod und anderen Scheußlichkeiten.«

»Was halten die Parusati von ihrem gegenwärtigen Herrscher?«, wollte ich wissen. Sie schien viele Stunden ungesehen im Palast verbracht und den Reden der Kreter gelauscht zu haben. »Hassen sie ihn etwa?«

Sie schüttelte nachdrücklich den Kopf und entgegnete: »Er ist der Beste seit langer Zeit. Sie wollen ihn behalten; er ist stark, hat einen starren Willen, alle Bewohner dort drüben haben erlebt, dass sie mit Fleiß und wenn sie ihm gehorchen, reicher werden, nicht hungern und nicht auf der nackten Erde schlafen müssen. Sie fügen sich den Göttern und den uralten Bräuchen. Deshalb fürchten sie sich vor dieser Vollmond-Tanznacht. Sie fängt schon am frühen Abend an, die entscheidende Nacht.«

»Die Kreter fürchten den Tanz«, wiederholte ich nachdenklich. »Haben sie sich mit Daidaloos abgefunden? Oder ist er der Knecht eines bösen Gottes?«

»Sie verdanken ihm viele Dinge, die das Leben im Alltag leichter machen. Er ist ein geachteter Fremder, seine Geliebte ist ihnen ein Rätsel. Aber seit vielen Jahren erleben sie, dass er hilfreiche Dinge erfindet.«

»Hört der Minos auf ihn?«

»Daidaloos ist sein bester Ratgeber«, antwortete Thot-K'aima. »Bald wird er mit dem Bau des großen Schiffes anfangen.«

Ich erinnerte mich, dass vor drei oder vier Nächten der Trabant des Planeten als leuchtende Vollmond-Scheibe die Sterne überstrahlt hatte. Die nächste Vollmondphase stand also in fünfundzwanzig Nächten bevor. Folgte ihr die Nacht des Tanzes? Oder verstrich ein weiterer voller Phasenwechsel des Gestirns?

»Hast du die Parusati über die Tanznacht reden hören?«, erkundigte ich mich.

Die Quellnymphe zog die Schultern hoch und machte eine ratlose Geste. »Sie reden oft darüber. Aber ich weiß nicht, wann diese Nacht eintritt.«

»Die Mondpriesterin sagt: In der siebenten Vollmondnacht des Jahres. Finde heraus, Thot, ob es die nächste oder die darauf folgende Vollmondnacht ist. Wir müssen es wissen.«

»Noch heute, Fürst?«

Ich leerte meinen Becher und stand auf. »In den nächsten Tagen und Nächten. Wir sollten abwarten, bis unsere Rômetschiffe in See gestochen sind.«

»So ist es besser und klüger«, bestätigte sie. »Wird es noch mehr solcher kleiner Beben geben?«

»Ja. Einige werden folgen«, sagte ich. Sie blickte in mein Gesicht und wartete, von der Erinnerung an den Schrecken der zitternden Erde eingeschüchtert, auf jedes weitere Wort. »So habe ich es an anderen Orten der Welt erlebt. Auch ein großes, langes Beben kann in der Tiefe der Insel lauern.«

»Wird es uns und die Kreter umbringen?«

»Uns nicht. Aber einige Inselbewohner. Nicht alle; die meisten überleben und bauen ihre Häuser und Paläste wieder auf.«

Ich gab ihr den leeren Weinbecher zurück und lächelte ihr aufmunternd zu. Daraufhin zeigte ich in Richtung Knossos', tippte auf das getarnte Armband am linken Handgelenk und sagte zurückhaltend: »Wir kennen unsere Aufgaben. Viele Fragen müssen wir beantworten, um richtig handeln zu können. Ich muss mit Rico reden – morgen Abend, bevor wir aufbrechen, sprechen wir beide miteinander und verabreden unsere Schritte.«

Thot-K'aima nickte und fand ihr begeistertes Lachen wieder. »Das verspricht eine lange, aufregende Nacht im Palast, Fürst. Ich freue mich auf jede Stunde.«

»Hoffentlich haben wir Grund zur Freude und nicht zu größerem Entsetzen.«

Ich küsste sie auf die Wange, lief die Treppe entlang des Quellrinnsals hinunter und bestieg den Gleiter.

Ricos Spionsonden waren meist über den Schiffen, dem Palast und der Stadt geschwebt. Die Informationen beschränkten sich naturgemäß auf diese Bereiche. Bisweilen aber, wenn wir der Meinung oder der Robot der positronengesteuerten Gewissheit war, nichts Wichtiges zu versäumen, steuerten wir die fliegenden Augen, meist nach dem Zufallsprinzip, zu anderen Bereichen. Ausgelöst durch auffallende Bewegungen weit abseits der Stadt, auf Weiden und in ummauerten Kreisen, entdeckte ich die Ställe einer größeren Rinderzucht, über einen großen Teil der grünen Flächen verstreut.

Abgesehen davon, dass die Kreter versuchten, Tiere mit makellos hellem oder gar weißem Fell zu züchten und die Stiere daher nur ausgewählte Kühe beprangen, schienen die jungen Männer einen befremdlichen Sport zu treiben.

Sie reizten mit Zweigen, Tüchern, Schreien und Gesten junge Stiere dazu, einzelne Männer anzugreifen. Kurz bevor die Tiere wütend und mit gesenktem Gehörn den tollkühnen Mann erreichten, zu Boden rammten oder mit den spitzen Hörnern aufschlitzten, packten die Geschicktesten die Hörner, warfen ihren Körper vorwärts und ließen sich von dem Tier, das den Schädel hochriss, in die Luft schleudern, überschlugen sich und landeten mit den nackten Sohlen auf dem Rücken oder dem Hinterteil der Stiere.

Die weniger Geschickten oder Ängstlichen schnellten sich auf der Stelle schräg in die Luft und zur Seite, sodass der Stier sie verfehlte. Zu meiner Verblüffung sah ich bei der zweiten Beobachtung, dass sich auch junge Mädchen, kaum dem Kindesalter entwachsen, fast nackt dem gleichen Ritual unterzogen; mit dem gleichen Geschick wie die Männer.

Ich machte Maraye auf diese barbarischen Übungen aufmerksam. Schweigend verfolgte sie das seltsame Treiben, zuckte bisweilen bei einem gefahrvollen Sprung zusammen, der den Springer in Todesgefahr brachte, und wandte sich schließlich ab. Fast im gleichen Augenblick erfasste das Gehörn eines weißen Stiers ein junges Mädchen und wirbelte es in die Höhe. Der Körper überschlug sich mit schlenkernden Gliedern und prallte auf die Stirn des Stiers, der den Kopf hochriss. Ich glaubte das Geräusch, mit dem das Rückgrat brach, bis in unser Versteck hören zu können.

Drei Männer lenkten den Stier ab, zwei andere schleppten den Leichnam eilends aus der Reichweite des wütenden Tieres.

»Du hast recht, Liebster«, urteilte sie betroffen. »Es sind Barbaren, und denen hilfst du, Sternenkapitän!«

»Ich helfe ihnen«, antwortete ich ohne rechte Überzeugungskraft, »aber sie müssen ihren eigenen Weg finden. Ich kann es ihnen nicht verbieten.«

Der Ritus schien einen bestimmten Sinn zu haben, dessen Wurzeln in der Vergangenheit zu suchen waren. Wieder hatte ich den vagen Eindruck, dass in meinem Kopf längst solche Bilder gespeichert waren … Wenn ich die Hintergründe nicht zufällig in Erfahrung brachte – ich würde nicht danach suchen. Die Insel barg ein weiteres Geheimnis ...

Es gab für Ricos observatorische Geräte und die Computer der unterseeischen Kuppel mehrere Methoden, das »Mondalter« zu berechnen: siderischer, anomalistischer oder synodischer Monat. Für die Barbaren von Larsaf Drei war nur der synodische Monat von Bedeutung, der von Neumond zu Neumond 29 Tage, 12 Stunden und etwas mehr als 44 Minuten dauerte. Diese Berechnung – die arkonidischen Begriffe lauteten anders – stammte aus den ersten Tagen der letztlich missglückten Kolonisation, als Atlantis noch nicht untergegangen war, und unsere Flottenwissenschaftler das Sonnensystem kartografiert hatten.

Ricos Rechner arbeiteten mit diesen und noch viel kürzeren Zeitintervallen. Die Schwierigkeit war, dass niemand genau wusste, wann das Jahr auf Kreta begann. In Tameri bestimmte der Aufgang des Sepedet den ersten Tag des neuen Jahres; welche Rechnung galt hier? Wusste es Daidaloos? Begann der Tanz, dessen Bedeutung ich mittlerweile zu fürchten begann, beim nächsten, dem sechsten Vollmond oder beim darauf folgenden?

Zunächst mussten wir ruhig abwarten. Ich würde Rico die Probleme durchrechnen lassen. Wir selbst waren nicht gefährdet. In wenigen Tagen gingen die STRAHLEN DES RÂ, die PFEIL DER INSEL und die HERRIN DES HAPI in See und segelten, hoffentlich und aller Wahrscheinlichkeit nach, aus meiner Verantwortung. Ich wartete noch auf den Abschied der Rômet durch den Minos, und jetzt begann ich auch einige Charakterzüge und etliche Auffälligkeiten seines Verhaltens zu verstehen.

Da war sein wilder schwarzer Haar- und Bartwuchs. Breite Kiefer und kantige Kinne machten männliche Barbaren seit der Zeit der Jäger und Sammler für das andere Geschlecht anziehend. Bärte verdeckten und simulierten ein Kinn, das nicht dem Schema des Stattlichen, Herrschenden entsprach. Die Zeit der Herrschaft, die nach jedem Vollmond-Tanz infrage gestellt wurde, musste der Minos nutzen, um möglichst viele männliche Nachkommen in die Welt zu setzen und sein Erbgut zu verbreiten. Also verbrachte er seine Nächte mit möglichst vielen Frauen, und begreiflicherweise nicht mit den hässlichen, die sich unmäßig zierten. Biologische Ehrlichkeit und Eindeutigkeit barbarischer Gepflogenheiten! Aber wahrscheinlich hatten's die frühen Bronzezeit-Arkoniden nicht anders getrieben.

Die nächsten Schritte leitete ich unverzüglich ein. Ich erstellte eine Verbindung zu Rico und zählte ihm die Probleme und meine Gedanken und Überlegungen auf. Er hatte weiterhin ununterbrochen seine Spionsonden umhergesteuert und somit weitaus mehr Informationen gesammelt als wir; uns blieb der direkte Kontakt. Die Speicher seiner Rechner waren voll von Kreta, so wie Kretas Natur voll von Zeus durchdrungen war. Mir und uns konnten die Analysen dieses Wissens und der Bilder und akustischen Dokumente mehr helfen als Nächte, in denen wir neugierig die Barbaren belauschten.

Und mir blieb übrig, mich getreu der ARK SUMMIA und meinen Dagor-Erfahrungen in eine Phase der Meditation zu versenken und zu erkennen, wo meine Verantwortung begann und endete und wo die Schwierigkeiten meine Möglichkeiten überstiegen. Aus langer Erfahrung wusste ich, dass die Zeit bis zur Nacht des entscheidenden Tanzes schneller verging als befürchtet.

10 Palastnächte

Thot-K'aima und ich hatten verabredet, uns nach jedem Signal des anderen an einem bestimmten Platz zu treffen. Das Signal: ein dreimaliges leichtes Antippen des Mikrofons. Der Treffpunkt: die Terrasse am östlichen Ende des breiten Korridors, der in mittlerer Höhe fast durch das gesamte Gewirr der Räume und offenen Hallen führte und an einer Prachttreppe endete. Asyrta-Maraye wartete mit dem Gleiter neben dem Wäldchen, das zwischen den Weiden wuchs, einen Pfeilschuss vom Rand der Tanzfläche entfernt.

Das verschlungene Mosaik dieser »Agora« war fertig geworden und sah aus der Höhe jener Terrasse, die sich neben dem Schlafgemach des Minos über den Palastberg vorschob, bunt, verwirrend und rätselhaft aus. Die Quellnymphe und ich hatten den Palast über die Südtreppe betreten, und ich lenkte meine Schritte zur Werkstatt des Daidaloos.

Ich blieb neben dem kalten Brennofen auf der Terrasse stehen. In der Stille der Wohnräume hätte mich, trotz der vollkommenen Tarnung, ein heftiger Atemzug verraten können, und zumindest Perseïs würde glauben müssen, ein unsichtbarer Gott beobachte sie.

Der Erfinder nützlicher Dinge lag halb ausgestreckt in einem Sessel aus Rohrgeflecht, der mit weißen Schaffellen ausgekleidet war. Er schien schläfrig eine weiße Steintafel anzublicken, aus der ein schräger Metallstab herausragte. Drei Bänder, halbrund und mit vertieften Zahlzeichen verliefen unter dem Schatten des Stabes. Die junge Geliebte Daidaloos' hielt ein Öllicht in der Hand und bewegte es in weiten

Kreisen in der Luft; der Schatten wanderte über die Fläche des Steins und das Relief.

Eine Sonnenuhr, an der die Zeit sowohl im Frühling und im Herbst als auch im Hochsommer und Winter abzulesen war.

»Es ist gut, Perseïs.« Er streichelte ihre Hüften, als sie an seinem Sessel vorbeistreifte und das Lämpchen zu den übrigen Lichtquellen stellte. »Der Minos wird es morgen oder übermorgen in die Palastwand einmauern lassen.«

»Er tut alles für seine Untergebenen«, bemerkte die junge Frau.

Daidaloos schüttelte den Kopf und zuckte daraufhin mit den Schultern. Seine Stimme war nicht frei von Zweifeln und Hochmut, als er entgegnete: »Er tut es auch für die Kreter. Er tut es dafür, dass sie seine Klugheit bestaunen und ihn in seiner Herrschaft bestätigen. Denk an das Schiff, an die Schiffe. Und an die weißen Stiere!«

Die Stimme der bezaubernden jungen Frau entsprach ihrer Schönheit; ihre Worte schwangen ruhig im Raum.

»Was geschieht, wenn er die Nacht und den Tanz nicht übersteht und von einem Sohn seines Vorgängers abgelöst wird?«

»Seine Herrschaft endet, und mit ihr alles andere. Ein neuer Minos regiert dann die Insel. Einer der Fürsten aus Mallia, Feistos oder Kydonia wird zum Herrscher im Palast.«

Perseïs tänzelte in den Nebenraum und kam mit zwei jener »wunderbaren«, unzerbrechlichen Gläser zurück, die Thot-K'aima dem Minos und Daidaloos geschenkt hatte. In den Gefäßen schimmerte dunkelroter Wein.

Sie setzte sich auf die breite Armlehne neben Daidaloos und reichte ihm ein Glas. Dann fragte sie leise: »Wird der neue Minos uns ebenso beherbergen wie der alte? Werden wir weiterhin hier leben, so leicht und angenehm? Wirst du das Schiff und all das andere bauen, an deinen Erfindungen arbeiten ...?«

Daidaloos nahm einen Schluck, atmete tief ein und aus und legte den Arm um Perseïs. Sie blickte ihn aus verhangenen Augen an, während er redete. Ich erkannte, dass sie ihn rückhaltlos bewunderte.

»Die jungen Fürsten aus Gortyn, Mallia, Feistos und den anderen Städten sind allesamt Söhne der früheren Minos. Sie haben wenig anderes im Sinn, als dem Minos die Herrschaft zu entreißen. Da sie jünger und kräftiger sind, können sie ihn entthronen.«

Die Blicke des Weißbärtigen glitten über das unfertige Schiffsmodell und die Plankenstücke, die derart übereinander befestigt und so an einen Spant genagelt waren, wie sie in der Werft verwendet werden würden. Die Hand Daidaloos' ruhte auf dem schlanken, gebräunten Schenkel der Frau.

Er führte weiter aus: »Aber der alte Minos und die Mondpriesterin kennen jeden Schritt des Tanzes. Während des Festes fließt der Wein in Strömen. Wenn die Männer, die herrschen wollen, zu viel trinken, vermögen sie den Linien des Labyrinths nicht zu folgen, und viele stolpern im Takt der Musik. Der letzte Tänzer, der die ganze Nacht ohne Fehler überstanden hat, wird mit der Mondpriesterin vermählt – nicht wirklich, es ist nur eine Zeremonie.«

»Ich hab Deione gesehen. Ein hässliches altes Weib. Der Minos würde sie nicht anrühren!« Perseïs kicherte und fuhr mit den Fingerspitzen durch Daidaloos' straff zurückgekämmtes Haar. »Aber dann ist er der Herrscher?«

»Der den alten Minos vertreibt. Früher, so hat man es mir berichtet, ist der alte König vergiftet, erdolcht oder erschlagen worden. Aber jetzt verschwindet der entthronte Minos und endet unbekannt als Fischer, Schafhirte oder Eichelsammler.«

Daidaloos und Perseïs schwiegen. Ich war ein wenig klüger geworden. Nach einigen Schlucken redete Daidaloos weiter, ruhig, sinnierend, wie im Selbstgespräch.

»Aber die Götter lassen seltsame Dinge geschehen. Sie liegen jenseits meines Verstehens. Du hast diese ... Werkzeuge gesehen, die plötzlich dort drüben lagen, bei meinen Zeichnungen?«

»Die Meißel, die Sägen und all das andere?«

»Das meine ich, Lust meiner Lenden.« Er zuckte mit den Schultern. »Sie erschienen aus dem Nichts, wie der Blitz des Zeus aus wolkenlosem Himmel. Und nun arbeiten die Steinmetze schon seit drei Tagen, ohne dass ein einziger Meißel nachgeschliffen werden muss. Und die Säge geht durch die Planken aus Eiche, als wären sie aus moderndem Holz. Mich fragen die Steinmetze, wie ich diese Schneiden derartig härten konnte – mich! Was soll ich ihnen antworten?«

Perseïs setzte sich auf Daidaloos' Schoß. Ihre Hand glitt unter das Tuch, das seine Knie bedeckte. Die junge Frau flüsterte heiser: »Sage es ihnen und sage es dem Minos, dass du bisweilen im Zwiegespräch mit einem erfinderischen Gott bist. Er macht dir Geschenke, mit denen die Macht des Minos' vergrößert wird. Du tust alles, damit Knossos die anderen Städte und die Insel beherrscht!«

Er machte keinen Versuch, die tastende Hand wegzuschieben und ließ zu, dass Perseïs einzelne Strähnen aus seinem Haar zupfte; sein Haar hatte dieselbe Farbe und Länge wie meines, wenn ich es nicht aus Gründen irgendeiner Maskierung gekürzt hatte.

Mit herausfordernder Listigkeit sagte plötzlich mein Extrasinn: *Du wirst versucht sein, die Stelle des erfindungsreichen Gottes einnehmen zu wollen. Vielleicht wird es notwendig – sei darauf vorbereitet. Daidaloos wäre ein halbwegs ebenbürtiger Partner.*

Ich wechselte langsam und lautlos meinen Standort und hörte zu, wie Daidaloos weitersprach. Sein Einfallsreichtum schien kaum eingeschränkt zu sein.

»In vielen Nächten sprachen wir, der Minos und ich, in trunkenen und nüchternen Nächten, auch an regnerischen Tagen, dass sich noch viele Dinge im Schoß der Zukunft regen. Ich will einen riesigen Vogel schaffen, der mit mir durch die Luft fliegt; ich will die Insel mit den Augen des Adlers sehen, des Adlers des Zeus.« Er seufzte und zeigte auf ein hölzernes Dreieck, mehr als halb mannsgroß, dessen einzelne Teile ausgehöhlt waren.

»Das Epigonion will ich bauen, die Große Harfe mit vierzig Saiten. Und bronzene Krieger will ich schaffen, die unbesiegbar sind. Das Schiff – wir haben oft darüber geredet! – wird ebenso gut, aber auf andere Art meerestüchtig wie die Schiffe der Rômet, von denen ich vieles gelernt hab'.«

In meinem Ohrempfänger hörte ich das vereinbarte Zeichen und überließ Daidaloos seinen kühnen Vorstellungen und den nicht minder kühnen Fingern seiner Geliebten. Sie war, im Maßstab der Parusati, tatsächlich eine bezaubernde Person.

Ich traf mich mit Thot-K'aima; plötzlich standen zwei Schatten auf der nächtlichen Terrasse, und flüsternd beschrieb mir die Hüterin der Quellhöhle, was sie gesehen und gehört hatte. Wir wisperten wie zwei Verschwörer, an die Brüstung gelehnt, die einer langen Reihe halbierter Schneiden der Labrys glich.

Es war spät; die zahllosen Mauern und Räume des Palasts warfen undeutlich die nächtlichen Laute zurück. Menschen schliefen, lachten, tranken, stritten oder liebten sich, Tongeschirr klirrte und klapperte, und ein Geruch nach erkaltenden Feuerstellen durchzog die verwirrende Gebäudemasse. Ein Wind hatte sich erhoben, einer der leisen Winde, die von Süden kamen und die ich »Ummuz« nannte. Er verwirbelte die Lustschreie, das Schnarchen, das Knacken, mit dem sich trocknendes Mauerwerk setzte, das Kichern und Lallen, das Kläffen der Hunde und den Eulenruf und gestaltete alles, was wir uns gegenseitig mitteilten, zu einem einzigartigen Erlebnis weit außerhalb unserer eigenen Sphären.

»Hast du etwas erfahren, meine Schönste, über das bisweilen tödliche Stierspringen?«, erkundigte ich mich.

Trotz der Dunkelheit schienen Thot-K'aimas schwarze Augen zu glimmen, als sie antwortete: »Die jungen Fürsten der anderen Städte, sagen die Frauen, waren immer die besten Stierspringer des Jahres. Über das Springen über das Gehörn der Stiere habe ich nicht mehr erfahren, Fürst, als dass die Jungen während des gesamten Jahres üben. Manche werden verletzt, einige kommen dabei um.

Aber anderes ist mir zu Ohren gekommen: Zum Ärger von Phinais und Phaidra und Perdix beschläft der Minos eine andere Frau. Sie heißt, glaube ich gehört zu haben, Araia, und er hat sie, um sie nachgiebig zu stimmen, durch seine Schatzkammer geführt. Inzwischen sind alle Geschenke aus dem Per-Ao dort eingelagert, aufgestellt und ausgestellt. Sie scheint überwältigt gewesen zu sein, und er schwitzt, stöhnt und umfängt sie häufig mit starkem Arm.«

»Deine Augen und Ohren scheinen dem Bett des Herrschers nicht allzu fern gewesen zu sein«, bemerkte ich ironisch.

Meine Kenntnis vom Verhalten der Barbaren war mitunter hervorragend. Selten genug, wie ich mir eingestehen musste. Aber Herrin Chrateanch und ich hatten mit Thot-K'aima, die unter einem anderen Namen im tiefsten, kultur- und zivilisationsarmen Süden des Hapilandes aufgewachsen war, einen geradezu göttlichen Griff getan. Mitunter verhielt sie sich wie eine ARK-SUMMIA-geprüfte Arkonidin – und dieses hochgewachsene, pralle Weibsbild genoss sichtlich meine Begeisterung.

Sie lachte selbstbewusst, tief in der Kehle, und antwortete: »Ich würde mein Kind verlieren, bevor es gezeugt wurde«, sagte sie, und sie meinte es ernst, »wenn ich mich dem Minos hingeben müsste. Arrgh! Bei Daidaloos wäre ich nachgiebiger, vom ersten Augenblick an.«

»Ich will keine Lobeshymnen, Frau, sondern klare Antworten.« Ich verlieh meiner Stimme einen harschen Ausdruck. »Rede nicht in Schnörkeln. Was weißt du über den Abschied des Minos' von den drei Rômetschiffen «

»Also!« Ihr Kichern war kaum zu hören. »Der Minos packte Araia um die Hüften und sagte ihr, dass sie in zwei Tagen, im finsteren Morgengrauen – seine Worte, Fürst! – neben ihm im Wagen stehen würde, wenn er die Rômet verabschiedete. Er roch stark nach Wein, sie fühlte sich geehrt, beide dampften vor Sinnlichkeit; ich war einen Schritt hinter ihnen. Also: in zwei Tagen. Oder besser: nach zwei Nächten. Er ist ein gerissener Herrscher und hat seine Boten und Botinnen in jedes Haus, jede Kammer geschickt, in denen unsere wackeren Seefahrer gerade leidenschaftlichen Abschied nehmen.«

Ich lachte leise und streichelte ihre Wange.

»Den Göttern und deinen feinen Ohren sei Dank, Thot. Weißt du – wir drei können erleichtert sein, wenn Kapitän Cheper und seine Seefahrer mitsamt meinen Bäumchen die Insel verlassen haben. Sollte der neue Minos seine Herrschaft antreten – niemand weiß, was die Folgen sind.«

»Ich sage dir, Fürst«, antwortete sie augenblicklich, »dass der Schwarzbart die Söhne seiner Vorgänger in Grund und Boden tanzen wird. Er hat die Kraft seiner weißen Stiere, rennt jeden Morgen unzählige Treppen hinauf und hinunter, keucht, murmelt und schwitzt, und Daidaloos, der das große ›Mosaik-Labyrinth‹ gezeichnet hat, gab dem Minos eine bunte Zeichnung, die neben seinem Lustbett auf dem Boden liegt, und die er jeden Tag brummend und fluchend betrachtet. Trotzdem ...«

»Ja? Ich höre?«

»Trotzdem reden die bisherigen Geliebten davon, dass die jungen Herausforderer schneller, besser, kräftiger und rücksichtsloser sind oder sein werden. Die Frauen wollen die Ablösung des alten Minos'.«

»Ich will sie nicht«, sagte ich barsch. »Finden wir heraus, ob wir ihm helfen können!«

»Alle schlafen inzwischen«, erwiderte Thot-K'aima trocken.

»Noch eine Runde, dann schlafen auch wir«, schlug ich vor. »Hast du erfahren können, wann der Vollmond-Tanz stattfindet?«

»Nein. In 26 oder 55 Tagen. Nicht früher, nicht später«, lautete die unbestimmte Antwort.

»Vielleicht redet der Minos im Schlaf«, sagte ich, bevor wir uns für einen letzten Rundgang entschieden. Weit im Westen, über dem Meer, sahen wir kalkiges Wetterleuchten zwischen den Nachtwolken. »Dann erfahren wir's. Hoffentlich.«

Sie berührte meinen Unterarm und versicherte: »Meine feinen Ohren würden es hören, Fürst.«

Wir trennten uns, und ich fand abseits der breiten Korridore eine Treppe, die abwärts führte. Nach zehn Stufen erlosch die letzte Helligkeit, die von einem Öllicht in einer Korridornische kam. Rußschwarze Dunkelheit und der Geruch ausdünstender Mauern schlugen mir entgegen, als ich meine Unsichtbarkeit aufhob und den Gürtelscheinwerfer einschaltete. Gleichzeitig zog ich den Lähmstrahler-Dolch und entsicherte ihn.

Ich zählte 49 Stufen. Sie bestanden aus rauen Felsplatten und wiesen starke Gebrauchsspuren auf. Unzählige Füße hatten den Stein glatt gewetzt. Im grellen Licht des Scheinwerfers schimmerten die Stufen, ebenso wie manche Stellen der Wände, die aus ebensolchen roh behauenen Brocken und wenigen eingepassten Quadern zusammengesetzt waren. Es war totenstill.

Als ich nach der untersten Stufe stehen blieb und mich langsam drehte, sah ich mich einigen Reihen riesiger Tonkrüge, wuchtigen Säulen, Rundbogen-Gewölben und einem Boden gegenüber, der aus festgestampftem Lehm bestand, durchsetzt mit kleinen Abfällen von Meißelarbeiten.

Es stank. Der durchdringende Geruch nach feuchtem Fels und nach den Mauern, die eine kristallisierte salzige Substanz absonderten, sowie ein Dunst von gärenden Früchten, ranzigem Öl und saurem Wein umgaben mich wie giftiger Nebel. Die Gegenstände warfen bizarr drohende Schatten, die mit mir zusammen eine gespenstische Wanderung begannen. Etliche Mäuse huschten umher und verbargen sich vor dem grellen Licht in dunklen Winkeln und Spalten. Dieses Gewölbe schien so groß wie der Umriss des Palasts zu sein und war in viele Kammern aufgeteilt. Nach einigen Schritten blieb ich stehen, denn ich fürchtete mich zu verirren.

Noch sah ich die letzten Treppenstufen. Ich ging auf einen der vier Tonkrüge zu, die knapp so groß wie ich waren, und klopfte mit dem Dolchgriff dagegen. Es klang, als ob sie aus massivem Ton bestünden. Dann sah ich an der Oberfläche und auf dem Boden große Flecken und Tropfspuren. Öl! Öl aus gepressten Ölbaumfrüchten.

»Vorratsbehälter«, murmelte ich und ritzte mit der Spitze des Dolches einen Pfeil in den Krug, der zur Treppe wies. Ich drang tiefer in diesen steinernen Irrgarten ein und brachte an jedem Krug ein Zeichen an. »Für Öl und für ... was noch?«

Nun achtete ich auf die Spuren. Verstreute Körner zeigten mir, dass der Minos auch Korn speicherte. In wenigen Nischen standen Öllampen, deren Flammen dicken Rußbelag an der Wand und an der Decke hinterlassen hatten. Auch der Ruß stank. In rissigen Kreisen und Vierecken aus lehmigem Verputz waren Rinderschädel in den Wänden befestigt. Sie starrten mich aus leeren Augenhöhlen an. An einem Horn hing ein Fetzen Tuch.

Die nächste Kammer enthielt offene Steinkrüge und tönerne Becken, in denen in einer dunklen, ölig-weinigen Flüssigkeit bräunliche Dinge schwammen, die vielleicht Pilze waren, Lauchknollen, Zwiebeln oder anderes, das möglicherweise sogar essbar war. Wieder hinterließ ich, dieses Mal auf dem Boden, meine Zeichen, wandte mich nach links und trat, begleitet von Hirschschädeln, Marderköpfen und großen Vogelgerippen in den Wänden, in eine weitere gerucherfüllte Kammer, in der auf steinernen Tischen kniehohe, zweihenklige Krüge standen.

Der Weingeruch wurde unerträglich. An den Wänden sah ich insgesamt ein Dutzend jener monströsen Vorratskrüge – möglicherweise war ihre Herstellung eine Erfindung des Daidaloos? – und fragte mich, wie die Kreter mit ihnen und dem Inhalt hantierten. Es gab keine Öffnungen, aus denen die Flüssigkeit abgelassen werden konnte.

Zwischen zwei Krügen fand ich die Lösung: eine schwere, hölzerne Doppelleiter, auf der man die Öffnung der Krüge zu erreichen und den Wein daraus zu schöpfen vermochte. Hier lagerte der Vorrat, um ganz Knossos einige Monate lang in hemmungslose Trunkenheit zu versetzen. Obwohl es im Gewölbe kühl war, dünstete die Flüssigkeit Alkohol aus, dessen Wirkung der ätzende Mauerschwamm verstärkte.

»Ich habe genug gesehen«, murmelte ich. Die Bilder verschwammen vor meinen Augen, ich atmete keuchend. Ich drehte mich um, richtete den Blick zu Boden und versuchte meine Zeichen zu erkennen. »Zurück an die frische Luft, Atlan.«

Ich stolperte, fing mich wieder, machte schnellere Schritte und hielt den Atem an. Der Scheinwerferkegel folgte jeder meiner Bewegungen, die zunehmend hilfloser wurden. Die Schatten der Säulen und Krüge begannen einen wahnwitzigen Tanz, und ich rannte und stolperte im Zickzack von einer Kammer zur anderen. Ich glaubte, die eingemauerten Tiere würden lebendig und stürzten sich auf mich.

Erneut strauchelte ich, kam jedoch schwankend wieder auf die Beine und hielt mich an einem Krug fest. Unter meinen Fingerkuppen spürte ich die Vertiefung, die ich eingeritzt hatte. Die Pfeilspitze deutete zur Treppe, geradeaus, zwischen den Säulen zu den Stufen. Ich taumelte vorwärts, spürte die Tätigkeit des Zellaktivators nicht mehr, prallte schmerzhaft gegen eine Säule und entließ die aufgestaute Luft pfeifend und gurgelnd aus meinen Lungen. Dann erkannte ich schemenhaft das Raster der Treppenstufen, kippte nach vorn und tastete mich, wie ein Hund, in panischer Furcht, Stufe um Stufe aufwärts.

Die innere Stimme des Extrasinns rief mir unverständliche Warnungen und drängende Aufforderungen zu. Ich verstand nicht ein Wort und handelte wie eine ertrinkende oder erstickende Kreatur. Auf halbem Weg verlor ich, schweißüberströmt und an allen Gliedern zitternd, das Bewusstsein.

Stille. Finsternis. Atlan, der Arkonide, verkam im Weinrausch in den Gewölben von Knossos. Ein tödliches Ende in absoluter Lächerlichkeit.

Ich war nicht mehr. Es gab mich nicht mehr. Ich ließ die geliebte Asyrta-Maraye allein zurück. Konnte mich Rico retten?

Todesstille. Arkonidische Entropie.

Gellende Schreie weckten mich nach einer Ewigkeit.

Es war dunkel. Mühsam erkannte ich, dass ich auf dem Bauch lag und mein Körper das Scheinwerferlicht verdeckte. Nach drei, vier Atemzügen, jeder etwas weniger qualvoll als der vorausgehende, fand ich heraus, dass das Geschrei in Wirklichkeit Thot-K'aimas Stimme war, die leise und voller Besorgnis immer die gleichen Worte wiederholte.

»Fürst! Ahiram! Atlan! Ich warte. Ich hab das Signal gegeben. Wo bist du? Ich warte auf der Terrasse, auf der wir uns getrennt haben. In drei Stunden dämmert's. Bin voller Sorge! Rede mit mir, Fürst!«

Ich tappte ungefähr zehn Stufen hinauf, kam stöhnend in die Höhe, presste schwankend meine Hände rechts und links gegen die Mauern und sagte mit Schwierigkeiten, die Sprache richtig zu gebrauchen: »Ich bin auf dem Weg zu dir, Thot. Ich komme aus dem Gewölbe unter dem Palast. Widerlicher Gestank. Komm mir entgegen – ich brauch deine Hilfe.«

»O ihr Götter!« Ihre Stimme klang, wie sich Daidaloos die Akkorde seiner Megaharfe vorstellte. »Ich komme. Wo finde ich dich?«

»Unterster Korridor, ganz hinten die schmale Treppe. Weit und breit kein Licht. Nur meines.«

Mit unendlicher Mühe schaffte ich mit Händen, Ellbogen, Knien und Zehenspitzen Stufe um Stufe, lehnte mich im dunklen Korridor gegen die Wand und wartete. Mich beherrschte in dem Bereich, in dem ich einigermaßen klar zu denken vermochte, nur eine Empfindung: Wut über mich selbst und meine draufgängerische Unbesorgtheit.

Es dauerte tausend Stunden oder auch nur einige Minuten, bis ich spürte, wie mich kräftige Arme umfingen. Für zwei, drei Atemzüge wurde Thot-K'aima sichtbar. Ich schaltete den Scheinwerfer ab und ließ mich von ihr führen. Wir erreichten nach einem Marsch von hundert Meilen – so kam es mir vor – eine Treppe, betraten einen Pfad, gelangten zu einer Baumgruppe, neben der Maraye aus dem Gleiter kletterte. Das Fluggerät war nur undeutlich zu erkennen.

Die Frauen halfen mir auf die Rücksitze, und Thot bat: »Nimm mich mit, Maraye. Ich helfe dir mit dem Sternenkapitän.«

Die Erschöpfung übermannte mich. Mit Hilfe der Fernsteuerung, des Autopiloten und nach zwei Versuchen – sie erzählten es mir später – landete Maraye präzise beim Bergnest. Die Frauen schafften es irgendwie, mich zum Lager zu schleppen, wo ich für lange Zeit in einen tiefen, von Albträumen besiedelten Schlaf fiel und der Zellaktivator auf meiner Brust zu glühen schien. Aber davon merkte ich nichts.

Nachdem ich Marayes kräftigen Kräuteraufguss getrunken, etwas gegessen und mich geduscht hatte, berichtete ich ihr von meinen Erlebnissen. Sie hatte Thot zu deren Höhle gebracht und versorgte mich, bis ich wieder selbständig handeln konnte. Meinem Bericht hörte sie kopfschüttelnd zu, während sie dünne Fladenbrote buk und um eine leckere Füllung zusammenrollte, deren Geruch mir bewies, dass ich würgenden Hunger empfand.

Ich hatte nicht darauf geachtet, aber Maraye und Thot-K'aima war schon nach wenigen Tagen und Nächten aufgefallen, dass offensichtlich auf Keftiu niemals wirklich Windstille herrschte. Stets wehten Winde; mitunter änderten sie ihre Richtung binnen weniger Stunden. Einzelne Böen kamen vom Meer. Oft waren der Berg Ida und die Berge seiner näheren Umgebung in Wolken gehüllt – der Sitz des Zeus und vielleicht einiger niederer Götter.

Maraye sprach, wenn sie von Kreta redete, oft von der »Insel der Winde«. Heute kam eine leichte Brise, warm wie die Skyrrh und mild wie Ummuz, vom Land und furchte das Meer jenseits der Flussmündung; wir sahen die Windfelder im ersten Morgengrauen. Von meinem nächtlichen Abenteuer hatte ich mich erholt und sagte mir, es wäre besser, den steinernen Irrgarten und seine Bedrohung zu vergessen.

Wir saßen vor den Projektionen der unermüdlichen Spionsonden. Vom Palast her näherten sich die Gespanne und die Krieger des Minos. Drei rasselnde Wagen, drei Dutzend Bewaffnete und vielleicht hundert Kreter, von denen jede und jeder eine brennende Fackel und ein kleines Bündel trug. Nicht ein einziger Rômet war unter ihnen. Die Kapitäne hatten ihre vollständigen Mannschaften an Bord der Schiffe versammelt.

Thot-K'aima war, unsichtbar, in der Nähe der Schiffe. Maraye und ich betrachteten, einigermaßen ausgeschlafen, alle Vorgänge auf den Holobildern des Bergnests. Im Wagenkasten des Minos stand eine Frau mit wehendem schwarzem Haar. Ihr wildes Aussehen war ähnlich dem des Minos; sie war mit Schmuck behangen, trug ein dünnes weißes Gewand und darüber einen weißen Mantel und blickte lachend und Aufmerksamkeit herausfordernd um sich. Araia, die gegenwärtige Gespielin des Minos, der seinen Arm besitzergreifend um ihre schwellende Hüfte gelegt hatte.

Die Wagen knirschten und rasselten auf dem breiten Pfad, der mittlerweile zwischen dem Palast und dem »Hafen« entstanden war und bis zum Damm und den Schiffen führte. Die Krieger und die waffenlosen Kreter folgten in langen Reihen. Noch brannten alle Fackeln, aber als der lange Zug die Bäume an der Mündung erreicht hatte, hatte die Helligkeit so weit zugenommen, dass die Fackeln gelöscht werden konnten.

In zwei weiten Kehren durchschnitt der Weg den gelichteten Wald, und die Menschen verschwanden vorübergehend unter den Baumkronen. Erleichtert sahen wir zu, wie die Gespanne wieder auftauchten und auf die Schiffe zufuhren, die hintereinander am linken Ufer der Mündung festgemacht waren. Die Parusati und auch die Rômet waren fleißig gewesen: Der zukünftige Hafendamm, aus Tausenden Flusskieseln und Steinbrocken zusammengetragen, war länger und breiter geworden, wenn auch noch weit davon entfernt, den Wellen eines Sturms widerstehen zu können.

»Immerhin«, murmelte ich und grinste, »ein Anfang ist gemacht. Ich sehe schon die prächtige Hafenstraße, die Daidaloos entwirft.«

»In deren Schänken Harfenistinnen auf vierzigsaitigen Epigonionen für durstige und sonnenverbrannte Seeleute spielen«, stimmte Maraye fröhlich zu.

Setzte man voraus, es würden regelmäßig Schiffe nach Knossos segeln, dann war ein Hafen notwendig. Bei der unzweifelhaften Tatkraft des Minos würden an dieser Stelle wohl bald tatsächlich brauchbare Hafenanlagen entstehen.

Für mich bedeutete der Abschied etwas Besonderes, nämlich den Versuch, ein weiteres Vorhaben zu verwirklichen.

Die Ölbaumsetzlinge!

In jedem Schiff reisten sieben Ölbaumschösslinge mit. Thot-K'aima hatte dafür gesorgt, dass die Rômetkapitäne mit jenen Bauern geredet hatten, die am meisten von der Aufzucht, der Pflege und der Ernte jener Früchte, der Oliven, verstanden; die richtige Erde, die langen Jahre, die der Baum zur Reife und zur ersten Frucht brauchte, die Bestäubung der Blüten und darüber, ob die jungen Bäume im Schatten heranwachsen mussten und nicht der gnadenlosen Sonne Tameris ausgesetzt werden durften. Es war ein Versuch. Glückte er, war das Hapiland um eine Wohltat für Millionen Rômet reicher ... in vielen Jahren.

Das Gespann des Minos, dessen staubbedeckte Pferde dampften, hielt neben der PFEIL DER INSEL, also neben dem mittleren Schiff. Er hob beide Arme und hielt, laut und deutlich, eine Ansprache in der Keftiu-Sprache, in die er Namen und Begriffe der Rômetsprache mischte.

Sehr geschickt und überzeugend, dachte ich. Er wollte, dass Schiffe aus Tameri weiterhin Keftiu besuchen sollten, dass Händler all die Waren brachten, die zwischen ihm und den Kapitänen abgesprochen worden waren, und dass er, wenn er eine Flotte gebaut hatte, auch seine Schiffe von diesem Hafen – dessen Pracht später ihresgleichen suchen würde – nach Tameri, zu den Herrschern im Großen Haus schicken würde.

Vom zweiten Gespann stieg Daidaloos, ging bedächtig entlang der Schiffe, winkte den Mannschaften und dankte ihnen für die vielen neuen Einzelheiten, die er gelernt, und für die Hilfe, die er erhalten hatte. Er dankte namentlich den sechs Steuermännern und den Kapitänen, bat sie, wiederzukommen und »seine« Schiffe anzusehen und mit ihnen zu segeln. Dann kündigte er an, dass sich der Palast und die Stadt und ganz Keftiu mit kleinen Geschenken bedanken wollten.

Der Minos brüllte einige Befehle, und seine Krieger stellten sich entlang der Schiffe auf und schlugen ihre Schwerter gegen die Schilde. In diesem schrecklichen Lärmen liefen die Parusati, meist waren es Frauen, über die Planken an Bord und übergaben jedem Rômet ein Geschenk. Es war etwa halb handgroß und schwer.

Ich vergrößerte einige Einzelbilder mehrmals und sagte zu Maraye: »Fehlende Großzügigkeit können wir dem Minos nicht vorwerfen. Er denkt sogar an die Wajermänner ...«

Sie hielten kleine, bauchige Krüge in den Händen, mit heller Glasur und Zierlinien. Auf jedem Krug prangte fein gemalt ein gehörnter Stierschädel, darüber die Labrys und darunter das Wort *Knosos*. Die Krüge waren mit rotem Wachs versiegelt. Ich war beeindruckt. Viele Frauen umarmten die Ruderer; einige weinten und schluchzten. Wieder schrie der Minos einen Befehl, und die Parusati balancierten an Land. Die Ruderer stellten ihre Geschenke ab, holten die Planken ein und stießen die Schiffe ab.

Langsam setzten sie die Riemen ein und ruderten ebenso langsam aus der Bucht. Die Kapitäne winkten mit ihren prächtigen kretischen Mänteln. Als sie in den Bereich des ablandigen Windes kamen, zogen die Segelmannschaften die federnden Rahen in die Höhe. Träge füllten sich die Segel, der letzte Abschiedsjubel verklang über dem Wasser.

Ich dirigierte die Sonde in größere Höhe. Schweigend, zufrieden und erleichtert sahen wir zu, wie die Schiffe zunächst nach Nordwest gerudert wurden und segelten. Weit draußen würde sie die Fafana, der Westwind, binnen weniger Tage zu den Mündungen des Hapi treiben.

»Schu, der rômetische Gott aller Winde, möge sie vor nächtlichen Stürmen verschonen«, sagte Maraye und genoss das Bild der drei hintereinander segelnden Schiffe. Drei winzige Farbpunkte in gleißender Morgensonne auf einer endlosen blauen Fläche. »In vier, fünf Tagen wird dein alter Freund Amemenhet wissen, dass du dein Versprechen eingelöst hast.«

Ich nickte langsam. »Wenn er nicht selbst die Barke zur Fahrt ins Amenti bestiegen hat.«

Wir gähnten gleichzeitig, verdunkelten die Schutzkuppel und streckten uns auf dem Lager aus. Diese Aufgabe hatte ich hinter mich gebracht, mit mehr Erfolg, als ich erhofft hatte – dieses Bewusstsein ließ uns schnell einschlafen.

11
Erinnerungen des Daidaloos

Auf Kreta-Kaptara-Keftiu war er ein Fremder. Er kam vom Festland, hoch im Norden, aus einem Ort, dessen Namen er zu vergessen wünschte. Er war des Mordes an seinem Enkel beschuldigt worden, der beim Spielen, von einer Schlange erschreckt, vom Dach eines Tempels zu Tode gestürzt war. Daidaloos floh, zuerst in ein Städtchen Attikas, dann zu Schiff nach Kreta. Während der Irrfahrt waren sein Haar und der Bart schlohweiß geworden, trotz seiner Jugend. Er berichtete dem Minos über die Gründe der Flucht, und der Herrscher hieß ihn willkommen.

Zuerst beriet Daidaloos die Schmiede; er selbst war ein Meister des glühenden Eisens und der heißen Bronze. Er fertigte winzigen Schmuck mit zierlichen, fingerkleinen Hämmerchen ebenso geschickt an wie Pflugscharen und Helme mit dem schweren Fäustel auf dem klirrenden Amboss. Bald wurden sein Können und Wissen unentbehrlich für jeden Handwerker, und als der Minos den Entschluss fasste, die Tanzfläche in ein Erdbauwerk zu verwandeln, begann Daidaloos verschiedene Bilder zu zeichnen.

Bisher war das »Feld der Labrys, der Doppelaxt« eine hügelige, hässliche Sandfläche gewesen. Die Bilder und Tanzlinien, die jeder Wind zerstören konnte, bestanden aus Sand von unterschiedlicher Farbe, von Blättern und gemörsertem Kalk.

Daidaloos, dessen Name »meisterlich geschmiedet« bedeutete, war es auch, der kleine Steinstücke und ebenso kleine Kiesel von unterschiedlicher Farbe suchte, zu Bildnissen zusammenfügte und mit einem Brei aus Lehm und geheimnisvollen Zutaten unlösbar aneinander und auf dem Untergrund befestigte.

Der Minos lachte zufrieden und befahl zwei Tage später, das Sandfeld einzuebnen, zu begradigen und in einem weiten Kreis von einer niedrigen Mauer zu umgeben. Daidaloos ersetzte die Linien und Figuren aus Sand und Kreide durch Steinsplitter, aber da jede Linie seit altersher ihre Bedeutung hatte, mussten ihn die Mondpriesterinnen beraten.

Der Minos schickte Boten zur Briomartis, der Priesterin von Ostkreta und ebenso zur Hüterin des Kar-Altars am westlichen Ende der Insel, die sich Diktynna nannte. Sie kamen mit den ungefederten Gespannen und beklagten sich über blaue Flecke. Daidaloos staunte über ihren Schmutz und ihr ungepflegtes Aussehen und schwieg. Zusammen mit Deione, der Priesterin von Knosos, prüften sie jeden Schritt einer jeden Linie, maßen die Länge und forderten, dass sie in regelmäßigen und unregelmäßigen Windungen durch den gesamten Kreis führen mussten.

Stunden- und tagelang zeichnete Daidaloos mit dem Griffel in feinen Sand oder auf Holztafeln und schritt mit den zänkischen, ungepflegten Weibern das »Labyrinth« ab.

Dutzende Male sah er schweigend und mit regungsloser Miene zu – sein Glaube an gerechte Götter und deren Wirken in der Welt der erlebbaren Dinge war seit der Flucht brüchig geworden wie ein trockenes Schilfrohr –, wie die Priesterinnen, frische Walnussbaumzweige schwingend und jedes Mal mit anderen Opfergaben zum Altar der Kar trippelten. Jedes Mal hielten sie eine andere Reihenfolge ein und kamen mit geheimem Wissen zurück. Daraufhin musste er eine Linie ändern oder ein Zeichen versetzen.

Die Zeichnungen und Entwürfe waren fast fertig, als ein besonderes Ereignis die Palastinsassen und die Bewohner der Stadt erregte. Es geschah im Herbst, nach den letzten

Fischzügen. Der wolkenverhangene Morgen war ruhig, bis nach einem nächtlichen Sturm einige Fischer in den Palast gerannt kamen und vom fremden Schiff berichteten, das vor den Felsen in riesigen Wellen gegen den Schiffbruch kämpfte.

Ein fremdes Schiff?

Das dritte innerhalb eines halben Jahrzehnts, denn so lange lebte Daidaloos im Palast und hoffte, wegen des Mordvorwurfs nicht weiter verfolgt zu werden. Aber es gab zwischen dem Festland im Norden und den vielen Inseln nur wenige meerestüchtige Schiffe.

Daidaloos war einer der ersten, die zum Fischerstrand hasteten. Noch waren die Boote nicht an Land gezogen worden. Er sammelte Leinen und Netze ein, ließ sich von fünf Männern zu den Felsen rudern und riss sich den Schurz vom Leib.

Das Schiff war mehrere Male auf Unterwasserfelsen aufgeschlagen und halb vollgelaufen. Eine Schar Delfine umspielte aufgeregt schnatternd das sinkende Wrack. Als Daidaloos und zwei junge Fischer, alle mit dünnen Leinen um die Hüften gesichert, über Bord sprangen, sah er gerade noch, dass drei Männer und vielleicht ein Dutzend Frauen und Mädchen sich am Schanzkleid des Wracks anklammerten, vor Entsetzen stumm oder schreiend in Todesangst.

Die Wellen hoben und senkten den Schiffskörper, aber er kam nicht von den Felsen frei. Das Meer trug noch mehr als einen Rest sommerliche Wärme in sich; Daidaloos schwamm zum Schiff, fühlte die Haut und die Bewegungen eines Delfins an sich und griff, als die Welle ihn hob, nach der Bordkante.

»Wir helfen euch!«, prustete er, zog sich hoch und ließ sich ins Innere des Wracks fallen. »Wartet auf die anderen Boote!«

Ein Brecher überschüttete ihn und die Schiffbrüchigen mit einem riesigen Schwall salzigen Wassers. Er half einem der jungen Fischer an Bord und winkte den drei, vier Booten, die in aller Eile herangerudert wurden. Jemand klammerte sich an ihn.

Er schüttelte den Körper ab, sah sich um und brüllte: »Ins Wasser mit euch. Das Boot fischt euch heraus.«

Die Fischer hatten es geschafft, ihr Boot mit einem Tau an dem Wrack zu befestigen, und hielten dieses mit einem Ruder auf Abstand. Beide Schiffskörper führten einen wilden Tanz nebeneinander auf. Niemand gehorchte Daidaloos' Befehl. Er nickte dem Fischer zu, deutete auf eine Frau neben sich und packte sie um die Hüften.

»Hinein mit ihr. Zu den Tümmlern!«

Die Frau war so überrascht, dass sie vergaß, sich zu wehren. Sie klatschte ins Wasser, zwischen dem Boot und dem Wrack, das im gleichen Augenblick tief hinuntersank. Die zweite Frau folgte. Daidaloos sah, was er bisher nur aus märchenhaften Erzählungen kannte: Ein Delfin war unter den Körper getaucht und stemmte ihn in die Höhe. Dort packten ihn zwei Fischer und zerrten ihn, rücksichtslos und mit geübten Griffen, als wäre es ein großer Fisch, in ihr Boot.

Durch das Wasser kaum gedämpft, war das Krachen zu hören, mit dem auf dem Felsen weitere Planken brachen. Noch mehr Wasser strömte ins Wrack. Nunmehr umgaben es fünf Fischerboote in einem unordentlichen Halbkreis, und alles tanzte, gierte, hob und senkte sich in den kreuzenden Wellen; Holztrümmer, Körper, ein Fischernetz, Leinen und die bläulichen Körper der Delfine. Einige Frauen konnten schwimmen, wagten sich mit plumpen Sprüngen schreiend ins Wasser und schwammen in panischer Hast spuckend und keuchend zu den Booten.

Daidaloos sah sich auf dem halb zerborstenen Rest des Achterdecks um. Splitter ragten wie Lanzenspitzen in alle Richtungen. Meerwasser schäumte durch Risse, Löcher und handbreite Zwischenräume der Planken. Nur noch drei

Frauen waren an Bord und klammerten sich an Tauwerk, Handläufe und die Masttrümmer. Unter ihnen, mit weit aufgerissenen hellen Augen im schmalen Gesicht und hellbraunem Haar, das bis an die Hinterbacken reichte und an der Haut klebte, stand eine sehr junge Frau, kaum älter als ein heranreifendes Mädchen. Sie starrte Daidaloos an, ohne ihn wirklich wahrzunehmen.

Die Fischer umklammerten die beiden Frauen und sprangen über Bord. Jemand spie und hustete lange und qualvoll. Die Fischer lachten roh und voller Schadenfreude.

Daidaloos schwankte auf die junge Frau zu, vom Tau um seinen Magen nur wenig behindert, legte seine Arme um ihre Schultern und um die Hüften und sagte: »Keine Angst. Komm! Wir sind die Letzten.«

Sie nickte, riss den Mund weit auf und holte tief Luft. Daidaloos setzte ihren und seinen Körper auf die schwankende Bordwand, hob die Beine und ließ sich fallen. Beide Körper versanken tief im Wasser. Undeutlich sah Daidaloos, der die junge Fremde nicht losließ, unter sich den Grund, der aus Kies, Geröll und einzelnen Felsen bestand. Darüber huschte ein Schatten heran.

Die harte Schnauze eines Delfins rammte von hinten die Unterschenkel des Mädchens, und durch die Umarmung hindurch spürte Daidaloos die wilde Kraft des Tieres, das mit wenigen Schwanzschlägen beide Körper senkrecht aus der Tiefe in die Helligkeit und Wärme des Tages stemmte. Fischer zogen ihn und die röchelnde Fremde in ihr Boot, und Daidaloos beugte sich über Bord, streichelte den Kopf des Delfins und sah zu seiner Überraschung, dass die Fremde das Gleiche tat.

Dann begann sie zu husten, spie sich das Herz aus dem Leib und wurde nach einem der qualvoll tiefen Atemzüge bewusstlos. Daidaloos fing sie auf, bettete sie auf seine Knie und spürte zum ersten Mal, dass sein Körper – und auch derjenige der Fremden – von kleinen Schnittwunden und Rissen übersät war und dass kleine Holzsplitter in der Haut steckten. Ein Fischer warf ihm einen nassen Umhang zu.

Während die Boote zum Strand gerudert wurden, wo eine Menschenmenge das Schwemmgut aufsammelte, das aus dem Wrack gespült worden war, vergewaltigten einige junge Fischer jene Frauen, die sich nicht kreischend wehrten – das Recht des Strandes, wie Daidaloos wusste.

Ungefähr zwei, drei Stunden später, in seinem Schlafraum im Palast, stellte die Fremde den leeren Becher entschlossen neben sich auf den Boden. Sie hatte, in einen trockenen Mantel gehüllt, drei große Becher voll heißem, stark gesüßtem Sud getrunken. Jetzt stand sie auf, blickte suchend um sich und fand ein Stück Zeichenkohle. Daidaloos beobachtete sie in schweigender Verwunderung.

Sie ging, ebenfalls schweigend, zur nächsten Wand und begann etwas ungelenk, die Umrisse eines auftauchenden und springenden Delfins zu zeichnen. Als sie das scheinbare Lächeln des Schnabels und der großen Augen fertig gestellt hatte, drehte sie sich um und starrte Daidaloos an. Er war zögernd aufgestanden.

Mit jedem Wort sicherer, mit vom Würgen rauer Stimme, sagte die junge Fremde: »Ich schulde dir mein Leben. Verlange von mir, was du willst – ich geb' es dir.«

»Später ist Zeit genug«, antwortete er leise. Sie ließ den Mantel fallen und stellte sich auf die Zehenspitzen. Als sie nackt vor ihm stand, sah er, dass sie binnen weniger Monde zur Schönheit heranreifen würde. Sie streckte die Arme aus und legte sie seitlich vor die Zeichnung des Delfins.

»Ich bin Perseïs aus Daron, nahe Mykenai. Nimm mich!«

»Daidaloos aus Athenai«, antwortete er und schüttelte den Kopf. »Nicht jetzt, nicht so. Chronos hat die zuerst die Zeit geschaffen, dann erst zeugte er den Zeus. Wir haben alle Zeit der Insel der Winde, meine Schönste.«

Sie schien nicht enttäuscht, aber sie wurde rot, dann erbleichte sie und begann zu schwanken.

Er nahm sie in die Arme und hörte im halb vergessenen Dialekt seiner Heimat: »Du siehst aus wie ein kluger Mann.« Ihre Lider flatterten, sie gähnte, bis Tränen in den Augenwinkeln erschienen. »Wahrscheinlich hast du recht. Verlang von mir, was du willst ... wenn ich's kann ...«

Ungefähr einen Zehntag später hatte eine Bedienstete des Minos das Haar Perseïs' drei Handbreit gekürzt, widerspenstige Härchen im Nacken und an den Schläfen geschoren und die übrig gebliebene Mähne mit Hilfe eines duftenden Öls und Hunderter Bürstenstriche in fließendes, fast goldenes Nussbraun verwandelt.

Andere Öle und Balsame und Sonnenlicht ließen die Verletzungen vernarben und verschwinden; ihre Haut war makellos und von der Farbe frischen Olivenöls. Das Mädchen öffnete sich wie eine Frühlingsblüte, und Daidaloos sah es mit ungläubigem Staunen. Er rührte sie nicht an, aber er vollendete ihre Wandzeichnung mit kräftigen Linien und den richtigen Farben.

Abermals einen Zehntag später, tief nachts, als ein Herbststurm Funken aus dem Glutloch des Brennofens wirbelte und die Flämmchen der Öllampen zittern ließ, trat Perseïs, eine von ihm geschmiedete, versilberte Schale voll Wein in beiden Händen, an sein Lager und flüsterte: »Der Wein für unsre Leidenschaft, mein Liebster.«

Er nickte und blickte in den fernen Abgrund ihrer strahlenden Augen. Sie tranken abwechselnd Schluck um Schluck des dunklen Gebräus, das in der Kehle brannte wie Ameisenbisse. Sie stellte die Schale neben das Lämpchen, streifte den blauen Kittel ab und streckte sich neben ihm aus. Sie schmiegte sich in seinen Arm, lag still da, und später suchten ihre unruhigen Finger sein Gesicht. Kurze Zeit darauf begann Perseïs zu weinen; zuerst still, dann heftiger, schließlich schluchzte und zitterte sie wie ein verprügeltes Tier und warf ihren Körper hin und her.

»Nicht jetzt, Liebster«, brachte sie später heraus, lag ruhig da und schlief auf dem nassen Kissen ein. In der nächsten Nacht verführte sie ihn mit einer Kunstfertigkeit, die sie eine Göttin gelehrt haben mochte. Den Rest, der blieb, lehrte Daidaloos sie in zärtlichen und leidenschaftlichen Nächten; dies war nicht wenig.

Die Männer, die aus dem Wrack gerettet und vor den Minos gebracht wurden, schwiegen zunächst über ihre Herkunft und den Hafen des Schiffes. Der Minos stellte sie vor die Wahl, zu reden oder an den schmerzhaften Folgen zu sterben, die eine zweite, längere Befragung unzweifelhaft mit sich bringen würde. Sie versuchten lange, auf die Fragen nicht zu antworten, aber dann gestanden sie, Menschenräuber zu sein, von Insel zu Insel zu segeln und die schönsten Mädchen und Frauen zu entführen, die sie fanden und fangen konnten.

Ihr Schiff kam aus einer Stadt unweit der Bucht von Mykenai, von einer zauberhaften Insel, die einem braunhäutigen Fremden gehörte, der die Küste durch bewaffnete Söldner bewachen ließ. Weder der Name dieses Mannes noch der Insel war je bekannt gewesen, und dabei blieb es auch, nachdem der Minos den Sklavenfängern mit einem Trunk Deiones große Schmerzen zugefügt hatte und sie schließlich, als man im Palast die Schreie nicht mehr hören wollte, erdolchen ließ.

Und jetzt, als die Schiffe abgelegt hatten, der Minos zurückgekehrt war und der Zeit des spätsommerlichen Tanzes näher rückte, betrachtete Perseïs, neben Daidaloos an die Brüstung einer Palastterrasse gelehnt, das fertige Labyrinth. Wolkenschatten und Sonnenstrahlen fuhren über die Insel hinweg und ließen viele Steinchen im großen Bild aufleuchten.

»Ich vermag noch immer nicht zu glauben«, staunte die junge Frau, »dass selbst der Minos den Schlängelpfad nicht einmal verlassen kann. Die Linie führt über den gesamten Platz.«

»Mehrere Male fast in sich selbst zurück. Dreimal muss der Minos ihr folgen.«

»Bei Dunkelheit, im Licht von Feuern und Fackeln, und beim Geschrei von tausend Leuten, Daidaloos! Und du hast alles gezeichnet.«

»Mit der Hilfe dreier seltsamer Frauen. Priesterinnen«, antwortete er geringschätzig. »Aber das ist der Preis der Herrschaft.«

Sie legte die Hand auf seinen Arm und stellte die nächste Frage. Ihr war bewusst, dass der Wechsel auf dem steinernen Doppelthron in der Halle für sie und Daidaloos wenig Gutes bedeuten konnte. Dort, wo der gekennzeichnete Pfad die Darstellungen einer Doppelaxt kreuzte, musste der Läufer eine bestimmte Zeremonie ausführen, deren Art die Mondpriesterin noch durch ein Orakel erfahren würde.

»Und weil nur ein Mann, der sich jeden Schritt zu merken vermag«, führte Daidaloos ruhig aus, »den Lauf fehlerlos beenden kann, ist es für einen der Söhne des vorherigen Minos sehr schwer, wenn nicht unmöglich, alles richtig zu machen.«

»Ich habe den Minos, zwei Fackeln in den Händen, einige Male nachts hier rennen gesehen«, gestand Perseïs und deutete auf einen Stierschädel aus Granit, mit dem weit ausladenden bronzenen Gehörn und den Augen aus Muschelschalen, der an einer Abzweigung des labyrinthischen Fadens auf einem Kalksteinsockel thronte. »Und dieser Schädel ... ?«

Daidaloos lachte in sich hinein und streichelte ihren Rücken.

»Wenn der Läufer, wer auch immer, dreimal ohne Fehler den Pfad und alle Haltepunkte hinter sich gebracht hat, muss er die Hörner packen und sich springend über den Schädel schnellen. Dann ist er der neue Minos – oder der alte geblieben.«

»Ich will, dass der alte bleibt.«

»Ich auch, Gefährtin meiner Träume«, schloss Daidaloos und wandte sich ab. Heute wollte er in seiner Harfe die elfte und zwölfte Saite anbringen; aus drei und fünf Haaren Perseïs' geflochtene feine Stränge, von denen er sich besonderen Wohlklang versprach.

12
Die ersten fernen Takte des Tanzes

Rico, der schier »allwissende« Robot, hatte unter Zuhilfenahme aller seiner Speicher, Parameter, Informationen, Analysen und Beobachtungen errechnet, dass in 22 Nächten der Vollmond am Nachthimmel stand, was einfach gewesen war, und dass der Tanz mit größter Wahrscheinlichkeit in dieser Nacht, an diesem Abend, begann. Unsere Beobachtungen stützten diese Berechnung. Zuerst kehrten die Hirten und ihre Herden zurück.

Schafe und Ziegen, schwer in ihrem Sommerfell, kamen, von kläffenden Hunden begleitet, mit den Hirten aus allen Richtungen langsam auf Knossos zugewandert. In den hochrädrigen Karren lagen die Käselaibe. Andere Arbeiter trugen aus den Salzfeldern die Ausbeute des Sommers in die Stadt und in den Palast; wahrscheinlich füllten sie mit dem Meersalz einige der Riesenkrüge, zwischen denen ich mich fast verirrt hatte.

Nur zwei kleine Nachbeben hatten uns und die Kreter um Knossos beunruhigt. Zwar hatten Mauern und Wände gewankt, Dächer sich geschüttelt und waren die Tiere in Panik geraten, aber es hatte keine Toten unter der Bevölkerung gegeben.

Maraye und ich steuerten die Sonden in immer größeren Kreisen über das Land. Die Schiffe waren hoffentlich vor den Mündungen des Hapi oder steuerten Mennefer an. Thot-K'aima spionierte weiterhin in der Stadt und im Palast, und bisweilen sahen wir einzelne Parusati, die zu ihrer Quellhöhle pilgerten.

In der Mesara-Ebene, einem der fruchtbarsten Teile der Insel, beobachteten wir, wie ein seltsames Bauwerk entstand. Nun, es war nicht viel seltsamer als die wuchtigen Tempel und Burgen, die von den Barbaren an unzählbaren Stellen rund um das Binnenmeer errichtet wurden, aber es schien dennoch eine andere Bedeutung zu haben.

Viele Arbeiter und Steinmetze, die in flüchtig errichteten Hütten wohnten, hatten aus Erdreich und Geröll einen kreisrunden, kuppelförmigen Hügel aufgetürmt, vielleicht drei, vier Mannslängen am Scheitelpunkt hoch. Die Kuppel war erstaunlich genau geformt. Auf diese Oberfläche legten die Kreter roh behauene Steine, deren Flanken sich gegenseitig stützten. So entstand langsam eine selbsttragende Kuppelkonstruktion; einfach, aber offenbar für die Ewigkeit gedacht – nicht zu vergleichen mit den Totenmalen der Rômet.

An die Kuppel schloss sich ein Zugang an, zwanzig Schritte lang und zwei Mannslängen hoch, auch er als halbrundes Gewölbe gedacht. Beide Bauwerke waren etwa zur Hälfte fertig. Die Blöcke, aus denen sie errichtet wurden, stammten aus der Umgebung, waren aus dem Boden gebrochen oder mit aufquellenden Holzkeilen aus kleinen Steinbrüchen gehauen und herbeigeschafft worden. Die Fugen dazwischen füllten die Arbeiter mit flachen Steinen und Trümmerstücken aller Art und strichen weichen Lehm in alle Spalten, die noch blieben. Jeder arbeitete mit großer Sorgfalt.

»Thot hat erfahren, dass vor vielen Jahren die Inselbewohner ihre Toten in Höhlen bestattet haben«, sagte Maraye, nachdem wir zwei Tage lang diesen und anderen Arbeiten zugesehen hatten. »Es soll, sagen sie, Tausende Höhlen geben. Auch eine Geburtshöhle des Zeus, in der Gegend des Berges Ida.«

»Und nun begraben sie ihre Anführer und Herrscher, glaube ich, in solchen Kuppelgräbern.« Ich war überzeugt davon, dass jenes Erdreich, das jetzt noch die Konstruktion stützte, herausgetragen und auf die Kuppel geschüttet werden würde; so entstand ein bewachsener Hügel mitten in der flachen Landschaft, der kommenden Geschlechtern vielleicht ein Rätsel sein würde.

Spät am nächsten Morgen, während wir überlegten, einen der vielen leeren Strände oder eine Lagune im Westen der Insel zu besuchen und im Meer zu schwimmen, meldete sich die Nymphe. Das Bild im Holoprojektor baute sich auf, und ich verdunkelte den Schirm, um Thot besser sehen zu können. Wir begrüßten uns, und ich erkannte, dass sie aufgeregt darauf wartete, uns eine wichtige Mitteilung entgegenzusprudeln.

»Ich hab's!«, rief sie. »Ich weiß alles, Fürst.«

»Erhelle uns, Schönste«, antwortete ich lächelnd. »Was weißt du, was wir noch nicht wissen?«

»Der Tanz, Fürst Atlan!« Sie nannte mich nur mit meinem Namen, wenn es wichtig war und sie »Fürst Ahiram« vorübergehend vergaß. »In den Palastnächten erfährt eine Unsichtbare alles.«

»Wann tanzt der Minos?«

»In zwanzig Tagen.«

»Wie hast du das erfahren, Schwester?«, wollte Maraye wissen und machte eine anerkennende Handbewegung.

Thot lachte übermütig und sagte, ihre Worte durch entsprechende Gesten unterstützend: »Der Minos hat alle Rômetgeschenke in seine Schatzkammer schaffen lassen. Du kennst sie, Fürst. Araia, die Frau im Wagen des Minos, ist seine allnächtliche Begleiterin. Er dampft vor Leidenschaft. Sachmet, die Goldene mit den Schnurrhaaren, fördere die Ausdauer seiner Lenden – behauptet er. Ich habe gehört, wie er zu Araia sagte, noch siebzehn Nächte könne er ihre Leidenschaft erfüllen. Dann müsse er sich drei Tage und Nächte lang zurückziehen und die Orakel der Mondpriesterin abwarten, bestimmte Nussbaumzweige schneiden lassen und sich vorbereiten.«

»Nun wissen wir es aus berufenem Mund«, stellte ich zufrieden fest. »Was hast du noch herausgefunden, Thot?«

Sie schilderte, was sie aus verschiedenen Wortwechseln, zu unterschiedlichen Zeiten und von mehreren Personen aus dem Umkreis des Herrschers erfahren und dann zusammengestellt hatte.

»Dreimal muss der Minos fehlerlos der Linie des Labyrinthos folgen und bei den Labrys stehen bleiben, um Opfergesänge anzustimmen. Dasselbe gilt für seine jungen Herausforderer. Nach dem dritten Mal springt er über den Stierschädel und ist neuer, alter Minos.«

Obwohl ich meinem unfehlbaren Gedächtnis vertraute, wäre dieses getanzte Rennen im Feuerschein und bei Fackellicht auch für mich eine große Herausforderung gewesen.

Thot-K'aima redete weiter: »Aber er rennt zuletzt. Die Herausforderer sind die Söhne seines Vorgängers. Es sollen fünf junge Männer sein. Perdix, Phaidra und Phinais haben ihnen, wenn einer von ihnen siegt, unnennbare Sinnesfreuden versprochen. Die gleichen Reden, mit allen Reizen ihres Körpers prangend, führte die wilde Araia, und sie zumindest ist sicher, dass sie nach dem Tanz auf dem steinernen Doppelthron in der Halle neben dem alten Minos sitzen wird.«

»Das alles hast du im Palast herausgefunden?« Maraye nickte anerkennend, und Thot genoss unser Lob mit stolzem Lachen.

»Das alles und noch viel mehr. Zwischen den Zimmern und Räumen und Korridoren, die niemand zu zählen vermag, ist nachts ein flüsterndes Kommen und Gehen, mit kleinen Lichtern und auf bloßen Sohlen. Jeder treibt es mit jedem, so scheint's. Nur die Kinder schlafen nachts. Dort wohnen wohl Tausende und Abertausende.«

Ich lachte schallend. »Wenn es fünfmal Hundert sind, so ist diese Menge wohl auch übertrieben. Was glaubst du – werden die jungen Männer den Alten besiegen?«

»Ich habe ihm viermal zugesehen, wie er nachts, mit zwei Fackeln, wie ein ... nun, wie der Sieger auf dem Mosaik-Faden gelaufen ist. Ich konnte keinen Fehler entdecken, Fürst, aber auch ich sehe nicht alles.«

»Ich werde mich darum kümmern«, versprach ich. »Sind die anderen Mondpriesterinnen schon im Palast? Womöglich in einer anderen Höhle, ähnlich verwahrlost wie Deione?«

»Nein. Ich wüsste es, Fürst.« Thot-K'aima schüttelte wild den Kopf. »Man würde ihnen Essen und Wein bringen.«

»Noch eine Frage«, sagte Maraye. »Wir haben viele Parusati gesehen, anscheinend auf dem Weg zu deiner Quelle. Besuchen die Leute aus Knossos die Quellnymphe?«

»Sie kommen mit Geschenken und holen sich Rat«, bestätigte Thot, plötzlich ernst geworden. »Was sie tun sollen, fragen sie, um den Göttern ...« sie suchte nach dem richtigen Wort, »... wohlgefällig zu sein und ein gutes Leben in Gesundheit zu haben und schöne Kinder nach einer leichten Geburt. Ich antworte, so gut ich es bei Nebit Chrateanch und von euch gelernt hab.«

Mitunter konnte ich auf meine Kenntnis der wahren Natur der Barbaren von Larsaf Drei stolz sein. Oft hatte ich mich geirrt, weil ich arkonidische Maßstäbe angesetzt hatte, aber im Haus der schönen Chrateanch, in der Oase Ihuta des Sandmeeres, hatten sie und ich die beste Wahl getroffen. Der neue Name und die Verantwortung – und die Schulung in Ricos hochtechnisiertem Labor – hatten einen großen rohen Edelstein zu einem Meisterwerk mit vielen Spiegelflächen geschliffen.

Asyrta-Maraye fasste meine Überlegungen zusammen, als läse sie meine Gedanken, schenkte der Dunkelhäutigen ihr schönstes Lächeln und sagte leise und anerkennend, in schwesterlichem Ton: »Du bist wirklich eine liebenswerte Person und eine wahre Freude, Thot! Bleibe unsere Freundin! Wenn wir die Insel der Winde verlassen, werden wir in herrlichen Erinnerungen schwelgen können. Und – Atlan und ich wollen, dass der alte Minos bleibt.«

»Das will ich auch«, bekräftigte die Nymphe. »Und die meisten Parusati wollen es ebenso. Aber ... ich höre, dass Besucher kommen. Mit Käse, Wein, Salz und allerlei Gesponnenem, und mit Fragen an die Götter. Ich rufe euch, wenn ich mehr weiß. Jetzt stell' ich meine Füße wieder in den Teich und seh' den Fröschen zu.«

Das Bild erlosch. Maraye und ich blickten hinüber nach Knossos und fragten uns, wie lange wir noch auf der Insel bleiben und wohin uns die Winde der Zukunft treiben würden.

Es gab noch immer Dinge oder Umstände, an die ich mich nicht gewöhnt hatte. Eine dieser befremdlichen Erscheinungen war, dass ich, hüllte ich mich in den Deflektorschirm, keinen Schatten warf. Selbst jetzt nicht, am hohen Mittag, an dem alle Kreter schliefen, und an dem ich allein auf der Agora stand, am Anfang der labyrinthischen Linie des kolossalen Mosaiks. Maraye beobachtete mich aus dem ebenso wenig sichtbaren Gleiter.

»Mach keinen Fehler, Arkonide«, sagte ich mir. »Wahrscheinlich hängt wieder viel von diesem Versuch ab.«

Ich holte tief Luft, konzentrierte mich und folgte dem Band aus dunklen Steinen, das nicht breiter als knapp eine Elle war. Schritt um Schritt prägte ich mir den Verlauf und die Windungen ein, in denen ich kein Schema zu erkennen vermochte. Es gab keine Knoten und kaum gerade Strecken, was bedeutete, dass ein Läufer seinen Körper ständig nach rechts oder links werfen musste. Nach neunundvierzig Schritten – sieben mal die Heilige Zahl – hielt mich ein schwarzes Mosaik-Doppelbeil auf. Ich wandte mich an eine Masse unsichtbarer Zuschauer um, deklamierte brummig den Anfang eines alten arkonidischen Heldenepos', hob meine Arme zum Himmel und ging weiter.

Der Weg führte am Rand des Mäuerchens entlang, zur Mitte und wieder hinaus, über die nächste Labrys, vorbei an kupfernen Feuerschalen, wieder in die Nähe des Anfangs, über eine dritte Axt-Markierung, dicht am Anfang vorbei – eine tückische Falle, die in der Dunkelheit leicht zu übersehen war, und dann in einer engen Windung wieder zum Beginn des Rennens. Ich durchschritt das Labyrinth dreimal und war sicher, nichts übersehen und wir nichts falsch gemerkt zu haben.

Am Abend und in der Nacht des Tanzes würden die Terrassen des Palasts voller Menschen sein, auch jenseits der Mauer würden sie warten und jeden Schritt und jeden Fehlschritt beobachten, schreien und jubeln und enttäuscht aufheulen, die Tänzer anfeuern oder halb betrunken kreischend beschimpfen. Ich beneidete den Minos wahrlich nicht um diese Pflicht.

Jemand hatte Körner auf dem Mosaik verstreut. Ein Schwarm Sperlinge pickte sie tschilpend auf; nicht einmal die Tierchen spürten meine Anwesenheit. Ich grinste grimmig, verließ die Agora und ging zum Gleiter zurück.

Maraye reichte mir einen Becher kalten, gemischten Wein und spottete: »Dein Ehrgeiz bringt dich, hoffe ich, nicht dazu, den Tanz zu gewinnen. Obwohl – als Königin von Knossos würde ich dir eine aufmerksame Gemahlin sein, Liebster.«

»Du hast Besseres verdient«, antwortete ich lachend und betrachtete den leeren Platz vor der Kulisse des aufgetürmten Palasts. Die Vogelschar war aufgeflogen. »Wenn schon am Rand der Kultur, dann im Hapiland oder auf der Sandaleninsel.«

»Müssen wir hier warten, oder ist es dir ernst mit dem Bad im Meer?«

»Mir ist nach Meer, nach Wellen und nach dir«, bestätigte ich. »Mit gehörigem Süßwasservorrat und einem Laib von Thots Geschenk-Schafskäse.«

»Wann?«

»Morgen früh. Thot muss wissen, wo wir sind, und Rico muss uns orten können. Irgendwo weit im Westen. Du kennst die Karten. Hast du schon eine sandige Stelle ausgesucht?«

»Drei oder vier«, berichtete sie. »Sie scheinen märchenhaft leer zu sein. Bis auf Treibholz und Schwemmgut.«

»Wir entscheiden uns für die schönste, wenn wir dort sind«, versprach ich ihr. »Was wir mitnehmen, suchen wir heute aus. Zwei Tage und Nächte?«

»Drei, Atlan. Siebzig Stunden, in denen wir den Palast nicht sehen und weit weg von den Sorgen des Minos sind.«

Ich startete den Gleiter. »Einverstanden, o verhinderte Königin.«

Den Rest des Tages verbrachten wir damit, Ausrüstung und Proviant für drei Tage auf der Ladefläche des Gleiters zu verstauen und auf den gestochen scharfen Höhenaufnahmen Ricos sorglos den schönsten Platz auszusuchen.

Weit entfernt von der Burg Kydonia, über einer bergigen Halbinsel, steuerte ich den Gleiter hinunter zu einer weiten Bucht mit einem halbmondförmigen Strand aus fast weißem Sand. Zwischen den Ausläufern zweier niedriger Dünen setzte ich auf. Binnen kurzer Zeit wurde das kleine Kuppelzelt aufgeblasen, wir steckten Pfähle in den Sand, an denen die Projektoren des energetischen Schutzzauns befestigt waren. Ich verständigte mich mit Rico und schaltete einen Bildfunkkanal zu einer der Stationen auf jener Insel, an deren unterseeischem Sockel die Schutzkuppel in ewiger Dunkelheit und Stille versunken war.

Wir waren sicher – und allein. Knöcheltief zischelte die Brandung an den Strand. Nur einige Möwen näherten sich uns in neugierigem Flug und lauten Schreien, als würden sie darüber klagen, dass wir sie gestört hatten. Wir tranken kalten Sud, mit ein wenig Wein gemischt, ölten uns gegenseitig mit kretischem Balsam ein und liefen nackt ins Wasser, das uns zunächst viel zu kalt erschien. Ein Genuss, den wir lange entbehrt hatten – Schwimmen im Meer, das, wie wir feststellten, doch noch überraschend viel von der sommerlichen Wärme gespeichert hatte. Hier war es leicht, Pläne zu machen und uns, noch immer und wieder einmal, unserer Liebe zu versichern.

Die Überlegungen, welchen gemeinsamen Weg wir nach dem Tanz des Minos' einschlagen wollten, waren schwieriger. Es gab, darüber herrschte Klarheit, mehrere Möglichkeiten. Zurück zu Amenemhet und seinem Sohn? In die Höhle der Sandaleninsel? In die Überlebenskuppel, in Ricos Obhut und einen langen Tiefschlaf? Oder einen Flug zu alten Stätten der Erinnerung …

Nach stundenlangen Reden in den Nächten, in denen wir uns liebten, allein unter den Sternen, dem Band des Götterwegs und dem schwellenden Mond, waren wir so gut wie entschlossen, den alten Herrn im Per-Ao zu besuchen und dann, mit allem, was wir inzwischen mit uns herumschleppten, in das Schlafgemach aus Arkonstahl zurückzukehren. In einen Teil unserer Überlegungen bezogen wir Thot-K'aima mit ein; sie sollte nicht in ihrer Quellhöhle zur alten, weisen Nymphe verwittern.

13
Einige Tage nach Halbmond

»Da ist Miron, Fürst von Mallia«, begann der Minos leise aufzuzählen, »dann von Feistos jener Boran und Halios aus Gurnia. Dazu Belos aus Zakkeron und zuletzt Aiakos aus der Burg Kydonia. Fünf gegen mich. Alle jünger als ich und wild entschlossen, über die vollen Speicherkrüge des Palasts zu herrschen! Ein langer Tanz, alter Herrscher!«

Er wandte sich Daidaloos zu. Das Haar des Minos klebte schweißnass am Kopf, auch der Bart war feucht. Der Minos tunkte einen Fetzen Fladenbrot in die Zwiebelpaste und schob ihn zwischen die Zähne. Brotbrösel verfingen sich im Bart.

»Vor einem Jahr bestand das alles hier noch aus Sand in verschiedenen Farben«, sagte Daidaloos, »und aus Nadeln, Blättern und kleinen Steinen.«

»Und wir haben's dreimal neu schütten und glätten müssen.« Der Minos redete undeutlich und rülpste. »Da waren es nur drei Tänzer, und ich war der Beste.«

»Du wirst auch dieses Mal der Beste sein, Minos.«

»Du glaubst es?«

»Fast alle in Knossos glauben es. Die meisten hoffen es.«

Daidaloos und der Minos saßen auf einer Steinbank im Schatten der jungen Bäume am Rand des Labyrinths. Vor wenigen Atemzügen hatte der Minos seinen täglichen Lauf entlang des Pfades ohne Fehler hinter sich gebracht. Es beendete ihn mit dem Sprung über den Stierschädel; der Sprung war ihm nicht völlig geglückt.

Araia, das Haar zu einem langen Zopf geflochten, der abwechselnd über ihren Rücken und die bloßen Brüste pendelte, hatte den Männern Wein und Essen gebracht und sich zurückgezogen, um das Gespräch nicht zu stören. Jetzt führte sie im Labyrinth kichernd tänzelnde Schritte aus und stolperte immer wieder vom Pfad.

Daidaloos beobachtete sie und fragte sich, warum er ihre schwellende, tierhafte Schönheit bisher nicht wahrgenommen hatte. Bevor Perseïs in sein Leben gekommen war, hatte er mitunter bei den verstoßenen Gespielinnen des Minos gelegen.

»Wenn einer der Jungen besser tanzt als ich«, begann der Minos und wischte sich rötlichbraune Paste aus den Barthaaren, »wird er alles verändern. Kein Schiff, keine Flotte, kein Handel mit den Tameri-Leuten, keine reichen Bauern und Handwerker.«

»Nicht alles würde er ändern«, schwächte Daidaloos ab. »Zuerst würde er Perseïs und mich aus dem Palast werfen und in die Wildnis treiben. Oder von der Insel verbannen.«

»Weil die jungen Fürsten glauben, sie könnten alles besser als wir Alten.« Der Minos lachte heiser. Nicht viele Jahre trennten beide Männer. »Ungeduldig sind sie! Die guten Dinge, die mir und dir gelungen sind, haben viel Zeit gebraucht.«

»Und noch mehr Mühsal.«

Es war ein offenes Geheimnis, dass einige der Frauen, frühere Gespielinnen des Minos, neben dem neuen Minos thronen wollten. Der Minos hatte noch keinen Sohn gezeugt, und die Frauen setzten ihre Hoffnung darauf, dass ein Fürst von Mallia oder Kydonia sich von ihrem Liebreiz und dem Wohlleben im Palast überwältigen ließ.

»Ich sollte sie alle vergiften!«, rief der Minos mit unterdrückter Stimme und grinste Daidaloos an. »Oder erschlagen. Denk' nur – die fünf könnten seit Tagen im Palast wohnen und lernen, wie sie den Pfad entlangtanzen müssen. Aber sie leben in den Häusern ihrer Verwandten und feiern dort schon ihren Sieg! Sie vertrauen darauf, dass ich Fehler mache!«

»Weil das so ist und weil die jungen Fürsten keine allwissenden Götter sind, o Minos«, beschwichtigte Daidaloos, trank den Weinbecher leer und stand auf, »wirst du den Tanz als Sieger beenden, mit einem kühnen Sprung.«

»Ich werde Rat bei der Quellnymphe suchen«, versprach der Minos und bohrte seinen Blick in Daidaloos' Augen. »Wir fahren nach Mallia, du und ich, zum Schiff. Noch heute.«

Er winkte Araia und brüllte: »Sag' dem Sarmos, er soll die schnellsten Pferde einspannen! Es geht zur Werft. In zwei Stunden, Daidaloos?«

»Ich werde bereit sein, Herrscher.«

Der Minos nahm einen Schluck Wein, schüttete das warmgewordene Gebräu achtlos über die Schulter und warf den Rest des Brotes zwischen die Baumwurzeln. Nebeneinander gingen die Männer zum Palast und kletterten die Treppe hinauf. Eine Schar Sperlinge und Tauben flatterte aus dem Nichts herbei; die Vögel stritten sich um das Brot. Daidaloos, der viermal den Minos als Sieger erlebt hatte, fragte sich, ob Ehrgeiz, Jugend und Leichtfertigkeit, Siegeswillen und größere Ausdauer besser sein konnten als die abwägende Klugheit des Älteren.

Die Fahrt, während der Sarmos weder die Pferde noch die Insassen schonte, hatte die letzten Gedanken zu Trümmern gerüttelt. Trotzdem staunte Daidaloos, als er staubbedeckt und schwankend auf dem Wagen stieg, über das Bild, das sich ihnen bot.

Das Schiff. *Sein* Schiff. Das erste einer minoischen Flotte.

Die Handwerker – es waren dreimal so viele wie vor dem Besuch bei den fremden Schiffen – unterbrachen ihre Arbeit, begrüßten den Minos und Daidaloos und erwarteten deren Lob. Langsam gingen die beiden zum Schiffsrumpf und schwiegen beeindruckt. Der Kiel und die Spanten des dreißig große Schritte langen Schiffes waren fertig gezimmert. Vom Kiel aufwärts waren bis in Hüfthöhe alle Planken befestigt, und ein Teil von ihnen glänzte in leuchtendem dünnem Kupferblech. Ohne das Vorbild des Rômetschiffes wären viele Arbeiten mühevoller und weniger erfolgreich gewesen.

»Ihr seid wahre Meister!«, rief Daidaloos. »Wie gut habt ihr alles den Fremden abgeschaut!«

»Und deinen Zeichnungen, o Daidaloos!«

Die Planken, auch die eines Teiles des Bugdecks, waren doppelt so dick wie das Holz der fremden Schiffe. In kupfernen Trögen wurden gleichlange, zugesägte Planken über Feuer und Glut gekocht, mit hölzernen Zangen herausgefischt, über einer gekrümmten Lehre gebogen und mit eingesteckten Pflöcken festgehalten, bis sie erkaltet waren, denn dann hatten sie eine neue Spannung erhalten und blieben leicht gewölbt.

»Was ich sehe, freut mich«, sagte Daidaloos, nachdem er zweimal um das Schiff herumgegangen und jede Kleinigkeit prüfend angestarrt und abgeklopft hatte. Erst im Meer und bei hohem Wellengang würde das Schiff seine Tüchtigkeit beweisen können. Er klatschte in die Hände und lachte jeden Handwerker an. Der Minos schrie: »Sarmos! Die Krüge her! Wein für alle!«

Sarmos schwankte heran, beide Krüge in den Armen. Sie hatten wunderbarerweise die Fahrt unbeschadet überstanden. Der Aufseher brachte Holzbecher zum Vorschein, und Daidaloos betrachtete weiterhin das hölzerne Werk.

Die meisten Planken waren in Nut und Feder gearbeitet und saßen unverrückbar ineinander, durch Reihen glänzender Bronzenägel an den Spanten befestigt. In den Fugen klebten Streifen aus Wollgewebe, mit kostbarem Erdpech getränkt. Über dem Kupfer, das vielleicht an der Wasserlinie endete, bedeckte stumpfschwarze Farbe das Holz.

»Der Mast, die Ruder, die Riemen und das Tauwerk – werdet ihr vor den Herbststürmen fertig?«, urteilte Daidaloos und legte den Arm um die Schulter eines Vorarbeiters.

Der Angesprochen legte die Stirn in Falten und brummte: »Wenn wir die Seile ... die Taue und Schnüre ... bald aus Knossos bekommen, schaffen wir's vielleicht. Aber da sind die Befestigungen für die Seitenruder, und das wird schwer, Meister der feinen Modelle.«

Sie verbrachten fast zwei Stunden mit Reden, weiteren Zeichnungen, dem Prüfen geeigneter Hölzer und Balken – von denen es, in großen Stapeln gelagert, übergenug gab – und der Lösung von Problemen mit einem bronzenen Bohrer.

Dann hob der Minos, von innerer Unruhe erfüllt, den Arm und rief: »Zurück nach Knossos. Hat euch Miron von Mallia schon besucht?«

»Er war einmal hier, hat lange den Rumpf angestarrt und gefragt, ob wir auch etwas Nutzvolles bauen können. Hausdächer, Kampfwagen oder dicke Säulen.«

Der Minos und Daidaloos wechselten lange, bedeutungsvolle Blicke, dann ging der Minos zwischen den Handwerkern hin und her und schüttelte das Handgelenk eines jeden, auch der Jungen, die mit Bimsstein verschiedene Holzteile glattschliffen.

»Wenn euer Meisterwerk schwimmt, wenn sich das Segel bläht und wenn ihr beim Segeln nicht alle im Meer ersauft – dann feiern wir im Palast ein gewaltiges Fest, Männer!«

Er verschwieg seine Selbstzweifel, schritt zum Wagen und winkte Daidaloos, dem es schwer fiel, sich vom Anblick des Schiffskörpers loszureißen. Obwohl die Weinkrüge nicht mehr zwischen den Beinen der Männer standen, ging die Fahrt zurück nach Knossos langsamer und erschöpfte die Pferde weniger.

Der junge Bote, der das Geschenk des Minos an die Quellnymphe gebracht hatte, kam zurück und berichtete ihm, dass Thot-K'aima ihn bei Sonnenuntergang erwarte. Minos hängte den Schwertgurt über die Schulter, schob den Dolch in den Gürtel und suchte eine besonders gute Fackel heraus. Er verriet lediglich Araia, wohin er ging. Sie wollte ihn begleiten, aber er schüttelte nur den Kopf. Sie versprach, ihn auf seinem königlichen Bett zu erwarten, um ihn vor den erzwungenen Nächten der Enthaltsamkeit auch noch in diesen späten Stunden mit all ihrer Leidenschaft zu verwöhnen.

Er sagte sich, dass jeder andere Mann an seiner Stelle ebenso unruhig sein würde, wenige Tage vor dem alles entscheidenden Tanz. Er empfand keine Furcht, aber die Unsicherheit blieb. Hundert Mal hatte er alles begrübelt. Hatte er auch nur einen Teil der Aufgabe leicht genommen? Nein. Immer wieder hatte er sich geprüft; ihm fehlten nur noch die Zweige und der Wortlaut der Anrufungen, die ihm die Mondpriesterinnen mitteilen würden.

Die Vermählung mit Deione war symbolisch; sie mussten, die Arme durch ein Band verknotet, die Treppe des Palasts hinaufgehen und eine Stunde in seinem Schlafgemach verbringen.

Er merkte nicht, dass er den Eichenwald erreicht hatte und am Beginn der Treppe stehen blieb. In seiner Jugend hatte es die Stufen nicht gegeben – waren sie von Göttern für die Nymphenhöhle geschaffen worden? Er packte den Dolchgriff, hielt die Luft an und sah sich um. Niemand lauerte ihm auf, niemand war ihm gefolgt. Vom Quellteich her hörte er jene fremdartige Musik, die in der Luft schwebte, obwohl niemand ein Instrument spielte.

Der Minos nahm eine Stufe nach der anderen und rief im oberen Viertel: »Ich bin es, o Nymphe. Der Minos erbittet deinen Rat.«

Sie hatte ihn erwartet. Am Höhleneingang brannten sieben Ölflämmchen. Ein herrlicher Geruch erfüllte die Höhle, die er aus seiner Jugend anders, kleiner und unheimlich in Erinnerung hatte. In weißen Schüsselchen lagen Käsewürfel, gewürzt, mit Honig übergossen, mit einem Vogelei darüber und auf unbekannte Weise erhitzt und kräftig gebräunt; in jedem Gefäß steckte ein Löffelchen.

»Komm näher, o Minos«, forderte sie ihn auf. Heute trug sie ein langes, weißes Gewand, dessen Seiten geschlitzt waren und ihre langen Beine zeigten. »Dein Bote wusste nicht, um welchen Rat du mich bitten willst. Setz dich, rede mit mir; fühlst du, wie der Sommer, die Luft und alle Dinge sich ballen und den großen Augenblick erwarten?«

Er setzte sich auf das Kissen, das auf einem Steinwürfel lag, aber erst, nachdem er die Fackel und den Schwertgurt zu Boden gelegt hatte.

»Viele spüren es«, antwortete er und blickte in die großen, schwarzen Augen der Nymphe. »Viele fürchten dies. Ich fürchte mich nicht, aber es mag sein, dass Zeus oder ein anderer Gott mir aus deinem Mund einen Rat gibt. Oder sie sagen: Sei gewiss, Minos, dass deine Herrschaft erhalten bleibt.«

Thot-K'aima spielte mit den großen weißen Perlen ihres Halsschmucks und antwortete einige Atemzüge später: »Die Götter wissen, dass ein guter, besonnener Herrscher nicht durch das Gewinnen eines Tanzes geschaffen wird, dessen Regeln nicht einmal Chronos kennt. Aber so ist es nun einmal, und der Ritus muss erfüllt werden. Ich weiß, dass du alles getan hast, um zu gewinnen.«

Sie ließ eine Pause eintreten, reichte ihm eine Schale und füllte die Becher. »Fünf junge Männer warten ungeduldig darauf, dass sie lostanzen dürfen. Ungeduld verleitet zu Fehlern. Du sollst ruhig warten, ohne Wein zu trinken, bis man dir die Zweige reicht.«

»So wird es geschehen.« Der Minos nickte schwer.

»Götter und Nymphen zeigen sich den Sterblichen nur, wenn sie wohlgestimmt sind«, führte Thot weiter aus. »Jedes Kind weiß, dass sie unsichtbar sind und dass ihr Wirken rätselvoll bleibt.«

»Du hast dich mir zweimal gezeigt, o Quellnymphe.«

»Mit voller Absicht. Denn du sollst erkennen, dass du die Götter bisher nicht zu fürchten brauchst.«

»Ich habe alles getan, was ... Opfer, Beschwörungen, keinen Frevel, keinen Mord ...«

Ihre schroffe Handbewegung bedeutete ihm zu schweigen. Die folgenden Worte waren für ihn wie Honig, Öl und warmer Wein.

»Wenn du tanzt und strauchelst, mag es sein, dass du die helfende Hand eines Unsichtbaren spürst. Sträube dich nicht gegen sie und folge ihr, so wie du meinem Rat folgst.«

Seine Stimme klang unsicher, als er fast ehrfürchtig fragte: »Wirst du es sein, o Thot-K'aima, die mich führt?«

»Nein«, sagte sie knapp. »Als Unsichtbare werde ich mich unter das Volk mischen und den Paian anstimmen, wenn du über das Horn des Stiers gesprungen sein wirst.«

Verwirrt leerte er zwei Schälchen mit dem süß verkrusteten Schafskäse und griff nach dem Weinbecher. Lächelnd redete die Nymphe weiter.

»Wenn du mit der Priesterin allein bist, sorge für zwei würdige Frauen, duftendes Wasser für ein Bad und weiche Tücher. Die Priesterin wird sich nicht weigern, wenn du sie begehrst.«

»Aber ... die Deione ... ist eine hässliche, schmutzige ...«

»Bist du gekommen, um meinen Rat zu hören?«

»Nichts anderes erbitte ich ...«

»Dann tu, was ich dir rate – wenn es so weit ist.«

»Ich gehorche, o Nymphe«, stammelte er und verschüttete Wein; seine Hand zitterte.

Sie nickte lächelnd. »Die Götter sehen alles. Auch die Schönheit unter dem Schmutz, und selbst die geheimen Gedanken hinter der Mauer des Lächelns kennen sie.« Sie legte die Hände auf seine Schultern, lächelte noch immer und schloss: »Lasse Bart und Haupthaar kürzen, damit du die Menschen von Knossos und deine Herausforderer mit deiner Jugend verwirrst. Du darfst nun gehen – mehr Rat kann nicht sein, Minos.«

Er stand auf und tastete nach Schwert und Fackel. In seinem Gesicht wich die tiefe Verwirrtheit einem Ausdruck der Zuversicht. Er hielt die Fackel in eine der Flammen, wartete, bis sie knisternd brannte, und schien jedes seiner Worte sorgfältig abzuwägen.

Schließlich sagte er mit einem entschuldigenden Grinsen: »Ich danke dir, Nymphe, für diese Stunde. Es tut gut, dass ich weiß, deine Hände sind schützend über mein Knossos ausgestreckt. Dich und die anderen Götter werde ich ehren bis zu meinem Tod.«

»Möge bis dahin noch viel Zeit vergehen«, antwortete sie und hob grüßend die Hand. Als er die Hälfte der Steintreppe erreicht und sich umgedreht hatte, war sie verschwunden. Nur die Lämpchen flackerten, alle gleichzeitig.

14
Ankunft vieler Gäste mit unterschiedlichen Absichten

Nach vier Tagen und Nächten zwischen den Dünen hatten wir den letzten Wein und das letzte Wasser aufgebraucht, und ich war zu faul, um im dichten Inselwald nach einer Quelle zu suchen. Wir waren ausgeschlafen, unsere Körper wohlig gebräunt, und das viele Schwimmen hatte unsere Muskeln gestärkt, die Haut weich gemacht und Marayes Haar gebleicht.

Die Vorstellung, dass uns ein ganzer herrlicher Planet gehörte, war reizvoll, schwand aber langsam, als wir Burg und Stadt Kydonia überflogen, uns dann nach Feistos wandten und schließlich, nach kurzer Verständigung, mit Thot-K'aima in deren Höhle trafen. Sie verwöhnte uns mit eiskaltem Quellwasser und einem reichen Essen, dessen Bestandteilen aus Geschenken und »Opfern« der »Knossoten« stammten.

Spät nachts – in vier Nächten würde der volle Mond des Minos-Tanzes herrschen – landeten wir beim Bergnest und meldeten uns bei Rico, der seine positronische Erleichterung nicht zeigte.

Die Viehherden weideten im nahen Umkreis der Stadt, oder die Tiere standen in Ställen und lagen an den Tränken. Schafe wurden geschoren, Kälber und Zicklein geworfen, Käselaibe schwammen in Salzlake, das Fleisch geschlachteter Rinder trocknete an der Luft, und im Rauch hingen die Schinken zahmer Schweine und der Wildsauen. Butter wurde eingesalzen und zu Butteröl geschmolzen, Korn, Beeren und Pilze wurden geerntet, unzählige Körbe und Eselslasten voller Oliven kamen aus den Hainen und wurden in den Pressen zermalmt; goldfarbenes Öl floss aus den Steinmühlen und wurde, Krug um Krug, in die tönernen Vorratsbehälter geschleppt.

Mit zwei Frauen und fünf Männern kam zuerst Fürst Belos aus Zakkron im Osten der Insel. Für ihn war, ebenso wie für die anderen jungen Fürsten, ein Haus in der Stadt vorbereitet worden. In den Blumengärten und an den Waldrändern sichelten die Frauen jene Kräuter und Herbstblüten, die sie als Würze und Duftspender für ihre Salben, Tränke und Balsame brauchten; stechend scharfe, liebliche und unerwartet würzige Gerüche wehten zwischen den Häusern und Werkstätten.

Maraye und ich erlebten dies alles in einer Art träger Anteilnahme mit. Ich steuerte eine Sonde zur Werft und war ebenso beeindruckt wie Daidaloos und der Minos: Das Schiff wirkte, als sei es segelfertig, aber das traf nicht zu. Hundert Einzelheiten, jede für sich unbedeutend, fehlten noch. Ein Segel mit zwei Rahen lag, offenbar fertig genäht, auf der Wiese neben der Werft. Der Rumpf war rundherum geschlossen und besaß ein Bug- und ein Achterdeck sowie zwei Seitenruder.

Ein schweres Schiff mit dicken Planken, bauchiger und breiter als die umgestalteten Hapischiffe. Ich zweifelte nicht daran, dass es ebenso seetüchtig war – oder noch widerstandsfähiger.

Einzelne Inselbewohner, Familien und kleine Gruppen kamen herbeigewandert und wurden in der Stadt aufgenommen oder bauten sich flüchtige Hütten aus Ästen und geflochtenem Schilf. Fast zur gleichen Stunde hielten Miron aus Mallia und Boran aus Feistos vor dem Palast die Gespanne an, auf denen sie und ihr Gefolge hockten.

Die Küchen im Palast lieferten Berge von Brot, honigsüße Spiralbrote mit gebackenem Nussbrei und voller getrockneter

Weinbeeren, in großen Kesseln Brei und Suppe und Kräutersud, darüber hinaus alle nur denkbaren Speisen, und bald sahen wir auf jeder Mauer, im Gras, an hastig aufgestellten Tischen und auf den vielen Treppenstufen hungrige, essende und satte Kreter. Halios von Gurnia brachte die Mondpriesterin des Insel-Ostens mit, von Kydonia hatte die Priesterin des Westens auf Aiakos' Wagen Platz gefunden. Es waren Tausende, die in und um Knossos lagerten. Minos begrüßte jeden wichtigen Gast und hieß ihn mit Salz, Brot und Wein willkommen.

Beim Schürfen von Kupfer fanden die Berghauer auch Gold, das Silber enthielt. Die Mengen waren klein, aber Daidaloos hatte einen Ofen ersonnen, der das edle Metall vom schmelzenden Kupfer trennte. Auch den Goldstaub Amenemhets, die fingergroßen, an die Goldschmiede der Stadt ausgeteilten Goldstäbe und ebenso das eigene Silber verwandelten die meisterlichen Handwerker in schönen Schmuck, den sie feilboten und der von den Besuchern eingehandelt wurde, was den Reichtum des Palasts mehrte.

»Ob es wichtig ist oder nicht, Fürst Atlan«, meldete sich Thot-K'aima, »ich werde vieles hören und erfahren, von allen Ufern, den höchsten Bergen und den anderen Städten. Du findest mich – natürlich findet mich sonst niemand! – unsichtbar wandelnd inmitten des Volkes.«

»Spätestens am Nachmittag des Vollmond-Tanzes wirst du Maraye an der Hand nehmen«, antwortete ich. »Wenn du schon mich als unsichtbaren Helfergott dem Minos andienst ...«

»Es ist für einen sinnvollen Zweck, Atlan«, sagte sie bittend, aber wir waren uns schon vor Tagen über diese Möglichkeit einig gewesen. So vieles geschah im Schutz der Dunkelheit ...

Wir waren an unserem einsamen Strand einmal von einem Gewitter überrascht worden, und selbst ich erschrak vor der lauten Wildheit und den flutartigen Regengüssen. Der Zorn des Zeus brach über uns herein, aber seine Blitze verschonten uns. In diesen Tagen gab es kein Inselbeben, auch nicht nach unserer Rückkehr.

Rico hatte zwei der drei Spionsonden nach Norden gesteuert und fertigte holografische Höhenbilder vom Festland und den Inseln an. Das Land zeigte sich bergig, bewaldet und stark zerklüftet, und die Anzahl der Inselchen und Inseln war noch ebenso unbekannt wie die Namen der meisten.

Ich machte, aufmerksam geworden durch Ricos Hinweise, zwei wichtige Entdeckungen: An wohl hundert Orten waren Burgen und Städte entstanden und solcherlei Bauwerke, die ich »Palast« nennen konnte, analog zu Knossos.

Und: Zwischen Hunderten Buchten oder Naturhäfen, von denen die wenigsten einen Hafendamm oder ähnliche Einrichtungen aufwiesen, verkehrten Schiffe. Natürlich viele Fischerboote; dies hatte ich erwartet. Aber auch Rahsegler, kleiner als Daidaloos' Schiff, meist offen oder mit einem winzigen Achterdeck, sowie die Spuren ihrer Heckwellen sahen wir überraschend oft. Sie wagten sich weit hinaus, aber wir konnten keine Landung an Kretas Küsten feststellen.

Jede weitere Beobachtung, meine und Marayes Besuche und Thot-K'aimas unermüdliche Streifzüge, auf denen sie dem Geflüsterten, Gestöhnten und im Rausch Preisgegebenen auf Zehenspitzen und mit weit offenen Augen und Ohren hinterherschlich, zeigten uns, dass der Tanz eine unerhörte Wichtigkeit besaß. Dazu kamen der Götterglaube und die Furcht vor der gottgesättigten Natur. Schon ein Gewitter besaß bedeutende Orakelkraft. Umso mehr ein Beben.

Das Volk war in einem Zustand, den ich nur mit dem Spannen eines großen Nehesi-Bogens beschreiben konnte. Unsichtbare Mächte zogen die Sehne aus, immer weiter, schließlich bis zum Kinn. Der Bogenarm begann vor Anstrengung zu zittern, und jedermann erwartete den Augenblick, an dem der Schütze den Pfeil löste – und fürchtete ihn gleichermaßen.

Denn jeder Pfeil fand sein Ziel.

Die meisten Einzelheiten erfuhren wir nicht durch die Optiken und Mikrofone der Spionsonden, sondern durch Thot-K'aimas unermüdliche und unerschrockene, meist nächtliche Tätigkeit, mehr als zwei Stunden über schmale Pfade von ihrer Höhle entfernt. Heute Abend, am Vor-Vorabend des Tanzes, war mitten im Mosaik die Auslosung vorgesehen, hatte sie erfahren. Während ich zusah, wie Knechte und Mägde Hocker und darauf Schaffelle, niedrige Tische, einen großen Krug, Trinkschalen und die übrige Ausstattung aus dem Palast schleppten, meldete sich nach langem Schweigen der Extrasinn. Seine Warnung schien berechtigt.

Dein verständlicher Hang zu arkonidischem Perfektionismus hat dich schon oft dazu gebracht, dich an falscher Stelle in die Belange anderer einzumischen. Auch hier droht diese Gefahr. Du sollst darauf bedacht sein, dich nicht in Todesgefahr zu bringen, denn von deinem Verhalten hängt das Überleben der Frau ab, die du liebst, und eurer Schutzbefohlenen, für die du bedenkenlos die Verantwortung übernommen hast. Denke darüber hinaus an den Dagor-Kodex, den einzuhalten du mehrfach geschworen hast.

Das war deutlich, sagte ich mir, betrachtete schweigend Asyrta-Maraye, die mit zierlichem Werkzeug eines ihrer Ohrgehänge instandsetzte und in ihre Arbeit vertieft war. Es wäre mir nicht im ärgsten Albtraum eingefallen, sie in Gefahr zu bringen. Überdies war sie längst selbständig genug, um sich erfolgreich wehren zu können.

Ich hatte eine Sonde auf einem Sims unter einem vorspringenden Teil des Palastdachs abgesetzt, wohin nicht einmal die gurrenden Tauben kamen. Dieses Gerät stellte ich auf die Stelle ein, an der sich die Teilnehmer der Auslosung treffen würden. Der Minos, dies stand seit Einführung des Brauchs fest, würde als Letzter tanzen. Als der Schatten der Baumkronen sich über unser Versteck senkte, gewann das Holobild an Schärfe und Farbigkeit. Noch war niemand aus dem Kreis der wichtigen Personen erschienen; nur eine große Schildkröte tappte quer durch den großen Tanzkreis, der ihr wie die größte Ebene ihres Lebens erscheinen mochte, bevölkert von Zweibeinern, deren Leben kürzer war als ihres.

Zuerst kam ein junger Kahlköpfiger mit glattem Gesicht und einem leuchtend roten Stirnband. Er trug Sandalen, einen knielangen Kittel, der je zur Hälfte weiß und schwarzblau war, genau über der Brust und dem Rücken geteilt. In den Händen hielt er zwei große Hämmer aus schwerem Holz, von Kupferbändern umspannt. Er stellte sich hinter die Klangsteine und sah nach der Länge der Schatten. Einige Kreter versammelten sich an der Umfassungsmauer, staunten die liegenden Steinfragmente an und warteten darauf, dass der Mann etwas mit seinen Hämmern tat.

Dann kamen der Minos und Araia die Stufen der Palasttreppe herunter. Der Minos trug einen Korb, in dem ich verschiedenfarbige Kugeln erkannte, aus Holz oder Ton, mit und ohne Markierungen. Er stellte den Korb zu dem großen Krug und ging zum Halbkreis der Steinsäulen hinüber. Er und Araia redeten mit dem Mann der Hämmer und gingen zurück, setzten sich und warteten.

»Sie lassen sich Zeit«, bemerkte Maraye und sah der Schildkröte nach, die über ein Stück abgeweidetes Land kroch. »Als ob die Auslosung unwichtig wäre.«

»Wart's nur ab«, sagte ich, denn ich sah, wie der Minos dem Steinmusiker winkte. Ich justierte die Fernsteuerung der Sonden-Mikrofone. »Ich weiß selbst nicht, wie die Steine klingen, aber der Klang könnte uns überraschen.«

Der junge Mann mit der rötlichen Haut vieler Kreter und den dunklen Augen hob beide Hämmer, bog den Oberkörper zurück und schlug dann mit erheblicher Kraft auf die Felsschwellen. Zunächst scheinbar wahllos, aber dann in einem deutlich erkennbaren Takt und einer einfachen, archaischen Musik, deren Klänge entfernt an dumpfe Bronzegongs oder große Stücke anderen Metalls erinnerten. Es schälten sich nach wenigen Tonfolgen kurze Wiederholungen heraus, deren Echos von einer Palastmauer abprallten und, was ich nicht erwartet hatte, im Boden Schwingungen erzeugten. Der Fels unter der Erdschicht leitete sie weiter, und die rauen Klänge trieben die Bewohner der Stadt und deren Gäste aus den Häusern.

»Der Steintrommler ist hörens- und sehenswert«, bemerkte Maraye nach einer Weile in offener Anerkennung. »Kräftig und genau, als wäre er Ricos Bruder.«

»Es ist nicht gerade die zierliche Musik aus dem Großen Haus«, entgegnete ich. »Aber selbst hier habe ich auch noch andere Instrumente gesehen. Aber – lauschen wir dem Ruf der Steine.«

Ungefähr eine halbe Stunde lang schlug der Trommler auf die Steine ein. Bald war er schweißüberströmt, aber er ließ nicht nach; die Felsmusik wurde nicht langsamer. Die Schwingungen riefen ungewöhnliche Erscheinungen hervor: Fliegenschwärme schwirrten auf, Schafe, Kälber und Ziegen sprangen wie wild umher, Heuschrecken zuckten durchs Gras, und sämtliche Vögel, die in weitem Umkreis nisteten, schwirrten und flatterten durch die Luft und um die höchsten Gebäudeteile. Die Hunde der Stadt und des Palasts bellten und heulten, Esel schrien, und dumpf wieherten in den Ställen die Pferde.

Säuglinge und kleine Kinder begannen ebenso Laute des Erschreckens von sich zu geben wie manche Gäste, und inzwischen schien die halbe Einwohnerschaft von Knossos sich um das Labyrinth versammelt zu haben. Als der Trommler, sichtlich am Ende seiner Kräfte, eine letzte dumpfe Tonfolge erzeugte und sich danach ins Gras fallen ließ, hörten wir nur noch einige Rinder qualvoll brüllen.

»Nun haben's alle gehört und gespürt«, sagte ich grinsend, richtete die Objektive wieder auf den Mittelpunkt der Agora, und wir warteten weiter, von einer seltsamen, düsteren Unruhe erfüllt. Sie hatte andere Ursachen als der Widerhall der Laute aus der Urzeit dieser Welt in unseren Herzen – aber welche?

Hintereinander kamen die drei Mondpriesterinnen zwischen dem Palastfels und den Häusern der Stadt hervorgeschritten. Jede trug einen kurzen Nussbaumzweig; vielleicht hatten sie gemeinsam Deiones stickige Höhle bewohnt. Trotz ihrer Lumpen und der Verwahrlosung fehlte es ihnen nicht an einer gewissen Würde. Jede trug eine Scheibe vor der Brust, die unzweifelhaft den Vollmond symbolisieren sollte, denn sie zeigte das Gesicht der Göttin Kar. Ein ehrfurchtsvolles Raunen ging durch die Reihen der Kreter, dann schwiegen sie.

Deione, Diktynna und Briomartis gingen zum Minos und zu Araia; beide standen auf, und der Minos rief: »Prüft, o ihr Priesterinnen der Kar, die ehrwürdigen Lose. Seit einem Jahr waren sie verschlossen im Palast!«

Die Frauen nahmen nacheinander die Kugeln in die Hand, blickten sie an, schienen ihr Gewicht zu prüfen, tuschelten miteinander, und schließlich legten sie eine Kugel nach der anderen, etwa fünfzig Stück in verschiedenen Farben und ungefähr der gleichen Größe, in den Krug. Der Minos packte den Tonkrug an beiden Henkeln, schwenkte ihn hin und her, wobei der Inhalt rasselte und klapperte, und stellte ihn wieder zurück; nun waren die Lose gemischt, und jetzt kamen auch die Herausforderer aus der Stadt und begrüßten die Priesterinnen, die ihnen unbekannte Frau im festlichen Gewand, mit gezwirbelten Locken und herausforderndem Mieder und den Minos, der noch seine alte Barttracht trug.

Deione schwenkte den Zweig, hob beide Arme und suchte mit Blicken den Mond, der sich noch hinter den kretischen Bergen oder dem Horizont des Meeres verbarg.

»Ihr Fürsten«, rief sie, und wieder war ich trotz der Lautstärke verwundert über ihre wohlklingende Stimme, »greift nun in den Krug der Kar! Ihr wisst, wie es geht – nur wenige Kugeln sind gezeichnet. Die erste Zahl gilt dem, der sie in der Hand hält.«

Ein kleiner Kreis hatte sich um den Tisch mit dem Krug und dem nunmehr leeren Korb gebildet. Der Minos schien ungerührt und trank Wasser, Araia blickte von einem der jungen Männer zum anderen, und ihr Gesichtsausdruck verriet diffuse Erwartung und Unsicherheit.

Zunächst griff Miron von Mallia in den Krug, zog eine rote Kugel hervor, starrte sie an, zeigte sie den Priesterinnen und legte sie in den Korb. Nichts. Es folgte Halios von Gurnia mit dem gleichen Ergebnis. Nach etwa dem elften Versuch zog Belos von Zakkron die Zahl Drei, nickte in die Runde und setzte sich. Man brachte ihm eine Schale Wein, und er sah zu, wie die anderen immer wieder ihren Unterarm in den Krug versenkten, in den klappernden Kugeln wühlten und farbige, leere und markierte Lose hervorzogen. Die Zeremonie schleppte sich dahin.

Etwa eine Stunde später hatte sich der Korb wieder gefüllt, und die Reihenfolge stand fest. Zuerst würde Aiakos von Kydonia tanzen, dann folgten Boran aus Feistos, Belos, Halios aus Gurnia und Miron von Mallia. Dass der Minos den letzten Tanz tanzte, wussten alle seit einem Jahr. Briomartis hob den Krug, drehte ihn um und eine einzige Kugel, unmarkiert, rollte heraus.

»Ihr kennt die Reihenfolge!«, rief Diktynna und schwenkte den Zweig. »Sechs Tänze und ein neuer Minos, der über unsere Insel herrschen soll, mit dem Segen der Mondgöttin.«

Noch ungefähr eine Stunde lang gab es Tageslicht. Jedermann hatte alles beobachten können, und mir schien, dass alles mit rechten Dingen zugegangen war; undenkbar, dass die Priesterinnen den einen oder anderen Herausforderer bevorzugt hätten oder dass die Kugellose besondere Merkmale trugen. Überdies war ein möglicher Vorteil des ersten, mittleren oder letzten Tänzers nicht zu erkennen; jeder hatte es gleich schwer, und jeder der Schritte wurde von tausend Augenpaaren beobachtet, und das Volk würde hören, wenn er Fehler machte. Es stand allen Teilnehmern eine Ausscheidung nach dem viel strapazierten Spruch »der Beste möge gewinnen« bevor.

Niemand rechnet mit der Hilfe der unsichtbaren Götter, oder doch?, bemerkte der Logiksektor süffisant. Ich schwieg.

»Vor dem Tanz, ihr Edlen«, rief Deione, »reden wir mit euch und sagen, welche Bitten, Anrufungen und Gebete die Götter verlangen – noch haben wir ihr Orakel nicht empfangen. Seid rechtzeitig auf dem heiligen Tanzplatz. Die Zweige, wir Priesterinnen, die unsichtbaren Götter und die Heiligkeit der Nacht erwarten den Tanz und heften ihre Aufmerksamkeit auf Knossos und die Insel des neuen Herrschers.«

Die Menge begann sich zu zerstreuen, der Tag neigte sich. Abermals sahen wir, wie in der Stadt und im Palast Kerzen und Öllichter angezündet wurden. Die hochragende, verschachtelte Masse aus Mauern, Terrassen, Erkern und Treppen verwandelte sich, je dunkler es wurde, in ein Bauwerk, dem ein gewisser monströser Zauber nicht abzusprechen war.

Nachts kamen Wolken auf. Der Mond schien gegen Mitternacht wie ein kosmisches Geschoss durch die Fetzen schwarzer Wolken zu rasen. Im Westen, und dies schien zu dieser Jahreszeit nicht selten zu sein, flackerte über dem Meer, in breiter Front, kräftiges Wetterleuchten auf. Aber uns erreichte kein Donner; Zeus zürnte an anderer Stelle.

Der nächste Tag verging in Knossos ohne sichtbare Zeremonie. Ich belud den Gleiter mit allen Gegenständen und Geräten, die Maraye und ich möglicherweise brauchen konnten, verständigte den Roboter von meinen Absichten und ordnete an, dass er sich und seine Submaschinen für einen schnellen und störungsfreien Abbau des Bergnests vorprogrammieren sollte.

Maraye, die wie Thot-K'aima vor Neugierde und Erwartung schier barst, besprach mit der Nymphe das Vorgehen in der Nacht der Nächte.

Ich verließ die kleine Schutzkuppel, breitete unter einem Baum eine Decke aus und versenkte mich tief in eine Dagor-Phase, in der ich minutiös die voraussehbaren Schritte vollzog und die Konsequenzen eines jeden Schritts bedachte.

Einige – wenige! – Tage, nachdem der Herrschaftswechsel vollzogen war, so oder so, würden wir die Insel verlassen und den Minos seinem Schicksal und seinen Plänen überlassen. Mit dem ersten Schiff oder einer Flotte mochten er und seine Nachfolger versuchen, das Meer zu »beherrschen« – dass dies ein kaum durchführbare Unterfangen war, würden sie selbst merken – innerhalb einiger Generationen von Seefahrern, die noch geboren werden mussten.

Die Einwohnerschaft und die Zahl der Gäste schienen sich auf wundersame Weise mindestens verdoppelt zu haben. Unter schier tausend Kesseln und Bratrosten glühten die Holzkohlen und die Reste der Kloben. Schon um Mittag, in der größten Hitze, trugen die Knechte Musikinstrumente, gefüllte Krüge und große Körbe voller Brot aus dem Palast in die Nähe der klingenden Steinsäulen. Mächtige Trommeln aus armdicken Eichenstämmen, kleine Trommeln, Flöten und Bronzefanfaren oder -trompeten, pfiffig durchlöcherte Rohre, die »Aulos« genannt wurden, kleine und große Flöten aus Knochen, Ton und Holz, und jene Steinschwellen, von der Länge eines Mannes bis zur Armlänge und von unterschiedlicher Dicke – wenn alle Musiker, zwischen fünfzig und siebzig würden es wohl sein, gleichzeitig bliesen, zupften und hämmerten, würde man den Lärm bis weit hinaus aufs Meer hören können!

»Heute Nacht oder am Nachmittag«, wies mich Maraye voreilig zurecht, »dürfen wir den Gleiter nicht dort absenken und verstecken, wo wir ihn bisher verborgen haben.«

»Nein«, antwortete ich. »An dieser Stelle stehen und sitzen unzählbar viele Knossoten. Woanders, ja – was schlägst du vor?«

»Lasst uns über der Stadt kreisen«, sagte sie, »und dann entscheiden wir. Weder du noch ich wollen nach dem Tanz lange über nachtschwarze Pfade stolpern und uns die Knöchel verrenken.«

»Auch ohne Stürze im lichtlosen Wald wird's wohl ein aufregender Abend, Liebster.« Maraye beugte sich über meine Schultern, während ich mit Rico die Sicherheitsschaltung des Transmitters überprüfte. Abgesehen von der Holofunkverbindung war der Transmitter, wie in der Höhle der Sandaleninsel, die sichere Nabelschnur zum Überlebenszylinder und dessen Schutzkuppel. Ich durfte nie vergessen, unter keinen Umständen, dass ich dort die Zeit verbringen musste, die verstreichen würde, bis ich nach Arkon zurückzukehren konnte – unter welchen bizarren, verrückten, lebensgefährlichen und unerwartenden Umständen auch immer. Und selbst wenn es weitere sechs Jahrtausende dauerte!

Ich baute um den Transmitter einen weiteren Schutzschirm auf, heftete mir die Kontrolleinheit mit biologischem Kleber innen an den linken Oberarm und bestimmte die Haftdauer: sieben mal vierundzwanzig Stunden.

»Ich vermag keine zusätzliche Sicherheit mehr zu errechnen«, erklärte Rico. »Auch die Bildfunkverbindung ist sicher. Entsprechende Redundanz besteht.«

»Für dich und deinen positronischen Verstand sprechen etliche Jahrtausende Zuverlässigkeit.« Ich blickte in sein vage menschenähnliches Gesicht und dachte einige Mikrotontas ernsthaft darüber nach, dass ich nicht nur mein Leben einem arkonidischen Hochleistungsrobot und sonst niemandem anvertraut hatte. »In den nächsten Tagen wird sich schwerlich daran etwas ändern.«

»Was mich betrifft, Gebie... Atlan, gibt es hundertprozentige Sicherheit.«

»Tröstlich«, antwortete ich. »Es stimmt Maraye und mich hoffnungsfroh.«

Der Robot antwortete nichts und verzog sein schmales, androides Gesicht zu einem undeutbaren Ausdruck. Vielleicht war es ein Lächeln; Thot-K'aima hätte es nicht anders gedeutet. Als Maraye und ich außerhalb des Bergnests saßen, von Ricos gefiltertem und veredeltem Knossos-Wein nippten und die fernen Lichter Knossos' sahen, schien das Wetterleuchten näher zu kommen, und die energetische Spannung der Luft erhöhte sich.

Eine »unirdische« Ruhe umgab uns. Die Natur lag reglos unter dem Glanz der wenigen Sterne und des fast weißen Mondes, an dessen Rand nur ein Fingerbreit zum Vollmond fehlte. Unter unseren Füßen drehte sich der Planet um seine Achse, und bei jeder Drehung geschah etwas; heute und hier waren nur die Arme von Bedeutung, die den anderen hielten, und die Finger, die ihn ruhig streichelten.

15
Der Mondtanz des Minos

Zwei Stunden nach Mittag. Die Sonne stach mit dem falschen Glanz schweflig-goldener Strahlen wie mit Pfeil- oder Lanzenspitzen unbarmherzig nieder. Es war völlig windstill. Die Luft stand wie gefaltet, geschichtet oder nass gemauert. An allen Menschen, Tieren und Dingen lief Schweiß herunter, wie salziger dünner Regen. Wasser tropfte von jeder Blattspitze.

Eine selten erlebte Stille hatte sich ausgebreitet, in deren inselweiter Bedrücktheit trotzdem alle Arbeiten weitergingen; Kühe, Schafe und Ziegen mussten gemolken werden, sonst verdarb das Vieh.

Ein einzelner, erster Windstoß, kochend heiß, fuhr vom Berg Ida herunter, winselte über die Mesara-Ebene und die Kuppelwölbungen, erreichte endlich Knossos und wirbelte den Rauch und den Gestank, der halb mannshoch über dem Boden stand, durch die Gassen, Fensteröffnungen und Korridore, die Kamine und zwischen den Säulen hervor.

Maraye und ich waren aufbruchbereit. Vor kurzer Zeit hatte Thot-K'aima die Höhle verlassen, versiegelt und den Pfad nach Knossos betreten, ähnlich ausgestattet wie wir und ebenso aufgeregt-neugierig.

Der Tanz war ein Fest der Mondpriesterinnen, kein Fest des Herrschers. Der Minos hatte nur wenige seiner Krieger in der Volksmenge verteilt, sie trugen keine Schilde und, wie ich zu sehen glaubte, Speere ohne Metallspitzen. Zwei Jungen schnitten Zweige von den Nussbäumen und legten sie auf die Palasttreppe.

Maraye und ich stiegen in den Gleiter und schwebten ohne Eile hinüber nach Knossos, flogen einige Kreise und sahen im Westen, von der Fafana bewegt, einen mächtigen, schneeweißen Wolkenturm jenseits des Berges Ida aufsteigen. Maraye setzte mich in der Nähe des Palasts ab, an der gewohnten Stelle, und steuerte dann den Gleiter zu einer Stelle, an der vielleicht ein Vogel, nicht aber ein Kreter gegen den Schirm prallen würde. Unser Treffpunkt war der steinerne Stierschädel an der Treppenbrüstung.

Mittlerweile begannen sich die Zuschauer zu versammeln und einen lockeren Kreis um die Tanzfläche zu bilden. Noch herrschte keine Aufregung, und als ich neugierig umherging und die Reden belauschte, konnte ich nur erfahren, dass viele Kreter hofften und wollten, dass der alte Minos die nächsten Jahre weiterhin herrschen würde.

Im Empfänger hörte ich ein dreimaliges Knacken und wusste, dass Thot-K'aima den Treffpunkt erreicht hatte. Ich wich einigen Musikern aus, die aus dem Palast kamen, blieb stehen und lehnte mich im toten Winkel an den Sockel des Stierkopfes.

»Thot?«

Ein kehliges Wispern: »Ich bin neben dir, Fürst.«

»Maraye ist auf dem Weg hierher. Vielleicht ergibt es Sinn, wenn du dich während des Tanzes des Alten zeigst«, überlegte ich leise. »Aber das musst du entscheiden.«

»Es würde seine Bedeutung steigern und auch seinen Mut«, antwortete sie nachdenklich. »Ich entscheide später und – spontan.«

»Recht so, Nymphe.«

Die Nachmittagsschatten krochen nach Osten, aber die schwüle Hitze ließ nicht nach. Ohne Eile kamen die Priesterinnen und die Herausforderer mit ihren Gefährten zum Tanzplatz. Deione trug ein rotes Band in vielen Windungen um den Oberarm. Der Minos ließ sich noch nicht blicken.

Ich suchte in der Menge Daidaloos und seine Freundin, aber sie schienen zu wissen, wann die Priesterinnen das Signal geben würden.

Die Musiker versammelten sich um die klingenden Steine und probierten ihre Instrumente aus; helle und dumpfe Trommelwirbel und Schläge ertönten. Die Zuschauer schoben sich hin und her, tranken und aßen und redeten miteinander, bis plötzlich die Trompeter gleichzeitig in ihre Bronzerohre bliesen und gellende Klänge erzeugten. Daraufhin fingen die Männer an den großen Trommeln mit rhythmischen Schlagfolgen an.

Langsam kam der Minos die Stufen herunter. Er war allein, und auf den ersten Blick war er kaum zu erkennen. Er war, wie auch die jungen Fürsten, bis auf einen wadenlangen Rock nackt und trug Sandalen. Sein Haar und der Bart waren stark gekürzt und sorgfältig ausrasiert; er sah um ein Jahrzehnt jünger aus und bewegte sich leichtfüßig. Die Herausforderer staunten ihn mit offenen Mündern an und tuschelten miteinander.

Ich grinste und hörte Thot sagen: »Er hat meinen Rat befolgt.« Sie lachte leise. »Die Kreter werden einen jungen Herrscher bekommen.«

»Noch hat er nicht gezeigt, was in ihm steckt«, sagte Maraye, die hinter mir stand und uns zugehört hatte. Wenige Augenblicke später war es unmöglich geworden, sich anders als schreiend zu unterhalten, denn die Musiker hatten sich auf eine wilde Melodie geeinigt und gaben, wie es schien, ihr Bestes, jedenfalls ihr Lautestes. Zwischen den Hammerschlägen auf die Steine und den dröhnenden Trommelschlägen rasselten die Schlegel auf den kleinen Trommeln. Die Harfen waren nur zu hören, wenn die Trommeln aussetzten, und das quäkende Geräusch, das aus den Holzrohren kam, zitterte über den Platz und schmerzte in den Ohren. In unregelmäßigen Abständen schmetterten die halb armlangen

Trompeten, und jedes Mal zuckten die Zuhörer zusammen. Weniger als eine halbe Stunde lang leitete die Musik das bevorstehende Ereignis ein.

Jetzt entdeckte ich Daidaloos und seine Gefährtin inmitten einer Schar Jungen und Mädchen, die um den Tanzkreis herum mit Holzscheiten die Feuerschalen füllten und Fackeln austeilten. Alle Bewohner des Palasts, besonders die Mädchen und Frauen, schienen sich für den Abend und die Nacht zurechtgemacht und die schönsten Gewänder angelegt zu haben.

Die sechs Tänzer setzten sich auf Kissen auf den untersten Treppenstufen, die Priesterinnen, die bisher mit den Tänzern geredet hatten, schritten in die Mitte des Labyrinths und suchten noch immer vergeblich die Mondscheibe am dunkelblauen Himmel.

Dann riefen sie im Chor: »Die Mondtänzer kennen die Worte, mit denen sie die Götter und die Mondgöttin gnädig stimmen sollen. Das Los hat Aiakos von Kydonia als ersten Tänzer bestimmt.

Erhebe dich, o Aiakos, und beginne den Mondtanz!«

Aiakos sprang auf, packte zwei Nussbaumzweige, nickte seinen Gefährten zu und war mit wenigen Schritten am Anfang des Mosaikpfades. Er lief auf ihm mit kurzen Schritten, verließ ihn bis zum ersten Haltepunkt nicht, bewegte sich dabei durchaus tänzerisch und blieb stehen, um seine Anrufung auszubringen. Es gelang ihm fehlerlos, und er lief weiter. Leise Trommelschläge gaben ihm den Takt an; aber es siegte nicht der Schnellste.

Einmal umrundete er in zahlreichen Windungen das große Mosaik und kehrte wieder zum Ausgangspunkt zurück. Seine Anhänger feuerten ihn mit Rufen und Händeklatschen an. Er fing den Lauftanz ein zweites Mal an, stolperte vor der zweiten Labrys, kam aber nicht vom Pfad ab. Beim Ruf an die Götter stockte er, beendete aber den Text, ohne ein

Wort auszulassen. Kurz vor dem Ende der zweiten Runde, nachdem er auch die nächste Anrufung fehlerfrei hinter sich gebracht hatte, rutschte er aus, stützte sich mit einer Hand ab, verlor den Zweig aus den Fingern und stürzte zur Seite. Vielleicht war er auf seinem eigenen Schweiß ausgerutscht.

Beide Füße verließen den Mosaikpfad – er kam wieder auf die Füße, blickte an sich herunter und sah, dass er drei Handbreit neben dem Pfad stand.

»Aiakos aus Kydonia ist ausgeschieden!«, verkündete Deione und deutete zum Sockel mit dem Stierkopf. »Verlasse das Labyrinth, Aiakos.«

»Aus Feistos tritt Boran an«, rief Briomartis, als Aiakos unter dem enttäuschten Murmeln seiner Anhänger den Platz verlassen hatte.

Ich sagte ins Leere hinein: »Von der Höhe der Treppe sind die Tänzer viel besser zu sehen. Kommt ihr mit?«

»Ich bleibe hier«, antwortete Maraye. »Boran sieht nicht aus, als könne er gewissen.«

Der Minos saß scheinbar völlig ungerührt auf der Treppenstufe und sah zu, wie sich der Mann aus Feistos bereit machte. Wieder begleiteten die Trommeln den Tanz. Boran bewegte sich geschickter als Aiakos, zwang die Trommler zu einem schnelleren Takt und beendete beide Male alle Anrufungen fehlerfrei. Lachend und schweißbedeckt begann er den dritten Tanz. Er war langsamer geworden und atmete schwer.

Vor der zweiten Labrys blieb er stehen und stotterte. Er hatte die Worte des Anrufs vergessen, bemühte sich krampfhaft, sich an sie zu erinnern, und versagte kläglich.

Priesterin Diktynna verkündete den Urteilsspruch und rief Belos von Zakkron auf.

Die Dämmerung hatte eingesetzt. Die Sonne war hinter der Gewitterwolke verschwunden, die Schatten lösten sich auf. Aus dem Palast brachte ein Junge Feuer und entzündete reihum eine Fackel nach der anderen. Aber noch brauchte Belos ihr Licht nicht, um die Einzelheiten des Labyrinths zu erkennen. Als er fast das Ende des zweiten Tanzes erreicht hatte, hörten wir aus der Ferne lang anhaltenden Donner grollen, sahen aber keine Blitze. Noch immer herrschte die unbewegte, feuchte Luft. Inzwischen hatte die Anspannung zugenommen, unter den Zuschauern ebenso wie bei den letzten Tänzern. Auch der Minos wirkte nicht mehr so zuversichtlich wie zuvor.

Belos scheiterte schon nach dem Ende der ersten Runde. Er verfehlte den Anfang des Pfades und lief, ohne es zu merken, eine Abkürzung zur ersten Labrys. Die Zuschauer begannen zu schreien, als er den Göttergesang anzustimmen begann, und die Trommler vollführten chaotische Wirbel. Mit hängendem Kopf und heruntergesackten Schultern gab Belos auf.

Um den Gipfel des Berges Ida zuckten Blitze. Der Donner brauchte lange, bis er Knossos erreichte.

Halios aus Gurnia verlor seinen Tanz, als er im ersten Drittel des dritten Laufes die Zweige verlor und den Pfad verließ, um sie aufzuheben.

Nun waren noch Miron und der Minos übrig.

Miron aus Mallia beendete zwei Runden völlig ohne Fehler, ohne ein Wort zu vergessen, stets in der Mitte des Pfades. Ich erwog die Möglichkeit, dass er der neue Minos werden würde, noch vor Mitternacht. Sollte ich ihm ein Bein stellen ...?

Er begann die dritte Tanzrunde, begleitet von den Trommeln, rief seine Gebete, tanzte weiter mit Armbewegungen wie ein Vogel, und während er den zweiten Abschnitt beendete, hob sich der Mond über die Dächer des Palasts.

Zwischen der zweiten und der letzten Labrys der dritten Runde blieb Miron stehen, schwankte und brach zusammen. Er kippte zur Seite, rollte mit der Schulter nach links, verlor die Zweige und blieb besinnungslos liegen. Seine Gefährten kamen auf die Agora gerannt, hoben ihn auf und legten ihn jenseits der Mauer ins Gras. Ich ging schnell bis zum Ende der Treppe und blieb in der Nähe des Minos' stehen.

»Die Götter wollen, dass der Minos durch den Tanz seine Herrschaft erneuert!«, riefen die Priesterinnen. Der Minos bückte sich, hob die Zweige auf und starrte einige Atemzüge lang in das weißlichgelbe Nachtgestirn.

Ich stellte mich links vom Anfang des Pfades auf und beobachtete jede Bewegung des Minos'.

Als er den ersten Schritt machte, flammte ein gewaltiger Blitz auf. Kalkiger Lichtschein überflutete einige Herzschläge lang die gewaltige Szene. Für die gleiche Zeitdauer, in der alle geblendet waren, wirkte der Minos wie eine mythische Gestalt, in der die Götter ihre Größe offenbarten.

Abermals ertönte ein lautes Murmeln des Erschreckens und der Verwunderung. Selbst die Priesterinnen nahmen die Hände von den Augen und blinzelten einander zu, allem Anschein zu Tode erschrocken.

Nach dem vierten oder fünften Schritt des Minos, der seinen gedrungenen Körper hin und her wiegte und mehr als jeder andere Teilnehmer einem balzenden Vogel glich, erschütterte der gewaltige, lang nachhallende Donnerschlag die Umgebung.

Es hätte keinen »göttlicheren« Zeitpunkt für das Gewitter geben können. Ich ging schnell Schritt für Schritt neben dem Minos her, den rechten Arm griffbereit ausgestreckt. Er bewältigte die erste Strecke fehlerlos, rief dröhnend seine Anrufung um göttlichen Beistand und ging weiter. Nebeneinander beendeten wir ohne Hast, aber ebenso schnell wie einer der Jüngeren, den ersten Umlauf.

Umrahmt von den Trommelschlägen und den in regelmäßigen Abständen aufheulenden Trompeten, kam das Gewitter unaufhaltsam näher. Rings um die Stadt schlugen Blitze ein oder flackerten grell zwischen den Wolken, die sich dem

Mond näherten. In dem Lärmen ging das Geschrei der Kreter unter, die dem Minos zujubelten; er hatte plötzlich weitaus mehr Anhänger, als es den Anschein gegeben hatte.

Auch der zweite Lauf, ebenso zuverlässig ausgeführt wie der erste, war beendet, ohne dass ich hatte eingreifen müssen. Der Wind, den das Gewitter – endlich! – mit sich gebracht oder vor sich hergeschoben hatte, kam in heftigen Stößen und ließ die vielen Lichter in den Mauernischen des Palasts, an den Ecken der Treppenstufen, rund um die Tanzfläche sowie die Feuer in den Kupferkörben flackern, zucken, wild auflodern und wirbelte lange Funkenschauer in die Luft.

Der Minos war im ersten Drittel des letzten Laufs nur ein wenig langsamer als zuvor. Er konzentrierte sich, machte noch immer keinen Fehler, stolperte nicht, blieb unbeirrbar in der Mitte der Mosaikspur. Der Jubel schwoll an, Trommeln und Trompeten dröhnten, krachten und schrillten; das Volk schrie, winkte und sprang aufgeregt auf der Stelle. Über die Fläche des Mosaiks trieb der Wind in Schleiern, Spiralen und Fontänen dürres Gras, Blätter, Tücher und Essensreste. Becher fielen von der Mauer und den Tischen und zerschellten auf dem Boden.

»Nur weiter, Minos. Die Götter sind mit dir!«, ermunterte ich ihn, als nur noch der Halt an einer Labrys und das letzte Stück zu bewältigen waren. Der Minos riss den Kopf hoch, sah den Mond an, der gerade hinter der drohend schwarzen Wolke verschwand, holte tief Luft und beschwor in einem lauten Singsang die Götter.

Fehlerlos. Weiter! Nur noch wenige Schritte!

Die Priesterinnen fassten einander an den Händen.

Eine Mannslänge vor der Abzweigung, die zum Sockel mit dem Stierkopf führte, trat der Minos auf einen Fetzen nasses Tuch. Seine Ferse drohte wegzurutschen. Ich packte zu, fasste ihn dicht über dem Ellenbogen und schob ihn zwei Handbreit zur Seite. Der nächste Schritt rettete den Minos wieder auf glatten Grund. Er ging aus dem Pfad hinaus, auf das kurze Stück, das zum Rand führte, und nahm Anlauf. Ich spürte unter meinen Fingen, wie sich seine Muskeln spannten, lief neben ihm her und sah zu, wie er die Zweige fallen ließ, mit ausgestreckten Armen nach den Enden des Gehörns zielte und sich abstieß.

Sein Körper überschlug sich in der Luft. Ich ließ den Arm los und half ihm mit einem schiebenden Ruck über den Kniekehlen. Der Minos ließ die Hörner los und landete wenig meisterlich auf den Fußsohlen, wobei eine Sandale in weitem Bogen in der Dunkelheit verschwand, aber er blieb auf den Füßen.

»Denk an Arion, wenn du wissen willst, wer dir geholfen hat«, sagte ich laut, sah zufrieden in sein halb verstörtes Gesicht und ging im lostobenden Jubel zurück zum Fuß der Treppe. In dem Chaos war es fast unmöglich, die eigenen Gedanken zu verstehen.

16
Das Zürnen des Zeus

Die Bedeutung und die erregende Gegenwärtigkeit eines Ereignisses schienen den aufkeimenden Schrecken der anderen Erscheinung aufzuheben. Ein Gewitter in dieser Nähe, mit dieser Stärke und Gewalt, wurde von den Barbaren als Teil eines göttlichen Strafgerichts begriffen. Sie flüchteten in Höhlen, Häuser und unter Decken und Felle, um sich vor den Donnerkeilen des Zeus zu verstecken. Heute schienen sie alle, fast ausnahmslos, denn die Kinder hatten sich seit dem ersten Blitz zu fürchten begonnen und rannten zur Stadt und in den Palast, den Mondtanz für wichtiger, ja einzigartig zu halten.

Das Gewitter tobte kreisend über Knossos, zwischen dem Fischerstrand und den Weiden, zwischen Thot-K'aimas Höhle und der Straße zur Schiffswerft. Jetzt fielen die ersten Regentropfen, groß wie Hagelkörner und ebenso schmerzhaft.

Die Mondpriesterinnen drehten sich selbstvergessen in einem Tanz und schienen zu singen, aber auch als die ersten Musiker in den Palast flüchteten, war vom Gesang kein einziges Wort zu verstehen. Das lange Haar der Frauen flog und flatterte im Sturm. Der Regen würde die Konturen unserer Schutzschirme sichtbar machen, auch wenn er zunächst an ihnen abperlte und abfloss, also zog ich mich in eine Kammer unter der Großen Treppe zurück, um weiter beobachten zu können.

Einige Schauer waren mit gewaltigem Rauschen über die Stadt hinweggeprasselt. Jetzt stürzte fast senkrecht ein

Schlagregen herunter, und hinter seinen Schleiern sah ich, immerhin deutlich genug, Erstaunliches: Binnen weniger Augenblicke waren alle Zuschauer, auch der Minos und die Priesterinnen, bis auf die Haut durchnässt. Unentwegt leuchteten Blitze, und unaufhörlicher Donner erschütterte die Luft und den Boden.

Die Kreter verließen in Scharen den Platz, rannten, hasteten und stolperten durch den Regen, der einzelne Fackeln auslöschte und Dampf aus denjenigen Feuerschalen aufsteigen ließ, die nicht im fragwürdigen Schutz von Baumkronen standen. Zwischen den dahinjagenden Wolken erschien immer wieder für lange Augenblicke der Vollmond, dessen Licht mit dem der Blitze nicht wetteifern konnte.

Das lange Haar der Priesterinnen klebte an ihren Körpern. Im Schlagregen lösten sich die Fetzen auf, die um ihre Körper geschlottert hatten. Aus dem Haar und von der Haut, von ihren Gesichtern und den Armen, rannen breite Schmutzspuren. Noch immer drehte sich das priesterliche Dreigestirn vor den Stufen im Tanz. Der Minos wartete unerschütterlich, die Fäuste in die Hüften gestemmt. Fast bewunderte ich ihn um seine Ruhe. Auch sein Bart war gefärbt; schmale schwarze Rinnsale sickerten über Kinn und Hals. Jetzt schätzte ich sein Alter auf 35 Jahre, eher weniger als mehr.

»Eine Nacht seltsamer Erscheinungen und Offenbarungen«, sagte ich mir. Die Priesterinnen trugen außer den Mondscheiben nichts mehr an ihren Körpern. Mein vager Verdacht bewahrheitete sich, aber ich suchte noch immer eine Erklärung dafür: Als der Regen auch die letzten Schmutzspuren weggewaschen hatte, sah ich, dass die Frauen keineswegs hässliche Vetteln, sondern voll erblühte, reife Frauen von einiger Schönheit waren.

Der Tanz im strömenden Regen schien sie, erschöpft, wieder zu sich gebracht zu haben. Deione stand eine Weile mit hängenden Schultern da, drehte sich dann herum und wickelte das Band von ihrem Oberarm. Dann ging sie langsam zum Minos, der die Hand nach ihr ausstreckte.

Inzwischen lag die Tanzfläche wie ein kreisrunder See im ungewissen Licht. Bis auf Briomartis und Diktynna, die auch plötzlich zu rennen anfingen und sich wahrscheinlich in eine der Höhlen flüchteten, war der Platz leer. Wenige Fackeln und Feuer brannten noch, aber auch sie würden bald erloschen sein. Dunkelheit griff, blitzdurchzuckt, nach dem Land um Knossos.

Ich winkelte den linken Arm an und fragte laut: »Maraye! Thot! Seid ihr sicher?«

»Ich stehe im Trockenen«, antwortete Maraye sofort. Ihre Stimme klang ruhig. Ich sah zu, wie Deione das Band um ihren Oberarm und den des Minos' wickelte. »Welch ein Fest der Barbaren! Ich sehe Daidaloos zu, wie er sein Epigonion mit den letzten Saiten bestückt.«

Auf Thot-K'aimas Antwort musste ich länger warten. Nach einem kurzen, spöttischen Lachen sagte sie: »Ich sehe zu, wie der Minos und Priesterin Deione, in neu erblühter Schönheit, zu seinem Schlafgemach stolpern. Abermals, so scheint es, folgt er meinem Rat.«

Ich war erleichtert und erstaunt und desaktivierte meinen Deflektorschirm. Hier war niemand mehr, der mich sehen konnte, und zusätzlich schützte mich die Dunkelheit. Der Regen war nicht mehr so sturzbachartig, aber der Wind peitschte ihn schräg über die Stadt. »Er und die Priesterin?«

»In beiderseitiger Leidenschaft, hoffe ich. Deione und Kar werden seine Herrschaft wohlwollend begleiten.«

»Die ersten Tage seines Herrschaftsjahres werden wir noch miterleben können«, sagte ich und blickte in den Regen hinaus. »Und vielleicht den Augenblick, in dem sie das Schiff zu Wasser bringen. Alles andere liegt in der Zukunft.«

Keine Antwort, nur ein undeutbares Geräusch.

Vor den Türen zu den Terrassen, deren Schlagläden halb geschlossen waren, rauschte der Regen herunter. Vom Dach prasselten kleine Wasserfälle auf die Bodenfliesen. Durch die Öffnungen der Läden zuckte die kreidige Helligkeit der Blitze und erweckte alle Gegenstände an den Wänden und auf dem Boden der Werkstatt und deren Schatten ein Zwinkern lang zu einem geheimnisvollen Leben außerhalb der Düsternis der Nächte.

Daidaloos saß auf einem Hocker vor seinem Instrument aus dunkel schimmerndem Holz, dessen oberer Hohlraum mit den vierzig durchlöcherten Bronzeknöpfen etwas oberhalb seiner Augenhöhe in den Raum ragte.

»Die vorletzte Saite, Liebster. Und die letzte«, sagte Perseïs und küsste seinen Nacken. Sie saß hinter ihm und hatte die Hände auf seine Schultern gelegt.

»Mit einigem Glück«, antwortete er und fädelte den dünnen Strang, der eineinhalb Ellen lang war, durch das Loch des Knebels. Dann nahm er einen spitzen Knochenspan, schob ihn ebenfalls in die Öffnung und schlang einige Knoten darum. Langsam drehte er den Knebel und zupfte an der Saite.

Die große Harfe stand unter Spannung. 39 Saiten, von denen jede das Instrument dazu brachte, aus seiner Tiefe einen anderen Klang hervorzuzaubern, zogen, jede mit wenig Spannung, zusammen aber mit der Kraft eines Ochsengespanns, an den Verbindungen des oberen und unteren Schenkels. Daidaloos spürte, wie die glatten, schimmernden Hölzer zitterten.

Er griff nach der letzten, dünnsten Saite. Mit einem Ende war sie bereits am unteren Querholz der Harfe befestigt. Wieder feuchtete er die Spitze mit den Lippen an, fädelte sie durch das Loch und steckte sie, ehe er das Ende verknotete wie zuvor, mit einem weißen Span fest.

Bevor er jedoch den Knebel zu drehen begann, wandte er den Kopf, legte ihn in den Nacken und sagte leise: »Viele Saiten sind im Regen von der Feuchte der Luft ... wie geschwollen. Heute Nacht werden wir wohl nur hässliche Töne hören.«

»Ach, Daidaloos«, antwortete Perseïs leichthin, bald wird die Luft wieder trocken sein. Dann lehrst du mich, das Epegnon zu spielen.«

»Epigonion«, verbesserte Daidaloos und fing vorsichtig an, den Knebel zu drehen. Er zupfte einmal, drehte weiter, zupfte ein zweites Mal, und als er die Drehung halb beendet hatte, erzeugte das Instrument innerhalb seiner Aushöhlungen ein markerschütterndes Knarren. Der untere Schenkel hob sich vom Boden, der obere kippte knirschend und splitternd drei Handbreit nach unten, und die vielen Saiten gaben, zwischen zwei kräftigen Donnerschlägen, ein schmerzend misstönendes Klirren und Ächzen von sich, bevor sie allesamt wie nasse Wollfäden erschlafften.

Der Griff von Perseïs' Fingern in seinen Schultern wurde schmerzhaft.

Daidaloos lehnte sich schwer gegen Perseïs und murmelte dumpf: »Gut gedacht, meine Liebste, ist nicht immer gut gemacht.« Er hob die Schultern und die Arme in einer Geste, die das Erkennen seines Versagens ausdrückte. »Es gibt lange Winternächte, und es gibt bald eine neue Harfe.«

»Du willst ... du wirst eine neue bauen?«

»Die einfache Frucht, eine Beere oder eine Ölbaumfrucht, braucht auch lange Zeit zum Reifen.« Er stand auf und nahm die Frau in die Arme. In ihren Augen standen Tränen; er wischte sie mit den Daumen weg und flüsterte: »Alles braucht Zeit. Es hat gedauert, bis du meine Gefährtin geworden bist. Es dauerte lange, bis ich in Knossos heimisch wurde. Es dauerte, bis mir der unbekannte Gott die Werkzeuge schenkte, bis der Minos seinen Tanz gewann ... eines Tages, im Frühling, wird der Klang der vierzig Saiten durch den Palast gehen.«

Ein Sturmstoß riss sämtliche Läden gleichzeitig auf. Der Donner tobte tief in den Eingeweiden des Palasts. Eine dunkle Gestalt huschte über eine Terrasse. Der Regen hatte aufgehört. Abermals schwankte der Boden, der kärgliche Rest der Harfe krachte in sich zusammen und bildete ein Knäuel aus Saiten und zersplittertem Holz.

Es war nicht das Gewitter. Zeus zürnte und sandte ein neues, schweres Beben durch die Insel.

Daidaloos packte Perseïs' Hand, zog sie mit sich zwischen den zersplitternden Türen hinaus und brüllte: »Wieder ein Inselbeben. Hinaus und hinunter; schnell! Vergiss alles – weg vom Palast!«

Sie begannen um ihr Leben zu rennen, durch schwankende Korridore und auf Treppenstufen, die sich unter ihnen hoben und senkten. Plötzlich sahen sie in den Bränden aus verschüttetem Öl Gestalten mit Schilden und Helmen, die sich, wie sie selbst, ziellos bewegten und einander Befehle zuschrien.

Der Palast schwankte und zitterte wie ein Schiff im Sturm. Steinerne Gesimse stürzten herunter, Balken bogen sich und brachen mit ohrenbetäubendem Krachen. Lauter als der Donner und das Tosen aus der Tiefe waren die Schreie aus dem Inneren der Räume und von den schwankenden Terrassen. Daidaloos und Perseïs rannten um ihr Leben.

17
Die Angst und der Zorn des Arkoniden

Als die steinerne Traverse, die den Eingang der Kammer hielt, in Teile zerbrach und vor mir zu Boden krachte, wusste ich, dass das Insel-Nachbeben diese Nacht in einem tödlichen Albtraum verwandeln würde. Mit zwei Riesenschritten und einem weiten Satz verließ ich den Schutz, rannte über nasses, schlüpfriges Gras und bemerkte, dass der Regen aufgehört hatte. Unverändert blitzte und donnerte es, und ich dachte nur einen Herzschlag daran, dass wir alle etwas Unaussprechliches, ein schauerliches Ende oder einen grauenvollen Neuanfang erwartet hatten.

Der Boden hob und senkte sich um mehrere Ellen. Hinter mir brachen Mauern und nasse Wände zusammen. Dachschindeln prasselten wie Geschosse herunter, es regnete Trümmer, Mauerbrocken, Ziegel, Balken und Steinblöcke. Nach einem rasenden Lauf von ungefähr fünfzig Schritten blieb ich unter den Bäumen stehen, die wie Grashalme schwankten. Äste, Vogelnester und Bündel welker Blätter fielen hart und triefend auf meine Schultern.

»Maraye! Thot! Das Beben ... seid ihr in Sicherheit?«, schrie ich ins Mikrofon.

Wieder: keine Antwort. Dann, nach einer kleinen Ewigkeit, Thots gehetzte Stimme: »Atlan! Ich springe von einer Terrasse. Hinter mir alles in Trümmern.«

»Maraye! Zu mir! Ich bin beim Tanz-Stierkopf!«

Das Beben dauerte endlos lange. Es war härter als jedes andere, das wir hier erlebt hatten. Ich klammerte mich an einen Baumstamm, dessen Rinde unter meinen Fingern splitterte. Maraye antwortete noch immer nicht; ich rief sie erneut.

Schließlich, ich barst vor Sorge und Ungeduld, hörte ich ihre Stimme; leise und stockend: »Ich war ... bei Perseïs und Daida... sie rennen die Treppe hin ... ich bin hinter ihnen ... aber da sind ... viele Fremde. Mit Waffen ... Fackeln ... Schilden. Ich weiß, wo du ... komme, Atlan.«

Schweigen. Stille. Quälende Ungewissheit. Ich wartete und versuchte verzweifelt, mich festzuhalten, nicht zu Boden geschleudert zu werden und den Überblick zu gewinnen. Während vor mir der Palast schwankte, einige Teile einstürzten, andere stehen blieben und im Poltern, Grollen, Krachen und Bersten an vielen Stellen Brände ausbrachen, gab es Teile des Bauwerks, die sich nicht bewegten; ich sah es an den Lichtern in der Fassade.

Staub stieg auf, Balken splitterten, ein breiter Sprung öffnete sich im Mosaik, und hinter dem Palast sah ich Menschen umherrennen, die brennende Fackeln trugen. Ein einzelner Körper fiel die Palasttreppe hinunter und überschlug sich ein Dutzend Mal. Das Furcht erregende Inselbeben hörte nicht auf!

Aus der Tiefe kam ein Laut, den ich noch nie gehört hatte. Als ob ein mondgroßer Hammer auf ein ebenso großes Metallteil einschlüge oder auf einen planetaren Amboss. Wieder hob und senkte sich der Boden in Wellen wie auf dem Meer.

Thot-K'aima kam aus der Richtung des Palasts, stolperte und hüpfte, ruderte mit den Armen, warf sich hin und her und sah mich. Ich hatte mich wieder an den schwankenden Baum geklammert, dessen Wurzeln sich aus dem Boden zu reißen schienen.

Mit einiger Mühe blendete ich meinen Gürtelscheinwerfer auf. Sie verstand das Signal und änderte ihre Laufrichtung. Es gelang ihr, verfolgt von polternden Trümmern, mich zu erreichen. Ich streckte den Arm aus und umfasste ihre Hüften; sie hielt sich an mir fest, und wir warteten atemlos, bis das Schwanken und das Getöse scheinbar aufgehört hatten.

»Maraye!«, rief ich drängend. »Melde dich. Thot und ich haben überlebt.«

Sie gab keine Antwort, aber ich hörte wirren Lärm, einzelne Schreie, ein Kreischen, eine Reihe dumpfer Schläge und ein markerschütterndes Mahlen und Knirschen. Verzweiflung und die Befürchtung, sie unter den Trümmern des Palasts erschlagen zu finden, löschten vorübergehend alle anderen Gedanken und Empfindungen aus.

Das Rauschen der Baumkronen, der übrige gewaltige Lärm und auch der Regen hatten aufgehört. Stille fiel über Knossos, in der nur die Einschläge einzelner Trümmer überlaut zu hören waren. Dann brachen erneut Kreischen, Wimmern und wirres Geschrei aus.

»Sie ist nicht tot, Atlan«, stieß Thot hervor. »Ich hab sie rennen gesehen. Bei Daidaloos und der Kleinen.«

»Warum antwortet sie nicht?«

Die Bewohner des Palasts und der Stadt begannen sich gegen die Folgen des Bebens zu wehren, als wären sie mit dieser Gefahr aufgewachsen. Binnen erstaunlich kurzer Zeit tauchten an überraschend vielen Stellen hell brennende Fackeln auf. Große Teile des Palasts waren stehen geblieben, aber viele Sprünge durchzogen die Mauern. Thot und ich verließen unseren Standort und liefen zur Nordseite des Palasts. Einige Augenblicke danach übertönte die Stimme des Minos' das Durcheinander.

»Der Minos ist am Leben! Spannt die Ochsen an und holt Balken und Seile! In sechs Stunden ist es hell, und wir sehen, was zerstört ist.«

Der Regen schien die meisten Brände, die durch zerschmetterte Öllampen und auseinandergerissene Herdfeuer entstanden waren, gelöscht zu haben. Das Lärmen aus der Stadt, das leiser wurde, je mehr wir uns vom Labyrinth entfernten, bewies, dass die Parusati mit aller Kraft und Schnelligkeit angefangen hatten, die schreienden Verletzten zu bergen und die schlimmsten Schäden zu beseitigen.

Die große Palasttreppe war nicht zusammengebrochen. Auf unserem Weg erblickten Thot und ich den Minos, Deione und Araia sowie einige andere Frauen. Wir sahen auch einige Fackeln, die sich durch das Dunkel zwischen den Mauern von Ställen und Scheunen nach Norden bewegten. Ich rief ununterbrochen in steigender Hoffnungslosigkeit nach Maraye, hörte aber nur diesen undefinierbaren Geräuschwirrwarr. Plötzlich tauchte Daidaloos auf, sah uns, schwenkte die Fackel und rief Thot-K'aima an.

»Quellnymphe! Hast du Perseïs gesehen? Sie ist fort!«

Er starrte mich an, während Thot antwortete.

»Wir haben Perseïs nicht gesehen. Wir suchen selbst nach der Gefährtin dieses ... Freundes.«

»Wer bist du? Ich kenne dich nicht«, sagte Daidaloos zu mir. Seine Frage klang, als wäre ihm die Antwort vollkommen gleichgültig. Sein Gesicht war voller Ratlosigkeit, sein Haar hing wirr und staubbedeckt um seinen Kopf.

Ich entschied mich binnen eines Augenblicks, weder meine Maske noch meine Unsichtbarkeit aufrechtzuerhalten. Also entgegnete ich: »Ich bin Arion von Thrakien. Nenne mich Atlan.«

Er winkte ab; für ihn gab es Wichtigeres. Für mich auch. Das Gewitter war nach Osten weitergezogen, der Mond tauchte zwischen den Wolken auf, und der Vorrat der Kreter an Fackeln schien gewaltig zu sein. Die Rückseite des Palasts und, so weit wir es erkennen konnten, ein großer Teil der Stadt sahen zwar mitgenommen aus, aber die meisten Dächer waren nicht eingebrochen.

»Suchen wir weiter«, schlug Daidaloos vor. »Aus dem Palast sind sie in alle Richtungen davongerannt. Perseïs und ich wurden getrennt. So viel Staub und Regen in der Luft.«

Er sah und hörte, wie ich ins Armbandmikrofon rief, und registrierte, dass Thot ein gleich aussehendes Band trug und ebenfalls von Zeit zu Zeit nach Maraye rief. Sie packte mich am Arm und zeigte auf den Eingang einer Gasse.

»Dort hab ich sie zum letzten Mal gesehen, Atlan.«

Die Stelle war, abgesehen von wenigen Trümmern und auseinandergeflossenen Lehmziegeln, fast unversehrt, aber auch menschenleer. Thots Worte bedeuteten, dass Maraye ebenfalls den Schirm abgeschaltet hatte und, wahrscheinlich, am Leben war. Aber ... wo war sie? Versteckte sie sich? Etwa vor uns?

Der Logiksektor rief in unüberhörbarer Schärfe: *Da ist mehr vorgefallen als nur ein Beben, Arkonide. Etwas Unvorhergesehenes. Hast du nicht irgendwelche Schemen mit Fackeln gesehen?*

Ich wandte mich an Daidaloos, der mit hängenden Armen dastand und ins Dunkel starrte. Ich merkte, wie mir zusammen mit meinem Zeitgefühl auch die Zeit selbst verlorenging, und glaubte förmlich sehen zu können, wie seine Gedanken rasten.

»Zuletzt«, hörte ich ihn sagen, »ist die Harfe zerbrochen. Ich hab Männer mit Schilden gesehen. Atlan! Nymphe! Perseïs haben sie entführt!«

»Wer hat sie entführt?«, rief ich ungläubig.

»Die Menschenfänger. Weißt du nichts vom Wrack an den Felsen vom Fischerstrand, Nymphe?«

»Nein. Nichts.« Thot schüttelte den Kopf.

Weit im Hintergrund, wie einer Umgebung, die uns nichts anging, hörten wir die Stimme des Minos und andere laute Stimmen, die unablässig Befehle gaben. Wahrscheinlich rannte der Minos durch die kaum versehrten Teile der Stadt und befahl seinen Untertanen, wo sie zupacken mussten. Aus größerer Nähe vernahmen wir eine andere Art von Geschrei. Frauen kreischten und wimmerten, und Männer fluchten laut.

Daidaloos hielt die Hand ans Ohr, lauschte einige Atemzüge lang und rief dann mit dem Ausdruck des Entsetzens: »Die Schreie. Sie rufen: Unsere Töchter sind verschwunden. Die Männer haben einen Toten gefunden. Mit einem Dolch in der Brust.«

»Wo?«

»Dort, am Rand der Stadt.« Er deutete geradeaus.

Ich stieß hervor: »Wenn es Entführer waren ... zu Schiff ... in der Lethai-Bucht?«

»Nein. Zu weit!« Er stieß die Fackel senkrecht in die Höhe. »Der Fischerstrand ist näher. Besserer Weg, Atlan.«

Es klang logisch. In mir riss etwas. Ich spürte, wie sich kalte Wut meiner bemächtigte. Ich schaltete meinen Gürtelscheinwerfer wieder ein und fächerte den Strahl weit auseinander. Thot-K'aima folgte meinem Beispiel, und ich sagte, während ich den getarnten Lähmstrahler halb aus der Scheide zog: »Hinterher, Daidaloos. Vielleicht können wir sie vor dem Strand noch einholen.«

Er starrte zuerst entsetzt, dann mit einem schmallippigen Lächeln auf die Lichtflut und die beiden Geräte, dann breitete sich in seinem Gesicht ein kaltes Grinsen aus.

»Du und dein Freund, Nymphe – ihr seid wirklich von Zeus gesandt. Los!«

Ich lief voran und wurde immer schneller. Taghell beleuchtet lag der Pfad vor mir, den die Fischer seit Jahrzehnten oder länger ausgetreten hatten. Daidaloos folgte im Lichtkegel von Thots Gerät. Wir rannten, als gelte es unser Leben – und so war es auch.

Als die Gasse aufhörte und das freie Land anfing, stießen wir auf drei Männer, die einen bewegungslosen Körper schleppten. An einem verwitterten Zaun aus Dornenranken lehnte ein großer, ovaler Schild. Mein Blick fiel auf die Brust des blutüberströmten Leichnams, und ich hielt an. Daidaloos prallte in meinen Rücken.

»Was ...?«

In der Brust des Toten, zwischen ledernen, von großen Bronzenieten zusammengehaltenen Schuppen, steckte bis zum Heft ein Dolch. *Der* Dolch. Marayes Lähmstrahler mit der nadelfeinen Spitze. Ich erkannte ihn auf den ersten Blick an dem großen, falschen Lapislazulistein des Knaufs.

»Sie lebt!« Ich schrie es fast, packte den Dolch und riss ihn aus der Wunde. »Das ist ein Zeichen.«

Daidaloos rief: »Bringt ihn zum Minos. Sagt ihm, ich hätte ihn gesehen!«

Wir rannten weiter. Vielleicht fünfhundert Schritte weiter durch Gestrüpp und Wald hörte ich Daidaloos. Er keuchte nicht, aber er fragte atemlos: »Hast du mir das Geschenk der Werkzeuge gemacht, Atlan?«

»Das war ich«, bestätigte ich und fügte nach weiteren zweihundert Schritten hinzu: »Und wenn es nötig wird, erleben wir bald noch mehr göttliches Zeug.«

»Zeus sei Dank!«, rief er unterdrückt. »Zuerst lasst uns die Menschenfänger fangen!«

Ohne Pause hasteten wir hinter den Menschenfängern her. Nun stand für mich fest, dass sie Maraye, Perseïs und eine unbestimmte Anzahl Mädchen und Frauen aus Knossos bereits während der letzten Augenblicke des Tanzes gewaltsam an sich gerissen und selbst, als sie vom Beben überrascht wurden, noch letzte Opfer gefunden hatten. Sie mussten sie in rasender Eile zum Schiff getrieben haben, aber wenn ich es recht bedachte, war inzwischen viel Zeit vergangen. Vielleicht zu viel Zeit.

Der Wald hörte auf, Büsche und Dünen voller Strandhafer folgten. Von der Anhöhe aus konnten wir schon im Mondlicht erkennen, dass der Strand leer war. Ich sah im Sand etwas funkeln und aufleuchten, schlitterte auf den Fund zu und bückte mich.

Abermals ein Zeichen. Für dich, bemerkte der Extrasinn.

Marayes Schmuckband, das Mehrzweck-Armband. Sie musste es abgestreift haben, in einem unbewachten Augenblick. Ich hob es auf, wir rannten weiter, zertrampelten viele Spuren und blieben am Spülsaum des Meeres stehen, atemlos, schwitzend und dennoch fröstelnd.

Ich bündelte den Scheinwerferstrahl und schickte ihn über die niedrige Brandung und über die Wellen. Vergeblich, trotz des Mondlichts. Das Schiff war außer Sicht. Wahrscheinlich hatte selbst der verfluchte Gewittersturm das Schiff vom Strand getrieben, schneller als ein anderer ablandiger Wind. Wir fanden nur Fußspuren, den Abdruck eines Kiels und drei erloschene Fackeln.

Einem plötzlichen Impuls folgend, kontrollierte ich die Einstellungen des Armbands; alle Funktionen standen auf »neutral«.

Mit dem nächsten Impuls gab ich Daidaloos das Armband und sagte beschwörend: »Trage es am Handgelenk. Berühre keinen einzigen Edelstein, drücke auf keines der Felder. Ich werde dich lehren, dieses Wunderding richtig zu benutzen – später. Beschwöre es, Daidaloos!«

»Bei Zeus! Ich schwör's.«

Thot-K'aima war bisher allen Vorgängen schweigend gefolgt. Sie war gerannt wie eine Gazelle aus Tameris südlichen Wüsten. Ihre Brust hob und senkte sich, als sie tief Atem schöpfte. Nach einer Weile seufzte sie, Tränen in den Augen.

»O Nebit Maraye«, flüsterte sie rau. Als ich sah, wie Daidaloos das Armband über sein schmales Handgelenk streifte, zuckte ich zusammen. Er nickte Thot zu und seufzte mit gebrochener Stimme: »O Perseïs.«

Eine eisige Hand berührte mich zwischen den Schulterblättern. Maraye besaß noch ein Schmuckstück; eine vergoldete kleine Platte, die sie an einem dünnen Kettchen um den Hals trug.

Es war die Fernsteuerung des Gleiters.

Mein Exemplar lag, unsichtbar unter dem Deflektorschirm, auf dem Sitz neben dem Piloten. Und wo der Gleiter schwebte oder stand ... das wussten buchstäblich nur die Götter.

Ich desaktivierte meinen Scheinwerfer, starrte auf das dunkle Meer und murmelte: »Nun, göttlicher Arkonide, wirst du dein Überlebenspotenzial überstrapazieren müssen.«

Mit bleichen Gesichtern, verständnislos, sahen mich Thot und Daidaloos an. Wir gingen zurück nach Knossos und warteten auf den Sonnenaufgang. Während des Marsches, den wir in Trauer und Schweigsamkeit zurücklegten, versuchte ich meine Gedanken in eine logische Reihenfolge zu bringen und meine neuen Pläne zu gliedern, denn alle unsere Vorhaben waren durch das Gesetz des Zufalls zunichte gemacht worden. Zunächst: Ich beabsichtigte nicht, den langen und beschwerlichen Weg zum Bergnest als einsam hastender Wanderer durch Kretas frühen Herbst zurückzulegen.

18
Das reiche Spektrum von Ricos Labors und Werkstätten

Thot-K'aima war auf dem Weg zu ihrer Höhle. Sie war noch in der Dunkelheit dorthin aufgebrochen; wir mussten so schnell wie möglich erfahren, ob die felsige Herberge eingestürzt war oder ihre technischen Einrichtungen noch zu gebrauchen waren. Daidaloos hatte zugesehen, wie ich mich unsichtbar und wieder sichtbar machte, und seine Verwunderung hielt sich in Grenzen. Er hoffte, dass ich ihm später jedes göttliche Wunder einzeln erklärte. Ich machte ihn aber nur mit den wichtigsten Funktionen des Armbands vertraut, sodass wir miteinander reden konnten.

Während ich mich in einem leeren Haus mit Essen und lauem Sud versorgte, eilte Daidaloos zum Palast und beteiligte sich an den Arbeiten. Sie waren seit der Morgendämmerung in vollem Gange.

Trotzdem brachten es die Stadtbewohner binnen zweier Stunden fertig, die Zahl ihrer verschwundenen Töchter und Frauen herauszufinden. Es waren dreizehn Frauen und Mädchen, vierzehn mit Perseïs, also fünfzehn mit Maraye.

Der Minos und ein, zwei Tage lang auch vier seiner Herausforderer halfen den Kretern mit aller Kraft. Der Herrscher schien überall gleichzeitig zu sein. Miron aus Mallia und Phaidra fand man tot, nackt nebeneinander in den zertrümmerten Teilen der Frauengemächer. Phaidra lag quer über den Hüften des Mannes; die Deckenbalken waren gebrochen, und das darüber liegende Stockwerk hatte die beiden zerquetscht. Nach den ersten Tagen sollten die jungen Fürsten in ihre Städte zurückkehren und dort für Ordnung sorgen. Drei Stunden nach Sonnenaufgang rief mich Thot-K'aima.

»O Freund Atlan«, klagte sie. »Von der Decke sind viele Steinbrocken heruntergefallen. Beide Weinkrüge sind zerbrochen, und der Boden schwimmt wie in Blut. Aber Ricos Bild ist wie immer erschienen, und ich habe ihm alles berichtet.«

»Sage ihm, er soll nachsehen, ob sich die fliegenden Augen geschlossen haben und, wenn es so ist, neue erbauen. Zuerst aber muss er einen Sklaven ins Bergnest und von dort zu dir schicken, der mich durch die Luft trägt. Es ist wichtig. Ich bin in zwei Stunden bei dir.« Erfreut über ihre Zuverlässigkeit setzte ich hinzu: »Ich bringe neuen Wein mit.«

»Ich warte auf dich, Fürst!«

Auch Deione, Briomartis und Diktynna halfen, wo sie konnten, und flößten den Verwundeten und denen mit gebrochenen Gliedmaßen schmerzstillende Tränke ein. Ich sah Perdix und Araia nebeneinander, schmutzig, staubbedeckt und mit aufgerissenen Händen, einträchtig nasse Trümmer wegräumen und einzelne Ziegel aus Mauerteilen brechen. Daidaloos fand ich in der Nähe seiner Werkstatt, wo einige Frauen Staub und Mörtelfladen zusammenfegten und die geborstenen Türen und Läden wegschleppten.

Ich zog ihn am Arm in einen stillen Winkel, schaltete das Deflektorfeld aus und sagte: »Ich brauche einen Krug guten Wein für Thot und mich. Verschaffst du mir einen? Ich warte hier.«

Er nickte und antwortete: »Nicht zu schwer, weil du ihn tragen musst?«

»So ist es. Wenn es der Minos erlaubt, komme heute Abend, nicht zu spät, zur Quellnymphe. Mit Wein, und wenn die Bäcker nicht erschlagen wurden, mit frischem Brot. Ich verspreche dir eine Nacht, die du nie vergessen wirst.«

»Ich werde kommen – warte hier, Atlan.«

Er rannte hinaus in den verwüsteten Korridor. Ich machte mich nützlich und reinigte den Boden seines Schlafgemachs mit warmem Wasser und Sand. Er kam zurück, schlug mit der Faust auf den Verschluss des Weinkrugs, sagte: »Die Bäcker leben!« und hob, als ich mit dem Krug auf der Schulter seine Werkstatt verließ, das Handgelenk mit Marayes Armband. Ich nickte ihm zu. Auf dem Weg zu Thots Höhle achtete ich darauf, ob ich einen Kreter oder ein Tier sah, die mit dem Schutzfeld des Gleiters zusammenstießen. Aber bei dieser flüchtigen Suche war es verständlich, dass der Gleiter mit all seiner kostbaren Ladung verschwunden blieb.

Da nahezu alle Arbeiter aus den Bergwerken und den Bronzeschmelzen sich zum Tanz in Knossos eingefunden hatten, gab es an jenen abgelegenen Orten zwar große Schäden, aber keine Toten. Inzwischen waren aus dem Palast und der Stadt 23 tote Parusati geborgen worden; Kinder, Frauen und Männer. Ich ließ das alles hinter mir und stieg, nicht mehr so völlig hoffnungslos, die Stufen zu Thots Behausung hinauf.

Wir tranken ein Glas Wein, schweigend und versonnen. Thot-K'aima hatte die Trümmer der Krüge und der Höhlendecke aufgesammelt und in den Wald geworfen, und obwohl sie viel Wasser gebraucht hatte, roch die Höhle durchdringend nach Wein. Ich badete im Quellteich, band einen frischen Schurz um meine Hüften und setzte mich vor die Linsen, Lautsprecher und Mikrofone der Anlage. Sie arbeitete störungsfrei.

»Rico«, sagte ich und empfand, als ich in sein geschlechtslos gestaltetes Gesicht blickte, große Erleichterung. »Für nahezu jede deiner Handlungen besteht höchste Dringlichkeit.«

»Seit dem Gespräch mit Thot-K'aima bin ich darauf programmiert, Atlan«, antwortete er. »Das Wichtigste zuerst: Der Transmitter im Bergnest arbeitet ebenso zuverlässig wie mein Gegengerät. Ein Subrobot mit einem bequemen Tragegerüst ist gerade im Bergnest materialisiert und auf dem Kurs zu dir, also zu Thots Höhle. Soll er sich unsichtbar schalten?«

»Nicht nötig. Ich brauche so bald wie möglich eine zweite Maschine, die in der Lage ist, den Gleiter zu orten.«

Mit drei Sätzen umriss ich das Problem. Fasziniert und hingerissen von ihrem »Meister«, dem »Nichtmenschen« Rico, sah und hörte Thot-K'aima zu. Ebenso schweigend nahm Rico die Befehle auf und verwendete einen Bruchteil seiner positronischen Kapazität darauf, einem Individuum seiner Unter-Robot-Schar die entsprechende Programmierung zu überspielen.

»Ich habe den Trägerrobot Ganimeyd genannt«, berichtete Rico. »Der andere wird den Gleiter, der in engem Umkreis von Knossos zu finden sein wird, aufspüren und – wohin? – fernsteuern.«

»Zum Bergnest.«

»Verstanden. Weitere Anordnungen, Gebieter ... Atlan?«

Allein schon seine Stimme, männlich tief, wohlmoduliert und von machtvoller Eindringlichkeit, schien in Thot geheime Sehnsüchte zu wecken. Sie war gebannt. Ich ließ mich nicht ablenken und redete weiter.

»Die Spionsonden. Funktionieren sie noch?«

Die Antwort kam augenblicklich.

»Eine arbeitet mit gewohnter Zuverlässigkeit. Die zwei anderen sind, da sie im beziehungsweise am Palast stationiert waren, unter Trümmern der Bebenfolgen begraben und haben sich laut Programmierung nahezu spurenlos selbst vernichtet.«

»Habe ich geahnt«, sagte ich und berichtete vom Lähmdolch als tödliche Waffe, von Marayes aufgefundenem Armband und von der Gleitersteuerung, die sie um den Hals trug. »Kannst du die Fernsteuerung orten?«

»Nein. Ich kann nur ihren Ruheimpuls empfangen.«

»Und ...?«

»Ich teste. Es dauert kurze Zeit. Warte bitte.« Vielleicht zehn Atemzüge später sagte der Robot: »Weit im Norden deiner Position, Atlan. Das Gerät beginnt seine Funktion langsam einzustellen. Im Augenblick verfügen die Energiezelle und die Schaltungen noch über 45 Prozent ihrer Kapazität. Erfahrungsgemäß ist dies der Fall, wenn das Gerät aggressiver Nässe ausgesetzt ist.«

»Etwa Meereswasser? Würde es genügen?«

»Ein zerstörerisches Medium. Ausgezeichnet geeignet, Dinge und Erzeugnisse aller Art zu zerstören, sogar arkonidisches Glas. Willst du die Zersetzungszeit wissen?«

»Vergiss es.« Ich hatte mich schon immer auf die Klugheit meiner Geliebten verlassen können. Maraye schien nicht bewegungsunfähig gefesselt zu sein beziehungsweise gewesen zu sein. »Rechne die Wahrscheinlichkeit aus dafür, dass Maraye die Fernsteuerung ins Meer geworfen hat.«

»Beträgt 91 Prozent.«

»Beruhigend. Zufrieden. Dass du den Tragesessel-Subrobot auf meine Stimme kodiert hast, setze ich voraus.«

»Auf deine und Thots Stimme und auf den Handabdruck.«

»Kodierung erweiterbar?«

»Bis zu zehn schwebende ... Teilnehmer.«

Also würde einer der Entführer, der die Frauen ausplünderte, nicht zufällig durch eine Schaltung den Gleiter von Knossos über das Meer zum Schiff oder zu dessen Hafen fernsteuern können. Sie ruhte also auf dem Meeresgrund, die Fernsteuerung, und ich atmete etwas freier.

Es dauerte nicht lange, und ich wusste, warum ich mir wegen Marayes Deflektorschirm-Gürtel nur wenige Sorgen machte. Meine Geliebte hatte mehrere Male Kaltblütigkeit und Entschlusskraft bewiesen und besaß eine Kämpfernatur. Der Gürtel sah ganz einfach aus: Leder mit einer »kupfernen« Schnalle, die als Aus-Ein-Schalter ausgebildet war. Solange man ihr den schlichten Gürtel, keine wertvolle Beute also, nicht wegnahm, konnte sie sich unsichtbar machen und – kämpfen. Auch dieses Element vermochte Rico nicht zu orten, obwohl es eines von nur dreien auf dem gesamten Planeten war. Dennoch änderte der wenig missliche Umstand nichts am Umfang der Tragödie.

»Rufe die Spionsonde von Knossos ab und suche nach einem Schiff ...« Ich schilderte ihm die Umstände, so gut oder schlecht, wie ich sie selbst kannte. Für die Lösung solcher Probleme war Rico bestens programmiert; der Weltraum besaß mindestens eine Dimension mehr. Auch hochfliegende Sonden konnten einzelne Schiffe aufspüren, aber dagegen standen so viele Inseln, so viele andere Schiffe gleichen Aussehens und die Wahrscheinlichkeit, dass die Beute längst von Bord geschafft und verteilt worden war und sich somit in der Millionenzahl der Bewohner zerstreut haben konnte. Ich brauchte nicht zu erwähnen, dass wir genaueste Karten der Suchgebiets besaßen und endete mit den Worten: »Höchste Dringlichkeit, Rico. Aber es geht noch weiter ... einen Moment.«

Vor dem Höhleneingang blinkte ein winziger Scheinwerfer und strahlte ins Innere. Das leise Summen einer schwebenden Maschine wurde von drei glockenähnlichen Signalen unterbrochen. Eine Art Gesicht aus Linsen, kleinen Antennenschalen und zwei kaum größeren Waffenprojektoren starrte uns an.

»Warte auf meinen Befehl, Ganimeyd«, sagte ich deutlich. Der Scheinwerfer erlosch. Ich wandte mich wieder Rico zu.

»In wenigen Stunden werden ein Mann namens Daidaloos, seines Zeichens Erfinder vieler nützlicher Dinge, und ich durch deinen Transmitter in die Kuppel kommen. Bereite in einem Teil der Illusionslandschaften meine gewohnten Kammern für einen Kurzaufenthalt vor. Errichte ferner eine idealisierte Knossos-Umgebung für meinen Gast, mit allem, was dir dazu einfällt. Er wird's genießen, denke ich. Wir werden uns mit einigen Erfindungen beschäftigen, und du wirst die Arbeiten beaufsichtigen.«

»Gewöhnliche Arbeiten mittleren Schwierigkeitsgrades, oder irrt meine Positronik?«

»Halbwegs. Wir brauchen Hilfsrobots, größere fliegende Dinge, Ausrüstung für ein Schiff – Antigrav, Vorwärtsmaschinen, gewisse Antriebe und einen Schwarm Subroboter, die in der Werft zu Mallia das Schiff fertig stellen. Du hast entsprechende Aufnahmen und kennst das Problem.«

»Diese Aufgabe ist nicht binnen vierundzwanzig Stunden völlig zu lösen.«

»Muss nicht sein«, antwortete ich. »Bereite mehr als nötig vor. Was wir nicht brauchen, streichen wir.«

»Verstanden. Vorbereitungen laufen«, bestätigte der beste Robot von allen. Ich streckte den Arm aus; Thot hielt ein gefülltes Glas an meine Finger. Ich nahm erleichtert einen tiefen Schluck. Daidaloos hatte einen Krug vom besten Wein »gefunden«.

»Habe ich etwas vergessen?«, überlegte ich laut. Der Logiksektor sagte trocken: *Denke nach!*

Die Erfahrungen aus einer Zeitspanne, die um die sechs Jahrtausende umfasste, waren vielfältig. Die Barbaren dieses herrlichen Planeten erschufen sich aus, nennen wir's »intellektueller Langeweile« oder anders, in reger Tätigkeit komplizierte Götterwelten. Jeder größere Stamm, jedes Gebiet, das sich als »Land« begriff, konstruierte eigene Götter, Götterfamilien und Götter-Verwandschaften. Auch auf Kreta und in den Gebieten, aus denen Kreter auf ihre Insel ausgewandert oder geflüchtet waren, war ein solcher Kosmos im Entstehen. An tiefgreifenden Fragen, die mit Götter- und Götzenglauben und »Religion« zu tun hatten, war ich nicht interessiert; die Vielfalt hätte mich überfordert und bestenfalls zu unheiligen Kommentaren provoziert.

Aber seit den Erlebnissen mit wütenden Höhlenbären und widerspenstigen Urpferden hatte ich lernen müssen, dass selbst ein alter Arkonide im Verkehr mit den Barbaren nicht ohne die rudimentäre Kenntnis der Namen und Bedeutungen jener Gestalten zurechtkam, die zu Göttern erhoben worden waren.

Zeus, dessen Vorgänger Chronos, der Bote Ganimeyd, die Untergöttinen wie Kar, irgendwelche Göttinnen, denen man Liebreiz, Weisheit und Bösartigkeit zuordnete, und auch einen Verwandten des Blitzeschleuderers Zeus vom Berg Ida, den die Barbaren »Hepheistos« nannten. Er war ein rußiger Schmied mit überaus feinmechanischen Wundereigenschaften – ein zweiter Rico also! –, mit einer wunderschönen, leidenschaftlichen Götterfrau verbunden, die ihn ständig und oft erfolgreich zu betrügen versuchte.

Also sagte ich in meiner Abgeklärtheit, die bisweilen an Zynismus grenzte, zu Rico und hoffte, dass seine Superpositronik richtig reagierte: »Daidaloos ist ein durchaus ernst zu nehmender Mann. Seine Geliebte, ein zierliches Geschöpf, teilt vorläufig Marayes Schicksal. Du wirst dich für Daidaloos in Hepheistos verwandeln, einen hinkenden, bärtigen Schmied mit Brandlöchern im göttlichen Lederschurz, denn nur so wird sein Verstand die scheinbaren Wunder aushalten, die ihm bei uns auf Schritt und Tritt begegnen.«

Dieses Mal brauchte er eine Handvoll Mikrotontas länger, um den Spannungsbogen durchzurechnen und das Problem zu verstehen. Dann aber lächelte er Thot-K'aima schmelzend an. »Wenn du mich das nächste Mal siehst, schönste Quellteichnymphe, erschrick nicht. Ich werde derselbe Nichtmensch sein, aber auf Befehl von Neb Atlan von erschreckender Hässlichkeit.«

»Du bleibst trotzdem mein Meister«, entgegnete sie einfach. Ich lächelte gerührt, bedeutete Rico, dass ich eine längere Pause wünschte, und wandte mich an Thot.

»Was wirst du tun, wenn Daidaloos und ich ein paar Tage lang nicht da sind?«

»Sorge dich nicht, Atlan«, sagte sie und legte freundschaftlich ihre Hand auf meinen Arm. Von der Berührung ihrer schlanken, dunklen Finger ging eine erstaunliche Beruhigung aus. »Ich werde die Parusati trösten und ihnen helfen. Viele werden kommen, über ihre Toten trauern und Rat und Trost suchen. Die Quellnymphe wird alles versuchen, ihren Schmerz zu lindern.«

Ich dachte an die erschlagenen und verstümmelten Kinder, nickte und lehnte mich zurück. Sie würde übergenug zu tun haben; es gab so manche Barbaren, die man einfach liebhaben musste.

Thot betrachtete eine Zeit lang ihr leeres Glas und sagte dann: »Wir werden etwas essen, wenn Daidaloos gekommen ist und frisches Brot mitgebracht hat. Dann könnt ihr tun, was notwendig ist. O Maraye! Wo bist du?«

»Wir finden sie«, murmelte ich niedergeschlagen. »Früher oder später. Hoffentlich ist es dann nicht zu spät.«

Wir saßen da und warteten darauf, dass Daidaloos in Marayes Gerät sprach und uns mitteilte, dass er auf dem Weg zu uns sei.

Er kam zwei lange Stunden danach, mit zwei Jungen, die in Tuchbündeln eine Auswahl von Essen aus der Palastküche und Weinkrüge trugen. Der Subrobot hatte sich unsichtbar geschaltet, und sein Summen erschreckte die Knaben nicht, die Daidaloos sofort wieder wegschickte. Wir aßen ruhig und beredeten alles oder jedenfalls vieles, wozu wir in der niederträchtigen und gewalttätigen Nacht keine Gelegenheit und keine Worte gefunden hatten.

Daidaloos berichtete uns von dem Menschenfängerwrack und der Rettung Perseïs', und ich bereitete ihn auf Ricos

Wunderreich der Erfindungen und einen Teil meiner Pläne vor. Er, Daidaloos, der so alt schien wie ich, war von einem lodernden Zorn und unversöhnlichem eisigem Hass erfüllt – seine Geliebte zum zweiten Mal in einem Schiff der Menschenräuber.

Ich versuchte ihn zu beruhigen und erklärte, dass der Name »Arion von Thrakien« absolut nichts bedeutete. Von ihm erfuhr ich, kaum erstaunt, dass sich Holz, Metall und anderes Material gegen bestimmte Belastungen unwillig und widerstrebend verhielten und dass er verzweifelt und erfolglos versuchte, diese Gesetzmäßigkeiten herauszufinden.

Hepheistos konnte ihm helfen, versicherte ich ihm und bedeutete Thot, nachzuschenken. Die Erfüllung eines seiner Träume, nämlich fliegen zu können, würde ihn im nüchternen Zustand überfordern ...

Wort für Wort, Satz für Satz, Glas um Glas glitten die Erlebnisse während des Tanzes, das furchtbare Beben und die noch grässlicheren Umstände der Entführung durch die abwägenden Gespräche, Fragen und Antworten, Erklärungs- und Deutungsversuche und die Ruhe des Nachmittags in den Hintergrund. Spätes Sonnenlicht sickerte wie strahlender Goldflitter honiggleich durch das Laub der Eichenkronen, und wir verbargen unsere brennenden Sorgen im flüchtigen Schleier der Hoffnung und Zuversicht.

Ich maßte mir an, mit Hilfe arkonidischer Hochtechnik die simplen Verbrechen der Barbaren binnen kurzer Zeit ahnden zu können. Schließlich deutete Thot-K'aima zum Höhlenausgang, nickte mir zu und nahm Daidaloos das Glas aus den Fingern. Ich stand auf.

»Ganimeyd!«, forderte ich den Robot auf. »Deflektor aus und komm zum Höhleneingang.«

Die Spannung, die nahezu unerträglich geworden war, hatte sich seit dem Augenblick, in dem ich planen und arbeiten konnte, ein wenig gelöst. Dennoch durfte ich keine

Zeit vergeuden. Andererseits übersah selbst ein arkonidischer Verstand in der Hast und Hetze irgendwelche Kleinigkeiten, was sich später bitter rächen konnte. Rico kannte nichts anderes als äußerste Perfektion, aber er brauchte die klaren Zielvorgaben seines »Gebieters«.

Ich wandte mich an Daidaloos, der wie paralysiert den Robot anstarrte.

»Du wirst dich in diesen wenig bequemen Sessel setzen und festgurten«, erklärte ich. »Der Götterbote fliegt mit dir zu meinem Versteck in den Bergen. Dort wartest du auf mich. Du wirst viele Dinge sehen, die dich verwirren – rühre nichts davon an außer dem Weinkrug und den Gläsern, die du schon kennst. Im Fluge schütze deine Augen mit der Hand und dem Unterarm; Ganimeyd ist schneller als der Falke. Also – warte auf mich, und nach und nach wirst du vieles verstehen.«

Er löste sich aus der Starre und ließ sich von mir gehorsam helfen. Als der Robot eine Elle höher stieg, ächzte Daidaloos und wurde grau im Gesicht. Neugierde und Furcht kämpften in seinem Gesicht.

Ich zeigte ihm, wie schnell sich die modifizierten Raumschiffgurte öffnen ließen, und sagte beschwörend: »Keine Furcht, Daidaloos! Du wirst einen Teil deiner Insel mit den Augen des Adlers sehen. Speie, wenn dir übel wird. Aber die Freude des Fliegens wird jede andere Empfindung auslöschen.«

Ich drückte seine Handgelenke und befahl dem Robot: »Du hörst auf den Namen Ganimeyd. Folge deinem Programm. Warte, bis sich dein Gast losgeschnallt hat, komm zurück und hol mich ab. Keine Höchstgeschwindigkeit. Angepasste Flughöhe. Ausführung!«

Ganimeyd blinkte mit dem Scheinwerfer, drehte sich auf der Stelle um 180 Grad und stieg durch eine Lücke der Wipfel senkrecht in die Höhe. Von Daidaloos kam ein ächzendes

Würgen, das schnell leiser wurde, als sich der Robot mit zunehmender Geschwindigkeit entfernte.

»Was hast du mit ihm vor ... wie nennt dich Maraye, Atlan? Sternkapitän?«

»Er wird mit mir die Räuber suchen. Er kämpft um Perseïs und wird, wenn es die Zeit zulässt, von Rico lernen. Ich denke darüber nach, dich vielleicht zu bitten, an unserer Seite zu suchen und zu kämpfen – nur, wenn du es willst.«

Sie zuckte mit den Schultern. Wir warteten etwa eine Stunde auf die Rückkehr Ganimeyds. Daidaloos hatte die Gurte korrekt geschlossen; ein Zeichen, dass er während des Flugs Herr seiner Sinne geblieben war. Ich setzte mich in das Gerüst, legte die Gurte an und verwünschte, dass Rico für die Gäste des Transportmittels keine Brillen vorgesehen hatte. Ließ sich nachholen, dachte ich, in einer verbesserten Version.

Ich winkte Thot-K'aima und rief: »Ganimeyd. Zum Bergnest. Ausführung!«

Die Maschine bewegte sich auf die gleiche Weise in die Höhe, drehte dann nach Südwest und steigerte die Geschwindigkeit. Ich senkte den Kopf, mein Haar peitschte um meinen Hals, und unter mir rasten Kretas Wälder und die schmalen Mäander der Bäche dahin, die durch den Regen angeschwollen waren. Zuverlässig landete ich neben dem Eingang zur Halbkuppel.

»Ganimeyd. Wenn wir uns entfernt haben, schwebst du in die Kuppel und wartest auf den nächsten Einsatz. Wiederhole die Namen, denen dein Programm gehorcht!«

Während der Lautsprecher arbeitete, kontrollierte ich die Anzeigen des Transmitters. Daidaloos saß in der Mitte des Verstecks, voller Aufregung und mit leuchtenden Augen, ohne Weinglas in den Fingern. Ich zeigte auf die scheinbar glühenden Transmittersäulen und blieb vor der Plattform stehen.

»Du wirst da hindurchgehen und eine andere Welt betreten. Mein Freund Hepheistos, Grob- und Feinstschmied von übergroßer Kunstfertigkeit, wird dich begrüßen. Zähle bis zehn, und ich werde dir gefolgt sein. Wie hast du den Flug erlebt?«

»Er hätte bis in die Nacht dauern können!«, versicherte er glaubwürdig und stand auf, als ich den Arm ausstreckte. Ich führte ihn zum Transmitter und schob ihn vorwärts. Dann sah ich mich um, sammelte einige Ausrüstungsteile ein und folgte dem Erfinder.

Als ich in der Transmitterkammer aus dem Gegengerät sprang, sah ich Rico, der Daidaloos am Arm gefasst hatte und auf ihn einredete. Sie bewegten sich wie zwei Männer, die sich seit langem kannten, auf den Korridor zu, von dem der Zugang zu den Aufenthaltshallen abzweigte. Wortlos bestaunte Daidaloos die Arkontechnik, die uns umgab.

Ich rief: »Wir treffen uns später, Daidaloos. Stelle deinem rußigen Freund Fragen, er wird so gut antworten, wie er kann.«

Ich war sicher, dass ihm Rico zunächst den pseudokretischen Wohnraum und dann eine seiner Werkstätten zeigen würde. Zwar würden manche Werkzeuge und die allermeisten Maschinen dem Erfinder fremd bleiben, aber Stichel, Stifte, Sägen und Feilen hatten gemeinsame Prinzipien der Anwendung und waren, zumindest auf den Arkonwelten und auf Larsaf Drei, so gut wie identisch. Ich eilte in den Zentralraum, aktivierte einige Schaltpulte und lehnte mich zurück.

Das riesige Bild auf einem Kuppelschirm zeigte das gesamte östliche Binnenmeer, bis hinauf zu den Ufern im Norden. Im Licht des frühen Abends traten die Konturen der Landschaft besonders deutlich hervor – die unzähligen Inseln, die zerrissenen Ränder des Festlands, Kreta in voller Ausdehnung und die große Nachbarinsel Alashia.

»Irgendwo dort draußen bist du, Maraye«, flüsterte ich. Ein anderer Sektor des Rechners betrieb das Suchprogramm nach dem Gleiter. Bisher ohne Ergebnis. Nun wandte ich mich dem Schiff des Minos' zu.

Aus den Abbildungen, die Spionsonden vom Bau des Schiffs und der Werft geliefert hatte, fertigte das Programm eine dreidimensionale Konstruktionszeichnung an. Ich begann, sie an entscheidenden Stellen zu verändern, so gut es meine Kenntnisse zuließen. Das Schiff erhielt einen größeren Kiel, in dem Antigrav-Elemente ihren Platz fanden, und mittschiffs einen Antrieb, der Wasser ansaugte, verdichtete und mit hohem Druck am Heck ausstieß. Die Doppeldüse war schwenkbar, die Ruder wurden nicht aus Holz, sondern aus Stahl-Plastan geplant und unter Deck mit einer einfachen, aber robusten Steueranlage verbunden, sodass der Steuermann an den Pinnen stehen konnte, aber nicht musste.

An kritischen Stellen ersetzte dünner Arkonstahl das Kupferblech. Energieerzeuger, Wassertank und Vorratsbehälter erstreckten sich unter Deck; zwischen ihnen konnten einige Männer schlafen. Ein Rammsporn, einige getarnte Abwehrvorrichtungen, ein Mast und ein Segel samt Reserve; dazu eine Winsch für das Segel und den Anker, den eine Greifvorrichtung am Bug festhielt.

Ich entwarf für Steuerbord- und Backbordbug zwei Augen, die mit unverkennbarer Bösartigkeit starrten. Das Segel erhielt das bärtige Bild des Göttervaters Zeus, den das silberleuchtende Symbol eines Blitzes spaltete.

Dazu viele Rollen Tauwerk, manche mit Stahlseele, Schäkel und Zubehör, schwarze Außenfarbe und einige technische Spielereien für Daidaloos und mich, die Schiffsführung, die Kapitäne also.

Noch während ich fieberhaft arbeitete, murmelte ich: »Du schwarze Schönheit wirst den Namen ZORN DER GÖTTER tragen. Der Schrecken der Inseln.«

Jede Winzigkeit des Entwurfs wurde in einen Speicher übertragen, aus dem Rico die Programme seiner Subrobots speisen würde. Ich ließ das Bild kreisen, kippen, veränderte die Perspektive und musste noch einige Einzelheiten verändern, dann rief ich Rico, der sich augenblicklich meldete, ohne seine Unterhaltung mit Daidaloos zu unterbrechen.

»Ich brauche deine Hilfe«, sagte ich. »Kontrolliere jede Einzelheit, programmiere die Roboter, rüste sie mit Material und Werkzeugen aus, lasse einen Schutzschirmprojektor und Scheinwerfer bereitstellen und melde mir die Fehler. Brauchst du zusätzliche Parameter – frage mich. Ich bin in meinen Räumen, schlafe ein wenig und denke nach. Wie viele Robots, die du menschenähnlich ausrüsten kannst, hast du zur Verfügung?«

»Die letzte Zählung ergab 91 Stück, oberflächengeeignet und mit meiner Bewegungskapazität programmierbar.«

Ich nickte grimmig. »Ich brauche fünfzehn. Entwickle Waffen für die Truppe. Hautfarbe: drohendes Rot.«

»Verstanden. Daidaloos wird mir helfen.«

»Beschäftige ihn mit Arbeiten, deren Methodik er versteht. Ich glaube, er kennt, weil er mit einfachen Mitteln arbeiten muss, pragmatischere Lösungen als die arkonidische Ingenieurswissenschaft.«

»Meinen Positronen sind die Probleme vertraut, Gebie... Atlan.«

»Dann bin ich beruhigt.«

Ich schaukelte einige Zeit lang mit der Lehne des Sessels, betrachtete das etwa zwei Mann lange »Modell« der fertigen ZORN und hoffte, sie würde widerstandsfähiger sein als die umgerüsteten Hapischiffe. Dann ging ich in mein Quartier, duschte ausgiebig und schlief fast sofort ein. Natürlich träumte ich von Maraye und wilden Kämpfen auf dem Entführerschiff.

Ricos Verkleidung war von jener höchstmöglichen Perfektion, mit der sein positronischer Verstand arbeitete. Während der Zeiten, in denen ich im Tiefschlaf erstarrt war, arbeitete Rico an der Vergrößerung seines Erfahrungsschatzes und an der zunehmenden Miniaturisierung der Elemente. Er hatte endlos viel Zeit. Er lernte und häufte nicht nur Wissen an, sondern ahmte – meist beängstigend perfekt – das Verhalten einzelner, ausgesuchter Barbaren nach.

Als Hepheistos trug er Haar und Bart ähnlich wie der Minos vor seiner jüngsten Metamorphose zu jugendlicher Erscheinung. Ricos Haut war wettergegerbt und von den Narben vieler Brandwunden gezeichnet, er hinkte leicht und trug einen gewaltigen Lederschurz mit Gürtel und Ärmeln, der bis zu den Fußknöcheln reichte und wie der Schutz eines Schmiedes aussah, der ein Jahrhundert lang an Esse und Amboss hantiert hatte. Schon wenige Augenblicke nach dem Transmittersprung hatte ihn Daidaloos ins Herz geschlossen.

Während ich schlief, arbeiteten Rico und Daidaloos an den Einzelheiten des Schiffes weiter, und »Hepheistos« zeigte dem Weißbärtigen, mit welchen Werkzeugen die summenden Götterknechte hantieren würden, wenn er sie freigelassen hatte. Ich wusste, dass Thot-K'aima den Tag sehr früh mit einem Bad im Quellteich begann und rief sie eine Stunde nach diesem Zeitpunkt.

»Hast du Maraye gefunden, Atlan?«, war ihre erste Frage.

Ich schüttelte den Kopf, blickte prüfend in ihr besorgtes Gesicht und sagte dann: »Rico, Daidaloos und ich können in wenigen Stunden damit anfangen, die ZORN DER GÖTTER fertig zu bauen. Dabei sollen nur die Meister der Schiffsbauer zusehen. Der Minos soll uns das fertige Schiff leihen, und dafür lehren wir vier, fünf seiner Männer alles, was ein Kapitän können muss. Daidaloos, der das Vertrauen des Minos' hat, wird alles überwachen. Willst du es wagen, dem Minos dies alles zu erklären? Sage ihm, Arion von Thrakien, der ihm beim Tanz geholfen hat, bittet ihn um dieses Geschenk.«

Sie dachte einige Atemzüge lang nach, nickte langsam und antwortete: »Ich glaube, ihm ist alles recht, wenn nur sein Schiff fertig wird. Wie lange wird Rico brauchen? Das wird der Minos zuerst fragen. In drei Stunden, Atlan, melde ich mich mit meinem Armband – wirst du mich hören können?«

»So deutlich, als stündest du neben mir. Wir bereiten alles vor. Dann geht es sehr schnell, und der Minos kann zusehen, wie die ZORN ins Meer gleitet.«

Von den Kriegern, die mich begleiten würden, sagte ich ihr nichts. Sie würden es alle früh genug erfahren. Inzwischen überwachte Rico den Transmittertransport von Robots, Geräten und Ausrüstung. Das Bergnest verwandelte sich binnen einer Stunde in einen überfüllten Lagerraum technischer Dinge.

Ich passierte als Zweiter den Transmitter, aktivierte Ganimeyd, setzte die Schutzbrille auf und dirigierte den Schweberobot zur Werft westlich von Mallia. Dort landete ich hinter hohen Holzstapeln, schickte den Robot zurück zum Bergnest und wartete auf die erste Gruppe der Subrobots, auf den Trupp mit dem Schutzfeldgenerator.

Ricos Suchgeräte hatten den kostbaren, schier unersetzlichen Gleiter noch immer nicht aufgespürt. War er vielleicht doch unter einem Berg Palasttrümmer begraben? Ich zweifelte noch immer daran.

Als ich das Signal von Rico erhielt, schaltete ich den Deflektorschirm ein und ging langsam zum Schiff. Die Schiffszimmerleute arbeiteten nicht langsam, aber sorgfältig. Gründlich studierte ich die Leistungen der einzelnen Männer und brauchte keine Stunde, um herauszufinden, welche den Schock am leichtesten verdauen konnten, der sie in Kürze treffen würde. Ich behielt fünf Männer im mittleren Alter im Auge, und als ich mich umdrehte, sah ich die lockere Kette der Subrobots heranschweben.

Den ersten dirigierte ich etwa in die Mitte der Werft. Er senkte sich mit durchdringendem Summen senkrecht aus dem Morgenhimmel. Die Handwerker ließen Werkzeug und Planken fallen, schrien wild durcheinander und zogen sich Schritt um Schritt, mit schreckverzerrten Gesichtern, vom Schiff zurück, in alle Richtungen.

Dann begann ein misstönender Lärmwirrwarr. Die Subrobots schalteten fast gleichzeitig ihre Werkzeuge ein und ließen sie auf höchsten Touren arbeiten. Sägen, Schleifscheiben, Trenngeräte, funkensprühende Schweißwerkzeuge, Hämmer und Blechformer vollführten einen durchdringenden Lärm, als sie, siebzehn hochentwickelte Arbeitsrobots, buchstäblich auf das Schiff und das Holzlager herabregneten und an ihre programmierten Plätze schwirrten. Aus dem Rückzug der Handwerker wurde eine regelrechte Panik.

Der Schirmfeldgenerator fuhr die Projektoren aus und baute ein kuppelförmiges Energiefeld auf, fünfzig Schritt Durchmesser und milchigweiß. Die gesamte Anlage verschwand hinter der irisierenden Kuppel. Der Extrasinn kommentierte zufrieden: *Wieder einmal geschafft, mein Keon'athor und Kristallprinz!*

Ich atmete tief durch. Im Inneren der Kuppel begannen siebzehn Maschinen zielstrebig und mit rücksichtsloser Schnelligkeit zu arbeiten. Sie sägten, nagelten, bogen, schliffen Holz glatt, bohrten Löcher, befestigten Schäkel, schraubten die zusätzlichen Aggregate fest, zogen Leitungen und schlossen Steuereinheiten an. Ein Lastenrobot schleppte ein unförmiges Paket, der Schirm öffnete sich für einen Augenblick, und der stählerne Mast, die Rahen und die beiden Segel krachten zwischen Schleifstaub, Hobelspäne und Sägemehl. Der Robot drehte eine halbe Runde und raste zurück zum Bergnest, für die nächste Nutzlast aus Ricos Magazinen.

Ich wartete auf Daidaloos.

Die Handwerker hatten sich um ihre Werft in einem Kreis von vielleicht hundert Schritten Abstand aufgestellt. Dort verharrten sie, starrten das Unbegreifliche an, und ihre Herzen waren voller Furcht. Gewitter, Tanz, Beben und Überfall, und jetzt diese Erscheinung aus einer unbekannten Welt – es war zu viel für sie. Einige fingen zu trinken an, andere setzten sich ins Gras und stierten vor sich hin. Trotz des Ernstes des Vorhabens musste ich grinsen.

Ganimeyd setzte Daidaloos in meiner Nähe ab. Der Erfinder trug eine Brille, deren Optiken Vergrößerungen gestatteten und hatte sein Haar mit einem breiten Tuchstreifen um die Stirn gebändigt.

Ich machte mich sichtbar, schickte den Schweberobot zum Bergnest, um Rico zu holen, winkte Daidaloos. »Hörst du's? Die Götterknechte deines neuen Freundes haben den Schiffsbauern die Arbeit aus den Händen geschlagen.« Ich zeigte auf die fünf Männer, die ich ausgesucht hatte. Bisher hatte noch keiner in unsere Richtung geblickt. »Du kennst sie. Geh zu ihnen, hol sie her, und dann lassen wir sie zu ihren emsigen Artverwandten.«

Obwohl Daidaloos in den vergangenen Stunden ein Wunder nach dem anderen über sich hatte ergehen lassen müssen, wirkte er erstaunlich gefasst. Vielleicht hatte er Teile seines Empfindens so erfolgreich verdrängt, dass er vieles unter den Vorzeichen der letzten Tage für selbstverständlich hielt. Wenn auch, was er erlebte, an der Grenze des Erträglichen lag, so handelte trotzdem er mit der trügerischen Sicherheit eines Schlafwandlers.

Er brachte die Männer einzeln bis vor das Kuppelfeld. Ich öffnete eine Strukturlücke, und er führte die Handwerker hinein, einen nach dem anderen.

Drinnen überfiel sie ein kreischender und summender Wirbel aus Tätigkeiten, die in rasender Schnelligkeit ausgeführt wurden, deren Sinn sie aber zu verstehen vermochten. Ein passend gesägtes Brett bleibt ein bearbeitetes Stück Holz, ob von einer Maschine oder einer Menschenhand gesägt, geglättet und mit Nut oder Feder versehen.

Abermals eine Stunde später landete Ganimeyd mit Rico, dem Schmied. Er und ich gingen ins Innere der Energieblase.

Rico schrie durch den Lärmorkan: »Die zweite von drei Lasten ist auf dem Weg, Atlan.«

Ich deutete auf die Maschinen in unserer Nähe und antwortete ebenso laut: »Kontrolliere deine Subrobots. Sie dürfen nur winzigste Fehler machen. Vor den Nebel des Herbstes will ich die Jagd zu Ende gebracht haben.«

Er nickte und trat mit den Subrobots in unhörbare Dialoge, während denen Ströme von Informationen gewechselt wurden. Gerade hob sich das Schiff, wurde auf Balkenstapel gesetzt, und der neue Kiel heftete sich auf den alten. Sauber getrenntes Kupferblech war in Fetzen zur Seite geklappt.

Ich ging zu dem ältesten Arbeiter, einem Mann mit ungewöhnlich breiten Schultern und einem sorgfältig gestutzten weißen Bart, legte ihm den Arm um die Schultern und bohrte meinen Blick in seine Augen. Er war einen Kopf kleiner als ich.

»Ich bin Daidaloos' Freund. Er vertraut mir. Auch du sollst mir vertrauen.«

»Wie könnte ich«, brachte er zitternd hervor, »wenn ich dies hier sehe, Herr.«

»Du bist Fischer, Ledian?«

»Ich war Fischer. Bei jedem Wetter im Boot, Herr, mit den reichsten Fängen.«

»Nun, Ledian, weißt du seit langem, dass der Minos – die Götter sollen ihm viele Jahre der guten Herrschaft gewähren! – dieses Schiff als erstes einer Flotte bauen lässt.«

Er nickte fleißig.

»Dieses Schiff wird mit mir als Kapitän jene Verbrecher aufstöbern und bestrafen, die eure Frauen entführt haben. Es wird das erste Schiff der Minos-Flotte sein. Also braucht der Minos tüchtige Schiffbauer und erfahrene Kapitäne. Willst du mit deinen vier Freunden von mir alles lernen, was ein guter Kapitän braucht, um zwischen Kreta und den nördlichen Inseln ohne Schiffbruch zu segeln?«

Wieder nickte er. In sein Gesicht stahl sich ein Ausdruck, der mir besagte, dass er sich doch nicht allen Schrecken unbekannter Götter ausgeliefert sah.

»Dann hilf diesen ... käferartigen Gehilfen des Hepheistos, sieh zu, wie sie's machen, und in wenigen Tagen stehst du neben mir am Ruder des Schiffes. Es wird ZORN DER GÖTTER heißen, und Daidaloos segelt mit uns, weil auch er seine Liebste verloren hat.«

»Auch du, Herr? Deine Liebste? Wie ist dein Name?«

»Einst nannte ich mich Arion von Thrakien. Nenne mich ... im Namen Zeus': Ich heiße Atlan.«

»Ja, Herr Atlan.«

»Ich werde nicht dein Herr sein, sondern dein Kapitän. Vergiss den ›Herrn‹. Rede jetzt mit deinen Freunden.«

»Ich gehorche ... Kapitän Atlan.«

Er ging unsicher zwischen arbeitenden Maschinen und Taurollen zu einem seiner Freunde und begann mit ihm zu reden. Rico schien mit seiner detaillierten Überprüfung fertig und zufrieden zu sein und hinkte auf mich zu.

»Die Maschinen arbeiten wie programmiert; störungsfrei. Die Transporte sind unterwegs. Ich gehe zurück in die Kuppel und stelle deine Meeres- und Inselkarten her. An den Kriegern, die du verlangt hast, wird gearbeitet. Soll ich mit Thot-K'aima reden?«

»Sie freut sich über jedes deiner Worte«, antwortete ich wahrheitsgetreu. »Berichte ihr genau, was geschehen ist.

Sie will den Minos überreden, also wird er morgen hier sein Schiff ansehen wollen. Ich glaube, Daidaloos wird heute Nacht hier bleiben. Später schicke mir Ganimeyd, mit dem ich abends zu Thot fliege. Es ist vorstellbar, dass sie sich an Bord an der Suche nach Maraye und Perseïs und den anderen beteiligen will. Es wird sich zeigen. Rüste die Robotkrieger entsprechend aus; es gibt wenig Platz in der ZORN.«

»Auch dieses Problem ist erkannt.«

»Suche weiterhin nach dem Gleiter – und, aber viel Hoffnung habe ich nicht – nach dem Verbrecherschiff.«

»Die Suche ist längst automatisiert. In einer Stunde sitze ich vor den Ortungssystemen.«

»So fliege denn wie ein Adler zum Bergnest und wache über die Transmitter und, vom Meeresgrund aus, über uns alle. Ach ja: Ich brauche neue Stiefel. Lasse ein Paar auch für, nein, zwei Paare, für Thot und Daidaloos herstellen.«

»Und für Wein aus dem Palast, der nicht verdirbt, werden Thot und ich auch sorgen«, schloss Rico, stapfte, ein Bein nachschleifend, zum Tragegestell und schnallte sich fest. Der Robot setzte wegen des höheren Gewichts des Robotkörpers seine Leistung herauf, stieg in die Höhe und entfernte sich. Bald glänzte er nur als winziger Punkt in der Mittagssonne.

19
Der Arkonide und die ZORN DER GÖTTER

Als ich bei Thot-K'aima eintraf, war gerade eine junge Frau die Felsstufen hinuntergekommen. Das Beben, erfuhr ich kurz danach, hatte den Gatten und Zwillinge von drei Jahren, Freude und Stolz der Eltern, getötet; in einem der Häuser, auf die eine Palastmauer gefallen war. Die Schwester der jungen Kreterin war entführt worden.

Thot füllte ein Glas, reichte es mir und sagte leise: »So viel Leid. Wie soll man trösten? Ist es wirklich der Wille der Götter? Warum? Es traf Unschuldige.«

»Die trifft es meist«, gab ich zurück. Ich fühlte mich matt und zerschlagen. »Die Schurken, scheint's, leben ewig in bester Gesundheit. Was dachte, überlegte und sagte der Minos?«

Sie schloss die Augen, lehnte sich zurück und brauchte lange, bis sie aus ihrer Zurückgezogenheit hervorkam. Ich bedauerte meine raue Art, aber es ging um näher liegende Probleme. Jedenfalls für mich.

»Wie ich's ahnte, Neb Atlan. Wenn das Schiff so schön und gut wird, wie ich's ihm geschildert habe, tut er alles, was du willst. Bildest du einige Kapitäne aus? Er wird dich mit Ehrungen überschütten. Können seine Schiffbauer danach gute Schiffe bauen? Er wird jauchzen vor Freude. Ihr wollt die Entführer fangen? Er will, dass ihr sie ihm bringt, damit er sie qualvoll bestrafen kann. Morgen Mittag fährt ihn Sarmos im Galopp mit dem Wagen zur Werft.«

Ich nahm gedankenvoll einen Schluck. Das Gespinst, das ich hatte auswerfen müssen, war keineswegs subtil und besaß auch nicht den Reiz feiner, gründlicher Sucharbeit. Vor dem Herbst eine Hetzjagd von Insel zu Insel, wahrscheinlich bis Mykenai. Und zurück. Unter diesen Gesichtspunkten war es fast unwichtig, ob der Gleiter gefunden wurde oder nicht.

»Wie sieht es in Knossos aus?«, fragte ich. Mein Magen knurrte.

»Mit Ochsengespannen, bloßen Händen, Schaufeln und Balkengestängen mit Seilen ziehen sie die Trümmer auseinander. Stunde um Stunde finden sie Tote. Bestimmte Teile aus Balken und Lehmziegel sind nicht zusammengebrochen, Mauern aus schweren Steinen schon. Die Schatzkammer ist unversehrt. Man schaufelt viele Gräber – und doch geht das Leben weiter. Schafe, Ziegen und Kühe müssen gemolken werden.«

Ich wusste darauf nichts zu antworten. Wir blickten einander an und wussten, dass ein Teil unserer Träume auseinandergestoben war wie eine Schar Rebhühner. Während wir Wein tranken, arbeiteten die Maschinen am Schiff, machte sich Daidaloos Sorgen, bereitete Rico unsere Fahrt vor, entstanden in seinen Werkstätten rothäutige, schwer bewaffnete Robotkrieger, suchte er nach dem Gleiter, fuhr ein Schiff voller angsterfüllter Frauen zum nächsten Sklavenmarkt, sannen Maraye und Perseïs nach einer Möglichkeit, den Verbrechern zu entfliehen und begannen die Träume des Minos zur Wirklichkeit zu gerinnen. Und in grauenhafter Gleichgültigkeit drehte sich der Planet, völlig unbeeindruckt von Göttern und Einzelschicksalen, knirschend und knarrend um seine Achse.

Schließlich sagte ich: »Ganimeyd trägt uns beide. Komm mit, zu Rico, in sein Reich der kühlen Stille.«

Sie stand sofort auf und umarmte mich.

»Wenigstens für ein paar Stunden. Ja, Atlan, tun wir das.«

Bald war die Höhle gesichert und verschlossen. Wir fegten durch die sommerwarme Dämmerung, in der Insektenschwärme tanzten und Sperber jagten. Thot saß auf meinem Schoß und staunte schweigend die Landschaft an. Der Transmitter brachte uns zu Rico, der, durch meinen Anruf verständigt, uns mit Essen, Wein, schmeichelnder Musik unbekannter Dünenvölker oder Wüstennomaden, wirklichem Kerzenlicht und der Illusion absoluter Sicherheit verwöhnte.

In der Illusionskuppel hatte Rico eine horizontlose Landschaft aus Sand, Dünen, Sternen und einem Sichelmond geschaltet, die Thot-K'aima an die Stätten ihrer Geburt und ihrer frühen Jugend erinnerte. Sie hatte sich mit einem bodenlangen, weißen Kleid geschmückt, aus dessen Kragen ihr langer Hals aufstieg wie auf einem Relief eines Tempels am Hapi. Sie trug schwere Ohrgehänge, die Maraye entworfen und Rico aus einfachen und recht kostbaren Edelsteinen, Gold und leuchtendem Silber fein ziseliert hergestellt hatte. Unsere bloßen Sohlen spürten wirklichen Sand, die Kerzenflammen wetteiferten mit der Abenddämmerung, die einige Stunden lang andauern würde – so lange, wie ich es wollte.

Die Quellnymphe war eine wunderschöne Frau, die ich, wären nicht die brennenden Gedanken an Maraye gewesen, überaus begehrenswert gefunden hätte. Aber auch sie trauerte um ihre innige Freundin und vielleicht um manch anderes, und so saßen wir uns gegenüber an dem reich geschmückten Tisch auf dem Kamm der Düne, genossen die musikdurchzitterte Ruhe, beendeten unser Essen und ahnten schon die Hast des morgigen Aufbruchs.

Die Stunden vergingen. Die Mondsichel versank hinter den Dünen, ging jenseits der Tamarisken wieder auf, und selbst der rosenfingrige künstliche Morgen war voller Sterne.

»Ohne euch, dich und Maraye, wäre alles anders, und ich glaube zu wissen«, begann Thot plötzlich und hob den Pokal, »es wäre alles traurig und trostlos geblieben, mein weiser, weißhaariger Freund. Nun bin ich jung und kann, dank euch, vieles – aber sage mir, was soll ich tun, wenn alles, was wir in Knossos angefangen haben, zu Ende gegangen ist? Wohin soll ich gehen? Wen soll ich lieben? Wo ist mein Platz in dieser Welt, die für meinen kleinen Verstand viel zu groß ist?«

Ich runzelte die Stirn und zuckte mit den Schultern.

»Auf manche Fragen fallen die Antworten schwer. Manchmal gibt es keine Antwort.« Die schöne junge Frau würde in spätestens dreißig Jahren verblüht sein, und sie sehnte sich nach einem erfüllten Leben. Die Gegenwart war unerhört spannend und aufregend, und Thot lernte gern und begriff schnell. Aber was kam danach? Auch ich konnte nicht in ihre Zukunft blicken, nicht einmal in meine eigene.

Ich seufzte und antwortete: »Knossos, glaube ich, wird bald Vergangenheit sein, es sei denn, du nimmst einen Minos zum Gatten und lebst fortan im Palast.«

Diesmal zuckte sie mit den Schultern und schüttelte langsam den Kopf.

»Dann müsste ich mit dem Heimweh nach Tameri leben, und mit einem Schwarzbärtigen, der nach kaltem Schweiß und einem Dutzend Keftiu-Balsamen riecht.«

»Du wirst deinen Platz finden, Thot. Gerade, weil diese Welt so groß ist. Maraye und ich finden einen Platz für dich. Bleibe geduldig – erst das eine, dann der Schluss. Für die meisten Männer, die wir kennen, bist du zu klug, zu liebenswert und zu schön.«

Wir wurden müde; mein Zellaktivator pochte warnend. Ich musste an die Pläne und Ausführungen denken, die noch vor uns lagen. Wieder einmal war es blinder Zufall gewesen, nicht Achtlosigkeit oder gar Leichtsinn, die mich zwangen, Dinge zu tun, die ich nicht hatte voraussehen können und nicht tun wollte. Dass die ZORN in See gehen und wir mit allen Mitteln nach den Verschwundenen suchten – es bedurfte keiner weiteren Überlegung.

Ich nahm Thot-K'aimas Hand und führte sie zu dem Gästeraum meiner privaten Aufenthaltszone. Dort wünschte ich ihr tiefen Schlaf und wohlige Träume und ließ die schweren Glassittüren zugleiten.

Später, als Thot-K'aima schlief, ging ich langsam zur Zentralkuppel, setzte mich vor die Schaltpulte und rief einen Problemkreis nach dem anderen auf. Die neue Sonde lieferte Bilder aus der Werft, wo die Robots beim Licht starker Scheinwerfer weiterhin ununterbrochen arbeiteten. Gerade wurde der Mast eingesetzt, mit Wanten und Stagtauen versehen und mit der einfachen Mechanik für die Bewegungen der Rah und des Segels. Auf der schwarzen Lackierung der Bug-Bordwand starrte ein modifiziertes Udjat-Auge böse einen zukünftigen Gegner an. Daidaloos schlief zwischen Holzstapeln.

Fünfzehn feuerrote Robots, geschlechtslos, so groß wie ein durchschnittlicher Kreter, wurden in einer anderen Produktionsstätte ausgerüstet, unter der Aufsicht Ricos. Für eine größere Menge der »Krieger« war in der ZORN kein Platz. Sie würden mächtige runde Schilde tragen, außen schwarz mit dem blitzdurchspaltenen Zeus als grimmigem Abbild, innen verspiegelt; drehte man sie um, bündelten sie die Sonnenstrahlen und blendeten den Gegner. Keine Waffe für Regentage, dachte ich. Die Helme und Rüstungen ließen sich nicht von der Kunsthaut lösen, wirkten aber überzeugend und würden herkömmlichen Waffen widerstehen können. Dazu kamen Doppeläxte mit dreifacher Funktion: Lähmstrahler, Thermowaffe und normales Beil. In spätestens einem Tag würde sie der Lastenrobot zur Werft schaffen.

Der Gleiter war noch nicht geortet worden.

Die Spionsonde, die im Norden kreiste, übermittelte zwar hervorragende Bilder von Stränden, Untiefen, Naturhäfen und Anlegestellen auf namenlosen Inseln, hatte aber keine Spur von Maraye und Perseïs gefunden – Daidaloos war sich zwar so gut wie sicher, dass die Entführer sich im Gewirr der nördlichen Inseln verbargen, aber auch dafür gab es keinen Beleg. Flüchtig dachte ich an die drei Rômetschiffe, die sicherlich längst entladen in einem Kanal von Itch-Taui lagen.

In Knossos – und sicherlich auch in anderen Städten der Insel – wurden weiterhin Trümmer weggeräumt und Tote begraben. Die Herausforderer samt ihrem Tross waren heimgekehrt, die Herrschaft des Minos für ein weiteres Jahr gesichert, und sein Traum vom eigenen Schiff als erstes einer Flotte stand kurz vor dem Erreichen der Wirklichkeit.

Aber ganz anders als in seiner Vorstellung. Anders, besser und gefährlicher.

Ich fügte der Liste der benötigten Ausrüstung noch meine Vorstellungen von Kleidung und Vorräten hinzu und glaubte, alles getan zu haben, was für eine hoffentlich kurze Fahrt der ZORN DER GÖTTER notwendig war. Meine Ausrüstung, Daidaloos' Stiefel, die Karten, die Logistik des Schiffs – dazu brauchte ich keine Computer.

Als über Kreta der Morgen dämmerte, kam Thot-K'aima in die Zentrale, die für sie auch nur eine Grotte voller Seltsamkeiten war, trat hinter mich und legte mir die Hände auf die Schultern.

»Ich danke dir für den Abend, mein Freund und Meister«, sagte sie leise. »Ich habe mich entschieden.«

Ich hörte es aus dem Klang ihrer Stimme. »Du wirst weiterhin die Hüterin der Quelle bleiben und auf deine Weise den Parusati helfen.«

»Ja. Auf einem Schiff mit zwanzig grimmigen Kriegern bin ich am falschen Platz. Ihr sucht und kämpft, und ich sorge mit Rico für den Empfang der Entführten und der Meereshelden.«

»Du hast es mit Rico abgesprochen?«

Sie nickte. »Das Bergnest, der fliegende Ganimeyd, meine Höhle, Knossos – wir werden sie hüten wie unsere Augäpfel.«

Sie würde sich wehren, wenn man sie angriff; zweifellos. Aber ihr Wesen war nicht Kampf, sondern die Bewahrung anderer, besserer Werte. So viel Einsichtsfähigkeit eines so jungen Wesens!

Ich war beeindruckt und stand auf, umarmte sie und sagte, während wir die Kuppel verließen: »Ich bringe dich zum Transmitter. Ganimeyd wird dich zur Höhle tragen. Schicke ihn ins Bergnest zurück, denn ich brauche ihn, um zum Schiff zu kommen. Der Minos, du weißt.«

»Ich weiß. Deine Zeit ist knapp, und es gibt so viel zu tun.«

»So ist es«, antwortete ich und justierte den Transmitter. »Keine Furcht. Es wird gut enden, für uns alle.«

Ich küsste sie auf die Stirn, drehte sie um und schob sie zwischen den glühenden Säulen hindurch.

Als ich im Tragesitz Ganimeyds über die Straße zwischen dem Palast und der Werft schwebte, sah ich unter mir zwei Gespanne, klein wie Spielzeuge, deren Pferde im wilden Galopp schwitzten. Die breiten Felgen der klobigen Wagen wirbelten große Staubwolken auf. Die fünf Insassen klammerten sich an die Handläufe und blickten kein einziges Mal in die Höhe. Ich ließ den Robot am gewohnten Platz zwischen die Teile des Holzlagers absinken und betrat durch eine Strukturlücke die Kuppel. Daidaloos sah mich als Erster und kam mit ausgebreiteten Armen auf mich zu.

»Sieh an, was sie geschaffen haben!«, rief er. Der Lärm war geringer geworden; einige Maschinen hatten sich abgeschaltet und warteten am Rand der Kuppel. »Die ZORN ist fast fertig! Welch wunderbare Arbeiter, deine Götterknechte. Sie reden nicht, brauchen keine Pause ...«

»... schlafen und trinken nicht und gehorchen aufs Wort«, stimmte ich zu. »Der Minos ist auf dem Weg hierher.«

Die fünf ausgesuchten zukünftigen Seefahrer hatten ebenfalls die Scheu vor den Maschinen verloren und bewegten sich an Bord. Der Mast stand, mit Wanten und Stagtauen bespannt, aus weißem arkonidischem Kunstgeflecht; zwei Subrobots trugen gerade das erschreckende Bild auf das Segel und die Leinwand auf. Wir gingen einmal prüfend um den gesamten Schiffskörper herum; auch das zweite Auge stierte uns grimmig an.

Um den Schaft des Ankers aus ringelte sich eine zehn Fuß lange Kette aus imitierten Bronzegliedern, an der das Ankertau eingespleißt war. Der mit Blei beschwerte Anker bestand aus Wurzelholz, mit geschmiedetem Ring und Spitzen. Rico-Hepheistos hatte ihn in Gegenwart Daidaloos' gefertigt.

»Zufrieden«, sagte ich. »Bereite die Seefahrer auf die fünfzehn Krieger vor. Und darauf, dass wir übermorgen vor Sonnenaufgang dort unten«, ich zeigte auf das Ende der alten Gleitbahn am Strand, deren Enden in der Brandung verschwanden, »in See gehen.«

»Der Minos wird dabei sein wollen«, gab Daidaloos zurück. »Und Menschen aus Knossos und Mallia.«

»Sie sollen kommen.« Ich bestieg die kurze Leiter, um das Schiffsinnere zu kontrollieren. »Hast du im Palast wichtige Dinge, die du mitnehmen willst? Nicht viel – du siehst, dass wir es eng haben werden.«

»Kleidung«, begann er und zählte an den Fingern auf. »Tücher, Salben, Verschiedenes, um Wunden zu versorgen ... es füllt einen großen Ledersack.«

»Ich brauche drei Säcke voll. Ungefähr«, antwortete ich. »Also wird dich heute Nacht Ganimeyd zum Palast und hierher zurück fliegen. Du musst ihn danach zum Bergnest schicken; er wird dir aufs Wort gehorchen.«

Unter Deck war alles so geordnet, wie ich es entworfen hatte. Selbst die beiden Kochelemente mit fest eingebauten Kesseln – einer für Sud und Aufguss, der andere für Suppen und heißen Brei – ruhten in ihren Aussparungen. Das Reservesegel lag eng zusammengeschnürt in einem Bugfach. In Wirklichkeit gab es noch etwas mehr Platz als auf den Zeichnungen und in der Computergrafik. Der Wassertank war noch leer. Ich hätte sie vergessen, aber Rico hatte an eine Strickleiter gedacht.

Am Rückweg nahm ich die Kontrolleinheit des Schirmfeldgenerators in die Hand und ging mit Daidaloos durch eine Strukturlücke hinaus. Wir warteten im Schatten auf den Minos.

Als die Gespannführer die weiße Kuppel erblickten, rissen sie vor Schreck mit aller Kraft an den Zügeln. Die Pferde wieherten schrill und bäumten sich auf, standen schließlich mit zitternden Flanken und blutigen Schaum vor den Mäulern und Nüstern. Daidaloos und ich gingen auf den vorderen Wagen zu.

Daidaloos flüsterte: »Lass mich reden. Zuerst, ja?«

Ich nickte. Ich sah den Ausdruck von Furcht, Verwunderung und Freude, ein Wunder der Götter bestaunen zu dürfen, in den Gesichtern. Mir war er sozusagen seit Jahrtausenden vertraut.

Aber jetzt nahm ich keine Rücksicht mehr. Ich hörte Daidaloos sagen: »O Minos. Dies ist mein Freund Atlan, der sich stets dann, wenn er anderen Männern hilft, Arion von Thrakien nennt. Er ist ein Mittler zwischen dem Unnennbaren und der Wirklichkeit und somit der Herr dieses Bauwerks.«

Bei der Nennung des Namens ging ein jähes Begreifen über das Gesicht des Minos. Er sprang aus dem Wagen und winkte seinen Männern. Mit wuchtigen Schritten kam er näher und sagte gepresst: »Diese Worte und eine Hand, die mich packte, beim Tanz ...«

»Vergiss es«, antwortete ich kurz. »Du willst dein Schiff sehen? Erschrick nicht.«

Ich bewegte die Feineinstellung des Generators und machte das Feld zuerst durchsichtig, und nach kurzer Zeit löste ich es auf.

»Die ZORN DER GÖTTER! Wie die Quellnymphe es erzählt hat!«

Der Minos rannte auf das Schiff zu, an uns vorbei. Seine Männer folgten ihm zögernd. Ihr erstes Erschrecken wich, als sie die wahrhaft meisterliche Arbeit erkannten. Sie tasteten umher, stießen bewundernde Rufe aus und wanderten mehrere Male um den Schiffskörper herum.

Als der Minos seinen dritten Rundgang beendet hatte, stellte ich mich ihm in den Weg. »Dieses Schiff gehört dir, o Minos. Die Arbeit und das Wissen, das unter den Planken verborgen ist, schenke ich dir. Dafür leihst du mir die ZORN DER GÖTTER, mit der ich die Entführer unserer Mädchen und Frauen verfolge bis ans Ende der Welt. Und nach diesem Muster wirst du all deine zukünftigen Schiffe bauen, denn die fünf Männer aus Knossos, die mit uns segeln, werden deine ersten Kapitäne sein. Habe ich dein Wort, deinen Schwur?«

Er hatte jedes Wort verstanden und bei jedem dritten Wort genickt. Als er mir in die Augen blickte, konnte ich erkennen, dass er zufrieden war, dass vor ihm sein Traum auf roh gezimmerten Böcken stand, und dass ihm die Schönheit dieses Werks durchaus bewusst war.

»Ich schwör's, Arion«, brachte er hervor. »Bringt mir das Schiff und die Frauen zurück. Und die Verbrecher, in Fesseln. Wann legt ihr ab?«

Ich sagte es ihm. Wieder nickte er. Ob er die gesamte Tragweite des Unternehmens begriff, wusste ich nicht; es war auch nicht wesentlich. Er rief den zukünftigen Kapitänen Aufmunterungen und Ratschläge zu, umrundete noch einmal im aufstiebenden Sägemehl und Schleifstaub das Schiff und sprach feierlich, beide Arme zum Himmel gereckt: »Übermorgen, vor Sonnenaufgang! Ich will zusehen!«

»Bring ein paar Krüge Wein mit, etliche Schinken und frisches Brot«, riet ihm Daidaloos. »Wir werden dir lange winken, von Deck aus.«

Die Männer bestiegen die Wagen, wendeten und fuhren langsamer davon, als sie gekommen waren. Ich dirigierte die ersten Subrobots zurück ins Bergnest. Dann setzte ich mich mit Daidaloos und den fünf Kretern auf eine Lage übrig gebliebener Planken, ließ einen Krug Wein umhergehen, und wir beredeten alle wichtigen und unwichtigen Dinge, die bis zum Ablegen geregelt sein mussten. Schließlich schwebte Daidaloos zum Palast, und ich wartete auf Ganimeyd, der mich zum Bergnest schleppen sollte und zum Transmitter.

20
Die Suche zwischen den tausend Inseln

Während ich die Karten sortierte, mein Gepäck und meine Ausrüstung zusammentrug und packte, sehnsüchtig und schmerzvoll an Asyrta-Maraye dachte und kurz darüber nachsann, was die Sicherheit in der Unterseekuppel gegenüber einer Segelfahrt unter dem freien Himmel wert war – eine fragwürdige Überlegung! –, erfüllte Rico seine positronische Liste Punkt für Punkt: Der Lastengleiter brachte nachts die fünfzehn Robotkrieger und eine Truhe voller herkömmlicher Werkzeuge zum Schiff, die Vorräte wurden ergänzt, bis auf zwei Subrobots kehrten alle Maschinen ins Bergnest zurück und passierten den Transmitter.

Ich brauchte Dank des Zellaktivators wenig Schlaf, aber manchmal hatte ich ihn nötig. Bevor ich, für lange Zeit zum letzten Mal, in meiner luxuriösen Umgebung einschlief, dachte ich an die geplante Karawane von Mennefer nach Babyla, und später hoffte ich, dass mein kosmischer Gönner ES die Knossos-Episode aus meinem Gedächtnis löschen möge.

Die Möglichkeit, die Frau, die ich liebte, durch Versklavung oder Tod für immer zu verlieren, lastete auf meinen Gedanken und Empfindungen, und trotz aller arkonidischer Technik war und blieb ich in Wirklichkeit hilflos. Ich resignierte nicht, würde die Aufgabe bis zum Ende zu erledigen versuchen – aber waren dies gute Erinnerungen eines Einsamen der Zeit?

Es gab bessere. Was ES tun würde, blieb hinter kosmischen Dunkelwolken verborgen. Trotz der quälenden Gedanken schlief ich ein und empfand mich einige Stunden später als ausgeschlafen und so tatendurstig, wie ich es von mir gewohnt war.

Informationen gingen hin und her. Daidaloos hatte sich seit dem Vormittag im Schiff häuslich eingerichtet und wischte aus Vorfreude wahrscheinlich Schleifstaub von den glatten Handläufen des Schanzkleides. Mit fiel für die Zukunft Daidaloos' eine mythologische Unmöglichkeit ein, und ich wies Hepheistos an, die Konstruktion vorzubereiten. Wir besaßen bereits hochfunktionelle Horusfalken-Körper. Stichwort: *Podarge*. Der Rico im Götterschmied hielt es für einen sarkastischen Scherz, der in die kretisch-mykenaische Frühgötterwelt passte.

Die Quellnymphe hatte dem Minos versprochen, beim Ablegen des Schiffes dabei zu sein. Ganimeyd flog hin und her. Kurz nach Mittag schwebten ich und meine Ausrüstung zur Werft. Noch bestand die transparente Energieblase, hinter der die ZORN wie ein dicker, schwarz-kupferfarbener Wasserkäfer mit eingerollten Segel-Flügeln hockte. Bis auf den Generator waren alle Subrobots wieder in der Schutzkuppel. Der Gleiter blieb weiterhin unsichtbar. Gemeinsam räumten Thot-K'aima und ich meine Besitztümer in den Bauch des Schiffes ein, und ich bemerkte, dass der »alte« Ledian den Wassertank hatte füllen lassen.

Im Lauf des Abends und der Nacht kamen die fünf, jeder mit einem Bündel über der Schulter, zu uns, und wir saßen im Licht einer kleinen Lampe auf dem Achterdeck, und ich unterhielt die kleine Mannschaft mit Geschichten von den Fahrten der GOLDENEN ZEDER, mit Kapitän Siren und Steuermann Cheper. Schließlich versank der abnehmende Mond hinter den Bergen, und die letzten Sterne verlöschten.

Eine halbe Stunde danach hörten wir das Poltern der Hufe und das knirschende Mahlen der Felgen. Der Herrscher kam.

Ich stellte drei der in ihrer Reglosigkeit Furcht erregenden Krieger mit ihren Schilden auf das Bugdeck und schraubte das handgroße Schaltelement für die verborgenen Funktionen der ZORN an die geriffelte Pinne des Steuerbordruders. Aus Mallia waren vielleicht zehn Dutzend Kreter gekommen, drei, vier Dutzend aus dem Dörfchen am Werftstrand und fünfzig Männer und wenige Frauen aus Knossos.

Sie umstanden das Schiff und sahen eine solche Konstruktion zum ersten Mal in ihrem Leben; viele hielten Gaben und Geschenke in den Händen und reichten sie zur Bordwand hinauf – einfachen Schmuck, schön gezeichnete Kiesel, Muschelschalen, ungesäuertes Brot in knisternden Fladen, gewebte Stirnbänder, luftgetrocknetes Fleisch, Salzfisch und kupferne Mondscheiben. Wir nahmen alles dankend an und brachten es unter Deck.

Zu unserer Überraschung kam der Minos und Araia nicht mit seinen gepeitschten Gespannen, sondern mit drei Wagen, die von Mauleseln gezogen wurden. Sie brachten viel Wein und mehr Proviant, als wir unterbringen konnten. Alles spielte sich im grausilbernen Zwielicht vor dem Sonnenaufgang ab.

»Ich habe Arion von Thrakien zu danken«, begann der Minos. Thot-K'aima kletterte die feste Leiter hinunter und ging zur gegenwärtigen Gespielin der Minos und zu ihm, ergriff sie beide an der Hand und zog sie bis schräg vor den Bug der ZORN. Der Himmel zeigte mehr und mehr Helligkeit, das Meer färbte sich zwischen silbern und bleigraublau. »Er und ich wissen, wofür. Lang hab ich's begrübelt. Die Nymphe, die viel Gutes für Knossos getan hat, kann's bezeugen.«

Thot bestätigte, indem sie nickte und die Arme schwenkte. Wir hörten zu, während wir den Proviant und allerlei unnütze Dinge verstauten.

»Zwischen Kapitän Atlan und mir ist alles gesagt und geschworen; erst wenige Tage ist es her, dass uns dieser Verlust traf. Wut und Trauer nisten nun in Knossos. Holt sie zurück, ihr Tapferen!

Der Hafen, den wir zu bauen angefangen haben, wird bei eurer Rückkehr etwas größer geworden sein. Dort oder hier erwarten wir euch. Daidaloos und Arion ... Atlan! Euch verdanke ich am meisten. Der Minos wird euch in Ehren halten.«

»So soll es sein!«, rief ich und bewegte die Schaltung. Das Schiff hob sich um eine Handbreit, und es wirkte noch immer so, als rutsche der Kiel auf den nassen, ölglänzenden Balken. Langsam glitt die ZORN die leichte Schräge hinunter. An Land und auf dem Schiff – alle winkten und riefen durcheinander. Der Bug ereichte das Wasser und schob eine niedrige Welle vor sich her, die nach den Seiten wich. Dann benetzte das Wasser den Kiel und das Heck, und die Seitenruder tauchten ein. Starr blickten die Krieger aufs Meer hinaus, über die Ränder ihrer Schilde.

Als das Schiff auf eigenem Kiel schwamm und immer tiefer eintauchte, gab ich einen schwachen Energiestoß auf die Antriebsmaschine. Rasch glitten wir vor dem riesigen, gischtenden und schäumenden Strudel der Heckwellen in tieferes Wasser. Das Segel blieb unten, die Rahenden ragten jeweils zwei Ellen weit über die Bordwand hinaus.

Es waren seltsame Momente. Daidaloos stand neben mir an der Pinne des Backbordruders und hatte seine Hände nur leicht auf das Holz gelegt. Zwar zerrte der ablandige Frühwind am gerefften Rahsegel, aber erst als wir frei schwammen und uns geradeaus vom Strand entfernten, im schwächer werdenden Jubel der Zurückbleibenden, betätigte ich die Winsch. Die obere Rah glitt langsam und fast geräuschlos zur Mastspitze, das Segel straffte und blähte sich und zeigte in den ersten Sonnenstrahlen auch auf der Rückseite des durchscheinenden Stoffs das erschreckende Bild des Obersten Gottes.

»Freunde!« Meine Stimme hallte über das langgestreckte Deck. »Wir sind im Meer. Die Fahrt, die Suche hat eben angefangen. Vor uns liegen Inseln, so klein, dass darauf nur ein paar Bauern ihr Dasein fristen.«

Die Geschwindigkeit nahm zu, weil ich die Antriebsleistung steigerte. Der Fahrtwind drückte das Segel gegen den Mast. Ich blickte zum Ufer: keiner der Wartenden und Winkenden verstand viel von der Seefahrt. Das Segel glitt nach unten, die Seeleute zurrten den Falten werfenden Stoff fest, und dann hob sich das Schiff aus dem Wasser, bis nur noch der Kiel die Wellen berührte und hinter dem Heck ein breites Band brodelnd-schäumenden Wassers erschien.

Eine knappe Meile danach: Etwa mit der halben Geschwindigkeit unsres – verschollenen – Gleiters schwebte die ZORN DER GÖTTER über das morgendlich ruhige Meer. Nur alle fünf Wimpernschläge, berührte der Kiel eine Wellenspitze und erzeugte eine Gischtspur. Die Strände und die Küste Kretas verschwanden bald im Dunst des anbrechenden Tages. Sonnenstrahlen zuckten flach über das Meer, als wir Kurs auf die nächstgelegene, hinter dem Horizont noch unsichtbare Insel nahmen.

Die Jagd begann. Was meine Absicht betraf, würde sie kurz sein, erfolgreich und gnadenlos. Als wir außer Sicht des Landes nach Norden rasten, meldete sich Rico: »Atlan! Der Gleiter wurde geortet und wird gerade sichergestellt.«

Ich drückte den winzigen Empfänger in meinem Ohr fest und rief: »Wo hat sich dieses ptahverfluchte Ding verborgen?«

»Maraye hat es versteckt. In einer flachen Höhle voller zerborstener Krüge, Skelette und Begräbnisgaben, zwei Pfeilschuss vom Palast entfernt und zugewuchert von Brombeer- und Himbeerranken.«

»Du weißt, was du zu tun hast?«

»Alle Gegenstände von wirklichem und technischem Wert sicherstellen und die Maschine im Bergnest gut getarnt absetzen.«

»Und akribisch auf Hinweise untersuchen, die uns bei der Suche helfen.«

»Verstanden, Atlan.«

Der Fund würde uns indes kaum weiterhelfen. Unser Weg führte nach Norden, zu einer Insel, an der die Entführer in der fraglichen Nacht vielleicht angelegt haben mochten. Wie auch immer: Die Jagd nach den Entführern und die verzweifelte Suche nach Maraye und Perseïs hatte begonnen.

ENDE

ANHÄNGE

Erklärungen

Sprache und Schrift: Fast alle alt- und mittelägyptischen Namen, Begriffe und Ortsbezeichnungen, die heute von Wissenschaft, Ägyptenliebhabern und Touristen verwendet werden, sind griechischen, lateinischen oder ägyptisch-arabischen Ursprungs und daher begreiflicherweise im ägyptischen Altertum unbekannt. Von der Reichsgründung um ca. 3000 v.Chr. bis etwa 600 v.Chr. sprachen und schrieben die Rômet (= Menschen) am Hapistrom (= Nil, gr. Neilos) ihre »ägyptische« Sprache; was sonst? *Hapi* war Flussgott und Strom, wurde auch *Jotru* (= das Wasser) genannt. Die Begriffe Ägypten, Ägypter, ägyptisch stammen vom griechischen »Aigyptioi« (vermutlich von »Hikuptah«, Tempel des Ptah in Memphis, abgeleitet).

Wahrscheinlich zugleich mit Erfindung der »Götterworte«, (»Medu Neter«), der Bildzeichenschrift (gr. Hieroglyphen; hiero = heilig, uralt; glypho = aushöhlen), wurde die sog. hieratische »Schnellschrift« benutzt, eine leichter schreibbare Variante mit schwarzen, mitunter roten Schriftzeichen fast ohne Interpunktion. (Der älteste Papyrusfund stammt von ca. 2870 v.Chr.) Mit Pinselchen aus an der Spitze weichgekauten Binsenstengeln schrieb man auf dünnes »Papier« aus aufeinandergeklebten, geglätteten und gebleichten Binsenmarkstreifen; die 25 Konsonanten und zuletzt knapp 1000 Hieroglyphenzeichen verwendete man ohne Vokale; die sog. Umschrift lässt daher unterschiedliche Aussprache-Möglichkeiten zu. Te-Ufy ist die Binsenpflanze, erst Griechen nannten das Material, das

Shafadu oder *Papor* (»das der Verwaltung«) hieß: *Papyros*. Binsenmarkbögen in »genormten« Größen, 47 Zentimeter hoch und 67 bis 94 Zentimeter breit, waren, da die Papyruspflanze und die Herstellung eine Art ägyptisches Monopol blieben, ein sehr teurer Exportartikel.

Das Land: Die Rômet nannten ihr Land *Tameri* und gliederten es in Kêmet und Deshret, das Schwarze und Rote Land (das fruchtbare Land und die Wüste), in Ober- und Unterägypten, die »beiden Länder oder Lande«, das der (Bit) Biene und der (Sut) Binse (südl. Stromufer und Mündungsdreieck). »Beide Länder oder Lande« wurden schon von den ersten Herrschern vereinigt; dementsprechend trug der Herrscher die Weiße Krone Oberägyptens und die Rote Krone Unterägyptens oder die weißrote Doppelkrone. Unterägypten war das Land der Geiergöttin Nechbet, Oberägypten das der Kobra-Göttin Uto/Wadjet. Die Grenzlinie lag nördlich nahe Mennefer (= Memphis) der »Waage beider Lande«. Die subtilere Einteilung in Gaue delegierte Verantwortung an einzelne Gaufürsten; seit Sesostris I. war das Hapiland in 22 oberägyptische Gaue, zur Griechen- und Römerzeit schließlich zusätzlich in 20 unterägyptische oder Delta-Gaue eingeteilt. Von der Mittelmeerküste bis zum ersten Katarakt beträgt die Länge der nutzbaren Ufer ca. 1100 Kilometer bzw. 800 Kilometer Luftlinie.
Symptomatisch für Itch-Taui im Mittleren Reich sind Trockenlegung und Erschließung der Oase Faijum; Amenemhet I. vergrößerte die landwirtschaftliche Nutzfläche um rund 450 Quadratkilometer. Seit »Ameni« (Amenemhet I.) damit begonnen hatte, vergötterte ihn das Volk; der Mu-Wer-See (= Moerissee, Birket Qarun) war vor vier Jahrtausenden weit ausgedehnter. Die Gewinnung zusätzlicher Acker-, Weide- und Feldflächen, ob im Delta oder entlang des Nils, war ein eminent arbeitsaufwendiges Unterfangen.

Der Nil: Der *Hapi*, 6671 Kilometer, der längste Strom der Welt, dessen Quellzuflüsse und -seen am Äquator (Weißer Nil, Blauer Nil, Albert-, Eduard-, Kioga- und Victoriasee) liegen, wird unter anderem von periodischen Regenfällen um den Tanasee in Äthiopien gespeist; im Frühsommer, nach dem Erscheinen des *Sepedet* (= Sirius, Sothis, »Hundsstern«) stieg der Pegel des Stroms, schwemmte nährstoffreiche vulkanische Erde mit sich und erreichte Suênet (= Assuan) ziemlich genau um den 15. bis 18. Juni (also am 1. Tag des Monats Thot, des ersten von vier »Monden« der Jahreszeit *Achet*. Auch Myriaden Heuschreckenschwärme, die seit vielen Jahrtausenden im äthiopischen Hochland niedergingen, und verwesten, waren Nahrung anderer Organismen; die Biomasse aus deren organischen Substanzen, vermischt mit bestimmten Bakterien, Algen, Pilzen und Flechten sowie die gelösten Mineralien machten das Wasser zu einer Flüssigkeit großer Düngekraft. Im Vergleich zum Niedrigwasser führte der Hapi zur Zeit der Überschwemmung etwa die zwanzigfache Wassermenge. Sechs bis zwölf Tage später erreichte die Hapiüberschwemmung Mennefer (= Memphis); der Hapi stieg um etwa fünf bis acht Meter, also zehn bis 16 Ellen (nach anderen Angaben um 30 Ellen), und überschwemmte mit nährstoffreichem Schlamm Felder und Weiden und große Teile des Mündungsdreiecks. Zu hohe oder zu niedrige Nilschwellen konnten verheerende Zerstörungen oder, bei Missernten, Hungersnöte zur Folge haben. Höchster Wasserstand war im September, also im Athyr/Choyak. Zur Zeit des Neuen Reiches, von ca. 1500 bis 1100 v.Chr. dürften zwischen zwei und 2,5 Millionen Menschen auf den rund 35.000 Quadratkilometern des bewirtschaftbaren Niltals, das nur zwischen einem, fünf und 15 Kilometer breit ist, gelebt und geschuftet haben; zu dieser Zeit lag die Lebenserwartung zwischen 25 und 33 Jahren; Kinder- und Müttersterblichkeit sowie Krankheiten wie Bilharziose und Malaria grassierten, aufgrund wenig wirkungsloser Arzneien und Ärzten, deren Einsichtsfähigkeit marginal war, zwar behandelbar, kaum aber heilbar.

Der »Pharao«: *Per-Ao*, das Große Haus, also der Herrscherpalast, gab diesem meist vererbten Begriff/Titel den Namen; erst ab ca. 1500 v.Chr. im Neuen Reich werden Titel mit Palast gleichgesetzt. Jeder Pharao hatte fünf Namen: Dem Thronnamen wurde das Zeichen Ober- und Unterägyptens vorangestellt. Binse und Biene versinnbildlichen Sut und Bit; die Kartusche (Schen, Pl: Schenu) ist ein stilisiertes Seil mit Knoten. Sohn des Rê, Gans und Sonnenscheibe, kennzeichnete die Kartusche des Eigennamens, die waagrecht oder senkrecht ausgeführt wurde.

Der Staat: Der Aufbau des Staates glich dem *Sehedhu*-Totenmal, also der Pyramide; der Sohn der Sonne, der göttergleiche Herrscher, stand an der Spitze. Der Umstand, dass nur effizient eingesetzte Massen-Arbeitskraft dem Staat und seinen Bürgern in der hermetischen Zivilisation Ägyptens, zwischen lebensfeindlicher Wüste längs des Stroms, dem wasserarmen Süden und dem *Wadj-Wer*, dem Meer, dem »Großen Grünen« einen bestimmten Wohlstand sichern konnte, führte zu einem zentralistisch organisierten Staatsaufbau. Der Herrscher mit wenigen *Tatji* (= Wesiren), *Djadjad* (= Verwaltern), *Adj-Mer* (= Unterverwaltern, »Gräber von Kanälen«), *Medech* (= Baumeistern, Architekten), Schreibern und Steuereintreibern musste die Arbeiten organisieren, deren Art und Ablauf von der Nilüberflutung und der Bearbeitung des von Kanälen, Wasserhaltungen und Dämmen durchzogenen Landes hinter den Ufer-Überschwemmungsdämmen diktiert wurden; Macht wurde an »beamtete« Gaufürsten delegiert und von ihnen oftmals missbraucht.

Das Herz: Es galt als Sitz des Lebens und aller Teile des Lebens und des Verstandes. Zu den unterschiedlichen Aspekten der menschlichen Persönlichkeits-Gesamtheit gehörten *Ba* (Seele), *Chet* (Körper), *Ib* (Herz) und das *Ka*, die doppelgängerische Lebenskraft; das Gehirn wurde nicht als Sitz des Verstandes definiert. Die Zuordnung der Grundelemente, für das Weiterleben nach dem Tod wichtig, ist überaus schwierig.

Bier und Wein: *Henket* (Bier) wurde in vielerlei Arten und Qualitäten hergestellt; »Bier und Brot« ist ein ständig benutzter Begriff für »Nahrung«. Eine besondere Art Brot wurde in Wasser eingeweicht und vergoren, durch Stoffsiebe gepresst; als Zutaten kennt man Malz, Getreide oder Datteln, verschiedene Öle, die gerösteten Maulbeerbaumfeigen, Johannisbrot und Gerste ebenso wie Honig und magenfreundliche Öle. Der verdünnte Brei wurde durch Tücher in Krüge geseiht; mit höherer Dattelzuckerkonzentration wurde das Bier für den Versand haltbar gemacht.
Irep (Wein) wurde seit dynastischer Zeit im Hapiland angebaut, auch in den Oasen der libyschen Wüste und im Mündungsdreieck. Die Trauben wurden sowohl als Rosinen getrocknet als auch als Wein gekeltert, sicherlich auch als Essig verwendet; Weißwein ist erst aus römischer Zeit bekannt. Man kennt Wein aus Datteln und Palmmark und Granatäpfeln; viel Wein wurde aus Keftiu (= Kreta) und Alashia (= Zypern) importiert.

Metalle: *Nechoshet* (= Bronze): Kupfer- und Zinnmischung im Verhältnis 90 Prozent Kupfer und 10 Prozent Zinn, schmilzt bei 910 Grad Celsius; oft mit Zusätzen von Blei und Antimon; war Ausfuhrartikel Keftis und Alashias; *Chemti* (= Kupfer; Schmelztemperatur 1083 Grad Celsius; wurde in vielen zypriotischen Gruben gefunden, ferner an mindestens zwei Stellen im Sinai, an vielen Orten Ägyptens, in Somalia, Griechenland, im Massif Central in Frankreich, im Tal Iblis in Arabien. Das wertvolle *Anna-Metall* (= Zinn; Schmelztemperatur 231 Grad Celsius) kam über Afghanistan aus Persien und vom kaspischen Meer zum Zweiströmeland Sumer und von dort nach Westen. *Nub* (= Gold) kam in großen Quantitäten aus Nubien und Kush, wurde u.a. im Wadi Hammamat und im Wadi Allaqi geschürft, ebenso wie wertvolle Steine. *Hedsch* (= Silber), meist zusammen mit Gold vorkommend, war in Ägypten selten und wurde auch für *Dsham*, Weißes Gold, verarbeitet. *Baâ-Enepe-Metall* (= meteorisches Eisen; Schmelztemperatur 1530 Grad Celsius): auch um 1500 v.Chr. eine ausgesprochene Seltenheit in Ägypten; höchstwahrscheinlich über Ushu und Gubla von Händlern aus Sumer eingeführt. Die Goldschmiede Tameris waren hervorragende Künstler; Schmuck war begehrter Exportartikel.

Maße und Gewichte: Es gab keine Münzen in Tameri; aber für die Naturalien – und Tauschwirtschaft existierten verbindliche »Preislisten«: Die kleinste Verrechnungseinheit war das *Kite*, pl. *Kedet* = 9,1 Gramm. Zehn *Kite* ergaben ein *Deben*, also 91 Gramm. Ein *Chat* waren sieben Gramm Gold. Ein *Char* wog 25 Kilogramm, also 275 *Deben*. Die Verrechnungsverhältnisse änderten sich bisweilen, sind also nicht allgemeinverbindlich. Ein *Deben* = zehn *Kite* oder 12 *Chat*. Wir kennen folgende Wertverhältnisse: Fünf *Deben* Eisen = ein *Deben* Gold, 40 *Deben* Eisen = ein *Deben* Silber (Silber, da weitaus seltener, war im Mittleren Reich fünf- bis achtmal teurer als Gold). 20 Einheiten Zinn wurden gegen eine Einheit Silber, 20 *Deben* Kupfer waren Tauschgegenwert für zwei *Kite* Silber. Zwischen 45 und 200 *Deben* Kupfer tauschte man in der fraglichen Zeit gegen ein *Deben* Silber. Kupfer-*Deben* waren oft doppelt so schwer wie Gold-*Deben*.

Vier Finger (= zwei Zentimeter); *Dscheba* = ein Handbreit (acht Zentimeter) = ein *Schesep*; sieben Handbreiten oder 1,5 Fuß = eine Königs-Elle (= *Mech*) = 0,523 Meter, die »kleine« Elle = sechs Handbreiten = ein *Remen*. 100 Ellen = 52.3 Meter oder ein Klafter = *Khet*; ein *Chen-Nub* = 445,2 Meter; eine Meile = 2700 Meter; eine Treidelmannschaftsstrecke von 20.000 Ellen (10,5 Kilometer bzw. 10,86 Kilometer, exakt 20.679 Ellen) hieß *Itru* oder *Jeteru*;

Das Jahr im Hapiland: Es umfasste 12 Monde zu 30 Tagen und fünf zusätzliche Tage; »die auf dem Jahr befindlichen«. Alle vier Jahre »hinkte« der Kalender um einen Tag nach; erst nach 1460 Jahren, einer Sothis- oder Sepedetperiode, zuverlässig ermittelt z.B. für das Jahr 7 Sesostris'. Die Jahreszeit *Achet*, mit der das Jahr am 15. Juni begann, die der Überflutung, bestand aus den Monden (= Monaten) *Thot*, *Paophi, Athyr* und *Choyak*. Jahreszeit *Peret*, die Periode der Aussaat und des Keimens, begann am 15. Oktober mit dem Mond *Tybi*, von *Mechyr, Phamenat* und *Pharmuti* gefolgt. Am 15. März begann die Zeit *Shemu*, die der Ernte und des Speicherns mit dem *Pachons*; *Payni, Epiphi* und *Mesore* folgten: der Kalender wurde um fünf »Göttergeburtstage« verlängert. Die Stunde – man teilte den Tag in 24 Stunden – war je nach Dauer des Sonnentages kürzer oder länger als 60 Minuten. Es gab Sonnen- und Wasseruhren. Die Schifffahrt auf dem Strom war während dreier Monde im *Achet* überaus schwierig; zwischen *Mechir* und *Mesore*, im Niedrigwasser, manchmal unmöglich.

Punt- und Meeresschiffe: Ein großes Hapischiff des Herrschers Chufu, vor seiner Pyramide vergraben, hatte bei 40 Meter Länge eine Tragfähigkeit von 40 Tonnen; mit etwa sechzig Mann an Bord war die Belastungsgrenze jenes kiellosen Ruder- und Segelschiffes erreicht. Die Konstruktion

mit zusammengebundener (!) Beplankung wäre weitestgehend seeuntüchtig gewesen;
Die Rômet-Schiffe, die nach Gubla, Keftiu oder Alashia (Byblos, Kreta oder Zypern) segelten, hatten anderen Anforderungen zu genügen als jene, die auf dem Hapi verkehrten. Sie entsprachen in Bau, Ausrüstung und Bemannung sicherlich den sog. »Puntfahrern«. Punt, das Land des Goldes, Weihrauchs und Ebenholzes, dessen genaue Lage noch nicht feststeht, war ein fast mythenhafter Begriff. Die Wissenschaft lokalisiert Punt heute an der somalischen Küste.
Die Schiffe mussten das Rote Meer verlassen, Kap Guardafui umrunden und während der Monde Phamenat, Pharmuti, Pachons und Payni mit (Winter)-Nordost-Monsun entlang der Südost-Küste Afrikas mit achterlichen Winden nach Punt fahren. Während der Monde Thot, Paophi, Athyr und Choyak erfolgte die Rückfahrt im Südwestpassat. Gesamtstrecke: etwas mehr als 6500 Seemeilen (umgerechnet ca. 4500 Rômet-Meilen oder 12.000 Kilometer). Die Schiffe konnten in 24 Stunden unter Rahsegel schwerlich mehr als 108 Seemeilen, rund 200 Kilometer, zurücklegen! Wissenschaftler errechneten, dass bei bestem Rückenwind für eine Fahrtstrecke ca. 60 reine Segeltage – also 1440 Stunden – benötigt wurden. Zusammen mit Landgängen, Jagden zur Versorgung und Punt-Aufenthalt sind daher ca. 750 Tage ein realistisches Zeitmaß.
Folgende Punt-Fahrten sind zweifelsfrei dokumentiert: 5. Dynastie, Herrscher Sahure, ca. 2480 oder 2473 v.Chr., schickte eine Flotte ins Weihrauchland. Punt-Fahrer in der Regierungszeit des Djedkare-Isesi, 2463 bis 2423 v.Chr., brachten einen Zwergwüchsigen aus dem Goldland mit. Im Jahr 8 des Pharao Mentuhotep/Seanchtaujef, 2001 v.Chr. leitete dessen Tatji Henenu einen Vorstoß der beschriebenen Art; von Geb-Teju, (Koptos) drangen Soldaten mit zer-

legten Schiffen durch das Tal Rohani (Wadi Hammamat), rund 200 Kilometer weit bis zur Küste des Roten Meeres vor. Im Tal wurden Inschriften eingemeißelt; freier Zugang musste gegen »Feinde des Königs« erkämpft werden. Während die Schiffe nach Punt und zurück segelten, brachen die Zurückbleibenden Blöcke (Granit und Diorit) aus den Steinbrüchen. Zusammen mit den Seefahrern kehrten sie zurück zum Hapi. Ein Beamter namens Amenemhet ließ vier Inschriften im Tal Rohani zurück. Am besten ist eine Weihrauchland-Reise um 1480 v.Chr. im Tempel der Königin Hatschepsut dokumentiert. Gut erhaltene Reliefreste zeigen Einzelheiten: Schiffe, Tauschwaren, Pflanzen und schwarzhäutige Menschen der somalischen Küste. Im Jahr 28 des Ersten Amenemhet, 12. Dynastie, ca. 1963 v.Chr., kam eine Expedition (Atlan?) aus dem Goldland zurück. Inschriften im Tal Rohani, dessen Bergpässe durch Gebirge von stellenweise 1300 Meter Höhe führen, sprechen von Kämpfen um Brunnen und von 3000 Mann Truppen, von denen die Schiffe auseinandergenommen und zusammengesetzt wurden.

Aus wenigen sehr gut erhaltenen Wrackfunden lassen sich Rückschlüsse auf damalige Fernschiffe ziehen. Das »Wrack von Ulu Burun« (Fundort Türkei), ein 15 Meter langer Rahsegler, gesunken im 14. Jhdt. v.Chr, enthielt unter anderem 5,2 Tonnen Kupfer (200 Barren zu je 26 Kilogramm); er entsprach in Konstruktion, Beplankung und Ausrüstung den damaligen Schiffen; ein 25 bis 30 Meter langes Schiff trug rund 100 Tonnen. Ständiger – mitunter sehr kräftiger – Wind aus Nord ermöglichte das Segeln hapiaufwärts bzw. im Roten Meer nach Süden.

Alashia: Zypern; wichtiger Handelspartner Ägyptens, lieferte feine Keramik, Kupfer bzw. Bronzeerzeugnisse, bedruckte Stoffe, Oliven, Olivenöl, Wein, bezog wie Gubal/Gubla (=

Byblos) aus Äg. Gold, viele Salben und Schminken, Shafadu-Binsenschreibblätter (Papyros), div. Schmuck, Siegel, Elfenbeinarbeiten und feine Leinenstoffe und verschiedene Edelsteine. Zyperns Bergwerke und Metallschmelzen lieferten Kupfer und Bronze in erheblicher Menge.

Kreta: Kefti, Keftiu, die Kreter wurden ägyptisch »Parusati« und »Pakaftiu« genannt; die Handlung spielt in der sog. minoischen Frühzeit (2000 bis 1700 v.Chr), in der die Paläste von Kunusa (Gnos, Knos(s)os), Festos und Mallia gebaut wurden.
Die Schrift, wahrscheinlich von Ägypten stark beeinflusst, war die sog. Linear-B-Schrift. Kreta führte Kupfer und Zinn ein und exportierte Bronzewaren. Wertvolle dünne Tonwaren (sog. Kamáres-Eierschalenware) zählten ebenso zu den teuren Exportartikeln wie Wein, Olivenöl (zwei bis sechs Liter pro Baum und Jahr – in Ägypten gediehen seinerzeit keine Olivenbäume), Schiffsbauholz, Nüsse u.v.a. Kretas Export nach Ägypten umfasste wertvolles Holz, Bronzeerzeugnisse, eine erstaunliche Vielzahl Blütenöle und Pflanzenauszüge zur Salben- und Kosmetika-Erzeugung. Das keftische Talent wog 25 Kilogramm.
Zur sog. spätpalatialen Zeit baute man die ersten jener Schiffe, die viel später zu Kretas Meerherrschaft »Thalassokratie« führten. In etwa drei Tagen waren von Kreta aus die Hapimündungen für einen damaligen Rahsegler zu erreichen. Die unbefestigten kretischen Paläste und Städte, die später Handel mit syrischen und ägyptischen Häfen trieben, wurden durch Inselbeben und Brand mehrere Male zerstört und wieder aufgebaut, Knossos letztmalig um 1425 v.Chr. Die minoische Seeherrschaft begann ca. 1550 v.Chr.

Glossar

Abu: Elfenbein

Achet: Überschwemmungsjahreszeit (Juni bis September)

Alashia: Zypern, eine der Inseln, mit denen Ägypten Handelsbeziehungen unterhielt; Kupfergruben, Bronzeschmelzen, zahlreiche andere Exportartikel

Amenti: »das Land, wohin die Seelen gehen«

Amun, Amun-Rê: »Der Versteckte«, Große Gottheit Wêses od. Wâsets, No-Amûns (= Theben), u.a. Gott der Sonne

Anch, Ankh: Bildzeichen für »Leben«

Angelstern: (Nord-) Polarstern; vor 4000 Jahren war Kochab, Beta Ursa minoris, der Stern des Nordens, der »Polarstern«.

Anty: Myrrhenharz der Pflanze Commiphora abessynica, wächst bis 2000 Metern Höhe beiderseitig des Roten Meeres, in ostafrikanischen Bergen (Punt) und auf der arab. Halbinsel. Begehrtes Handelsgut; entzündungshemmender Bestandteil vieler Kosmetika

Atef: Krone des Gottes Osiris mit Widderhörnern, Straußenfedern und Sonnenscheibe

Ba: menschliche Seele, als menschenköpfiger Vogel dargestellt

Bit: Biene, Symbol des südlichen Ägyptens

Blaue Krone: Cheperesch-Krone; helmartige Kopfbedeckung der Herrscher

Chad: hapiabwärts fahren/rudern/reisen

Chatti: Hethiter

Cheops: »Chnum-Chufu«, 2551 – 2528 v.Chr., Erbauer der sog. Cheopspyramide bei Gisa

Chephren: »Chaef-Rê«, 2520 – 2494 v.Chr., erbaute die 2. Große Pyramide bei Gisa

Cheper, Chepri, pl.: Cheperu: heiliger Skarabäus-Mistkäfer, der Kotball ist Symbol für Tod und Wiedergeburt

Chnum: Schöpfergott, »Töpfer der lebendigen Wesen«, Stadtgott Jebs oder Ta-Setis (= Elephantine)

Chons: einer der drei großen Götter Wêses/No-Amûns (= Theben); Sohn des Gottes Amun-Rê

Degem: Rizinuspflanze; ihr minderwertiges Öl diente als Lampenöl für Arme. Kaltgepresst war es höchst toxisch

Djatt: Hofgut

Doppelkrone: Symbol der Vereinigung beider Lande (Unter- und Oberägypten)

Dshebat, pl.: Dshebut: Sarkophag

Getreide: It = Gerste, Beti = Spelt, Sut = Weizen (Emmer)

Gublu, Gubla: Die Hafenstädte des Libanon, Endpunkte einiger Handelsstraßen aus Chatti, Churri und Sumer; Handelshafenstädte für u.a. Tannen- und Zedernholz für Schiffs-, Haus-, Palast- und Möbelbau

Hathor: Mutter- und Frauengöttin der Liebe und Fruchtbarkeit mit Kuhgehörn und Sonnenscheibe, manchmal auch kuhköpfig; in vielen Städten verehrt

Hekat: Hohlmaß, ca. 4,5 Liter

Horus: Falkengott, Himmels- und Lichtgott, Sohn von Isis und Osiris

Kemet: »Schwarzes Land«, Fruchtland

Keft, Kefti, Keftiu: Kreta

Kohol, Kochol: entzündungshemmende Augenschminke aus pulverisiertem Bleiglanz

Maat: Göttliche Weltordnung; Schriftsymbolzeichen der Göttin Maat selbst

Medech: Zimmermann, Baumeister, Architekt

Mennefer: Menufer, heutiges Memphis bei Kairo

Mesdemet: Augenschminke

Month: falkenköpfiger Stiergott des Krieges, zusammen mit

Mut: der geierköpfigen Muttergöttin (und dem Reichsgott Amûn) in Wâset verehrt

Neb, Nebit: Herr, Herrin

Nechoshet: s. Metalle

Nemes: gefälteltes (Königs-) Kopftuch

Nefer: »schön«

Nub: Gold, s. Metalle

Peret: Jahreszeit der Saat (Okt.-Jan.)

Ptah: Hauptgott des Großen Ptah-Tempels in Mennefer

Scha-Resi: die heutige Oase Faijum mit dem Birket Karûn oder Moerissee; dort lag Itch-Taui, die Stadt Amenemhets

Sachmet: löwenköpfige Göttin in Memphis, Gefährtin des Gottes Ptah

Schat: Tauscheinheit: ca. 1/12 Deben in Gold

Shemu: Zeit der Ernte (Feb.-Mai)

Sesh: Schreiber

Shen, Shenet: Bruder, Schwester (auch als Anrede)

Shemer: Freund

Schu: »der Leere«; Wind- und Lebensgott

Sehedhu-Bauwerke: Pyramiden

Shendit: kurzer, gefältelter Schurz

Shesep-Ankh: »Lebendes Bildnis« = der Große Sphinx

Sepedet: gr. Sothis, »Hundsstern« = Sirius

Skarabäus: gr. für den Cheper-Käfer; Symbol für Leben und Wiedergeburt

Sontjer: Weihrauch(-harz)

Sûenet: heutiges Assuan (Granitsteinbrüche)

Sut: Binse, Schilfrohr, Symbol für Unterägypten

Ta-Seti: heutige Insel Elephantine

Tal Rohani: heutiges Wadi Hammamat; Straße zwischen Geb-Teju (Koptos) und Rotem Meer, Weg zu Steinbrüchen und Goldberg werken

Techenu, pl.: Techenuu: Obelisk, Obelisken

Thot: Gott der Wissenschaft, des Rechnens, der Schreiber und des Schreibens; oft pavian- oder ibisköpfig dargestellt

Udjat-Auge: schützendes Augen-Zeichen an Türen etc.; Mond- und Sonnensymbol

Uschebti: Totenfigürchen als Grabbeigabe; die im Jenseits als Arbeiter dienen

Wachet: Oase

Wadj-Wer: das Große Grüne: Mittelmeer

Wajermänner: Ruderer

Wâset, Wêse, No-Amun: heutiges Theben

Wesech: breiter Schmuck-Halskragen; gebräuchlicher Schmuck in Tameri

Zenchem: Heuschrecke

Und es geht weiter:
ATLAN
Sprung ins Jenseits
Achim Mehnert
Sechster Teil des Monolith-Zyklus
Sprung ins Jenseits
ISBN 978-3-89064-187-4
Fantasy Productions GmbH
Postfach 4013, 40687 Erkrath
www.fanpro.com
FANPRO

Tor der tausend Sonnen

von Hanns Kneifel

»Ghentilhom Morgaden!« Hawkcarn feuerte eine Handbreit vor Shardas Stiefelspitzen in den aufglühenden Sand. Sharda zuckte nicht einmal zusammen; er schwankte.
»Ich hab das Geheimnis des Planeten herausgefunden. Alles klar erkannt, Partner. Alles!«
Sharda war wie erstarrt. Kein Tänzer kümmerte sich um das Geschehen abseits der Lichtung. Hinter Hawkcarn stand seine sorgfältig gepackte Ausrüstung. Er sagte laut:
»Ich hab schneller und gründlicher nachgedacht als du, Sharda. Wir gehen weg, weit weg. Nach Sirr Kepalomi. Wir nehmen das Boot. Ihr werdet mich suchen, aber nicht finden...«

Damit beginnt eine rasante Jagd durch die Urwälder eines exotischen Planeten, eine der Spezialitäten von *Perry Rhodan*- und *Atlan*-Autor *Hanns Kneifel*, der mit diesem Titel seinen ersten Roman bei *FanPro* vorlegt.

ISBN 978-3-89064-602-2

Überall im Handel erhältlich!

FANTASY PRODUCTIONS GMBH
Postfach 4013 • 40687 Erkrath
www.fanpro.com

FANPRO

Perry Rhodan
PLOPHOS
DER ABGESCHLOSSENE ZYKLUS IN 4 BÄNDEN
Band 1
Feinde der Menschheit
ISBN 3-8118-5549-2
Band 2
Soldaten für Kahalo
ISBN 3-8118-5550-6
ERSTMALS IM BUCHHANDEL ERHÄLTLICH!
Band 3
Panik im Sonnensystem
ISBN 3-8118-5552-2
Band 4
Planet der letzten Hoffnung
ISBN 3-8118-5553-0
Jeder Band
ca. 400 Seiten
Format 13,5 x 21 cm
Paperback
JEDER BAND NUR
€ 9,90
sfr 19,-

Bei Fanpro erschienen unter anderem folgende Titel:

ATLAN

ISBN 978-3-89064-

Totentaucher	Wim Vandemaan	1. Roman	486-8
Die acht Namenlosen	Christian Montillon	2. Roman	487-5
Befreiung in Camouflage	Michael M. Thurner	3. Roman	488-2
Die Psi-Kämpferin	Achim Mehnert	4. Roman	171-3
Das Sphärenrad	Rüdiger Schäfer	5. Roman	172-0
Acht Tage Ewigkeit	Michael H. Buchholz	6. Roman	173-7
Das Relikt der Macht	Hans Kneifel	7. Roman	174-4
Im Bann der Gatusain	Achim Mehnert	8. Romn	175-1
Der Traum des Navigators	Rüdiger Schäfer	9. Roman	176-8
Rico	Arndt Ellmer	10. Roman	177-5
Planet der Silberherren	Uwe Anton	11. Roman	178-2
Todeszone Zartiryt	Rüdiger Schäfer	12. Roman	179-9
Echo der Verlorenen	Hans Kneifel	13. Roman	184-3
Der Silbermann	Marc A. Herren	14. Roman	185-0
Ceres am Abgrund	Manfred H. Rückert	15. Roman	186-7

ATLAN X

ISBN 978-3-89064-

Lotse im Sandmeer	Hans Kneifel	1. Roman	188-1
Insel der Winde	Hans Kneifel	2. Roman	

SHADOWRUN

ISBN 978-3-89064-

Chromscherben	M. A. Stackpole	Anth.	550-6
Shadowrun – Die 6. Welt	Hrsg. T. Hamelmann	Reader	540-7
Wiener Blei	Leo Lukas	41. Roman	555-1
Nachtstreife	Björn Lippold	46. Roman	558-2
Auf dem Sprung	Harri Aßmann	49. Roman	567-4
Töne der Unendlichkeit	Harri Aßmann	50. Roman	569-8
Elementares Wissen	Harri Aßmann	52. Roman	570-4
Die Anfänger	Ivan Nedic	54. Roman	572-8
ASH	Lara Möller	57. Roman	574-2
Pesadillas	Maike Hallmann	58. Roman	575-9
Vertigo	Maike Hallmann	59. Roman	581-0
Hand am Hort	Sebastian Schaefer	60. Roman	583-4
Flynns Weg	Lara Möller	61. Roman	585-8
Shelley	André Wiesler	62. Roman	580-3

Matrixfeuer	Hrsg. Beck / Hallmann	63. Anth.	587-2
Born to Run	Stephen Kenson	64. Roman	564-3
Im Namen des Herrn	André Wiesler	65. Roman	594-0
Quickshot	Lara Möller	66. Roman	595-7
Giftmischer	Stephen Kenson	67. Roman	565-0
Wiedergänger	Maike Hallmann	68. Roman	593-3
Feuerzauber	André Wiesler	69. Roman	519-3
Im Fadenkreuz	Petra Prinz	70. Roman	543-8
Kettenhund	Alexander Wichert	71. Roman	548-3
Fallen Angels	Stephen Kenson	72. Roman	549-0
GmbH	Christian Riesslegger	73. Roman	463-9
Machtgelüste	Jason M. Hardy	74. Roman	484-4
Cash Flow	Christian Riesslegger	75. Roman	483-7
Böses Erwachen	André Wiesler	76. Roman	473-8
Der Schattenlehrling	Boris Koch	77. Roman	482-0
Aftershocks	J. Raabe / J. Helfers	78. Roman	485-1
Fatimas Tränen	Alex Wichert	79. Roman	513-1
Für eine Handvoll Daten	Stephen Dedman	80. Roman	571-1
Flammenmeer	Jan-Tobias Kitzel	81. Roman	497-4
Digitaler Albtraum	Thorsten Hunsicker	82. Roman	123-2

CLASSIC BATTLETECH ISBN 978-3-89064-

Schrapnell	Hrsg. M. Immig	Anth.	551-3
Wahnsinn & Methode	Michael Diel	1. Roman	592-6
Clangründer: Abkehr	Randall N. Bills	2. Roman	596-4
Das Schwert und der Dolch	Ardath Mayhar	3. Roman	425-7
Über dem Gesetz	Michael Diel	4. Roman	517-9
Clangründer: Traum	Randall N. Bills	5. Roman	597-1
Die Albatros-Akte	Reinhold H. Mai	6. Roman	526-1
Warrior: En Garde	Michael A. Stackpole	7. Roman	545-2
Warrior: Riposte	Michael A. Stackpole	8. Roman	546-9
Warrior: Coupé	Michael A. Stackpole	9. Roman	547-6
Früchte voll Bitterkeit	Ritter &Schreiber	10. Roman	458-5
Katze unter Bären	Arous Brocken	11. Roman	490-5
Clanwächter	Arous Brocken	12. Roman	491-2
In Ungnade	Chris Hartford	13. Roman	475-2
Mission Kiamba	Arous Brocken	14. Roman	493-6
En Passant	Michael Diel	15. Roman	479-0
Duo Infernale	Carolina Möbis	16. Roman	498-1
Karma	Bernard Craw	17. Roman	454-7
Royal Flush	Carolina Möbis	18. Roman	620-6

Magische Zeiten	Hrsg. Momo Evers	Reader	516-2
Dämmerung	Ulrich Kiesow	55. Roman	459-2
Das Greifenopfer	Thomas Finn	62. Roman	544-5
Das Dämonenschiff	Harald Evers	74. Roman	568-1
Kompanie der Verdammten	Manuel Krainer	75. Roman	562-9
Der Tag des Zorns	Daniela Knor	76. Roman	573-5
Der Schandfleck	Andre Helfers	77. Roman	582-7
Den Göttern versprochen	Charlotte Engmann	78. Roman	579-7
Unsterblicher Traum	Patricia Renau	79. Roman	588-9
Blaues Licht	Daniela Knor	80. Roman	589-6
Spielsteine der Götter	Heike Wolf	81. Roman	591-9
Rabengeflüster	Wichert/Jäcke/Wolf	82. Roman	515-5
Thronräuber	Alexander Lohmann	83. Roman	512-4
Todeswanderer	Yvonne Gees	84. Roman	518-6
Roter Fluss	Daniela Knor	85. Roman	514-8
Todgeweiht	Markus Tillmanns	86. Roman	523-0
Dunkle Tiefen	Daniela Knor	87. Roman	538-4
Maraskengift	Markus Tillmanns	88. Roman	457-8
Unter Aves' Schwingen	Hrsg. Momo Evers	89. Band	460-8
Goldener Wolf	Linda Budinger	90. Roman	542-1
Sieben Winde	Matthias A.W. Ott	91. Roman	461-5
Der Zugvogel	André Fomferek	92. Roman	468-4
Haldinger-Saga I: Glut	Daniela Knor	93. Roman	472-1
Der Hofmagier	Ludwig / Wachholz	94. Roman	476-9
Der Feuertänzer	Ludwig / Wachholz	95. Roman	489-9
Hohenhag	Dietmar Preuß	96. Roman	494-3
Satinavs Auge	Tobias Radloff	97. Roman	495-0
In den Nebeln Havenas	Daniel Jödemann	98. Roman	496-7
Answin I: Macht	Michelle Schwefel	99. Roman	499-8
Über den Dächern Gareths	Stefan Schweikert	100. Roman	226-0
Gewittertage	Jana M. Eilers	101. Roman	225-3
Die rote Bache	Dietmar Preuß	102. Roman	455-4
Das Zepter des Horas	Mützlitz/Kopp	103. Roman	236-9
Khunchomer Pfeffer	Demirtel/Findeisen	104. Roman	237-6
Die letzte Kaiserin	Daniel Jödemann	105. Roman	244-4
Todesstille	Bernard Craw	106. Roman	246-8
Löwin und Mantikor	J. Hahn und K. Kaeb	107. Roman	249-9
Toras von Havena	Christian Labesius	108. Roman	168-3
Haldinger-Saga II: Sturm	Daniela Knor	109. Roman	245-1

Der Kristall von Al'Zul:

Land ohne Gesetz	Anton Weste	Al'Zul 1	231-4
Stadt der Geister	Martina Nöth	Al'Zul 2	232-1
Wald der Verlorenen	Linda Budinger	Al'Zul 3	233-8
Am Finsterquell	Gernot Vallendar	Al'Zul 4	234-5
Aufs Schafott	Florian Don-Schauen	Al'Zul 5	235-4

HARDCOVER

ISBN 978-3-89064-

Sturm über Windhaven	Martin & Tuttle	Roman	531-5
Die Flamme erlischt	George R. R. Martin	Roman	530-8
Dead Man River	George R. R. Martin	Roman	529-2
Die »Eis und Feuer«-Saga:			
Eisenthron	George R. R. Martin	1. Roman	532-2
Königsfehde	George R. R. Martin	2. Roman	533-9
Schwertgewitter	George R. R. Martin	3. Roman	534-6
Krähenfest	George R. R. Martin	4. Roman	535-3

WEITERE TITEL

ISBN 978-3-89064-

Tor der tausend Sonnen	Hanns Kneifel	Roman	602-2
Cugel in der Unterwelt	Michael Shea	Roman	470-7
Cugels Irrfahrten	Jack Vance	Roman	462-2
Das Voynich-Rätsel	Florian F. Marzin	Roman	541-4
Vor Adam	Jack London	Roman	524-7
Am Anfang war das Feuer	J. H. Rosny	Roman	525-4
Der große Heliumkrieg	M.A. Stackpole u. A.	Anth.	563-6
Lexikon der Fantasy-Literatur	Hrsg. Alpers u. A.		566-7
Galaktische Odyssee	Hanns Kneifel	Roman	603-9

Dies ist eine Bibliographie und kein Verzeichnis lieferbarer Titel. Es ist leider nicht möglich, alle Titel vorrätig zu halten. Sollten Sie Fragen haben, kontaktieren Sie uns bitte unter

Fantasy Productions GmbH
Postfach 4013, 40687 Erkrath
www.fanpro.com